KUWEI
酷威文化

L'ÎLE MYSTÉRI

# 神 秘 岛

[法] 儒勒·凡尔纳 —— 著　　陈筱卿 —— 译

台海出版社

图书在版编目（CIP）数据

神秘岛 /（法）儒勒·凡尔纳著；陈筱卿译 . -- 北京：台海出版社，2022.4

ISBN 978-7-5168-3210-3

Ⅰ . ①神… Ⅱ . ①儒… ②陈… Ⅲ . ①幻想小说 – 法国 – 近代 Ⅳ . ① I565.44

中国版本图书馆 CIP 数据核字 (2022) 第 017819 号

## 神秘岛

著　　者：[法] 儒勒·凡尔纳　　　　　译　　者：陈筱卿

出 版 人：蔡　旭　　　　　　　　　　责任编辑：俞滟荣

出版发行：台海出版社
地　　址：北京市东城区景山东街 20 号　　邮政编码：100009
电　　话：010-64041652（发行，邮购）
传　　真：010-84045799（总编室）
网　　址：www.taimeng.org.cn/thcbs/default.htm
E - mail：thcbs@126.com

经　　销：全国各地新华书店
印　　刷：北京永顺兴望印刷厂
本书如有破损、缺页、装订错误，请与本社联系调换

开　　本：880 毫米 ×1230 毫米　　　　1/32
字　　数：359 千字　　　　　　　　　　印　　张：10
版　　次：2022 年 4 月第 1 版　　　　　印　　次：2022 年 4 月第 1 次印刷
书　　号：ISBN 978-7-5168-3210-3

定　　价：49.80 元

# 译本序

　　儒勒·凡尔纳（1828—1905年）是法国19世纪为青少年写作探险小说的著名作家，特别是作为科幻小说的创始人而享誉全世界。

　　19世纪的最后25年里，科学幻想类作品在市面上十分流行，这与这一时期物理、化学、生物学等领域所取得的巨大成就以及科学技术的迅猛发展密切相关。凡尔纳在这一时代背景下，写下了大量科幻题材的传世之作。他希望通过自己故事中的主人公，体现出当时知识分子的优秀品质，体现出从事脑力劳动的人与投机钻营、贪赃枉法的资产阶级的不同之处。

　　《神秘岛》是凡尔纳著名三部曲（《格兰特船长的儿女》《海底两万里》和《神秘岛》）的最后一部。在该书中，他讲述了美国南北战争时期，有五个被围困在南军城里的北方人，趁着偶然的机会，乘着气球逃了出来，但中途遭遇风暴，落在太平洋的一个荒岛上。这五个人没有灰心丧气，而是团结起来，以集体的智慧克服了重重困难，在荒岛上安顿了下来。他们动手制造出陶器、玻璃、风磨、电报机……自给自足，丰衣足食。他们还挽救了被格兰特船长惩罚而留在另一荒岛上的罪犯，使之恢复人性，成为他们忠实的伙伴。在荒岛上，他们得到了《海底两万里》中的尼摩船长的暗中保护，屡屡化险为夷。最后，他们搭上格兰特船长之子——罗伯特·格兰特——指挥的"邓肯号"，回到了日夜思念的祖国。

# 目录

# 第一部 高空遇险

# 第 一 章

"我们又在往上升吗？"

"不是，我们在往下降！"

"史密斯先生，不是在下降，是在往下坠落！"

"天哪！快把压舱物扔下去！"

"最后一袋都倒空了！"

"气球上升了吗？"

"没有！"

"我仿佛听到有波浪拍击的声音！"

"吊篮下面就是大海！"

"距离我们顶多有五百英尺！"

"把所有的重东西全部扔下去……所有的重物！"

这就是1865年3月23日下午四点光景从这片浩渺的太平洋上空传出的话语。

那年春分前后，从东北方刮来一场令人难忘的风暴。从3月18日起，大风暴片刻未见止息，一直刮到3月26日。风暴从北纬三十五度斜穿赤道，直吹至南纬四十度，扫过一千八百英里的广阔地域，给美洲、欧洲和亚洲带来了巨大的灾难：城市被毁，树木被连根拔起，堤岸被滔天巨浪冲垮……据统计，被海浪抛到岸上的船只就多达数百艘。许多地方被夷为平地。陆地上和海上的死亡人数更是多达数千。这就是这场大风暴所犯下的罪行。1810年10月25日的那场灾难，以及1825年7月26日瓜德罗普的灾情，与之相比，算是小巫见大巫了。

与此同时，在不平静的空中，也同样上演着一场令人失魂落魄的悲剧。

一只氢气球被卷进一股气流的旋涡中，以每小时九十英里的速度掠过空中，仿佛天空中有一股气旋在转动着它，使之不停地旋转着。

气球下面挂着一只吊篮，在剧烈地摆动着。吊篮里有五个人，由于雾气弥漫，看不清他们的模样。

这只被大风暴玩弄着的气球来自何方？是从地球的哪个角落升起的？可以肯定，它绝不是风暴骤起时升空的。可是，这场大风暴已经连续刮了五天，而且，3月18日那天，风暴即将来临的征兆已经显现了。毋庸置疑，气球是从遥远的地方飞来的，因为风暴一昼夜能将它吹走两千英里。

这五位迷航的人已不知自己自飞行时起，共飞了多少里程。但说来也怪，他们虽身处暴风之中，却安然无恙。不过，吊篮在急速下坠，他们已经意识到情况万分危急。他们坐立不稳，被吹得东倒西歪，转来转去，但是蹊跷的是，他们却并没有感觉到自己在转动，也不觉得颠簸得厉害。

他们的目光看不到浓雾掩盖着的东西。周围一片都黑雾茫茫，连白天和黑夜都分辨不清。他们飘浮在高空，看不见陆地上的光亮，也听不见陆地上的人声兽鸣，甚至连汹涌澎湃的海涛声都听不见。只是当吊篮在往下直落的时候，他们才感觉到自己危在旦夕。

在他们扔掉枪支弹药、食物之后，气球倒是上升到四千五百英尺的高度了。吊篮中的人见下面是大海，觉得还是在上面飘浮着危险要小得多，所以便尽可能地往外抛东西，以减轻气球的载重量，防止下坠。连最有用的东西也扔掉了，同时还想方设法不让气球漏气，这可是他们保命的氢气，绝对不能让它漏掉哪怕一丁点儿。

黑夜总算过去，胆小者恐怕早已被吓死了。白昼来临，暴风在渐渐变弱。从 3 月 24 日那天的清晨起，风势就出现减弱的迹象。黎明时分，片片浮云在往高处飘飞而去。几小时之后，暴风止息，变为强风，大气流动速度减弱了一半。这时，虽然仍旧是水手们所说的那种"紧帆风"，但风势还是减弱了。

大约十一点光景，下层空气变得明朗，散发出的是那种雷雨过后的湿润气息。这时，暴风好像不再往西边刮了，但它是否会像印度洋上的台风，说来就来，说走便走呢？

可正在这时候，气球却在渐渐地下降，像是逐渐地在瘪下去，由球形变成了椭圆形。中午时分，它离海面只有两千英尺了。气囊能容纳五万立方英尺的气体，这么大的容气量，使之能长时间地停留在空中，或向上空升起，或保持平行飘动，长时间地停留在空中。

乘客们为防止继续下坠，把最后的一些东西——少量的存粮及其他物品——扔了出去。但这也只能维持一段时间，若天黑前再见不着陆地，他们肯定会坠入海底，葬身鱼腹了！

其实，他们的下面既无陆地，也无海岛，只有一片汪洋。因此，他们无法着陆，也无法固定住气球。

大海茫茫，无边无际，波涛汹涌，不见一块陆地，看不到一艘船只。即使居高临下，视野半径可及四十英里，也仍然见不到海的尽头。这时流动的平原被暴风无情地鞭打着，掀起浪花无数，好似万马奔腾。大家使出浑身解数阻止气球下坠，但无济于事。气球继续在下坠，顺着东北风急速地向西南边飘去。

不幸的人们处境十分危险，他们无法控制气球，无论怎么努力也于事无补。气球的下降速度在加快。午后一点光景，它离海面已不到六百英尺了。

两点左右，气球离海面只有四百英尺了。这时，一个洪亮的声音突然响起，那是一个毫无畏惧的人发出的声音，而回答这声音的同样是铿锵有力的声音。

"所有的东西都扔掉了吗？"

"没有，还有一万金法郎没扔！"

一个沉重的袋子被扔出吊篮。

"气球往上升了吗？"

"升了点儿，但马上又会下降的！"

"还有什么可以扔的？"

"没有了。"

"有！吊篮！"

"大家抓牢网索，把吊篮扔掉！"

这的确是减轻气球重量最后的也是唯一的方法了。

五个人连忙抓住网索，割断吊篮的绳索。吊篮掉了下去，气球又飘升了两千英尺。

他们紧抓住网眼，紧张地望着无底深渊。

他们明白，气球对于重力的增与减极其敏感。即使扔掉一点轻而又轻的东西，它都会有所反应，往上升。当时就是这种情况。

但是，气球在上空只飘荡了一会儿，就又开始往下坠去。气体从裂缝中往外泄漏，可裂缝又无法修补。他们尽了最大的努力，现在已经是黔驴技穷，只好干瞪着眼，无可奈何，听天由命了。

将近四点光景，气球离海面只有五百英尺了。

突然，狗叫了起来。那是他们带着的狗，名叫托普，它也抓住了网眼。

"托普想必看见了什么！"一个声音说。

"陆地！陆地！"另一个声音大声应答。

原来，气球自拂晓时起，被暴风一直吹着，已经向西南方向飘移了足有几百英里。这时，只见前方显现一块颇高的陆地，但离他们仍有三十多英里，就算气球顺顺当当，也得花一小时才能飘到那儿。一小时！可气球里所剩下的那一点点氢气会不会漏光？

这可是个要命的问题啊！气球上的人都清楚地看见了陆地，他们必须不惜一切代价落在那里。他们并不知道那儿是大陆还是海岛，因为他们不知道暴风把他们吹到地球的哪个角落。但是，不管那儿有人没人，也不管那儿是否能去，反正已经别无选择，他们只能硬着头皮前往。

四点多些，气球已明显地支撑不下去了。它已贴近海面，其下部已多次与巨浪浪尖接触，网变得十分沉重。气球像只翅膀损伤的鸟儿，已经飘不起来了。半小时后，距陆地只有一英里了，但气球的氢气也已耗尽，气球几乎完全瘪下去了，由强风猛吹着，向着前方移去。上面的人紧紧攀在网上，让气球不堪重负了。不一会儿，他们的下半身已经浸在海水里，任由汹涌的浪涛拍击着。接着，气球瘪得像一个口袋，大风像吹动船帆似的吹着它向前飘去。也许老天保佑，它能飘到那片陆地吧。

在飘至离岸两链<sup>①</sup>时，四个人同时惊叫起来。那只原本不能飞升的气球，被一个巨浪意外撞击，上升了，竟至升到一千五百英尺的上空。在上空遇上一阵风，气球没被直接吹向岸边，而是与陆地几乎保持平行。两分钟后，它终于斜转过来，落在波涛冲击不到的一片沙滩上。

大家连忙互相帮着从网眼中挣脱出来。气球减轻了重量，又被风吹起，如同受伤的鸟儿恢复了元气，很快消失在空中。

吊篮中原有五个人加一条狗，可是随气球落在沙滩上的只有四个人了。

失踪的那一位想必是被刚才冲击气球的那股海浪给卷走的。看来，正因为此人的失踪，气球重量减轻，才又飘升起来，最后落到海滩上。

这四位遇难而幸存的人脚刚一踏上陆地，便想起了那位失踪的伙伴，大家都在大声地喊叫："他一定会游到岸边来的！我们快去救他！快去救他！"

---

① 链为旧时计量海上距离的单位，一链约为二百米。

# 第 二 章

刚刚被吹落到海岸上的这几个人，既非职业气球驾驶员，又非业余探险者，而是逃跑的战俘。他们是英勇无畏、出生入死的人。他们无数次地落入险境，又无数次地差点儿从破损的气球摔入大海，但是上苍却让他们死里逃生，大难不死。3月20日，他们从被尤利斯·格兰特将军围困着的里士满逃出来后，在空中飘飞了五天，现已离这个弗吉尼亚首府有七千英里远。在可怕的美国南北战争期间，里士满是分离主义者最重要的堡垒。

1865年2月，格兰特将军意欲出奇制胜，攻占里士满，但未能奏效，其麾下的几名军官反倒落入敌方手中，被囚禁在城内。最杰出的一位名叫赛勒斯·史密斯，系联邦参谋部人员，马萨诸塞州人氏，工程师，一流学者，曾受美国政府委任，担任具有重要战略意义的铁路部门的领导职务。他是地地道道的北方人，大约四十五岁，平头短发，灰白胡子，身材瘦削，两眼炯炯有神，面容严峻，一副激进的学者风度。他是一位身体力行、从干体力活开始的工程师，如同从士兵升为将军的军人一样。他心灵手巧，体魄健壮。他既是活动家，又是思想家，充满不畏艰难险阻的乐观精神。他受过良好教育，见多识广，没有什么事可以难倒他。无论遇到什么情况，他都能保持头脑清醒、信心坚定、坚韧不拔。拥有了这三种品质，他总能主宰自己的命运。他总是以威廉三世①的话作为自己的座右铭：不求成功，但求坚韧不拔。

与此同时，赛勒斯·史密斯还是勇敢的化身。他参加过南北战争的每个战役。起初，他投奔伊利诺伊州的尤利斯·格兰特的队伍，在帕迪尤卡、贝尔蒙特、匹兹堡等地参加过战斗。在围攻科林斯，在攻打黑河、查塔努加、威尔德尼斯和波托马克河的历次战斗中，他骁勇善战，一马当先，没有辜负"不惜一切代价"的将军②的训诫。史密斯曾无数次被列入阵亡将士名单，但直到在里士满被俘之前，总被幸运之神庇佑。

与他同时被俘的还有一位重要人物，名为热代尔·斯皮莱，是《纽约先驱报》

---

① 威廉三世（1689—1702年），英国国王。

② 系指尤利斯·格兰特将军。

的记者，奉命随军做战地报道。

斯皮莱是一位卓越的专栏记者，他像斯坦利等人一样，无论多么危险，为了采访到正确消息并尽快地发回报社，他都会奋不顾身地冲上前去。当时，许多报纸都实力雄厚，《纽约先驱报》就是其中之一，代表报社的记者当然备受尊重，斯皮莱则是最受尊敬者中的一位。他是一位坚韧不拔、思维敏捷、精力充沛、行动果断、爱动脑筋的记者。他走遍世界各地，既是一名战士，又是一名艺术家。在采访中，他不知疲倦，不畏困难，既是为了个人，也是为了他的报社。他总是想方设法地抢头条，别人不知道的、新奇的、没法采访到的，他都能知道。

为了做好报道，这位出色的记者奋不顾身，勇往直前，在枪林弹雨之中，采集所需的新闻。他也参加过各次战斗，每次都冲在前面，一手握着左轮手枪，一手拿着笔记本。斯皮莱写的每篇报道都很精彩，短小精悍，重点突出。此外，他还是个极具幽默感的人。黑河战役结束之后，为了向报社发出战斗的结果，他不顾一切地霸占着电报局的小窗口，连续拍发《圣经》的头几章，一直拍发了两小时，虽然花费了报社两千美元的电报费，但因他独占了小窗口，《纽约先驱报》得以报道了战役的第一条消息。

他身材高大，年约四十岁，脸上长着淡黄色的络腮胡，目光坚定、有神，眼珠转动灵活、迅速，只要目光扫过，任何情况都能尽收眼中。他体格健壮，好似淬过火的钢棒。他在报社已经干了十年的特约记者。他的专栏文章和素描颇受读者青睐。被俘的时候，他正在描写战况和做速写。他写在笔记本上的最后一句话是："一个南军士兵正举枪瞄准着我，但……"但他并没有被击中，像往常一样，没有受一点儿伤。

史密斯与斯皮莱久闻彼此大名，但并未谋面。这次，二人同被押往里士满。工程师的伤很快便痊愈了，在疗养期间认识了记者斯皮莱，二人大有相见恨晚之感。不久，二人不谋而合：找机会逃出魔爪，返回格兰特将军的部队，为联邦的统一而继续战斗。他们在里士满城内虽可自由行动，但该城戒备森严，逃跑很难。

这时，史密斯工程师碰上了以前对他忠诚有加的仆人，其父母均为奴隶，是在工程师家领地上出生的一个勇敢的黑人。史密斯是个拥护废除奴隶制的人，早就让此人获得自由。后者成了自由人后，并不愿意离开主人家，他愿为主人效犬马之劳。此人名叫纳布，年约三十岁，身体强壮，机智、聪颖、温和、安静，有时还挺天真，成天乐呵呵的，勤恳老实，全名叫"纳布乔多诺索"，大家简化了他的名字，就叫他"纳布"。

纳布在得知主人被俘之后，毅然决然地离开马萨诸塞州，来到里士满，几经周折，终于潜入城内。主仆二人异地重逢，喜不自胜，相拥而泣。但是，纳布虽然潜入城内，要想出去，亦非易事。因为北军的战俘被看管得极严，若想逃跑，非得遇有良机，而良机可遇而不可求，是千载难逢的事情。

在此期间，格兰特的部队与巴特勒的部队联合作战，虽行动坚决，付出很大的代价之后才取得匹兹堡一战的胜利，而在里士满却尚未取得进展，战俘们一时半会儿中无获释的可能。被囚禁中的斯皮莱没什么新闻可写，感到枯燥乏味，他一心想着逃离该城，但几经尝试，均未能如愿。

这期间，被围困者中有些人为了能与分离主义者李将军的部队取得联系，也想尽快逃出城去，其中就有一个狂热的南部同盟的拥护者，名为乔纳森·福斯特。这位乔纳森产生了乘气球飞出包围圈，前往分离主义者营地的念头。

他的想法得到总督的认同，并为他制造了一只大气球，可供五个人跟随他一起乘坐。他们在吊篮中装上武器和食物，以备不时之需。

气球计划于 3 月 18 日夜间起飞，靠着西北风，几小时后便可飞抵李将军的营地。但是，这天刮的却不是温和的西北风。自 18 日起，风已转为飓风了。福斯特被迫延期起飞，否则气球及其乘客必将粉身碎骨。

气球被灌满了气，放在里士满的广场上，等着风势减弱再起飞。

18 日和 19 日均已过去，暴风仍在肆虐。系在地上的气球被大风吹得摇来晃去，让它固定不动，免得受损，并非易事。到了 3 月 20 日的早晨，暴风刮得更加猛烈，起飞已经完全不可能了。

这天，史密斯在里士满街头突然被人叫住。此人是名水手，名叫彭克罗夫，三十五岁到四十岁的样子，身体壮实，皮肤黝黑，目光炯炯，十分英俊，系美国北方人，曾在世界各大洋上航行过。看得出，此人经过风雨，见过世面，敢于冒险。他是这年年初，与一个十五岁的男孩一起前来里士满办事的。男孩名叫哈伯·布朗，新泽西人氏，是彭克罗夫以前的船长留下的孤儿。他将这男孩视如己出。里士满被围困之前，彭克罗夫未能及时离开，因而被困于城中。他一心想的是：无论如何，也要逃出城去。他久闻史密斯大名，并知晓后者正因这囚禁生活而感到无奈。今日得见，他便立即走上前去，开门见山地问工程师道：

"史密斯先生，您在里士满待够了吧？"

"什么时候？"史密斯立即问道。他这句话明显是脱口而出的，因为他尚未弄清跟他说话的是何许人。

　　随即，他以敏锐的目光打量了水手一番，肯定站在面前的人是个诚实的男子汉。然后，他便干脆地问道："您是谁？"彭克罗夫自我介绍了一下。

　　"好，"史密斯说，"如何逃走，您有什么高见？"

　　"那儿放着一只气球，好像是专门替我们准备的……"

　　工程师一听便明白了，一把抓住水手的胳膊，把他带到自己的住处。

　　在史密斯的住处，水手把自己的想法及此行的危险性和盘托出。他认为，飓风虽说非常猛烈，但他相信，凭着工程师的聪明才智、精明能干，驾驶气球应当不成问题。他愿意与工程师一起逃走，但条件是，必须带上哈伯。

　　工程师默默地听着，两眼闪动着激动的光芒。他觉得这个计划虽然危险，却是可行的。朝思暮想的机会终于来了，而他又是个遇到机会绝不放过的人。趁着月黑风高，避开监视哨，走近气球，钻进吊篮，割断系住气球的绳索。当然，这么大的风暴，危险是必然存在的，但成功也是有希望的。没有这场风暴当然好，但是没有它，气球早就飞走了，也不可能让他们有此千载难逢的机会。

　　"我要走，还得带上别人。"史密斯最后说道。

　　"您要带几个人走？"水手问道。

　　"两个人，一个是我的朋友斯皮莱，另一个是我的仆人纳布。"

　　"也就是说，一共三个人，加上我和哈伯，总共五个人，气球可以承载六个人……"彭克罗夫说。

　　"好，一言为定！"史密斯说。

　　"那就定在今晚。我们五个人假装好奇，往气球那儿逛过去。"水手应道。

　　"今晚十点，"工程师说，"但愿老天有眼，风暴在我们离开之前不要减弱。"

　　彭克罗夫与史密斯道完别，回到自己的住处。年轻的哈伯·布朗留在家里等着他回来。后者知道水手有逃跑的计划，所以在焦急地等着他告诉自己与工程师商谈的结果。就这样，这五位勇敢的逃跑者在飓风肆虐之下投进暴风雨中去碰运气了。

　　但此时，大风并未停止。乔纳森·福斯特及其同伴们难以想象乘坐这么不安全的气球能够战胜狂风暴雨。这真是可怕的一天。史密斯心中只悬着一件事：此时系在地上的气球被风吹得摇晃个不停，千万别被风撕成碎片啊！他在空旷的广场上走来走去地转了好几个钟头，眼睛始终盯着那只气球。彭克罗夫也不例外，也在广场上观察着。他双手插在兜里，像个没事人似的，时不时地打个呵欠，但心中的忧虑是相同的，既怕气球被吹破，又怕它被刮跑。

　　黑夜来临，周围漆黑一片。下了一场雨夹雪，天气阴冷。天空中大雾弥漫。

似乎暴风让攻守双方暂时处于休战状态。街道上空无一人。因为天气恶劣，守卫广场气球的士兵也放松了警惕。这正利于逃亡者们的出逃，只是暴风天气，飞行的危险自不待言……

"这鬼天气！"彭克罗夫心中在诅咒着，头上的帽子差点被风刮走，他一拳把帽子紧压在头上，"但是，反正我们必然会成功的！"

九点三十分，史密斯等五人从不同方向走近广场。由于煤气灯被风刮灭，广场上一片漆黑，几乎连被刮倒在地的大气球都看不清了。压载物袋系在网索上，吊篮则是用一根粗绳拴在砌牢在地上的一只铁圈上。五个人在吊篮旁会合，没有被发现，由于天太黑，彼此之间都分不清谁是谁。

于是，史密斯、斯皮莱、纳布和哈伯立即一言不发地钻入吊篮。彭克罗夫则按照工程师的吩咐把压载物悉数解下来，不一会儿，便回到同伴们的身边。

气球现在只有一根缆绳系着，工程师一声令下，即刻起飞。

这时候，一条狗突然跳进吊篮里来，是工程师的宠物托普。它挣断了锁链，追踪主人而来。工程师考虑到吊篮的承载量，想要把狗赶下去。

"别！多它一个无妨！"水手边说边扔掉两只沙包。然后，他解开缆绳，气球便斜着身子飘升而起，擦碰着两根烟囱，但并无大碍，不一会儿便消失在天空中。

狂风劲吹。黑夜来临，史密斯工程师不敢去想气球下降的事；而拂晓来临，地面被浓雾笼罩，什么都看不清。气球就这么在空中一直飘飞了五天。出逃的人们这才从一角青天往下看去，看见下方大海茫茫。

前面已述，他们五个人是 3 月 20 日出发的，其中四人在 24 日飘落在远离他们祖国六千多英里的一个荒凉海岸上。失踪的那个正是被他们视作自己的主心骨和领袖的赛勒斯·史密斯工程师。四人一踏上陆地，立刻想到要尽快找到他。①

---

① 4 月 5 日，格兰特将军攻占里士满，分离主义者的叛乱被平息，李将军所部撤到西部。

# 第三章

　　工程师史密斯被一股巨浪从网眼中冲走，其爱犬托普也因急忙跳出去救主人而失踪了。

　　"向前进！"记者大声呼喊道。

　　四人不顾疲劳，立即开始搜寻起来。

　　可怜的纳布想到失去了他最崇敬的人，不禁泣不成声。

　　从工程师失踪到其同伴们踏上陆地，间隔只有两分钟，因此大家希望立即便能找到他。

　　"我们去找他！我们去找他！"纳布叫喊道。

　　"对，纳布，"斯皮莱说道，"我们一定会找到他的。"

　　"他会活着吗？"

　　"肯定会活着。"

　　"他会游泳吗？"彭克罗夫问道。

　　"会！再说，托普也跟他在一起啊！"纳布回答道。

　　工程师失踪的地点是在海岸的北面，离四人上岸的地点大约半英里。也就是说，他离海岸有半英里远。

　　已经是六点光景了。薄雾飘飞，夜色朦胧。一行四人在他们偶然间踏上的这块土地上沿着东海岸向北面走去。沙石路上寸草不生，坑坑洼洼，还有不少大坑，行路十分艰难。海鸥翻飞，叫声不断，似与大海怒涛一比高低。

　　他们边走边大声呼唤，有时还停下来呼喊，看看是否有人回应。他们寻思，如果离工程师可能爬上岸来的地方不远，他们应该可以听到他的呼救声，起码托普的吠叫声也该传过来的。但是，除了波涛声和海浪拍岸的声响，他们没有听见其他什么声音。因此，一行人只好继续向前搜索，不漏掉一个角落。

　　二十分钟之后，他们被滚滚浪涛阻遏，陆地到此终止。他们已经走到一个海角尽头，眼前是海水，正在猛烈地拍击着尖角。

　　"这是个岬角，"水手说道，"我们应该从右边原路返回，才能回到原地。"

　　"也许他就在这儿！"纳布说道，一边指着巨浪翻滚的茫茫大海。

　　"我们再呼唤看看！"

于是，四人齐声呼喊，但仍无人应答；再叫，仍然没有回应，只有海涛声声。

四人只好快快地返回，走的仍是高低不平的沙石路，但是水手发现，回去的路与来时的不同，海岸更加陡峭，地势在上升。他猜想，这儿长长的斜坡应与黑暗中隐约可见其轮廓的高高的海岸相连。这一带的海岛较少。这儿海浪不太汹涌，海水较为平静，涛声不烈，几乎听不见海浪的拍击声。想必岬角在此形成一个半圆形的小海湾，把大海怒涛挡在了外面。

一行四人朝南走着，与工程师可能上岸的地方背道而驰。走了有一英里半之后，海岸已无弯道可让他们往回走了。他们一个个已筋疲力尽，但仍咬着牙关继续往前，希望随时发现一段弯道，可以走回原地。

一行人走了约有两英里后，又走到一处湿滑的高岬角上，再次被海水阻遏。他们沮丧，绝望到了极点。

"我们这是在一个岛上！我们已经从岛的一端走到另一端了！"水手大声说道。

他没有说错。他们被抛下来的地方并不是什么陆地，而是一座小岛，长度不足两英里，宽度就更谈不上了。

小岛乱石丛生，寸草不长。由于天黑，无法确定它是孤岛还是与其他岛屿相连。他们四周全是海水，无法离开这里，只好把搜寻工作拖到第二天再说了。

"他也许是受伤了，昏迷了，所以无法应答，我们不可丧失信心！"记者说。

记者建议点起一堆篝火，作为信号。但是，这儿寸草不生，只有沙石，无法点燃篝火。

纳布及其同伴们非常敬重赛勒斯·史密斯工程师，失去了他，他们的痛苦悲伤之情真的是难以言表。此刻，显然是没法寻找他了，只好等到天亮了再说。或许他已死里逃生，在岸上找到了一个避难之所，或许他已经离开了人世！时间漫长难耐。

天气很冷，寒气逼人。但他们并未感到艰难困苦，仍怀着希望，无数次折返北端，因为那儿是靠近灾难发生的地方。他们一遍又一遍地大声呼唤着，声音传得很远。此刻，大风止息，海水平静。

有一次，纳布的呼唤像是有了回声。哈伯对水手彭克罗夫指出这一点，说道："这可能说明西边不远的地方就是海岸。"

水手点头称是，但纳布这次呼唤的回声只是唯一的一次，小岛东面仍然一片寂静。

　　黑夜消去。3 月 25 日早晨五点光景，东方泛白，但地平线上仍是一片漆黑。拂晓时分，海面上飘起一层浓雾，二十英尺外就看不太清楚了。大片大片的雾气在移动着，向四面八方扩展开去。

　　不幸的人们此时仍旧看不清周围的东西，但记者与纳布的目光向海上望去的时候，水手和哈伯则往西边看去，看看是不是有海岸存在。但是很遗憾，就是不见陆地的影子。

　　"不要紧，"水手说，"我虽然没有看见海岸，但我感觉得到……海岸就在那边……我觉得这就像我们已离开里士满一样地肯定。"

　　晨雾很快停止上升，这只不过是晴朗天空中的一层雾霭而已。灼热的太阳把上层空气晒热，热气传到下面的小岛上。

　　六点半左右，也就是在太阳升起四十五分钟之后，雾气更加稀薄，上层逐渐变浓变厚，而下层的雾气已经消散，整个小岛渐渐地显现出来。同时，岛周围的一片汪洋也清晰可见了。岛的东面不断地向外延伸，而西面则被险峻高耸的海岸所阻断。

　　没错，那儿正是陆地。他们至少暂时是安全的。小岛与对岸之间隔着一条海峡，宽约半英里，水流湍急，波涛声声。

　　这时候，纳布也没和任何人说一声，便突然跃入水中。他急于游到对岸，向北面去。众人无奈。斯皮莱准备跟着游过去，但水手拦住他说："怎么，您想游过海峡？"

　　"是的。"斯皮莱回答道。

　　"您先等一等。请您相信我，纳布一个人就可以救他的主人，无须大家一起上。如果全部跳下去，有可能被急流冲到大海中去。现在正在退潮，等潮水退了之后，我们会找到一条道涉水而过……"

　　此刻，纳布正在与急流激烈地搏斗着。他在斜向泅水，黑黑的肩臂不时地在水面上闪现。他终于靠近了海岸。小岛与对岸相隔半英里，纳布用了半个多小时。

　　纳布在一片高大的花岗岩石壁下登了岸。他用力抖了一下身子，然后拔腿就跑，不一会儿便消失在一处岩石海角背后。这个海角伸入海中，几乎与小岛北端在同一个水平。

　　伙伴们怀着焦急的心情看着纳布的大胆尝试。此刻，他们已看不见他了，便捡拾散落在沙滩上的贝壳动物充饥，一面注视着这块他们寄予厚望的陆地。食物虽然并不可口，但他们饥不择食。

对岸形成一个宽阔的港湾，南端是一个险峻的海角，寸草不生，十分荒凉。越往北，港湾越宽阔，从西南弯曲延伸，向东北走去，最终形成一个狭长的地角。构成港湾弓形地带的两端之间，相距约有八英里。小岛距海岸约半英里，中间为一狭长海面，它像一条大鲸鱼，最宽处也只有四分之一英里。

海岸上虽寸草不生，但仔细看去，在右边断崖的后面还是有一些绿色草木的，一片大树林的影子影影绰绰，一直延伸到远处。最后，越过高地，在西北方七英里左右处，可见一白色山巅，在阳光下闪闪发亮，那是一座山顶积着白雪的大山。

这片陆地是个孤岛，还是与大陆相连，一时还说不清楚。但从其堆积在左边的奇形怪状的岩石来看，想必是因火山爆发而形成的一座小岛。

斯皮莱、彭克罗夫和哈伯仔细地观察了一番，心想，他们也许得在这儿生活数年。如果小岛远离航线，没有船只经过，他们也许得在此终其一生。

"喂，彭克罗夫，您怎么看呀？"哈伯问道。

"嗯，凡事都有利有弊，有好的一面，也有不好的一面，"水手回答道，"现在正在退潮，过三个小时之后，我们想办法探出一条路来。到了对岸之后，我们再想法子摆脱困难，我觉得找到史密斯先生是有可能的。"

果然，彭克罗夫的预言完全正确。三个小时后，海水退下去了，海峡底部的沙地已经显露。小岛与对岸之间有一条狭窄的水道，渡过去是非常容易的。

十点光景，斯皮莱及其两个同伴脱去衣服，捆扎好，顶在头上，大胆地下到深不足五英尺的海水中。哈伯觉得水太深，索性像条鱼似的游了过去。三个人顺利地到达对岸。阳光下，他们身上的水珠很快就干了。他们穿上没被弄湿的衣服，坐下来商讨下一步的对策。

# 第 四 章

这时，记者让水手待在原地，他立即顺着几小时之前纳布所走的方向，攀上悬崖，绕过峭壁，很快便不见了踪影。他是急切地想弄清工程师的下落。

哈伯也想随同前往，但被水手制止了。

"你别去，孩子，"水手说，"我们得准备一下宿营的地方，还得设法捡些贝壳动物，朋友们回来时，需要休息和食物。我们每个人都得各司其职。"

"那好，我听您吩咐，彭克罗夫。"哈伯回答道。

"这就对了。现在，我们又累又冷又饿，先得找一处歇息的处所，生上一堆旺火，找一些食物。树林里有木柴，鸟窝里有鸟蛋，现在的问题是找一处歇息过夜的地方。"

"这好办，"哈伯说道，"我想办法到岩石丛中找一个洞穴，我想我能找得到。"

"那好，那就走吧。"

二人在巨大的石壁脚下走着。由于海水退潮，大部分沙滩都已显露出来。他俩没有往北走，而是向南去了。水手发现，在他们上岸的地方下面几百步远处，有个狭窄出口，可能是一条河或一条小溪的出口。

他们正需要找到这么一条水道，一来可以解决淡水的问题，二来史密斯很有可能被水流冲到这儿来。

花岗岩石壁高达三百英尺，浑然一体，即使是它的底部，海水也冲刷不到，所以从上到下，不见任何洞穴或缝隙。悬崖系一片坚实陡峭的花岗岩，海水侵蚀不了它。只见无数的水鸟在石壁顶部飞来绕去，其中多为蹼足类鸟，喙又长又尖且扁平，叽叽喳喳地叫个不停，一点儿也不害怕这两个可能是第一次前来打扰它们安宁的人。彭克罗夫认得其中一种名为"贼鸥"的海鸟，还有那些在花岗岩坑洼处贪吃小鱼小虾的小海鸥。如果能有一杆枪，准能打下不少的鸟儿。但是，他们没有枪，无法射鸟充饥。不过，这些"贼鸥"和小海鸥不能吃，连它们的蛋都吃不得，因为臭味难闻。

这时，哈伯向左边走了几步，发现了一些岩礁，上面覆盖着海藻。再过几小时，海水涨潮，海藻就又会被淹没。湿滑的海藻中间麇集着许多贝壳动物，这对饥饿的人真的是极大的诱惑。哈伯情不自禁地叫了一声，水手听见后，立刻跑了过来。

"哈哈！这是贻贝！可以代替鸟蛋了！"水手高兴地嚷道。

"不，不是贻贝，"哈伯仔细地观察了一番岩石上的软体动物后说道，"是石蛏。"

"能吃吗？"彭克罗夫问道。

"当然能吃。"

"那就行了。"

哈伯这孩子完全可以信赖。他喜欢博物学，造诣颇深。他父亲曾鼓励他朝这方面发展，并让他去波士顿听最杰出的教授的课。教授们也很喜欢这个聪明好学的孩子，所以他在这方面很有长进。

这些石蛏有椭圆形的贝壳，成群地紧紧地粘在岩石上，一动不动。它们属于穿孔类软体动物，能在最坚硬的岩石上钻孔，其贝壳两端浑圆，一般的贝壳类动物未见这种特征。

水手和哈伯捡拾了一些这种椭圆形贝壳，津津有味地美餐了一顿这种微张着口的石蛏。其味辛辣，因此无须加任何佐料。

肚子问题解决了，口渴的问题却接踵而至，尤其是吃了这种辛辣的石蛏之后，口渴得更加厉害。当务之急是尽快找到淡水。这一带地势崎岖，看来不会没有淡水的。水手和哈伯又小心地捡拾了许多石蛏，塞满口袋，又用手帕包起不少，然后便回到悬崖下面。

走了有二百来步，来到彭克罗夫认为可能是一条小河经过的山口。这里的石壁像是由于剧烈的地壳运动而裂开了。石壁下确实是一条溪流，尽头形成一个挺尖的弯角。那儿的水流宽约百十英尺，两岸高不足二十英尺。溪水在花岗岩夹壁间湍急地流淌。石壁俯临河口，在河口上游处渐趋平坦，然后河身突然拐弯，隐没于半英里外的矮树林中。

"这里有溪水，矮树林有木柴，现在就是寻找住处的问题了，哈伯。"水手说。

溪水清澈。彭克罗夫相信此刻的溪水尚未被涨潮倒灌进来的海水侵入，应该是淡水，可以饮用。水的问题解决了之后，哈伯便独自去寻找可以藏身的洞穴，但却未能如愿。这儿到处是岩壁，平滑而陡峭，根本见不到洞穴。

然而，在河口，在潮水冲积地的上面，有因崩塌而形成的巨大的岩石堆，这当然不是洞穴，但却是可以藏身之地，在花岗岩产地常常可以看到，俗称"壁炉"。

彭克罗夫和哈伯连忙钻进岩石堆的深处。二人走在沙地上，里面光线较为充足，因为阳光可以从石缝中透进来。有些岩石高悬在上，但却神奇地保持着平衡，不至于掉下来。但是，光线透进来了，风也刮进来了，而且是货真价实的穿堂风，把外面的寒气也都带了进来。但是，水手心想，用石块和沙子掺和着堵住岩石堆的缝隙，"壁炉"住人，不成问题。其平面图呈印刷符号"&"的字形，只要把上方的那个口堵住，猛烈的西风和南风就吹不进来，里面的空间就可以藏身了。

"我们可以把这儿收拾一番，"彭克罗夫说，"等我们把史密斯先生找回来时，他一定会喜欢这个住处的。"

"我们一定会找到他的，"哈伯应答道，"他也一定会喜欢这儿的。不过，我们要是在左边过道里生上火，再弄个烟囱的话，那就更好了。"

"这事好办，孩子。我先去弄些木柴来，既可以先用它堵住洞口，防止风吹进来，以后又可以用来生火取暖、做饭。"

二人说完便离开了"壁炉"，转过拐角，上了河的左岸。这儿水流湍急，一些枯树枝被冲了下来。上涨的潮水现在已经明显可见，它肯定会把枯树枝等物冲到很远很远的地方去的。彭克罗夫在考虑如何利用流水运送这些重物。

又走了一刻钟之后，二人来到河流向左弯曲的拐弯处。河水开始流入一片美丽的树林。尽管已进入秋季[①]，但树木依然苍翠嫩绿，因为都是一些松柏科的针叶树木，全球各地，从寒冷的北方，直到热带地区，无处不长满着这种松柏科的树木。我们的这位年少的博物学家尤其识得清香味四溢的喜马拉雅雪松。在这些美丽的树林之间，还夹杂着枞树丛，向四周伸展着它们浓密的伞盖般的树枝。彭克罗夫走在深草丛中，只觉得脚下的枯枝败叶发出啪啦的声响，如同鞭炮声声。

"孩子，"水手对哈伯说道，"这些枯树枝可以作为我们的柴火，这是我们眼下最最需要的了。"

"那我们就把它们弄回去吧。"哈伯边说边开始动手干起活儿来。

枯树枝满地皆是，随手可拾，但却得考虑如何运回去的问题。枯树枝都很干燥，燃烧起来会很快，所以得多运些才是。哈伯觉得光靠他们两个人是怎么也运不够的。

———————————

① 由后文可知，此岛位于南半球，故为秋季。

"唉！"水手叹息道，"要是有辆大车或一条船就好了！"

"那就利用河水吧。"哈伯说。

"好，我们来打造一个木排，把这条河当作我们的自动运输线。"

"但现在正在涨潮，运输方向正好相反。"哈伯说。

"那就等退潮再说。我们先来做木排。"水手提议道。

哈伯跟随在彭克罗夫身后，二人朝着树林外边的河边走去。他俩各尽所能，尽量多打些成捆的木柴。陡峭的河岸边也有大量的枯树枝。这儿的草丛可能从来没人踩踏过。水手开始编扎木排。河岸的一部分突入河中，水势受阻，减缓，形成一个小水湾。二人用枯藤条捆扎住一些大木头，做成了木排，放入河中。然后，把捡拾到的木柴全部堆到木排上去。一小时的工夫，一切准备完毕，只等退潮，就把系于岸边的木排放下去。

离退潮还有几小时，二人商量了一下，决定爬上高处，踏勘更大一些的地方。

在河流拐角处二百步开外，峭壁因崩塌，一端往下倾斜，形成缓坡，延伸至树林边缘。这儿像是一个天然梯子。二人开始往上爬去，不一会儿便登上了顶部，走到可俯视河口的地方。

他们一眼就看到了他们在十分危险的情况下曾渡过的海洋。他们激动地望着发生过灾难的海岸北部地带。工程师就是在那儿失踪的！他们以目搜索，希望能看到气球的残骸，能看到史密斯仍攀趴在那残破的气球上。但是，眼前呈现着的只是茫茫的大海，空旷辽阔，岸边空空如也。连纳布和斯皮莱都没去那儿。也许此刻他们也在很远的地方，是根本看不见的。

"我觉得像史密斯先生这么坚强能干的人，是不会像常人那样被淹死的。他想必是在某处岸边上了岸。您说对吗，彭克罗夫？"哈伯说道。

水手忧伤地摇摇头。他觉得可能已无望再见到工程师了，但又怕伤了哈伯的心，便说：

"那当然，那当然，我们的工程师是个能人，总能化险为夷，安然无恙的。"

二人又仔细地观察起海岸来。只见下面是一片沙滩，向外延伸，直到河口右边，被翻滚着的浪花阻遏住。沙滩边裸露的礁石丛像是卧着的两栖动物群。礁石岸外，大海茫茫，在阳光下闪烁不定。南面的水平线被一突出之尖海角挡住，看不出陆地是顺着那个方向延伸，还是伸向东南或西南，使海岸形成一个长长的半岛。海湾北端，海岸沿着弧线伸往很远的地方。那边的海滨地势平坦，没有悬崖峭壁，只有退潮之后显露的一片沙滩。

二人转身向西边走去。首先看到的是六七英里外那座顶端积着皑皑白雪的高山。从离海岸两英里处直到层层斜坡，生长着大片大片的树木，许多常绿树点缀其间，看着一片翠绿，让人心旷神怡。从树林边缘到海边，是一溜平原台地，零星杂乱地长着丛丛树木。左边，小河流水，穿过林中空地，河水似乎是从山岭支脉间流出来的。在水手系泊木排处，河水开始从两边巍峨的花岗岩石壁间流出。左边石壁陡峭险峻，右边石壁则渐趋倾斜，整片石壁变成一块一块的岩石，岩石又变成石子，石子又变成沙砾，一直延伸至海角尽头。

"我们像是在一座小岛上呀？"水手喃喃自语道。

"不管怎么说，这座小岛看上去还是蛮大的。"哈伯答道。

此刻还无法对此下结论。不论是小岛还是陆地，反正这里的土地似乎很肥沃，景色秀丽，植物种类繁多，物产丰富。

"挺好，"水手说，"落在这么个地方，也算是不幸中的万幸了。"

"谢天谢地。"哈伯心中充满着对上苍的虔诚敬意应答道。

二人虽在这落难之地踏勘、观察了许久，但仍属走马观花，对未来的命运依然不甚了了。

然后，他俩沿着花岗岩台地的南边山脊往回返。台地边缘呈奇形怪状的锯齿状曲线。石穴里有成百上千的鸟儿栖息。哈伯在跳上岩石时，惊飞了一群鸟儿。

"啊！这不是海鸥，也不是沙鸥！"哈伯惊呼道。

"那是什么呀？会不会是鸽子呀？"水手问道。

"对，是鸽子，不过是野鸽或岩鸽。它们翅膀上有两道黑纹，尾巴呈白色，羽毛则是青灰色。如果岩鸽肉可食，那么它们的蛋也应该好吃。但愿它们在窝里留下点儿蛋才好！"

"我们不给它们孵蛋的机会了，除非它们能孵出荷包蛋来！"水手兴奋异常地说道。

"你想用什么东西煎荷包蛋呀？你的帽子吗？"哈伯问道。

"天啊！我可没那么大的本事，孩子，顶多也就是吃点煮鸽蛋罢了，再坚硬的蛋我也得把它煮熟了！"水手回答道。

二人仔细地搜索着石壁的孔隙，还真的在一些缝隙中摸到了一些鸟蛋！他们连忙捡拾，弄到几十枚，包在水手的手帕里。

海水眼看就要涨潮了，二人从山上下来，朝河边走去。

当二人走到小河拐弯处时，已是午后一点了。河水已经转潮回头了，因此必须立即趁退潮之机，把木排运送到河口。彭克罗夫不愿筏上无人，任其随水漂流，但又不想上到木排上去撑，因此他便用枯藤编结，制成一根绳子，长有数米。他把这条枯藤长绳一头系在木排后部，另一头攥在自己手中；哈伯则用一根长竿把木排撑出去，漂浮在河中。

　　放排圆满成功。木排上的大量木柴顺水而下。河岸陡峭，河水应该较深，木排不至搁浅。大约两点光景，木排已经漂流到河口，离"壁炉"只有几步远了。

# 第五章

　　把木排上的木柴卸完之后，彭克罗夫便忙着先把"壁炉"灌风的窟窿堵上，以便住人。他用沙子、石头、树枝和烂泥，封住南风会灌进来的洞口，旁边留出一道弯曲细缝，既能排烟又能拢火。洞内辟成三四间"房间"，里面暗得很，野兽藏身倒挺合适。不过，洞内倒也干燥，在中央部分，人还可以直起身子行走，这也算是很不错的了。他俩又在地上铺了一层细沙。干完这些事之后，他俩颇觉满意，留待日后再细致地布置。

　　他俩干活时，边干边聊，轻松愉快。

　　"说不定他们已经找到更合适的住处了。"哈伯说道。

　　"那倒也有可能，"水手说，"不过，即使他们也找到住处，这儿也可以备而不用。"

　　"唉！如果他们把史密斯先生也找到了就更好了！"哈伯说。

　　"是啊，那就太好了！"水手应答道。

　　收拾停当之后，二人便造了个炉子生火做饭。这活儿并不难。他们在保留好的细缝口下面铺了几块扁平宽大的石板，水手把捡拾来的放在另一间"房间"里的木柴拿了一些放在石板上。

　　哈伯问水手身上有没有火柴时，后者正忙着搬柴火。

　　"当然有！"水手回答道，"没有火柴或火绒的话，那我们可就抓瞎了。"

　　"我们还可以用两块干木头摩擦取火，就像原始人那样。"

　　"那好啊，孩子，你就试试吧。看看除了把手臂累折了，你还能有什么结果。"

　　"可这在太平洋海岛上可是小菜一碟啊。"

　　"你说的是对的，"水手回答道，"但你得知道，土著人熟悉这种取火办法，或者说他们用的是一种特殊的取火木头。其实我曾试过不止一次，但没有一次成功的。我宁可用火柴。火柴呢？"

　　水手便在上衣口袋里摸火柴。他是个"烟枪"，火柴从不离身。但摸来摸去也没摸到。他又在裤兜里找，也没有找到。他这下可真的着急了。

　　"糟了！麻烦大了！"他看着哈伯说道，"火柴肯定是给弄丢了！哈伯，你有没有火绒什么的呀？"

"没有！我哪儿会有呀！"哈伯也急了。

二人连忙往外跑去，在沙滩上、石缝间、河岸上仔细寻找。水手的火柴盒是铜质的，很容易发现，但左找右找怎么也找不到。

"您是不是在吊篮里时，把它连同其他重物一起给扔掉了？"哈伯问。

"不会的，我记得清清楚楚，没有扔掉。真糟糕，到底掉哪儿去了呢？"

"您瞧，现在退潮了，"哈伯说，"还是去我们着陆的地方找找看吧。"

他们来到沙滩，即昨天的着陆点，在砾石堆里和岩缝中找来找去，一无所获。水手急得什么似的，哈伯只好安慰他，说是火柴肯定被海水弄湿了，即使找到也划不着，没有用了。

"不，孩子，火柴是装在一个盖得严严实实的铜盒子里的，海水打不湿的。这下可好，怎么办呀？"水手说。

"没事的，肯定会有办法的，"哈伯回答道，"史密斯先生或斯皮莱先生也许带着火柴呢。"哈伯说。

"我看他们也不一定会有。史密斯和纳布都不抽烟，而斯皮莱是宁可扔掉火柴也不会扔掉他那宝贝笔记本的。"水手说道。

哈伯没有再吱声。火柴丢失确实是一件令人恼火的事，不过哈伯仍然往好处想，认为大家总会想到办法生火。彭克罗夫虽然经历过的事情不少，阅历丰富，并不是一个杞人忧天的人，这时也不禁烦恼不堪，不赞同哈伯的看法。不管怎样，只好等纳布和记者回来再说了。火柴是肯定找不到了，二人又捡了一些蛤蜊，然后便快快地回"壁炉"去了。

二人回到"壁炉"已是傍晚五点了，不由得又找了一遍，仍一无所获。大约六点光景，夕阳已消失，正在海滩边溜达的哈伯，看到纳布和斯皮莱回来了。但他没有见到史密斯先生……哈伯不禁心里一紧，绝望沮丧，伤心悲痛，难以描述。

记者归来后，闷声不响地往一块岩石上一坐。他已筋疲力尽，肚子又咕咕地在叫，连说话的力气都没有了。

纳布则是两眼红肿，泪珠儿仍在继续地往下滚落。显然，他已完全绝望了！

记者随后讲述了他俩寻找的经过：他和纳布沿着海岸一直搜寻到八英里外，远远超出了气球最后坠落的地方。工程师和托普就是坠落时失踪的。海滩没有任何人留下的痕迹，显然是没有人到过。大海与海边一样荒凉，想必工程师就是在离海岸几百英尺的地方葬身大海的。

记者刚一说完，纳布便跳起来大声说："不，他没有死！他绝不会死！啊！我受不了了！"

"纳布，"哈伯连忙劝解道，"我们会找到他的！上帝会把他还给我们的！你饿了，该吃点东西了。"

哈伯边说边递给可怜的黑人一些贝壳动物。纳布已经饿了好几个小时了，但他仍不肯吃。他真不愿意离开主人独自活着！

斯皮莱则狼吞虎咽地吃了几只蛤蜊，然后便在一旁的沙地上躺下睡了。他疲惫不堪，都快散架了，但情绪还算稳定。

这时，哈伯向记者走去，拉住他的手说：

"先生，我们找到一个更好的地方，您去那儿休息吧。明天我们再……"

记者站起身，跟着少年往"壁炉"走去。这时，水手走上前去，问他有没有火柴。

记者站住，在身上摸了摸，没有摸到，便说：

"原先有的呀！也许给弄丢了。"

水手又问纳布有没有，后者也说没有。

水手失望地嘟囔着。记者忙问他道：

"一根火柴也没有了？"

"一根也没有了！火也没法生！"

"啊！"纳布大声说道，"我的主人要是在的话，他会有办法的！"

四人绝望地对视着，一个个心焦难耐。哈伯最后打破了沉默，问记者道：

"斯皮莱先生，您是抽烟的，身上不会没有火柴呀！您再好好找找看，哪怕只有一根火柴也好！"

记者又在裤子、大衣和背心的口袋里仔细摸了一遍，没想到在背心的夹层里摸到了火柴棒。水手高兴极了，捏住它，但无法取出，又不敢硬扯，怕将火柴头上的磷磨掉。

"让我来拿。"哈伯说道，随即灵巧地取出这根无比珍贵的火柴。若是平时，一根火柴算得了什么？可现在，情况可就大不一样了。

"太好了！有了这根火柴，就等于是有了一船的火柴了！"水手嚷道。

水手小心地捏着火柴，领头往"壁炉"里走去。

水手确认火柴完好无损后，便要东西引火。记者连忙从笔记本上撕下来一张纸。水手接过纸来，跪在柴堆前，架起木柴，下面垫着一些枯草、树叶、干苔藓什么的，使空气流通，便于燃烧。然后，他轻轻地、小心翼翼地往石头上一划，但没有划着。

"不，我干不了，我的手抖得厉害！"水手说着站起身来，让哈伯代他划火柴。

哈伯还从来没有像现在这么紧张过。他的心脏跳动得十分激烈，比当年普罗米修斯盗天火都更加紧张激动。不过，他倒没有怎么太犹豫，猛地在石头上一划，火柴"刺"的一声，燃起一小点蓝色火焰，冒出呛人的烟味。哈伯点燃纸，用纸点燃干苔藓……火点着了，水手在使劲儿地吹气，不一会儿，干柴便噼噼啪啪地响了起来，越烧越旺，"壁炉"内亮堂起来。

"太好了！我这辈子还是头一次这么紧张哩。"水手激动地说。

石板炉灶很好用，烟顺畅地从夹缝里冒出去，而且烟囱拔火力强，不一会儿，"壁炉"里便暖烘烘的了。

现在的关键之关键是绝不能让火熄灭，必须永远保留一些红火炭。木柴存了不少，燃料不缺，只要火种不灭，火的问题就解决了。

水手首先想到的是做一顿比石蟹更有营养的晚餐。哈伯拿来二十多枚鸟蛋。记者倚在角落里，看着他们弄饭。他一言不发，脑海里萦绕着三个问题：史密斯是否还活着？现在何处？活着的话，为何没有发出生存的信息？至于纳布，这时却丧魂落魄，在海滩上独自徘徊，手足无措，不知如何是好。

水手彭克罗夫虽知道几十种做蛋菜的方法，但由于条件所限，现在也只能使用唯一的一种——把鸟蛋埋在灰堆里焐熟。

几分钟后，晚饭做好了，大家在这无名小岛上吃上了第一顿美味晚餐。大家吃得心满意足，毕竟鸟蛋富有营养，吃完后，大家增添了力气，恢复了体力，精神也足了一些。唯一的遗憾是少了史密斯这位众人公认的领袖人物。他竟然失踪了！连尸体都没见着！

3月25日这一天就这么过去了。夜幕已经落下。洞外狂风怒吼，巨浪拍岸，声音单调。海浪卷起的卵石，发出咚咚的撞击声，让人昏昏欲睡。

记者睡前把当天的情况记了下来。写完之后，他已疲惫不堪，同时也想用睡眠来忘却缠绕在心头的忧心事，于是他便退到一个角落去躺下。哈伯毕竟年幼，一躺倒便睡着了。水手睡得并不踏实，他心系火堆，不时地往火上大量添加柴火。但纳布伤心绝望至极，没有睡在"壁炉"里。无论大家如何劝解，他都不听，独自整夜地在海滩上徘徊，不停地呼唤着自己的主人。

# 第六章

这几个被抛到看来是荒无人烟的海岸的落难者，在落地之后，连忙清点各自的物品，可除了身上穿的，可以说是一无所有了。当然，记者斯皮莱的笔记本和手表倒是没有丢失。他们既没了武器，也没了工具，连一把小刀都没有。他们为了减轻吊篮的重量，保住性命，把所有的东西都给扔进了大海。即使达尼尔·笛福[①]或魏斯[②]书中杜撰的主人公，以及在约翰斐南多群岛或奥克兰岛航海时遇难的赛尔寇克和雷纳，也不至于像他们这几个遇难者这样一无所有。那些人或在搁浅的船上找到大量的东西——粮食、家畜、工具和弹药，或在海边寻觅到一些生活必需品。可是在这儿，工具、什物等什么都没有，但为了生存，什么都得做。

如果工程师没有失踪，同大家在一起，凭他的智慧、才能，定会给大家以希望的。唉！想重新见到他，可能纯属奢望了！他们现在只好把希望寄托在上帝和自己身上了，上帝是绝不会抛弃虔诚笃信的人的。

他们对这个地方毫无所知，不知它属于哪个大陆，不知有没有人居住在此，是不是只是一座荒无人烟的小岛，他们该不该在这儿待下去。这都是必须弄清楚的问题。但是，彭克罗夫却认为还是等上几天再勘察为好。现在，他们的首要任务是想办法弄点食物，特别是需要弄点简单易做的食物，如鸟蛋或软体动物。有很多的事在等着他们去干，必须养精蓄锐，恢复体力。

"壁炉"暂时还凑合着可以安身。火生了起来，保留一些火炭也不犯难。石缝里鸟蛋不少，海滩上有大量的贝壳动物可以捡拾，附近树林里可能还有野果可食，近旁还有不可或缺的淡水。因此，大家商定，先在这儿休息几日，做点准备，然后前往海岸或深入内陆踏勘一番。

纳布对这一计划尤表赞同。他坚持自己的预感与判断，不相信史密斯已经葬身鱼腹，所以他不愿马上就离开这个出事地点。他不相信，也不愿意相信史密斯工程师已经死亡。他认为像工程师史密斯这样的人是不可能被海浪卷走，淹死

---

① 达尼尔·笛福（1661—1731年），英国小说家，著有《鲁滨孙漂流记》等。
② 魏斯（1781—1830年），瑞士小说家，《瑞士鲁滨孙漂流记》的作者。

在离海岸仅百步远的地方的。绝对不会！除非他的尸体被冲上岸来，他亲眼所见，并亲手触摸之后，他才会相信自己的主人已经死亡的事实。这种想法像扎了根似的，在他的脑子里越来越牢固。这也许是一种幻想，却是一种值得称赞的幻想。彭克罗夫虽然认为工程师已经不在人世，但他又不想让纳布的幻想破灭，也不去与他争辩。纳布像一条忠实的狗似的，不愿离开其主人倒下的地方。

3月26日这天早晨天刚亮，纳布又沿着海岸向北面走去，又到了工程师出事的地点。

这天早上，他们吃的只是鸟蛋和石蛏。哈伯在石头凹处找到了一些海水蒸发后沉积下来的盐，这可是来得非常及时。

饭后，彭克罗夫与哈伯一起去树林里打猎。因必须留人看着火堆，斯皮莱只好留下，而且说不定纳布随时需要有人帮忙。

"打猎的路上，我们想办法弄点猎具，在林子里削些木刀木箭什么的。"水手对哈伯说。

临出发时，哈伯提醒水手说："没有火绒，也许可以找一些别的来替代。"

"用什么来替代？"水手问。

"烧焦的布，必要时，那就是火绒。"哈伯回答道。

水手点头称是，立即掏出自己的那方大格子手帕，撕下一块，烤得半焦，把它藏在石洞中间能挡风避潮的一块岩石的小洞中。

此刻已是上午九点了。天阴沉沉的，东南风刮了起来。水手和哈伯绕过"壁炉"的拐角，沿着小河左岸而上，还朝着炊烟袅袅的岩石顶端看了一眼。

二人来到树林中。水手立即从一棵树上折断两根大树枝，弄成粗棍棒；哈伯则在一块石头上把棍棒两头磨尖。然后，二人沿着河岸在深草丛中向前走去。河流开始逐渐变窄，两岸陡峭，上方树枝相连，形成拱门。为了不致迷失方向，水手决定沿着河边走。但河边的路不好走，有柔软的树枝低拂水面，有些地方又多荆棘和爬藤，必须用棍棒拨开，方可迈步。哈伯却十分灵巧，像只活泼的小猫，蹿来跳去，一下子蹿得老远，不见踪影，吓得水手连忙把他唤回来。

彭克罗夫在仔细观察周围的情况：左岸地势平坦，而向内陆的地方地势逐渐走高，而且还有几处似沼泽般的湿地。看来地下有一水网，通过断层，流入河中。时而会有一溪流从矮树丛中流过，溪水不深，可涉水而过。对岸似更崎岖，而峡谷却轮廓分明，河水从峡谷底部流淌着。重峦叠嶂，挡住视线。从右岸走可能很困难，因为斜坡突然变陡，而且粗大的树枝垂及水面，妨碍行走。

二人所在的这片树林与他们走过的海岸一样，都是无人到过的地方。水手只发现了一些兽类的足印及其他动物新近留下的印迹，但他分辨不出是什么动物。不过，可以肯定是凶猛的野兽，不可掉以轻心。幸好，没有发现有篝火的余烬以及人的足迹，因为在太平洋的任何一个岛上，有人出现反倒更加可怕。

路难走，行路速度很慢，都走了有一个钟头了，才前进了一英里左右。到此刻为止，一只猎物也没弄到。只是在树枝间发现有些小鸟在叽叽喳喳地飞来飞去，似乎胆小怕人。在林中的一片沼泽地旁，哈伯发现一种与翠鸟相似的鸟，嘴又长又尖，但羽毛与翠鸟不同，虽有光泽，但并不美丽。

"这可能是啄木鸟。"哈伯边说边向鸟靠近。

"如果能烧烤一下，就可以尝尝它的味道了。"水手说。

说话间，哈伯随手用力扔出一块石头，击中鸟翅根部，但用力不够，没能致命，鸟惊飞而去，不见踪影。

"啊，真笨！"哈伯在责怪自己。

"你不笨，孩子，换了我，还击不中它哩。算了，别生气，以后我们会抓住它的。"水手安慰少年道。

随即，二人继续前行。树木渐渐稀疏却挺拔秀美，只是其果实无法食用。水手想寻找日常生活中用途很广的棕榈树，但见到的却都是针叶树。这些针叶树若是生长在北半球，可以一直长到北纬四十度地区，而在南半球却只能到达南纬三十五度地区。哈伯认得其中有一些喜马拉雅雪松，类似北美西北部海岸的洋松，以及高达一百五十英尺的冷杉。

这时，忽然有一群美丽的小鸟飞来，尾巴长长的，闪亮放光，煞是好看。它们纷纷落在树枝上，抖动身子，羽毛落在地上，铺就一层羽绒。哈伯捡起几根，看了看说：

"是锦鸡。"

"我倒是喜欢松鸡和珍珠鸡，好吃。"水手说道。

"锦鸡也好吃，肉很嫩。这种鸟并不怕人，走近前，用棍棒就能打着。"哈伯说。

二人悄悄钻进草丛，爬到一棵树下。这树垂及地面的树枝上，栖息着不少锦鸡，正在捕捉小虫子吃。二人猛地跳起来，乱挥木棍，打下多只锦鸡，等其他的回过神来飞走之后，地上已经躺着百十来只了。

"太好了！"彭克罗夫说道，这种猎物最适合我们这样的猎手捕捉，只需用手就可以抓到！"

　　水手用软树枝把它们穿成串后，继续往前走去。这时，河水向南转了个弯，但所形成的河湾并没延伸多远，因为源头可能就在山里，河水系主峰上融化的积雪汇集而成。

　　我们知道，他俩此行的目的是给"壁炉"的居民寻找尽可能多的猎物。但到目前为止，这一任务尚未完成。因此，水手仍在继续寻找猎物。突然，草丛中蹿出一只动物，可一溜烟不见了，他们连它长什么样儿都没看清，水手不禁抱怨起来。心想，若是有托普在就好了！但是，托普及其主人都不知所踪，说不定已经全都死了。

　　午后三点光景，树上又有一群鸟儿飞来，在啄食刺柏的果实。突然，又传来鸣叫，似喇叭声响。这是一种带颈羽的松鸡的叫声。二人随即发现几对，大小与普通鸡不相上下，哈伯认得，这种鸟身上的羽毛呈浅黄褐色，间有褐色杂色斑纹，尾巴完全是褐色的。哈伯知道雄鸟脖子上长有两根长羽毛，似两个尖尖的翅膀。这种鸟肉味鲜美，水手心里痒痒的。但松鸡难以接近，水手试了几次，未能捉到，因此说道：

　　"它们会飞，逮不着，不如用绳子来钓。"

　　"像钓鱼似的？"哈伯惊讶地问。

　　"没错。"水手一本正经地回答道。

　　水手在草丛中发现了六个松鸡窝，每个窝里都有两三只蛋。他知道松鸡会回窝的，便在窝旁布置好绳钩。他把哈伯叫到松鸡窝附近，用只有伊萨克·华尔顿①的门徒才具有的细心制作他的捕捉装置。哈伯饶有兴趣地看着他在弄，但心里却并不认为他能弄成。那是用细爬藤接起来的，每根长十五到二十英尺。彭克罗夫又把矮刺槐上的粗大结实的倒刺弄下来，绑在一头做钩子，上面穿上大红毛虫当作钓饵。

　　水手悄悄地走过草丛，把带钩的一头放在松鸡窝边，然后拿起绳子的另一头，走到一棵大树后面，与哈伯一起耐心地等待着。

　　半小时后，果然有几对松鸡回到窝边。它们跳来跳去地在啄食地上的食物，没有怀疑有猎人在等着它们。二人躲在下风口，没被它们发觉。哈伯屏气敛息；水手瞪大眼睛，张大嘴巴，嘟起双唇，好像正等着品尝鲜美的松鸡肉。

---

① 伊萨克·华尔顿（1593—1683 年）是英国有名的钓鱼高手，著有《钓鱼大全》。

　　这时，松鸡在绳钩附近走来走去觅食，但没注意到绳钩上的诱饵。于是，彭克罗夫便轻轻地拉动了几下钩绳，钓饵微颤，似活物一般，松鸡被吸引过来，用嘴啄食。一共是三只。水手眼疾手快，见它们正将虫子连同钩子吞了下去，连忙猛一抖手，三只松鸡扑扇着翅膀，被钩住了。

　　"跑不了了！"水手边喊边跑过去，把松鸡按住。

　　哈伯见状，高兴异常，一个劲儿地拍手，他这还是头一次见到用绳钩"钓"鸟。他把水手猛夸了一番，水手则很谦虚，说这并非他的发明，而且以前也曾多次这么干过。

　　"不管怎么说，"彭克罗夫说道，"我们眼下处境艰难，总得多想些法子才是。"

　　彭克罗夫把捕捉到的松鸡爪子捆起来，眼看天色已晚，便同哈伯一起高高兴兴地往回走去。

　　有河水指明方向，只要顺河而下就可到"家"。六点光景，疲劳却开心的这两位猎人，回到了"壁炉"。

# 第 七 章

　　此刻，斯皮莱站在海边，双臂环抱，一动不动地凝视着大海。东方水平线上厚厚的乌云层层叠叠，很快便在头顶上方的天空中扩展开来。风力在加大，夜幕降临，天变得愈加的凉了。天空呈现出恶劣景象，预示着暴风雨即将来临。

　　哈伯进了"壁炉"，彭克罗夫则向斯皮莱走去。后者正全神贯注地注视着大海，没有发现有人向他走来。

　　"今晚恐怕会有风暴，斯皮莱先生，海燕是喜欢暴风雨的。"水手说。

　　记者闻声，立刻转过身来，忙问道："彭克罗夫，您是否记得海浪冲走我们的伙伴时，气球离海岸有多远？"

　　水手没想到记者会问这么个问题，所以犹豫了片刻，略加思索后，回答道："顶多两链远。"

　　"那么一链是多远？"记者问。

　　"一百二十英寻，也就是六百多英尺。"

　　"这么说，史密斯失踪的地点离岸边顶多也就四百米？"

　　"差不多。"水手回答。

　　"他的狗也是在那儿失踪的？"

　　"是呀。"

　　"我觉得蹊跷的是，"记者接着说道，"如果史密斯死了，托普也死了，那狗与它主人的尸体怎么没有冲到岸上来呢？"

　　"这没什么奇怪的，"彭克罗夫回答道，"海上风大浪急，有可能把他们冲到很远很远的地方去了。"

　　"您这么说的意思是，我们的同伴已经葬身大海了？"斯皮莱又问道。

　　"是的，我认为是这样。"

　　"可是，我总觉得狗与其主人都消失得无影无踪，总是有点什么解释不通的地方。"斯皮莱坚持己见地说。

　　"我也希望自己与您的想法一致，斯皮莱先生，但我确实觉得他们已经死了。"彭克罗夫肯定地说。

　　水手说完便回到"壁炉"里去了。炉火烧得正旺，哈伯刚加了一抱干柴，火光把通道里最暗的地方都照得亮堂堂的。

彭克罗夫立刻动手准备晚饭。由于大家都需要恢复体力，所以得弄些耐饥抗饿的食物吃才是。他将两只松鸡褪了毛，弄干净，穿在一根小棍上，放在火上烤起来，其余的松鸡却被他一串串地弄好，留待第二天再吃。

已经七点了，纳布仍然没有回来，水手十分不安。他担心这个伤心过度的人会发生意外，担心他想不开会自寻短见。但哈伯却不这么认为，觉得他迟迟不归是发现了新的线索，现在很可能正循着新线索——或许是脚印、痕迹或遗留物什么的——往前寻去，说不定现在正待在自己主人的身旁。他把自己的想法说了出来，只有记者表示赞同，而水手则认为纳布因寻主人走得很远，走到比头一天更远的地方去了，一时回不来。不过，哈伯毕竟还是感到不安，几次提出要去找纳布，遭到彭克罗夫的劝阻，认为天太黑，很难找到，还是在这里等着的好。如果第二天仍不见他返回，那他就一定与哈伯一起出去找他。

斯皮莱同意水手的意见，还是别再分开的好，弄不好，麻烦更大。哈伯只好服从，放弃自己的想法，但是两大颗泪珠却涌出了他的眼眶。

记者见状，好生心疼，立刻将孩子搂进怀里。

天气变得恶劣了。一阵狂风从东南方刮过来，只听见海浪拍击着礁石，发出巨响。大雨随之倾盆而泻。岸边浓雾笼罩。大雨夹着风沙，空气中弥漫着沙尘与水雾。大风在河口和两岸石壁间肆虐，致使河床上空形成一个强大的气旋。"壁炉"里冒出的炊烟被倒灌进来，通道里烟雾腾腾，让人睁不开眼，呛得难受。彭克罗夫把松鸡烤好，赶忙把火熄灭，只在热灰中留下几块火炭。

已经是晚上八点了，纳布仍然没有回来。想必是这恶劣的天气把他阻拦在哪里了。他大概已找到什么洞穴暂避一下，待风停雨止，或是等到第二天，再返回"壁炉"。反正，在这种天气状况下，出去寻他是不明智、不可能的。

松鸡味道不错，大家吃得很香，尤其是水手和哈伯，累了一天，早就饿了，吃得更是有滋有味。

饭后，他们各自回到头天晚上睡觉的角落。水手四仰八叉地躺在火堆旁，哈伯在他身旁很快便进入了梦乡。

夜渐深，风更紧，雨更急。这场风暴和前些日子把他们吹到这儿来的那场风雨一模一样。春秋两季，常见这种风暴，而且它还往往带来巨大的破坏，尤其是这一带海滩宽阔，情况尤为严重。这样一个毫无遮挡的、朝东的海岸被狂风吹袭的惨相可想而知。幸好，垒成"壁炉"的岩石很坚固。只是有几块花岗岩根基稍微不稳，有点摇动。水手头枕岩石，感觉得到岩石在震颤。他在竭力鼓励自己不必担心，这座临时的避难所固若金汤，绝不会坍塌。但是，他毕竟还是听到有石块从岩顶被刮落，滚到海滩的巨响。甚至还听到有几块巨石砸到"壁炉"的顶上。碎成小块，四下溅落。他起来了两次，爬到通道口，观察洞外的情况。雨并不大，没构成太大的威胁，于是，他便爬回烧得正旺的炉火旁睡下了。

哈伯依然睡得很香；彭克罗夫虽偶尔会睁一睁眼睛，但仍然照睡不误，毕竟长年生活在海上，经过风雨见过世面；斯皮莱却怎么也睡不着，不仅是风雨交加令他心里不安，更重要的是他在为纳布担忧，责怪自己为什么不陪他一起去。让哈伯心中牵挂的事，也同样让他心绪不宁。他的脑子都在围着纳布转。他在沙地上辗转反侧，根本没去管外面的风吼雨袭。他时不时地会因过于疲劳而闭上一会儿眼，但突然一惊，便又睁开眼来。

此刻，夜色已经十分深沉了，估计该是凌晨两点左右。睡得正酣的彭克罗夫突然被推醒了。

"怎么了？"他立刻惊醒过来，头脑十分清醒。这是水手特有的本能。

"您听，彭克罗夫！您听！"记者俯身向他，对他说道。

水手竖起耳朵，但除了风雨声外，他并未分辨出有其他什么声音。

"是风声。"他淡淡地说。

"不，"斯皮莱又仔细地听了一会儿后说道，"我好像听见……"

"听见什么？"

"是狗叫声！"

"狗叫！"彭克罗夫腾地站了起来。

"是的……是狗叫……"

"这不可能！"彭克罗夫说，"而且外面又是风又是雨的……"

"你听！你听！"记者说。

水手更加仔细地听了一会儿，果然在风雨的间歇中分辨出远处有狗吠声，他高兴地大声说道："是……是的！"

"是托普！是托普！"刚惊醒过来的哈伯也叫嚷起来。

于是，三人立刻冲到洞口。狂风猛吹，他们站立不稳，几次都被风吹了进来。最后才倚在岩石上，算是出来了。他们四下里张望。夜色漆黑，分不清大海、天空和陆地，一丝光亮都没有。

他们浑身湿透，眼睛被风沙吹得睁不开。最后，在风雨间歇中，又听见了狗叫，不过是在很远的地方。

这狗叫声肯定是托普！它是只有自己在，还是有人陪伴着？想必是没人在陪伴它，因为要是纳布跟它在一起的话，他会急不可耐地带着托普赶回"壁炉"的。

水手因风大，说话听不清，便按了按记者的手，示意他"等一下"。然后，他便返回到通道里去了。

不一会儿，返回"壁炉"的水手，拿了一束燃着的干柴，投向黑暗中，并吹起尖声响亮的口哨。

像是远处正在等待这一信号似的，狗叫声越来越近。片刻之后，一条狗奔进洞内。三人立即跟了进来。

火上加了一把干柴，通道立刻亮堂了。

"是托普！"哈伯喊道。

果然是托普！它是一条出色的盎格鲁—诺尔曼杂交狗，它具有这两种狗的优良遗传，跑的速度极快，而且嗅觉又极其灵敏。它是赛勒斯·史密斯的爱犬，可纳布和史密斯却没跟它在一起！托普并不知道"壁炉"这个地方，它是怎么凭直觉跑到这儿来的呢？而且，风雨交加，它却并不显得疲惫，身上一点污泥也没有……

哈伯将托普搂在怀里，用手拍着它的脑袋。托普温顺地任由哈伯爱抚，还用脖子一个劲儿地蹭哈伯的手掌。

"狗找到了，它的主人不会找不到的！"记者高兴地说。

"那咱们就去找吧，让托普带路。"哈伯心急地说。

"好，那就走吧。"水手赞同道，他认为托普的归来，已经否定了自己先前的推测。

他把炉子里的炭火封好，准备好火种，以备归来时之所需。托普轻轻地叫了几声，似乎在邀请大家一同前往。大家立刻跟着托普冲到外面。

此时，风未停，雨未止。他们全然不顾，心中只想到一点：尽快找到史密斯和纳布。

跑了一刻钟之后，几个人已经上气不接下气了。稍事歇了一下，喘了口气，相互交谈了几句，相信狗的主人一定还活着。当哈伯提到史密斯的名字时，托普便轻轻地叫上几声，像是在说它的主人有救了。

"史密斯得救了，对吗？"哈伯反复问了几遍，托普就叫了几遍，作为回答。

三人又带着狗往前赶去。现在大概是凌晨两点半，海水开始上涨，涛声巨大，几乎要淹没小岛。海岸直接暴露在汹涌的波涛之下，堤岸已经不再能起到保护作用了。

托普勇敢地朝着认定的方向在前头奔跑，大家弓着身子，跟随其后。他们向北面艰难地走去，右边的滚滚波浪，响声隆隆，左边则是一片黑乎乎的看不清是什么的地方，不过他们觉得那应该是一块平地，因为狂风一路刮过去，没有受到阻遏。

清晨四点光景，估计已走出有五英里了。云层开始在往上去，地上稍许亮了点。狂风仍然劲吹，雨虽小了，但仍是冷得要命。三人冻得浑身哆嗦，但不觉得苦，仍紧跟在托普身后奔跑着。

五点光景，天微微亮了。一线白光清晰地显现在海平线上。左边起伏不定的海岸也显露出来。浪尖呈现出淡黄色的光亮，浪花复又变为白色。此时，崎岖不平的左海岸影影绰绰地显现出来，但仍只是黑暗背景中的一个灰灰的轮廓而已。

到了六点时，天就大亮了。云层升高。三人离住处大约已经有六英里远了。大家沿着宽阔的海滩往前走去。由于正值海水涨潮，海边礁石只露了个头。左边高低起伏的沙丘上长着一根根野草，一眼望去，满目荒凉。岸边悬崖峭壁，犬牙交错，濒临大海只有一溜儿杂乱的小丘岗。零星长着的怪模怪样的大树，全都向西倒伏着，树枝也向西伸长。而在远处的西南方，却可见一片片的森林。

这时候，托普明显地着急起来。它往前跑着，忽而又折返回来，像是在央求他们跑快一些。它离开了海岸，凭着直觉，毅然地往沙丘奔去，三人紧随其后。周围没有一点生物，宛如一片沙漠。

离开海岸五分钟后，三人来到一个洞口。这洞位于一座高高的沙丘的背后。托普在洞口停下不走，一声比一声更响地吠叫着。三人随即向洞中走去。

只见一个人躺在草铺上，纳布跪在他的身旁……

躺着的那人正是赛勒斯·史密斯工程师。

# 第 八 章

❖

纳布跪在那儿一动不动。

"他还活着吗？"水手大声问了一句。

纳布没有回答。记者与水手脸色变得煞白。哈伯绞着双手，愣愣地站在那儿。其实，可怜的黑人根本就没有看到自己的伙伴们，也没有听见水手的问话，他真的是伤心过度了。

记者连忙跪到僵卧着的工程师身边，稍稍解开他的衣服，把耳朵贴在他的心口上。时间一秒一秒地过去，仿佛长似一个世纪一般——他就这么仔细地听着工程师的心脏，觉得似乎有极其微弱的跳动。

纳布稍微挺直了点身子。他两眼发直，目光空茫。再绝望的人也没像他那样脸变得这么厉害，几乎让同伴们都认不出他来了。他是以为自己的主人已经死了而陷入极度的悲伤。

最后，斯皮莱站起身来说："他还活着！"

水手也连忙跪了下去，贴耳细听，果然觉得对方心脏在微弱地搏动着，而且觉得他唇边还有一丝呼吸。

哈伯闻知，立刻跑去找水，在一百来米处发现了一条清澈小溪，大概是大雨过后，水上涨了，形成小溪，溪水经沙粒过滤，干净清纯。没有盛水物，他只好掏出手帕，浸湿浸透，飞快地跑了回来。

记者把湿手帕贴在工程师的嘴唇上。经凉水这么一激，工程师从胸腔内吐了口气，好像是要说点什么。

"我们一定能救活他的！"记者说。

纳布闻听此言，心中充满了希望。他立刻解开主人的衣裳，看看他有没有受伤。奇怪的是，他头上、身上、四肢上竟无一点伤痕。他摔下来，即使爬到这儿，手上也该留下点伤痕的呀！

只有等史密斯能说话时，谜才能解开了。现在，首先是要把他救醒过来。于是，他们便用水手的绒线衣对他进行揉搓、按摩。

经过这么一个劲儿地按摩，他苏醒了过来，胳膊微微动了一下，呼吸也渐渐地均匀了。他是因过度疲劳而昏迷的，如果大伙儿不及时赶到，他就醒不过来了。

"您以为您的主人已经不行了吧？"水手问纳布。

"是呀，我以为他已经不行了。如果不是托普找到你们，你们没来的话，我已准备掩埋他了，然后我便死在他的旁边。"

然后，纳布叙述了当时的情况。头一天黎明时分，他便离开了"壁炉"，爬上海岸，往北走去，一直走到自己曾走过的那一带海岸。他在海岸上，在岩石缝中，在沙滩上，仔仔细细地搜寻着，一个细小角落都没有放过。当时并没抱有找到活着的主人的希望，而只想找到他的尸体，把他安葬了，也就了却了心愿。他找来找去，找了很久，只见海滩上散布着无数的贝壳，并无被人踩破的痕迹。于是，他又上到岸上，又往前走了几英里，心想，尸体可能会被冲到很远的地方去的。纳布深信，如果海岸平坦，而尸体又在附近漂浮着，那么海水肯定会将尸体冲上岸的，所以他想见主人最后一面。

"我沿着海岸又走了两英里，但仍一无所获。直到昨天傍晚五点光景，我在沙滩上发现了许多脚印。"

"人的脚印？"水手大声问道。

"是的，没错。"纳布回答道。

"脚印是从水边礁石那儿开始的吗？"记者紧接着问道。

"不，是从涨潮线顶端开始的，下面的脚印肯定都被潮水冲刷掉了。"

"你继续说，纳布。"记者催促道。

"我一见这脚印，几乎要乐疯了。脚印非常清晰，一直连到沙丘上。我沿着这脚印走了有四分之一英里。五分钟后，我听见了狗叫声。是托普！它把我引到这儿，引到了主人的身边！"

纳布最后说，他本来还多少抱有一线希望，盼着见到活生生的主人，但找到的竟是主人的尸体，便立刻大放悲声。这时，他想起了自己的同伴们，觉得大家一定也想最后向这位不幸的人告个别。于是，他便想到了托普，一遍又一遍地对它念叨它最熟悉的记者的名字，然后，又向它指指南方，托普十分有灵性，撒腿便往他所指的方向跑去。

托普尽管没有到过"壁炉"，但像是有超自然力在引导着它，让它抵达了目的地。

伙伴们聚精会神地听完纳布的讲述。他们脑子里仍旧存在着疑窦：史密斯从海里爬上岸，为何身上没有一点伤痕？这岩洞位于沙丘中间，离海岸足有一英里多，他是怎么走完这么长的一段路的……

"这么说，纳布，不是您把他弄到这儿来的？"斯皮莱问道。

"不，不是我。"

"显然，是他自己到这儿来的。"彭克罗夫说。

"看来是这样，但却令人难以置信。"斯皮莱说。

这个谜只有等史密斯自己来解了。经过按摩，血液畅通，工程师的胳膊又动弹了一下，接着，脑袋也动了一下，嘴里还吐出几个字来，但含混不清。

纳布俯身向他，呼唤着，但对方眼睛仍然紧闭着，似乎尚未完全恢复知觉。

彭克罗夫很恼火身边没有火，也没有办法取火，他很遗憾，忘了把那块烧焦的纱布带来，不然就可以用两块石头敲击点火了。工程师身上只有背心口袋里装着一只表，无其他任何物品。大家一致认为必须马上将他抬回"壁炉"。

经过大家的悉心照料，史密斯终于恢复了知觉。经凉水润湿其嘴唇，他渐渐地苏醒了。水手立即想到带来的松鸡，想用鸡肉汁加些水当作饮料。哈伯这时也飞奔到海边，捡拾到两只大蚌壳。水手把它们掺和在一起，调成饮料，送到工程师嘴边。后者贪婪地喝着，不一会儿，眼睛睁开来了。纳布和斯皮莱赶忙俯身面向工程师。

"主人！主人！"纳布连忙呼唤着。

史密斯听见了，认出了纳布和斯皮莱。然后，又认出了其他二人，轻轻地握了握大家的手。

同时，他嘴里又嘟囔了几个字出来，这几个字显然他不知嘟囔了多少遍了，但此时此刻它们仍然缠绕在他的脑海里，但这一次，大家听明白了。

"是荒岛还是大陆？"他喃喃地问道。

"啊，史密斯先生，这都无所谓的。只要您活着，我们什么都不在乎。"水手高兴不已地大声说道。

工程师微微地点了一下头，然后像是又睡着了似的。

记者马上安排，设法安全地把工程师抬到一处更舒适点的地方去。纳布、哈伯和水手便走出洞穴，向一座小山跑去。山顶上长着几棵歪歪扭扭的树。他们瞅准一棵干枯的，把它弄断，折下些树枝，再铺上些野草和树叶，做成了一副担架。他们花了四十分钟，完成任务，回来了。这时，已经是上午十点了。这段时间，斯皮莱一直守护着史密斯。

工程师已经醒过来，还说了几句话。水手忙把松鸡肉递给他吃。

"您知道吗，史密斯先生？"水手高兴地说，"我们有一所住宅，在南边，里面有房间，有床，还生着火。我们还储存了不少锦鸡什么的。我们已经替您准备好了担架，等您再恢复一点儿，我们就抬您回去。"

史密斯向水手和大家表示了感谢后，便向记者询问发现他的经过。记者把经过情形说了一遍之后，工程师声音极其微弱，不解地问：

"这么说，你们不是在沙滩上救的我？"

"不是。"记者回答说。

"不是你们把我抬到这个洞里来的？"

"不是。"

"洞穴离海边有多远？"

"约有半英里，"水手抢着回答道，"史密斯先生，您惊奇，我们比您更加的惊奇！"

"这可真是怪了！"工程师体力在恢复，不禁诧异地说。

"您还是先跟我们说说您被海浪卷走之后都发生了些什么事吧！"彭克罗夫问道。

史密斯逐渐回忆起来，记得波浪把他从气球网上卷进海里，先是往下沉了好多米，突然又觉得有什么东西把他托住，往上浮起。这时才感到像是托普在自己的身旁。托普咬住他的衣服，他自己也拼命地游。可是，突然遇上一股急流，把他与托普一起冲到很深很深的水里。从这时起，直到伙伴们把他救醒，他什么也记不清了。

"你们在海岸边就没有发现什么人的踪迹吗？"工程师不解地问。

"没有。再说，要是有人把您救起，怎么上了岸后，又把您给扔下了呢？"记者回答道。

"那倒也是，"工程师说，然后，转向纳布问道，"纳布，您发现的脚印现在还在吗？"

"在，主人，"纳布回答，"在入口处，在小山后面，风雨都打不到的地方。"

"彭克罗夫，"史密斯又说，"请您拿我的脚样去比对一下，看是不是我的脚印。"

纳布领着水手和哈伯去验证脚印。不一会儿，他们就回来了。不用说，工程师的鞋子与脚印完全吻合。因此，沙滩上的脚印肯定是工程师的了。

"那可能是我处于迷糊状态，是托普拖拽着我走到这儿的。"工程师说着便把托普唤了过来。托普显得异常兴奋。它蹦跳着，吠叫着奔到主人跟前，任由主人不停地抚摸它。大家都觉得搭救工程师的功劳完全属于托普。

晌午时分，大家让工程师躺在担架上，由水手和纳布抬着，向海滨走去。这一段路有八英里，因为不能走得太快，还得常常停下歇歇脚，所以最少得六个小时才能返抵"壁炉"。风仍旧很大，但好在没有下雨。工程师虽然躺在担架上，但仍用胳膊肘支撑着身子，注意观察海岸，尤其是面对大海的那一部分。他睁大眼睛，默默地观察着周围的景物。高低不平的地势、森林、物产都印在了他的脑海之中。这么躺在担架上前行了两个小时后，他疲倦了，安然睡去。

五点三十分左右，一行人走到了悬崖下，不一会儿便回到了"壁炉"。

担架放在沙地上。史密斯仍旧睡着未醒。

这时，水手突然发现凶猛的暴风雨把这儿祸害得不轻。海滩上冲上来不少大石块，上面覆盖着厚厚的水草、海藻等。"壁炉"前的泥土已被海水冲刷干净。他慌忙冲进"壁炉"里一看，就傻眼了：火灭了，灰烬被海水泡了，留作火绒的焦布也不知去向，所有的东西也都被冲坏了……

# 第 九 章

斯皮莱、哈伯和纳布也进来看了，但各人反应不尽相同。至少水手认为这个灾难后果相当严重。

纳布因找到了主人，高兴劲儿尚未过去，所以对眼前的天灾不以为然。哈伯多多少少地跟水手有着同样的感受。而斯皮莱见状却说：

"说真的，彭克罗夫，我觉得这是小事一桩。"

"可我们没有火了，连火种也没有了呀！"水手喊道。

"有工程师在，怕什么呀！他会有办法生火的。"记者安慰水手道。

"用什么生火？"

"什么也不用！"

水手无话可说了。他同其他伙伴一样，对史密斯工程师信服有加，认为他是一切科学与全部人类智慧的化身。与他生活在荒岛上，宛如生活在美国的一个工业发达的城市。有了他，什么都不会缺少的，所以不必愁眉苦脸。即使有人跑来对他们说，这儿将要火山爆发，毁于一旦，他们也会铿锵有力地回答："史密斯在这儿，听他指挥！"

工程师仍旧睡着未醒。他们把他抬到中间的通道里，为他在那儿铺了一张垫着海藻的床铺，柔软舒适。工程师睡得舒服，恢复得就快，胜过吃任何营养食物。

夜幕降临，气温下降，冷得厉害。"壁炉"遭到破坏，四处漏风，寒风直往里灌。大家怕冻着工程师，纷纷把自己的外套或背心脱下来，盖在他的身上。

哈伯和纳布捡了不少石蛏回来，凑合着当作晚餐。海水涨潮时漫到高高的岩石上，留下了许多可食用海藻。这种海藻属鹿角菜科的马尾藻，晒干之后能产生一种营养极为丰富的胶状物质。哈伯顺便弄了不少回来，这种海藻也可充作晚餐。大家吃了许多石蛏，又吃了一些海藻，觉得味道还不错。这是亚洲沿海地区土著人的一种主要食物。

"不用担心，"水手说，"史密斯先生会帮助我们摆脱困境的。"

但是，天气越来越冷，大家又无御寒的办法，不免心急如焚。水手更是急得什么似的，老在想法子弄火，纳布也在帮他试着。他找到一些干苔藓，又用两块卵石相击，火星倒是有了点，但苔藓并不易燃，怎么也点不着。水手又试着用两块木头相互摩擦——钻木取火——但仍然徒劳无益，木块倒是在发热，但就那么一点点热量，还没有累得浑身冒汗的他俩热呢。干了有一个多小时，累得够呛，却不见成果，惹得水手火冒三丈，狠命地把木块扔了。"我再也不相信土著人的这种钻木取火的方法了，"水手发狠道，"我的两条胳膊都快要断了，也没见有一点火星冒出来！"

彭克罗夫没有道理地否定了这种取火方法。土著人确实是这么取火的，但木质很重要，不是所有的木头都能钻火。此外，还有个技巧问题，水手看来是没有掌握这种技巧。

水手在一旁生着闷气，但哈伯却把他扔掉的两块木头捡了起来，更加用力地摩擦着。水手看少年如此卖力，便忍不住笑了起来。

"摩擦吧，孩子，使劲摩擦。"水手嘲讽道。

"我是想摩擦，但也想暖暖身子，免得冻着。"哈伯说。

结果仍然令人失望，当晚看来是怎么也生不了火了。工程师是不会被这种小事难住的，记者是这么认为的，可是工程师现在躺在沙地上，帮不上忙。大家别无他法，也都躺下睡了。

翌日，3月28日，早上八点，工程师醒了过来，第一句话仍然是问："是小岛还是大陆？"

"我们还不清楚。"水手答道。

"怎么还没弄清楚呢？"

"我们在等您带着我们去踏勘哩。"水手又答道。

"我想我能办到的。"工程师边说边站起身来。

"太好了！"水手大声说。

"我挺虚弱的，浑身无力，有吃的吗？你们弄到了火，对吧？"工程师问道。

大家沉默了片刻，然后，又是水手在说：

"原先倒是有火来着，可现在没有了！"

于是，水手便将如何找到一根火柴，生了火，留了火种，昨天又怎么遭了灾，火熄灭了，想尽办法也没能再生着火，一五一十地全部告诉了史密斯先生。

"没有火绒，我们就自己来制造火柴。"工程师听了后，很有把握地说。

"化学火柴？"

"没错，化学火柴。"

"这并不会比您昨天那样试验更困难。"记者拍拍水手的肩头说。

彭克罗夫将信将疑，没有吭声。大家都走出了"壁炉"。天空放晴，太阳正在冉冉升起，高大的悬崖上一层层的岩石被映照得金黄一片，美丽极了。

工程师向周围匆匆看了一眼，然后在一块大石头上坐了下来。哈伯当即给他递过去一些石蛏和海藻，说道：

"就剩这些了，史密斯先生。"

"谢谢你，孩子。这就够了……起码今天早上是够了。"

工程师津津有味地吃着，还喝了几口用大贝壳舀来的溪水。大家默默地看着他。工程师吃饱了后，搂抱着双臂说：

"这么说，朋友们，你们还不知道命运之神是把我们扔到荒岛上还是大陆上，是吗？"

"是的，史密斯先生。"少年答道。

"明天就会知道的，这之前，我们无事可做了。"工程师说道。

"有事可做呀！"水手说。

"什么事？"

"生火呀！"火的问题一直萦绕在水手的脑海中。

"放心吧，我们会有火的。昨天，你们抬我回来时，我好像看到西面有座高山，俯瞰着这一地区，是吗？"

"是的，而且好像还特别高。"记者说。

"那好，明天，我们爬上山顶，就可以知道我们这是在荒岛上还是在大陆上了。现在，我们暂时无事可做了。"

"有呀，生火呀！"水手固执地说。

工程师沉默了一会儿，仿佛并不担心火的问题。片刻之后，他说道：

"朋友们，看来我们的处境不佳。如果我们不是在大陆上，而是在荒岛上，岛上再没有人，那我们就只好自己靠自己了。"

"不管是荒岛还是大陆，您认为我们被风暴扔在哪儿了，史密斯？"斯皮莱问道。

"说实在的，我一时尚无法肯定，但我猜测，是在太平洋上的某块陆地上。我们离开里士满时，刮的是强劲的东北风。风向如果一直没变的话，我们就越过了北卡罗来纳州、南卡罗来纳州、佐治亚州、墨西哥湾、墨西哥本土、太平洋的一部分，估计至少飞出有六七千英里。如果我们被吹到曼达瓦群岛、新西兰什么的，那就很好办了。但如果并非如此，要是落到群岛中的一个小荒岛上——我们明天登高一望就能知晓——那就得做长期打算了。"

"长期打算？"斯皮莱问道，"你是说'永远'吗，亲爱的史密斯？"

"我们宁可先把事情往坏处想，这样以后遇上好事我们就会惊喜万分了。"工程师回答道。

"太对了！"水手说道，"可是，如果这儿是一座小岛，但愿它位于航线上，否则就麻烦大了。"

"我们只能先上山看看再说。"工程师回答。

"明天爬山，您吃得消吗，史密斯先生？"哈伯关心地问。

"这得看你和彭克罗夫是不是好猎手了。"

"您放心，史密斯先生，只要有火，我一定能给您带回猎物，烤着吃。"水手说。

"您尽管带回猎物来。"工程师说。

于是，大家商定：工程师和记者留下，顺便观察一下海岸和上面的高地；纳布、水手和哈伯前往树林，边弄柴火边打猎。上午十点光景，水手等三人带上托普，信心十足、高高兴兴地出发了。他们爬上了河岸，走到河流拐弯处，水手停下，问两个伙伴道：

"咱们先打猎还是先砍柴？"

"先打猎。您看，托普已经在搜寻目标了。"哈伯提议道。

"那就先打猎吧，一会儿再回来弄柴火。"水手赞同道。

说完，三人从一棵小松树上各折了一根粗树枝当棍棒，跟着在深草丛中蹦跳着的托普往前走去。他们径直进到树林深处。这儿都是同一种树木，多属松柏科。有些地方树木并不太密，一丛一丛地生长着。这儿的松树尤其高大，似乎这儿的纬度要比工程师所估计的高得多。有几片林中空地，枯死的树木很多，柴火问题可以迎刃而解。密林越来越密，没有道路，走起来十分困难。水手边走边不时地折断一根树枝，作为记号，免得回来时迷了路。走了约有一个钟头，连一只猎物也没瞅见。托普只是一个劲儿地跑着，惊飞了不少的鸟雀。至于锦鸡，更是不见踪影，也许得回到那片沼泽地去，上次水手就是在那儿幸运地抓到松鸡的。

"嘿，彭克罗夫。"纳布语含讥讽地说，"如果您答应带回去给我主人的就是这种猎物，那就无需什么火不火的了。"

"别急嘛，纳布，"水手回答道，"回去时不会没有猎物的。"

"您是不是不相信史密斯先生？"

"相信呀。"

"但您不相信他能弄到火，对不？"

"那得等我真的见到炉里有火了才行。"

"我的主人说到做到，木柴肯定会点着的。"

"那就等着看吧。"

此刻，太阳尚未升到当空，大家继续往前搜索着。哈伯突然发现一棵树上有可以食用的果子，总算是有了点收获。那是意大利五针松，松子已经完全熟了。大家先摘了吃了一些。

"好啊，"水手说道，"海藻当面包，生贻贝当肉吃，松子作为餐后点心，即使没有火，这也算是正餐了！"

"您别怨天尤人了。"哈伯说道。

"我并没怨天尤人，孩子，"水手回答道，"我只不过是认为我们吃的肉太少了。"

"托普可并没这么想……"纳布一面大声说道，一面向矮树丛跑去。

此刻，托普突然汪汪叫着，消失在矮树丛中。托普的叫声中还夹杂着一种奇怪的哼哼声。水手和哈伯跟着先跑过去的纳布冲了进去。只见托普正一口咬住一只野兽的耳朵，与之搏斗。这是一只四足兽，很像猪，长有两英尺半，呈深褐色，毛很硬，但很稀疏，肚腹间的颜色稍浅一些。此刻它正用足趾紧按在地上，趾间有蹼连着。哈伯认得这种动物，是水豚，它是啮齿动物中最大的一目。

此时，水豚没有挣扎，只是用它那深陷于厚眼睑里的眼珠傻愣愣地看着，仿佛是第一次见到人类。

纳布正待举棒击去，不料水豚竟挣脱了托普咬着它的利齿，哼哼地叫着，冲了过去，差点撞倒哈伯，然后钻进密林，不见了踪影。

"该死的！"水手气得骂了起来。

三人立即跟着托普追了上去。可是，等他们眼看要追到时，水豚却一蹦，跳到被古松覆盖着的水塘里，不见了。

三人停了下来，呆呆地站在那儿。托普纵身跳进水塘，可是并未见水豚出来。

"等着吧，它会浮出水面来换气的。"哈伯说。

"它不会淹死？"纳布问。

"不会，它有蹼足，可以算作两栖动物。咱们等着吧。"哈伯说。

　　托普还在水塘游动着。彭克罗夫及其两个同伴各自占据水塘一处，以切断被托普追逐的水豚的退路。

　　几分钟后，水豚果然露出水面。托普一见，猛地跳到它的身上，拖着它，不让它沉下，把它拖至水塘边，纳布猛地一下，一棍将它打死了。

　　"好啊！"水手高兴地欢呼，"只要有火，我们就可以把它啃得只剩骨头了！"

　　水手看看太阳，估计该有两点了，便扛起猎物，招呼其他两人往回返。

　　回去时，多亏了托普带路，才没有迷失方向。半小时后，便到了河边。

　　水手快速地扎了个木筏，顺流而下，不一会儿便漂近"壁炉"了。在离住地五十步远，水手停住木筏，指着悬崖的转角，大声欢叫道：

　　"哈伯！纳布！快看呀！"

　　只见一缕轻烟从岩石丛中袅袅升起。

# 第 十 章

　　不一会儿，水手等三人来到噼啪直响的炉火前。工程师和记者都在。水手用手拎着水豚，怔在那儿，一会儿才缓过神来问道：

　　"怎么生的火呀？"

　　"利用太阳，"记者回答道，"怎么样？这可是真正的火啊！烤熟猎物不成问题了。"

　　于是，记者便把工程师制作凸透镜的过程叙述了一遍。工程师是把他的和记者的手表拿来，取下表上的玻璃表蒙子①，在中间装点水，把边上用黏土粘牢，便弄成了一个货真价实的凸透镜了。然后，用它把太阳光聚焦在非常干燥的苔藓上，不久苔藓便点燃了。

　　水手真的是对工程师佩服得五体投地。他立即让纳布帮忙，准备好烤肉叉，把水豚收拾干净，放在旺火上，像烤乳猪似的在烤。

　　"壁炉"已经变得舒适了。炉火正旺，屋里暖洋洋的。通道内还用石块、木柴、泥土做了隔断。

　　史密斯的体力显然已经得到恢复。他都能爬上高地了，在上面长时间地观察了火山锥，并决定第二天去攀登其顶峰。火山位于西北方向，约有五六英里远，高约三千五百英尺。站在峰顶，少说也能看到五十英里开外去。因此，此处是小岛还是大陆，明日即可见分晓。

　　晚餐很丰盛。水豚肉味鲜美，马尾藻和意大利五针松的松子也很受用。不过，吃饭时，工程师沉默寡言，他在考虑第二天的计划。

　　彭克罗夫曾几次提出该如何做，但史密斯只是摇头，心中好像已经有了主意。

　　"明天，"工程师说道，"我们即可知道该指望什么，然后就可以开始干起来。"

　　饭后，大伙儿往炉火中添加了点柴火，然后包括托普在内，大家都酣然入睡了。一夜安然，平安度过。

　　翌日，3月29日，他们一个个精神抖擞地起了床，准备进行将决定命运的远征。

　　火已有了，凸透镜已不需要了，两块表蒙子又安在工程师与记者各自的表上。早上七点，每人都拿上了一根木棍，从"壁炉"出发。他们决定走水手等人

---

① 手表表面的透明镜片，用来保护表盘。

走过的路。那是一条直抵山峰的近路。他们经过南面拐角，沿着河的左岸往前走，并在河流西南拐弯处离开河岸，踏上了那条绿荫掩映的已走过的路。九点光景，一行人便来到了森林的西边边缘。

开始时，地上满是沼泽，接着，便是干燥的沙、土地，虽有一定的坡度，但并无太大的起伏，从岸边渐渐地向内陆缓缓爬高。时而可见林中有些许动物蹿过。托普欲上前追逐，但被其主人叫住，因为现在并不是追逐猎物的时候。工程师只是一心想着自己的计划，他连看都不看一眼此处的地形和大自然的产物。他只是一心要去攀登这座火山。

十点左右，众人歇了歇脚。然后，他们便走出森林，到了山岳面前。这座山由两个火山锥组成：一个高约两千五百英尺，顶部像是被削平了似的，由起伏不定的山梁分支支撑着，分支间形成一个个窄窄的峡谷，树木丛生，但面向东北的山坡上，树木却较少，一条条深隙清晰可见，想必是火山的熔岩流；另一个火山锥位于第一个的上方，锥顶略呈圆形，稍微向一边歪斜，好像一顶歪戴着的帽子，似是由泥土构成，表面突显一块块的红色岩石，这第二个火山锥看来比较容易攀登。而且山梁支脉的山脊是到达那儿最好走的路径。

"我们正置身于火山地带。"工程师对大家说道。大家紧随其后，开始从一条山脊慢慢地往上爬去。这是一条弯弯曲曲的路，但却是较容易走的路，它一直抵达第一个高地。

地面上有不少隆起，显然是地球内力形成的。到处都是砾石、玄武岩碎片、浮石和黑曜石。下方几百英尺处的峡谷底部，三两棵一丛的针叶树茂密地生长着，浓密的枝叶使阳光透不过去。

在这段路上，哈伯让大家看下坡地上的大野兽所留下的足迹。

"这些野兽看来是不会愿意把自己的领地让给我们的。"水手说道。

"等着瞧吧，"在印度打过老虎、在非洲捕捉过狮子的斯皮莱说，"我们将解决这个难题。不过，此刻还是应多加小心才是。"

众人从支脉一步一步地往山上爬去。道路崎岖，山路难行，爬起来不免费劲耗力。一路上，障碍多多。时而可见地面突然一落千丈，一行人来到了深渊的边缘，只好绕道而行，致使路变得更加的长了。晌午时分，一行人在一棵大松树下停下歇息，吃午饭。他们发现，到目前为止，去第一个高地的路只走了一半，看来得到傍晚才能走到那里。

从此处望去，海平面更加宽阔，但东南方有一处尖尖隆起的岬角，挡住了视线，难以确定海岸是否与某一处陆地连接着。从北边观望，可看出去几英里远。而从大家所在位置看西北方向，只见一道山脊。这道被大自然的鬼斧神工切削得奇形怪状的山梁的山脊，好似中央火山的坚实支柱。因此，大家现在还无法对工程师的判断正确与否做出评判。

午后一点，他们继续往上爬。他们斜向往西南方向走，又走进了一个浓密的矮树林。不时地可以遇见一些角雉，令人眼馋。它们喉下垂着很大的肉坠，眼睛后面有两个圆锥形的小触角，体形与公鸡相仿。雌角雉呈褐色，雄角雉浑身长着红羽毛，上有白色斑点，颇为夺目。记者猛地扔出一块石头，打得很准，击杀一只。但任务在身，此时不是打猎的时候。

一行人离开了矮树林，遇上一段一百英尺左右的陡坡，大家互搭人梯，上到一个平台。平台上树木稀少，土壤像是火山土。大家得往东走。坡度很陡，必须绕道而行，每跨一步都得倍加小心，否则一脚踩空，摔下去必将粉身碎骨。纳布和哈伯走在前头，彭克罗夫殿后，史密斯和斯皮莱走在中间。

此处可见许多的兽迹。这么高的地方，出没的定是脊骨柔韧、脚力好的羚羊或山羊。

在离他们大约五十英尺处，有六只岩羊在瞪着他们。它们个头儿挺大，角向后弯曲，顶端扁平，长毛光滑，呈褐色，下面长着许多蓬蓬松松的绒毛。它们看见这一行人后，不一会儿便逃得无影无踪了。

于是，大家又继续往上爬去。这儿到处是火山喷发后留下的熔岩。有时，还能遇上一些小的硫气孔，不得不绕过去。

爬到较低的火山锥截体形成的第一个高地时，攀登更加困难了。直到四点左右，才走完最后的一片林区。幸好，天气晴朗，无风，对爬山有利。太阳已被火山锥遮挡住了，周围一片寂静。

距离高地只有五百英尺了。大家打算咬咬牙，爬到那里扎营过夜。但山路迂回曲折，实际得走两英里以上，而且脚下的泥土又滑，更不好走。天色渐晚，光线暗了下来，经过七小时的艰苦攀登，众人终于爬上了第一个火山锥高地。此时，天色已经比较黑了。

他们得赶快宿营，恢复体力。不过，他们先得吃饭，然后才能好好地睡上一觉。此处岩石颇多，在岩石间找个隐蔽的安身之处并不犯难。燃料不多，但是有一些干死的苔藓和荆棘，可以生火。彭克罗夫用石块垒起一个炉灶；纳布和哈伯赶忙去找柴火，不一会儿便扛回一些干枯的荆棘来。纳布用火石打击火星，点燃焦布，用嘴吹气，几分钟后，岩石的避风处便燃起一堆旺火。

这火是为了御寒而非烧烤。纳布打算第二天再烤角雉。当天晚餐，就将就着吃些剩下的水豚肉和一些意大利五针松果。六点半左右，晚饭便吃完了。

这时，工程师见天还没有完全黑透，便想去探查一番火山锥底部的那个宽大的环状地层。火山锥侧面太陡，他想知道是否可以从其底部绕过去。从火山锥的那顶"帽子"向北倾斜的角度来看，高地很可能走不通。如果无法直接爬到山顶，又不能从锥底绕过去，那么观察西边的陆地就无望了，登山的目的将部分化为泡影。工程师的脑海里一直萦绕着这个问题。

工程师不顾疲劳，在哈伯的陪伴下，沿着高地边缘往北走去。水手和纳布留下准备床铺，记者则要记录当天所经历的事情。

天色还不甚黑，周围一片寂静，夜色很美。二人紧挨着往前走，一路并不交谈。高地上，有些地方平缓开阔，可顺利地通过；有些地方有岩石挡道，崩塌的岩石堆积着，只剩下一条狭窄小道，二人只好侧身相继挤过去。走了二十来分钟后，二人被迫停了下来。从这儿起，两个火山锥的斜坡合二为一，坡度达七十度，无法绕过。二人只好放弃绕行的念头。

这时，他们发现面前有一深深的洞穴，那就是火山喷发时，岩浆流出的火山口，俗称"瓶颈"。凝结的熔岩和火山渣形成天然的阶梯，一层一层的，十分宽阔，使登上山顶变得容易起来。

工程师匆匆看了一眼，便毅然决然地带着哈伯向巨大的火山熔岩洞走去。越往里走，光线越暗。

这儿离山顶还有一千英尺。火山内部的斜坡蜿蜒而上，利于攀登。二人一步一步地爬上内壁，头顶上的火山口变得越来越大。从火山口看出去，圆形天空也显得扩大了不少。每走一步，就有更多的星星闪现在眼前。当二人终于来到火山锥顶时，已经将近八点了，两公里外的景物已经模糊一片，无法辨认。是大海围着这块陆地，还是西边与太平洋的某一片大陆相互连接？此时尚无从知晓。天色越发地暗了，水天一色，分不清界线。

可是，乌云正渐渐地上升，水平线上的某个地方透出一丝微光，朦朦胧胧，慢慢地投射到地面上来。原来，那是一弯正在西沉的新月。云层上升，月光足以照亮水平线。霎时间，工程师看见了新月倒映在水面上，微微地荡漾着。

工程师猛地抓住哈伯的手，沉重地说："这是座小岛！"

他说完这话，这弯新月就消失在水波下面了。

# 第十一章

半小时后，二人回到营地。工程师只是轻描淡写地告诉大家说，上苍把他们扔到的是一座小岛，其他情况明天再观察。于是，大家便在两千五百英尺高处的一个洞穴中安然地入睡了。

翌日，3月30日，匆匆地吃完只有烤角雉的简单早餐后，工程师决定再爬到火山顶上去仔细地观察一下。如果这儿确实是一座孤立的荒岛的话，或者又不在航线上的话，那他们就有可能在此困守一辈子。

七点光景，大家一起离开宿营地，心中倒也坦然。众人如此坦然，但原因却各有不同。工程师的信心建立在他对自己能力的认识上，他认为自己可以从大自然中获取他及他的伙伴们所必需的一切；而同伴们的信心却来自他们对工程师的完全信任，特别是水手，自从火生起来之后，他就不再沮丧绝望了。有工程师在，他还怕什么呢？工程师领着大家沿着昨天的路往前走，一直走到巨大的裂隙口。天公作美，万里无云，阳光洒满了东面的山坡。

一行人来到了火山口。正如工程师在黑暗中所辨别的那样，火山口距高地约一千英尺，呈一个倒漏斗形，上宽下窄。洞隙下面，熔岩流又宽又厚，顺山坡而下。火山的喷射物标出它流向下方的路线，在小岛北部，这种凹槽比比皆是。火山口内的坡度只有三十五度至四十度，爬上去没有障碍，并不困难。他们在那儿发现了很久以前留下的熔岩流的痕迹，这大概说明，在侧面新的喷射口形成前，熔岩是从火山锥顶喷射而出的。

火山管从地层直通火山口，深度难以目测，因为底部光线太暗，看不清楚。但有一点是毫无疑问的：这是一座已经熄灭了的火山。

将近八点时，一行五人便已到达火山口的山顶，站在北边隆起的一个锥形小丘上。

"大海！周围是一片大海！"大家不约而同、异口同声地呼喊着。

确实，环绕着他们的真是一片辽阔浩瀚的大海。放眼望去，五十多英里的范围，除了海水，什么都没有。没有陆地，没有帆影。他们所在的地方就处在这漫无边际的圆形中心点。

众人默默无语，一动不动地伫立着，静静地观察了好一会儿，目光搜寻了整个海面，直到尽头。水手目力极佳，但也没有发现什么。如果海平面上有一小块陆地，即使看似一缕淡得几乎不易觉察的蒸汽，水手也能辨别出来，他的眼睛是大自然赋予他的一个望远镜。随后，他们又反转来看自己所在的这个小岛。斯皮莱不禁问道：

"这个岛大概有多大？"

说实在的，在这茫茫大海之中，这个岛真的是十分的渺小。

史密斯仔细地观察了一下小岛四周，并考虑到自己所在的高度，然后说道：

"朋友们，我想这岛的周长应该有一百多英里。"

"那它的面积该有多大？"

"这无法估算，因为地势崎岖不平，很不规则。"

工程师如果估计得准确的话，这海岛与马耳他岛或赞德岛的面积不相上下，只是它的地形不规则，而且海角、岬角、海湾要少得多。再有，它的形状很独特。在工程师的建议之下，斯皮莱把小岛的轮廓画了出来，其状宛如一只怪兽，躺在太平洋的洋面上。

该岛轮廓确实如此，知道这一点是很有必要的。记者所画之图十分精确。

海岸东部形成一个宽阔的海湾，遇难者们正是从这儿登上海岛的。东南尽头是一个突出的海角，东北方向另有两个海角围绕着海湾；两个海角之间是一个海峡。

从东北到西北，海岸呈弧形。然后，地势逐渐走高，隆起。海岛中央就是火山。

从这隆起处开始，海岸从南到北比较平直，在三分之二的地方有一条狭窄小河，把海岸割开。从这儿往南，海岸变得细长，犹如一条鳄鱼的尾巴。

这条鳄鱼尾巴形成一个真正的半岛，从前面所说之东面角起，向大海中延伸有三十多英里，顶端弯曲，形成一宽阔锚地，是该岛的低海岸。

它最窄的地方就是"壁炉"到与它同纬度的西海岸的小河，只有十英里，而其最长距离，亦即从东北的角鲨嘴到西南的尾端，有三十余英里。

海岛内陆，从高山至海滨的整个南部地区，林木众多，而北部地区则干旱多沙地。在火山和东海岸之间，他们意外地发现了一个湖。湖边绿树环绕。从高处望去，此湖似与大海处于同一海拔，但工程师略加考虑，认为海拔有三百英尺，因为它处于海岸高地的延伸部分。

"这是淡水湖吗？"水手问。

"应该是的，"工程师回答，"湖水是从山里流出来的。"

"看呀！有一条小河流进湖里。"哈伯指着一条小溪说。小溪显然是从西面山梁支脉流下来的。

"既然这条小溪向湖里供水，"工程师说，"那么，靠海的地方就一定有一个溢流口，湖水太满时，可以从口子溢出。我们返回时可以去看一看。"

这条小溪与前面所说的那条河形成小岛的水系。但占该岛三分之二面积的森林下面，可能也有河流流入大海，这是根据此处长有那么多的温带植物而得出的判断。在海岛北部，似无河水。位于东北部的沼泽地也许有一些死水。此外，沙丘、沙滩和显而易见的干旱与岛上大部分地区的草肥林美形成强烈的反差。

火山没在岛中心，而是立于西北部，好似两个地区的分水岭。在西南、正南和东南，山梁支脉末端为青翠草木所覆盖，但在北边，山的分支明显地延伸到海滩。火山喷发时，熔岩从这儿流过，形成一条宽阔的熔岩流，直伸至形成东北海湾的峡口。

他们在火山顶上观察了足足有一个钟头。呈现在他们面前的海岛色彩斑斓：绿绿的森林、黄黄的沙地、蓝蓝的海水。他们对海岛的概貌已经了解了。

现在，还有一个重要的问题必须弄清楚：岛上有人吗？

他们没见任何地方有人的痕迹。没见幢幢房舍，没见孤立小屋，没见渔场，没见炊烟。

那么，邻近海岛是否有土著人常来该岛逗留？这个问题尚难以作答。方圆近五十公里的范围内，未见一点陆地的痕迹。不过，五十公里并不算远，马来人或波利尼西亚人乘船或独木舟很快就能到达。现在的问题是：该岛是孤立在太平洋里，还是与某岛为邻？没有仪器，工程师能否测定它的经度和纬度？恐怕很难。为了以防万一，还是应该做好准备，以防有岛与之相邻，有土著前来光顾。

海岛已经观察完了，记者在所绘的地图上已标明森林和平原的分布，现在该下山去，查看一下这个岛的矿物、动物、植物资源。

在下山之前，史密斯沉着平静地对大家说道："朋友们，上帝将我们扔在了这一小块土地上，我们也许得在此生活很长的时间。如果碰巧有船只经过，也许还能得救。可这小岛既小，又不在航线上，'碰巧'的机会并不多。我担心的是，它不在船只往来的航线上，也就是说，它的位置太偏南，而对于绕过合恩角去澳大利亚的船只而言，它又太靠北了。所以，我不想隐瞒，我们的处境……"

"亲爱的史密斯先生，"记者激动不已地说，"与您在一起的人都是好样的，我们完全信任您，您也可以完全信任我们。你们说对不对呀，朋友们？"

"史密斯先生，我们完全听您的。"哈伯握紧工程师的手说道。

"任何时候您都是我的主人！"纳布大声说道。

"我嘛，我若干活不积极，我就不叫彭克罗夫了，"水手说道，"史密斯先生，如果您同意，我们就把该岛称为'小美利坚'吧！我们将在这儿建城市，修铁路，安电报装置。等把它一切都建设好变得文明了，我们就把它交给联邦政府。但是，我有一个要求。"

"什么要求？"记者问道。

"就是别把我们看作遇难者，而应看作来这儿开垦的拓荒者。"

工程师笑了，水手的提议受到了欢迎。水手随即向大家表示感谢，并说他相信大家的毅力与上苍的庇佑。

"好了，该回'壁炉'了。"水手最后说道。

"那好，朋友们，我觉得最好给这座小岛以及我们所看见的海角、岬角、河流取个名字。"工程师提议道。

"这建议太好了，有了名字，以后行事就方便多了。"记者应声道。

"那我们就以我们的名字来命名好了。"哈伯提议道。

"我看这样吧，"史密斯见大家你一言我一语地取了不少名字，最后说道，"我们把东面的那个大海湾叫作'联合湾'，把南面的那个叫作'华盛顿湾'，把我们现在所在的山称作'富兰克林山'，山下的那个湖叫'格兰特湖'……这些名字能让我们想起我们的国家及那些为国增光的伟大公民。有些地方可以根据地形来取名，尚待发现的地方以后随时再取，大家意下如何？"

史密斯的建议得到朋友们的一致赞同。于是，大家又你一言我一语地把伸向西南边的半岛称"盘蛇半岛"；末端弯弯的尾巴称作"爬虫角"；把另一端的海湾称作"鲨鱼湾"；把"鲨鱼"的嘴部称作"颚骨角"，因为有两个海角，故而分别称作"北颚骨角"和"南颚骨角"；把东南边的海角，也就是联合湾的顶端称作"爪角"；而那条为大家提供淡水的河被称作"慈悲河"；这些遇难者最初着陆的那个小岛被称作"安全岛"；"壁炉"上方高耸着的花岗岩峭壁，顶端是一高地，可以对整个大海湾一览无余，所以被称作"眺望冈"；把覆盖整个盘蛇半岛的密林称作"远西森林"。

命名工作暂告一段落，斯皮莱一一记在他的笔记本上。

至于海岛的方位，工程师打算等准确地测定了海岛的正北方向之后，再做记录。

一切都弄完了，众人正待走下富兰克林山返回"壁炉"时，突然彭克罗夫大声嚷道："啊！怎么搞的！我们怎么把我们的岛给忘了，没给它取个名字！"

哈伯正想建议以史密斯先生的名字为之命名时，可工程师立即表示道：

"朋友们，我们就用一位伟人的名字来命名它吧。此人现在正在为保卫美利坚合众国的统一而斗争，所以我们就把我们的这个岛称为'林肯岛'吧！"

大家闻言，一起欢呼起来。

这天晚上，这群新拓荒者在睡觉之前，情不自禁地谈到了远方的祖国。他们议论着这场使祖国人民血流成河的可怕战争；他们坚信南军很快会被打败，北军的正义事业因有格兰特和林肯，将必定获得胜利。

这是 1865 年 3 月 30 日的事。但这几个遇难者未曾想到，十六天后，在华盛顿竟会发生一起凶残无耻的谋杀，在耶稣受难日的星期五这一天，亚伯拉罕·林肯竟然被一个丧心病狂的狂热分子暗杀了！

# 第 十 二 章

　　林肯岛上的居民们向四下里最后看了一眼，便下了火山口，绕过火山锥，约半小时后，就已经下到头天晚上宿营的高地了。

　　吃早饭时，水手提议工程师与记者二人把表对一下。工程师的表是块高级表，又因他当初并未掉入海中，而是摔在沙滩上，因此表未进水。而记者的那块表仍旧是里士满的时间，没有再校正。所以，记者准备按工程师的表对一下，但被后者阻止了。

　　"您的表是按里士满的子午线校正的，而里士满和华盛顿的子午线基本相同，就保持这个时间吧。记住每天上发条，但别拨表针，也许会对我们有用的。"工程师说道。

　　大家美美地吃了一顿，把剩下的野味和松子全都消灭光了。水手对此并不介意，因为他知道，一路上随时可以获得食物。托普也没少吃，而且它还可以在矮树林中找到新的猎物。水手还想到找机会请工程师造几支猎枪，再制造点火药，这对工程师来说，应该是易如反掌的事。

　　下了高地之后，工程师建议另选一条道回"壁炉"，不必原路返回。他想去观看一下绿树环绕、美丽的格兰特湖。于是，一行人便沿着一条支脉的山脊走去，供给格兰特湖水的小溪细流想必就发源于此。工程师与记者并肩而行，其他人也前后相距不远，一个个高高兴兴，没有一丝忧愁。工程师不像其他人那样有说有笑，基本上沉默不语，边走边捡点矿物、植物，随手放进口袋里。

　　"他都在捡些什么东西呀？"水手嘟囔着，"我可是没看到有什么可以捡的。"

　　十点左右，一行人下了富兰克林山的最后一段坡路。这儿树木稀疏，荆棘丛很多。他们走在一片黄黄的石灰质土地上，长达一英里，一直延伸到森林边缘。

　　工程师觉得似乎已顺利地走到小溪，而小溪的水是流经平原的。这时候，他看见哈伯慌慌忙忙地跑了回来，而纳布和水手则躲在一块大岩石的背后。

　　"怎么回事，孩子？"记者急忙问道。

　　"有烟，"哈伯回答，"我们看见岩石丛中有烟冒出来，离我们有百十来步远。"

　　"这儿难道会有人？"记者疑惑地说。

　　"在摸清情况之前，先别暴露自己，"工程师告诫道，"我猜想会不会是土著呀？要是有土著，就会有麻烦的。托普跑哪儿去了？"

"在前面。"

"它没有叫？"

"没有。"

"这就怪了。想法子把它叫回来。"

不一会儿，三人来到两个伙伴身旁，一起躲在那块巨大的玄武岩后面。

他们从藏身处清楚地看见一缕淡黄色的烟轻轻飘向天空。

托普被唤了回来。工程师示意大家留下别动，自己却从巨岩后溜出去了。

众人一动不动地躲着，等着史密斯查看的结果。这时，史密斯招手让大家过去。众人跑过去后，立即闻到空气中弥漫着一股呛鼻的气味。

史密斯在看到烟时，确实有点担心，但一闻到烟味，他就知道是怎么回事了。

"这烟完全是自然界的造化，"史密斯工程师说，"那儿有一个硫黄泉，对治疗喉炎绝对有效。"

于是，一行人便朝着冒烟的地方走去。果然，有大量的泉水从岩石中间涌出。泉水吸收了空气中的氧气之后，就散发出一股强烈的硫化氢的味道来。

工程师用手试了试泉水，觉得油腻腻的。他略尝了一点，泉水味道还有点甜。他估计泉水温度得有三十五摄氏度。

眼下，这硫黄泉对大家尚无大用。于是，众人便朝着几百步开外的密林边缘走去。

果然，那儿有一条清澈的小河在流淌。溪流两边很高，为红色土壤，说明土壤中含有氧化铁。于是，大家根据土壤的颜色，把这条溪流称为"红河"。河水清澈且深，系由山涧中的流水汇集而成的，有些地方河水还十分湍急。时而缓缓流淌，流过沙石间；时而冲击岩石，或从高处直泻而下，形成瀑布。河水如此这般地流向格兰特湖，长有一英里半，宽度三四十英尺。这条小河是淡水河，因此格兰特湖水应该也是淡水。如果在湖边找一处住所居住，那应该会比"壁炉"舒适得多。

小河流出几百英尺开外，始终是由绿树掩映着。树木多为温带地区常见品种，而非针叶树。现在正值4月，相当于北半球10月的初秋时节，树叶繁茂。尤其是那些木麻黄和桉树，会产生一种香甜可口的甘露蜜。林中空地上生长着一丛一丛的高大的澳大利亚雪松，地面上满是高大的草丛，而太平洋群岛上常见的椰子树，在这儿却不见了踪影，看来是纬度太低所致。

"真可惜！"哈伯说道，"这么有用的树，这么好吃的果子！"

无数的鸟儿在树枝间飞来飞去，叽叽喳喳，甚是热闹，有黑色、白色或灰色的美冠鹦鹉，无论是公是母，均浑身绿得发亮，还有头顶红色冠羽的"国王"，蓝色韵丝舌鹦鹉和名为"蓝山"的鹦鹉。

突然间，他们听到矮树丛中响起了鸣禽声，继而又响起了野兽的吼声。纳布和哈伯不顾危险，向矮树丛冲了进去。那是一种名为"山鸡"的鸣禽，它能够模仿各种叫声。二人眼疾手快，瞅准机会，猛挥几棒，六只山鸡被击中，为他们提供了一顿美味的晚餐。

他们还发现有不少的鸽子以及成群的乌鸦和喜鹊，可惜没有猎枪，否则一定会大有收获的。随后，他们又看见一群动物身手敏捷地从一棵树上蹿到另一棵树上，一蹦可达三十英尺，真可称之为"飞兽"。

"袋鼠！"哈伯叫嚷道。

"能吃吗？"水手问。

"炖着吃可以，是绝佳的野味儿。"记者说道。

水手闻言，带着纳布和哈伯顺着袋鼠的足迹追了上去。追了一会儿，就累得上气不接下气了，可袋鼠早已钻入矮树丛中，不见了踪影。托普也跟着追逐，但也未建奇功。

"史密斯先生，现在您该考虑造枪了吧？"水手见工程师和记者也跟了上来，便问工程师道。

"我也许能造，不过第一步，我们还是先制作些弓箭吧。"

"弓箭！"水手不屑地撇了撇嘴说，"那是儿童玩具。"

"别太自大了，朋友，"记者说，"弓箭可是威风了好几个世纪，火药的发明只不过是最近的事。"

"这倒是，斯皮莱先生，请原谅，我嘴太快，说话欠考虑。"水手回答道。

一直在想着自己所喜爱的博物学的哈伯，又提起了袋鼠：

"我们面对的是最难以捕捉的袋鼠，它是一种灰长毛大动物，当然，还有黑毛的和红毛的袋鼠、岩石袋鼠和鼩，但后者要容易捕捉一些。据统计，有十二种袋鼠……"

"哈伯，"水手不耐烦地说，"对我而言，只有一种，就是烤扦上的袋鼠，而今晚我们就少了它。"

看来今晚只能吃山鸡了。更多的野味儿，只能等以后有了枪再说了。

　　三点光景，托普突然蹿进了荆棘丛里。不一会儿，传来一阵低低的咆哮声，看来它正在与什么动物搏斗着。

　　纳布随即冲进荆棘丛，发现托普正在使劲儿地撕咬一只小动物。稍迟一步，它就要把那不知何物的小动物给完全吞进肚子里去了。幸好，托普攻击的是一窝三只，另外两只已被它咬死，躺在地上。

　　纳布一手提着一只高高兴兴地出来了。它们的个头儿比野兔稍大一点，一身的黄毛，夹杂着墨绿色的斑纹，尾巴已经退化，只剩下一点点儿了。

　　大家一看便说出了这种啮齿类动物的名称。那是一种名为"马拉"的刺豚鼠，长着两只长耳朵，上下颌每边长着五颗臼齿。

　　"有肉吃了！"水手高兴地欢呼道。

　　大家继续往前走。他们穿过木麻黄、山龙眼和高大的橡胶树形成的"拱门"，走在流淌着清清河水的红河旁。不一会儿，河面明显变宽。史密斯估计很快便会走到河口了。

　　果然，走出美丽的密林之后，河口便赫然显现在眼前。

　　一行人来到格兰特湖的西岸。景色十分秀美。湖的周长约有七英里，面积在两百五十英亩上下。湖边长着各种树木。东边几处较高的湖岸，形成一道绿色屏障，后面透出海水的闪光。北边显得曲折，与南边峻峭的轮廓形成鲜明的对照。湖畔常有水鸟栖息。离南岸几百英尺处，有许多岩石露出。好多翠鸟聚在岩礁上，等着鱼群送上门来。岸上和小岛上还有不少的野鸭、鹈鹕、水鸡、红嘴鸟、舌头状如刷子的水鸟和其尾似古希腊的里拉琴般美丽的琴鸟。

　　这是个淡水湖，湖水颜色略显深，但仍很清澈。湖上常冒水泡，可见鱼儿不少。

　　"这儿真美！我们还是到这儿来住吧。"斯皮莱感叹道。

　　"我们会住到这儿来的。"史密斯答道。

　　因想抄近道，他们就只好一直走到湖南面的拐角处。这儿人迹罕至，他们必须用手在矮树林和荆棘丛中辟出一条路来。他们朝着通向眺望冈北边的道上走了约两英里，又穿越了一道防风林，眼前便是一片高地，绿草茵茵。更远处，便是大海，一望无垠。

　　要回到"壁炉"只需斜穿这个高地，步行一英里，然后下坡，走到慈悲河的第一个拐弯处就到地方了。可是，工程师想要了解一下湖水涨满后会怎样，往哪儿泄去，因此一行人便在林中又向北踏勘了一英里半。附近可能存在一个溢水口，水大概是穿过花岗岩石缝流出来的。总之，该湖是一口巨大的浅口盆，河水流进来，湖水涨满，溢出，形成瀑布，流向大海。工程师心想，若果真如此，这水可以加以利用，不必让它白白地流掉。大家又爬上高处，沿着格兰特湖岸走了一英里，但工程师仍未发现应当存在的溢水口。

此刻已是四点半了。一行人从湖的左岸返回"壁炉"。

"壁炉"里生起了火。纳布和彭克罗夫动手准备晚饭。他俩手脚麻利，不一会儿就烤好了刺豚鼠肉。大家美滋滋地享受了一顿美味晚餐。

吃完晚饭，各自正待躺下睡觉，只见史密斯从口袋中掏出几小块不同的矿石来，一一介绍道：

"朋友们，这是铁矿石，这是陶土，这是石灰石，这是煤。这是大自然提供给我们的，能否很好地利用它们，就全看我们自己了。我们明天就干起来！"

# 第十三章

❖

"史密斯先生，我们从哪儿开始干呀？"第二天早上，水手问工程师道。

"从头开始干。"史密斯回答。

确实，作为岛上的新居民不得不"从头"干起。他们连制作工具所必需的工具都没有，而且还没有时间，必须刻不容缓地为自己制造生存所必不可少的东西。他们还只拥有一点原料，离炼铁炼钢、制作陶器、缝制衣裳尚相去甚远。

但必须指出，他们是一些出类拔萃、勇敢无畏的男子汉，是工程师忠诚、热情、聪明、能干的助手。

斯皮莱是位精明的记者，无所不通，脑子灵活，双手灵巧，为小岛的开拓做出重要贡献；哈伯是位勇敢的少年，拥有丰富的自然科学方面的知识；纳布机灵、聪明、强壮、忠诚，会干铁匠活；彭克罗夫是个水手，漂洋过海，阅历丰富，干过木匠活儿、裁缝活儿，种过地，当过园丁，什么都会干。

这五个人凑在一起，真是机缘巧合，他们完全有能力与命运抗争，并取得最后的胜利。

从头开始，先得打造一个炉灶，用来制作必需的陶器。得先用黏土制作砖块，再用砖块砌炉灶。为了解决吃饭问题，就得打猎。打猎先得打制一把刀具，还得制作弓箭。为此，大家一起讨论、商量，共同出谋划策。

"托普，过来。"史密斯看见托普，立即灵机一动，把狗叫到身边。

托普跑了过来。史密斯双手轻轻地把狗脖子上戴的项圈取了下来，把它折成两截。

"彭克罗夫，您瞧，这就是两把刀。"史密斯说道。

水手高兴极了。这项圈系淬火钢片制成，在沙石岩上把它磨快，开了刀刃，再把它磨光滑些，就可以了。两个钟头后，刀磨好了，给它装上刀柄，这样两把快刀便制作成功了。

这两把刀是他们的第一批工具。随后，他们出发前往格兰特湖西岸。头一天，工程师在那儿发现了黏土，还带了点儿样品归来。众人沿着慈悲河，穿过眺望冈，走了五英里多路，来到一片林间空地。此处离格兰特湖二百来英尺。

哈伯在路上发现了一种树木，棕榈科的"克里井巴"树，南美印第安人就是用它的树枝来制作弓的。大家动手，砍下一些又长又直的树枝，捋去树叶，两头削细，中间较粗，再找一种有韧性的枝条来做弓弦。他们找到一种木槿，纤维极具韧性，可与动物的筋腱相媲美。现在就缺箭了。水手找到一些硬而直的无节树枝，制成了箭杆，只等有机会找到铁的代用品来做箭头。后来，多亏了托普，它捕捉到了一只豪猪，它身上的硬刺被弄了下来，牢固地装在了箭头上。随后，又用鹦鹉的羽毛制成箭羽，使箭射出去的准确度提高了许多。

箭制作完成，岛上的这批居民便来到头一天到过的地方，弄到许多黏土，用以制砖。这个活计并不难，把黏土中的沙子弄净，做成砖头形状，再架火一烧即可。

砖坯通常是用模具压制，但工程师领着大家干脆用手来做，两天工夫，做出了三千块砖坯，经火一烧，过三四天就有砖砌炉子了。

4月2日，史密斯开始进行小岛方位的测定工作。头一天，他把太阳落到水平线下的时间精确记下，并把折射差也考虑在内。这天早上，他同样精确地记下了太阳升起的时间。从日出到日落，共十二小时二十四分。因此，在日出之后六小时十二分时，太阳正好通过子午线，其方位是正北。他把这一点记下，并用两棵与太阳成一直线的树作为标记，找出当地的永恒子午线了。

烧制砖坯的头两天，大家在林间空地上捡拾了许多枯枝，顺带着用弓箭打了猎，获得了不少野味儿，诸如水豚、鸽子、刺豚鼠、大松鸡等。这些猎物大部分是在慈悲河左岸的森林中猎到的。为纪念水手和哈伯第一次出来探险时捕捉到了啄木鸟，故而将这片林子命名为"啄木鸟林"。

在一次打猎的过程中，他们在途中发现有大动物新近留下的足迹，但又分辨不出是哪种动物。工程师便提醒大家加倍小心，恐有猛兽出没。

果然，这一天，记者和哈伯看到一只动物，颇像美洲豹，幸好未被它发现，逃过一劫，否则不死也伤。记者暗自发狠，一旦制造出枪来，一定要把岛上的猛兽打光。

连日来，他们并没再整理收拾"壁炉"内部，因为工程师打算另觅一处或另建一处舒适些的住宅，所以大家将就着用苔藓和枯叶铺地，凑合着睡觉。因为白日里忙忙碌碌，劳累疲惫，所以他们睡得倒也十分香甜。

他们又算了一下上岛的日子，并记了下来，自此便天天正式记录。4月5日，星期三，遭风暴袭击的这些遇难者，上岛已经有十二天了。

4月6日，天刚放亮，众人便到林间空地上集合，准备烧砖。他们是在露天地里烧砖，先把砖坯堆成一个大窑，然后让窑自我焙烧。他们把燃料放好，再围着燃料堆砌砖窑，在最外一层还开了几个通气孔。他们忙乎了一整天，直到傍晚时分，才开始点火。当晚，大家全都没有睡觉，都在小心地看着火，不让它熄灭。

四十八小时过后，砖烧好了，但还得再等它冷却。其间，工程师领着纳布和彭克罗夫到湖的北边，用树枝编筐，运了许多石灰石回来，经过加热，使之变为生石灰，再经焙烧，使之体积膨胀，再把它与细沙搅拌，便有了上等的灰浆。

到 4 月 9 日，他们已经拥有许多熟石灰和数千块砖了。

砌窑的活儿随即开始。五天后，窑砌成后烧起了煤。煤是工程师在红河河口的露天地里发现的。第一缕轻烟从高达二十多英尺的烟囱里飘然而出。林中空地成了工场，水手甚至在想，这个窑能够生产出所有的现代工业产品来。

他们首先生产出来作为烹饪用的普通陶器，如碗、杯、盛水壶什么的。陶器的原料就来源于地上的黏土，工程师在黏土中再加上点石灰、石英什么的，就成了名副其实的"烟斗泥"了。用这种"烟斗泥"制作砂锅、茶杯、盆罐、大坛、大缸坯子，在窑里进行焙烧，便如精美的瓷器一般，放在"壁炉"的厨房里，真的是美不胜收。此外，彭克罗夫还用这种黏土做了几只大烟斗，感到非常满意，但遗憾的是没有烟叶。

这项工作一直干到 4 月 15 日。然后，工程师开始准备干铁匠活儿了。但第二天是星期日，而且是复活节，大家一致同意休整一天。这几位新居民都有宗教信仰，他们是虔诚笃信的基督徒，现在正身陷险境，这更让他们深信救世主的庇护。

4 月 15 日傍晚，众人回到"壁炉"，把陶器制品也运了回来。砖窑暂不再使用，便熄了火。

归来后，工程师意外地发现了一种可替代火绒的东西。那是一种多孔菌属的蘑菇的海绵状柔软组织，把它浸透火药或置入硝酸钾或氯化钾的溶液里煮沸，就变得极易燃烧。但此前，他们并未发现这种多孔菌或能代替它的羊肚菌。这一天，工程师发现了一种蒿属植物，主要品种有苦艾、亚香茅、龙蒿等，他便采了几把，交给彭克罗夫说：

"拿去，彭克罗夫，这下子您该高兴了。"

"这是什么呀，史密斯先生？是烟草吗？"水手疑惑地问。

"不是，是蒿属植物，学者们称之为'中国艾'，可以代替火绒。"

果然，苦艾浸过硝酸钾，晾干后，就成了一种极易燃的引火材料了。

一切都很顺利，大家高兴极了。当天晚上，大家美美地吃了一顿晚餐，以示庆祝。纳布准备的是炖刺豚鼠肉汤，一只熏香水豚腿，腿肉上还放了杯芋块茎，味道极佳，且极富营养，有点像英国的"波特兰西谷米"，可以凑合着代替林肯岛上新居民们所缺少的面包。

晚饭毕，众人睡前去沙滩散了会儿步。当时已是八点了，夜色朦胧，有点诗情画意。满月五天后的月亮尚未升起，但地平线上已有一片柔柔的银白色显现，也许可以称为月亮的"曙光"吧。拱极星座在南半球上空闪烁着，其中就有几天前史密斯在富兰克林山顶上向它致敬的南十字座。

工程师观察了好久这光亮的星座，它上下两端各有一颗一等星，左臂有一颗二等星，右臂有一颗三等星。这时，工程师问哈伯道：

"今天是 4 月 15 日吧？"

"是的，史密斯先生。"孩子回答。

"很好。一年中有四天，实际时间与平均时间相等，而明天就是其中的一天，如果我没记错的话。这就是说，孩子，明天正午十二点时，太阳在几秒内经过子午线。明天天气晴朗的话，我想我基本可以准确地计算出我们这个岛的经度来。"

"没有仪器，没有六分仪，怎么计算呀？"斯皮莱问道。

"没有问题。今晚月色很好，我先试试看能否测算出南十字座，即地平线上南极的高度，以便求出我们这儿的纬度来。这样，我们就可以知道我们与美洲大陆、澳大利亚大陆或太平洋各主要群岛间的距离了。"

"太好了，如果运气好，离我们只有一百左右英里处有一个住有岛民的岛屿的话，"记者说道，"那我们就别造房屋，而是去造一艘船了。"

"所以，我们今晚得试试测出林肯岛的纬度，明天中午再设法计算出它的经度来。"工程师回答道。

如果有一个六分仪的话，工程师测量起来就非常容易了。六分仪可以通过反射，精确地测出物体的角距离。只要今晚测出天极的高度，明天再测出太阳经过的子午线，他就可以计算出林肯岛的坐标。没有六分仪，麻烦就大了，必须找到一个能替代它的东西。

史密斯回到"壁炉"之后，借助炉火的光亮，削了两把扁平小尺子，将它们两端连接，固定住，制成一个圆规。圆规的两条腿可分可合。他从柴堆里挑选了一根胶树刺，将两条圆规腿固定住。

做好仪器之后，史密斯又去了海滩。他要在轮廓清晰的海平面上测量天极的高度，而爪角却偏偏遮挡住了南面的海平面，所以他不得不找一个更合适的地方。毫无疑问，最佳地点当数正对南面的海岸，但得越过慈悲河。

可这时河水很深，给涉水带来了困难。

后来，史密斯决定去眺望冈观察。考虑到高地的海拔，他决定第二天利用几何学的简单原理计算出天极的高度。

一行人动身前往高地。他们上到慈悲河左岸，到达朝向西北和东南的高地边缘。此处河边岩石奇特，犬牙交错，且比右岸要高出五十多英尺，而且逐渐向爪角尽头和海岛南面倾斜。从这儿，可以清楚地看到从爪角到爬虫角整整半个圆形的海平面。南面初升的月儿映照着海面，在天空的映衬下可以精确地测量。

南十字星座呈倒置状出现在他们眼前，α 星在星座底部，与南极较近，但又不像北极星与北极那么近。该星在距南极二十七度处，这一点工程师计算时已经考虑进去了。他注意这颗星经过南极子午线时的情况，这样对计算方便很多。史密斯把自制圆规的一只脚对准水平线，另一只脚对准 α 星。这样，圆规的两只脚间的间距就是 α 星和水平线之间的角距。为了把所得的这个角度固定下来，他用树刺把一根木条横钉在圆规的两只脚上。最后，还得算出天极在水平线上的高度，也就是所在岛屿的纬度来。这项工作只有留待第二天再做。十点时，大家便已睡熟了。

# 第 十 四 章

第二天，4月16日，星期日是复活节。大家天一亮便出了"壁炉"，去洗衣服。工程师计划一旦获得纯碱或钾碱、脂肪或油脂，就立刻制造肥皂。至于各人换装的问题，到时候也得提到议事日程上来。他们目前穿的衣服还很耐磨，不怕干活儿时会磨破，至少还能将就半年。不过，一切的一切都将取决于这个岛屿与有人居住岛屿之间距离的情况。天气条件好的话，这个问题当天就可以弄明白。

太阳从清晰的水平线上升起，预示着晴朗的一天即将开始。这是一个美丽的秋日，似乎温暖的季节即将离去，特意为人们留下一个美好的回忆。

现在需测量眺望冈的海拔高度，以结束昨日测量的各个项目。

"您不需要一个像昨天您所使用的那样的仪器吗？"哈伯问道。

"不用，孩子，我将采用另一种精确度并不逊色的办法。"工程师回答。

史密斯准备好了一根笔直的木杆，用木杆比对自己的身高，精确地测出木杆长度为十二英尺。哈伯拿着史密斯交给他的"锤线"，是用柔韧的植物纤维做成的，一端系着一块石头。

他们来到距离海边二十英尺、距垂直耸立的花岗岩峭壁五百英尺的地方，小心地将木杆插入沙地二英尺深，并利用"铅锤"使木杆与地面保持垂直。

然后，工程师向后退了一段距离，趴在沙滩上，目光可以同时看到木杆顶端和峭壁尖顶。随后，他又仔细地把一根小木棍插在这个观察点上，作为记号，转身问哈伯道：

"你懂几何学的基本原理吗？"

"稍微了解一点。"哈伯谦虚地回答。

"你知道两个相似三角形应该具备的条件吗？"

"知道。它们的对应边成比例。"

"很好，孩子。我刚做出了两个相似的直角三角形。第一个较小，其三个边分别是：那根垂直的木杆、从这根小木棍到木杆底部的距离和我的视线——它的斜边；第二个直角三角形的三个边是：我们要测量其高度的那垂直的峭壁、小木棍到峭壁底部之间的距离和由我的视线所形成的斜边，而这个斜边也就是第一个直角三角形斜边的延长线。"

"啊！我明白了，史密斯先生，"哈伯顿有所悟地大声说道，"小木棍到木杆之间的距离与小木棍和峭壁底部之间的距离之比，就等于木杆的高度与峭壁的高度之比。"

"你真聪明，孩子。我们已知木杆的长度了，再量一下两段水平距离，按比例一算，便可求得峭壁的高度，无须直接去测量了。"

他们利用木杆测量出两段水平距离，而木杆在沙滩上的高度为十英尺。

小木棍到插木杆处的距离为十五英尺。

小木棍到峭壁底部的距离为五百英尺。

二人测量完毕，回到了"壁炉"。工程师拿出一块平整的石板，是他先前外出时捡到的。他拿起一块尖利的贝壳，在石板上画出数字，列出公式：

15 ： 500=10 ： X

500×10=5000

5000÷15≈333.33

由此得出，峭壁的高度约为三百三十三英尺。

然后，史密斯把头一天晚间制作的仪器拿了出来，圆规两脚之间的距离就是 α 星与水平线之间的距离。他在一个分成三百六十等份的圆周上精确地测出这个角的开度为十度。在这个角度上加上 α 星距南极的二十七度，再减去观察时所处的高地距海面的高度值，得出的是三十七度这一角度。因此，结果应是：林肯岛位于南纬三十七度。鉴于测算中可能出现误差，这个岛的位置应该是在南纬三十五度到四十度之间。

现在只等算出经度来，就可以测出海岛的坐标了，这是当日正午，当太阳通过子午线时计划做的事情。

他们决定利用今天这个星期日外出走走，也就是到湖北边和鲨鱼湾之间的那一带去踏勘一番。如果时间来得及，就继续往南，走到南颚骨角的背面去。

八点三十分左右，一行人沿着海峡边缘往前走去。对面安全岛上落着许多飞禽，叫声似驴，属企鹅一类的潜水鸟。彭克罗夫把它们视为食物，他高兴地得知，它们的肉颜色较黑，但味道尚可。

他们还看到一些两栖动物，体形巨大，在沙地上爬行，想必是海豹。海豹的肉是油性的，不好吃，根本不能把它们当作食物，但是工程师还是仔细地看着，若有所思，没说什么，只是告诉大家不久要到那小岛上去看看。

海滩上，散落着无数的贝壳动物，有酸浆贝、三角蛤等，但更实惠的是大片的牡蛎，是退潮时纳布在离"壁炉"四英里处的岩石丛中发现的。

"纳布今天真是立下了汗马功劳。"水手看到这么多的牡蛎，高兴地说。

"这可是一大发现呀！如果每只牡蛎年产五六万个卵的话，那我们可就不愁吃的了！"记者也兴致勃勃地说。

"不过，我认为牡蛎并无多大的营养。"哈伯说道。

"没错，"史密斯赞同道，"牡蛎的营养价值确实不高。为了吃饱，一个人一天至少得吃六七十只才行。"

"那好呀！我们拼命地吃就是了，这里有这么多哩！要不要带回一些去当午饭？"水手问道。

说着，水手便同纳布一起捡了一大堆牡蛎，放进用一种木槿纤维制成的网袋里。然后，一行人继续沿着沙丘和大海之间的海岸走去。

史密斯不停地看表，生怕误了正午时分观察太阳的大事。

海岛的这一部分直到联合湾的南颚骨角都很干旱，并留有一些残留的熔岩。有一些海鸟，如海鸥、信天翁、野鸭等，也常飞到这儿。垂涎三尺的水手试着拈弓搭箭，但未能射中，因为它们一直在空中飞翔，用箭去射，难度很大。所以，他总是对史密斯提起猎枪的事。

"别着急嘛，彭克罗夫，"工程师回答道，"制造猎枪需要铁做枪管，钢做撞针，硝石、炭和硫黄做火药，水银和硝酸做雷汞，铅做子弹，这都得一一弄起来。不过，这些材料在岛上都能找到。只是制造猎枪这种精密的玩意儿，必须有高精密度的工具才成。我们以后会想办法的。"

"唉！"彭克罗夫大声地说，"我们当时根本就不该把武器、工具什么的通通扔出吊篮，连小刀都没留下！"

"如果不扔掉它们，彭克罗夫，气球就把我们给扔到海里去了！"哈伯说道。

"你说的倒也是实话，孩子。"水手说。然后，他又转换话题说："我在想，如果我们逃走之后，若纳坦·福斯特等人一觉醒来发觉我们不在了，气球也飞走了，他们肯定会气晕过去！"

"我还真想知道他们会怎么想！"记者说道。

"这可都是我的主意！"彭克罗夫不无得意地说。

"这确实是妙主意啊，彭克罗夫！"斯皮莱笑着说，"多亏了您的这个主意，我们才来到这儿。"

"我宁可来这儿，也不愿落入南军手中！"水手说，"而且，工程师先生又回到我们身边了！"

"说实在的，我也是这么想的！更何况，我们什么都不缺嘛！"记者说。

"除了……全都应有尽有了！不过，我们总有一天会有办法离开这儿的！"水手哈哈大笑地说道。

"朋友们，如果林肯岛离有人居住的海岛或大陆距离不算太远的话，我们就能早一天离开这儿。一个钟头之内，我们就可以测算出林肯岛的位置了。我虽然没有太平洋的地图，但我对太平洋南部的地理情况记得很清楚。根据昨天所测到的纬度，我们的西边是新西兰，东边是智利海岸，但这两个国家相距起码得有六千英里。因此，必须弄清林肯岛在这片茫茫大海之中，究竟是在哪个点上。我相信，过一会儿，我们就能准确地知道这一情况。"

"在同一纬度上，帕摩图群岛是离我们最近的吗？"哈伯问道。

"是的，但它离我们至少也有一千二百多英里。"

"那么，那边呢？"纳布很有兴趣地听着大家交谈，不禁用手指着南方，也问道。

"那边什么也没有。"彭克罗夫说。

"的确是什么也没有。"工程师也说。

"如果林肯岛离新西兰或智利不到两三千英里的话……"斯皮莱说。

"那我们就不必造房子了，"工程师说，"我们干脆就造船，由彭克罗夫指挥。"

"那太好了！一言为定，我就等您给造一艘能航海的大船了……"水手高兴地说。

"必要的话，我们一定造一艘。"工程师保证道。

他们一边走一边愉快地交谈着。不知不觉之间，观测的时间快要到了。哈伯始终没弄明白，没有仪器，怎么确定太阳通过海岛子午线的路线。

此时，大家离"壁炉"约有六英里，离工程师被大家发现的那一处沙丘不远。时间已是十一点三十分了，大家停下来，休息，吃午餐。哈伯用纳布带的一只瓶子在附近小溪装了一些水回来。

此刻，史密斯在忙着做观测前的准备工作。他在沙滩上选了一片开阔地。海水落潮后，沙滩上很平整。一溜儿的细沙滩像镜子般平滑，不过，沙地是否水平并不重要，那根六英尺高的标杆是否与地面垂直也无大碍。相反，工程师还把它往南边——背着太阳的那一面——倾斜，因为海岛位于南半球。林肯岛上的新居民们看见太阳运行的周日弧线是在北面的水平线上，而不是在南面。

此时，哈伯总算明白工程师如何确定太阳的中天，也就是它经过海岛子午线时的方位。换言之，亦即当地的中午。他采用的是标杆在沙地上投影的方法。在缺少仪器设备的情况下，这一方法也能让他获得满意的测量结果。至此，哈伯终于明白，所谓经过海岛的子午线，也就是当地的正南方，根据标杆的投影，是完全可以测量出来的。

工程师估计时间快到了，便跪在沙地上观察。只见标杆影子在逐渐变短，他便用小木棍把影子的移动一点一点地标出来。这天是 4 月 16 日，正式时间与平均时间完全一致，而记者的表仍是华盛顿的时间，因此计算起来也就方便了。

太阳在慢慢地移动，标杆的影子在一点点地缩短。当工程师看到影子开始变长时，便连忙问道：

"几点了？"

"五点一分。"斯皮莱回答。

结果很容易算出来。华盛顿与林肯岛经线差五个小时，所以林肯岛现在已是正午时分。太阳环绕地球的运动，每四分钟过一度，即一小时移动十五度，十五乘以五（小时），等于七十五度。

华盛顿的经度为七十七度三分十一秒，即从格林尼治子午线算起的七十七度，那么林肯岛应在格林尼治子午线西边七十七度加七十五度处，即西经一百五十二度。

工程师立即向大家宣布了这一测算结果。考虑到误差，可以肯定该岛位于纬度三十五度到四十度之间，经度在格林尼治以西一百五十度到一百五十五度之间。一度为六十英里，五度误差为三百英里左右。不过，这一误差并不会影响他们的决策，因为林肯岛距所有陆地和群岛都很远，所以他们是无法乘自造的简易木船漂洋过海的。

据此看来，林肯岛距大溪地岛和帕摩图群岛起码有一千二百英里，距新西兰有一千八百英里，离美国海岸得有四千五百英里！

# 第十五章

❖

翌日，4月17日，水手醒来，向记者问道："今天我们干什么？"

"干工程师喜欢干的事呗。"记者回答。

到目前为止，大家已经当过烧窑工、制陶工，现在要当炼铁工了。

昨日早饭后，他们一直走到颚骨角的尖端，离"壁炉"将近有七英里。连绵的沙丘到此便结束了。这儿土壤似火山土。这儿没有眺望角的那种悬崖峭壁，却是火山喷发出来的矿物质，位于两个海角中间的狭长海湾的边缘。走到这儿之后，一行人便折了回去，于傍晚回到"壁炉"。但大家并未立即就寝，因为是否应离开林肯岛的问题还困扰着他们。该岛离帕摩图群岛一千二百英里，这可真是够远的呀！一只小船是无法渡过去的，更何况天气在转凉，气候条件也很不利。再说，要造船哪怕是造小船，缺少工具就不行，起码先得制造锤、斧、锛、钻、刨等木工工具，而造这些工具可不是一天两天的事。因此，大家商量之后，决定在林肯岛过冬，然后再说。现在，先找一处比"壁炉"舒适些的地方住下来。

趁此机会，想法儿找到铁矿。实际上，工程师先前已经发现海岛西北部有铁矿蕴藏。上次他带回的标本有两种：一种是没有炭化的磁铁矿；另一种是黄铁矿，也叫"硫化铁"。因此，他们必须先用炭使氧化铁除去氧，获得纯铁。

史密斯所采集的矿石铁含量丰富，质地甚佳。这种氧化铁呈不规则的深灰色块状，能弄出正八面结晶体的黑色碎末。离铁矿脉不远就是煤层，他们已经开采过这里的煤了。燃料就在附近，为炼铁提供了极大的便利条件，他们可以同时开采煤和铁矿石。

"史密斯先生，"水手问道，"我们就要炼铁了吧？"

"是呀，朋友，"工程师回答道，"为此，我们先要去做一项您所喜爱的工作——到小岛上去打海豹。"

"打海豹！"水手既兴奋又惊诧地转身看着记者，"炼铁还需用海豹？"

"史密斯先生这么说，一定有他的道理。"记者回答水手道。

这时，工程师已经走出"壁炉"。彭克罗夫没再说什么，照着工程师的意思，忙着准备捕捉海豹的事了。

片刻之后，史密斯、哈伯、斯皮莱、纳布和彭克罗夫便在岸边集合起来。

海水退潮，这一带海峡成了一片浅滩，可以通行。水深尚不过膝，大家很容易便涉水过去了。

史密斯的伙伴们是第二次登上这个小岛，第一次是气球把他们扔到这儿的，但史密斯却是第一次踏上这里。

上了岸，只见几百只企鹅毫无惧色地望着他们。因为海豹就在它们附近，他们不想惊动海豹，所以就没有捕猎企鹅。这儿还有不少的鸟儿，就在地面上无数的洞中做窝。再往前，小岛的尽头，水面上有许多黑黑的大脑袋在浮动，这就是他们此行的目标——海豹。

海豹的皮毛既短又密，身体呈纺锤状，在水中灵活自如，很难捕捉到它们，只有等它们上了岸，才容易捉到，因为它们蹼足短小，走路摇摆，蹒跚而行，行动不便。

水手了解海豹习性，便让大家耐心等待，切忌匆忙下手。等到它们躺在沙滩上晒太阳、昏昏欲睡时，切断其退路，猛击其头部，便大功告成了。

他们躲在岩石后观望着。一小时之后，只见有海豹往沙滩上爬来，共有六只。水手和哈伯立即绕过小岛的海角，切断海豹退路，从后面向它们发起攻击。与此同时，其他三人则从岩石后面出来，向前爬过去。

突然间，身材魁梧的彭克罗夫大喝一声，以示震慑。工程师及其两个伙伴马上跳起来，冲至大海与海豹之间。不一会儿，两只海豹便在棍下丧命，但其他几只却安然地溜进了大海。

"史密斯先生，您说要海豹的，现在已经有了。"水手说。

"好极了，"工程师说，"我们炼铁时，就拿它们当风箱。"

"当风箱！"水手惊呼道。

原来，工程师打算用海豹皮制作炼铁炉的"鼓风机"。这两只海豹个头儿不大不小，身长不足六英尺，头长得像狗头。

纳布和水手决定就地剥皮，免得弄回去费劲。史密斯和斯皮莱则去勘察小岛。

纳布和水手手脚麻利，三个小时后，两张海豹皮便已剥离，史密斯见后，认为不必鞣制，就可以这么使用了。

等海水再次退潮之后，他们便再一次涉水而过，回到住地。

他们随即把两张海豹皮绷在木框架上，用纤维将它们缝好，尽量不让它跑气。缝制时，靠的只是用托普的项圈改制的两把刀具，但经过大家的巧手加工，三天后，一台鼓风机便宣告诞生了。保证冶炼成功必不可少的条件得到了满足。

4月20日清晨，按斯皮莱的话说，"冶金时代"开始了。矿脉在富兰克林山东北支脉的山脚下，离"壁炉"有六英里远，因为需要就地开采，无法每天返回住地，只好在工地上用树枝搭一间棚屋过夜，以保证昼夜二十四小时不停地进行这项重要的工作。

决定了之后，清晨便出发前往工地。纳布和水手编好了一只筐，装上风箱，拖着走。筐内还放着植物性食品及野味儿，并准备沿途加以补充。

他们从啄木鸟林穿过，由东南方斜插西北方。林深树密，必须开辟出一条路来，把眺望冈与富兰克林山连上，成为一条直道、捷径。他们还在林中发现了"韭葱"，同洋葱、日本葱、冬葱、芦笋一样，均属百合科。其根系木质，烧过后非常可口，经发酵之后，还可酿制成一种不错的甜烧酒。这"韭葱"经哈伯认出来后，他一介绍，大家便动手挖了不少。

他们在林中走了一整天，边走边观察林中的动植物。托普则只对动物感兴趣，在草丛中奔来跳去，把各种动物全部吓了出来。哈伯和斯皮莱拈弓搭箭，射死两只袋鼠和另一种动物。这种动物既像刺猬又像食蚁兽，它缩成一团时，浑身的刺针竖起，而足上又长着利爪，嘴细而长，末端似鸟喙，舌头上有许多小刺，伸缩自如，可以捕食昆虫。

"把它放进锅里煮熟之后，它像什么呀？"只关心吃的水手问道。

"像上等牛肉。"哈伯回答道。

"这就够了。"水手满意地说。

在路上，还发现了几只野猪，不过它们并没向他们发动攻击。又走出不远，记者发现了一种没见过的动物，状似一只小熊，随即掏出笔记本拿笔把它画了下来。哈伯说那是"树懒"，身体如大狗一般，毛很硬，皮色显得污浊，爪子有力，可以攀缘，以树叶为食。大家并未惊动它，任它爬去，记者只是在笔记本上记下了"无尾熊"三个字。

傍晚五点光景，史密斯让大家停下休息。此刻，他们已经走出森林，到了富兰克林山东部的主要支脉的开端。红河就在几百英尺的地方流淌，淡水当然不成问题。

大家立即动手安营扎寨。不到一个钟头，他们便在森林边缘的树木中，用藤条把树枝编扎好，搭成一间棚屋，再抹上一层泥浆，一个不错的住所便完工了。棚屋前燃起一堆篝火，烤肉在架子上转动着，不一会儿，晚饭便已做好。累了一天，大家赶快吃饭。饭后，留下一个人照看篝火，以防野兽袭击，其他人则安然入睡了。

第二天，4月21日，史密斯叫上哈伯，一起去寻找古生代土层。他上一次就是在这种土层里发现铁矿石的，并采集了标本回去。他俩在东北的一条支脉下发现了矿脉。此处靠近红河源头，而且矿石就暴露在地面。这种矿石含铁量丰富，而且易于熔化，非常适合史密斯打算采用的还原法来冶炼。

随后，众人便轻而易举地采集到了许多矿石和煤。他们先把矿石砸碎，擦干净铁矿石表层上附着的一层杂质，然后，把煤和铁矿石一层夹一层地堆放好。在鼓风机的作用下，煤产生了碳酸，继而转化成一氧化碳，使氧化铁得以还原，释放出了氧气。

工程师是这样操作的：他先在窑里烧制好一根耐火的陶土管子，装在海豹皮风箱的顶端，把风箱移近矿石堆。然后，再用一个木架、一些植物纤维绳子和一个平衡锤制成的机械，把大量的空气送入立方体中。温度升高，促进了化学变化，就炼出纯铁来了。

这活儿可不容易！需要耐心加智慧，但最终他们总算成功了。炼出的是一块类似海绵状的生铁，还需要对它加以锻打，也就是说，得把其中熔解了的杂质排除出去。

他们在第一块生铁上安上木把儿，当作铁锤，用花岗石当砧子，开始打起铁来。打出来的铁不用说很粗糙，但却相当有用。

这些勇敢的人经过艰苦劳作，终于在4月25日打造出好几根铁条来，并用它们制作了工具：铁撬棒、钳子、铲子、十字镐等。水手和纳布高兴异常，把它们视为宝贝。

这些铁还不是很纯，还不是钢。钢是铁和碳的合金。

于是，史密斯后来便把铁和碳的粉末放在耐火的陶制坩埚里加热，除去多余的碳，炼成了钢。这种钢在冷或热的情况下，都可以锻造。纳布和水手在工程师的指导下，把钢烧红，然后浸入冷水中，淬火效果很好。随即，一把很好的斧头便打制成功了。然后，他们又打制出刨刀、短斧、长斧、钢锯条、凿子、铲子、鹤嘴锄、锤子、钉子等。

5月5日，"冶金时代"暂告结束，这伙铁匠便撤回了"壁炉"。

# 第十六章

❖

5月6日，亦即北半球的11月6日。一连数日，天老是这么阴沉沉，雾蒙蒙的。现在，该考虑过冬的问题了。不过，此时气温倒并没有明显地下降。

平均气温约零上十来摄氏度的样子。但是，到了最冷的时候，林肯岛大致应与基本处于同纬度的北半球的西西里岛或希腊一样，也要下雪结冰的。

总之，虽然严寒尚未到来，但雨季即将来临，林肯岛是太平洋上的一个孤岛，海洋上的狂风暴雨从四面八方向它袭来，想必那情景是险象环生的，所以必须考虑找一处比"壁炉"更舒适的住处了。

毫无疑问，彭克罗夫对他所发现的这个藏身之所颇有感情，总有些舍不得，但是他很清楚，不另觅新居是不可能的。"壁炉"已遭海水侵蚀，破坏得厉害，此情此景，大家难以忘记，所以没人愿意再遭此一劫。

我们没有踏勘整个海岛，工程师在与大家议论住所问题时说，"岛上可能没有人，也可能有人，即使没有人，恐怕也有野兽出没，必须有所防范。有了安全的住所，也就没有必要每天夜晚派人守夜，照看火堆了。而且，我们所在的岛，也是太平洋海盗经常出没的地方……"

"什么？离陆地这么远，还会有海盗光顾呀？"哈伯问道。

"是的，孩子。海盗都是一些胆大包天的水手，无恶不作，什么地方都敢闯的，还是小心防范的好。"工程师提醒道。

"那倒也是，"水手附和道，"不过，史密斯先生，我们还是先在岛上细细搜寻一遍，然后再决定怎么行动如何？"

"这很有必要，"斯皮莱说，"我们在这边怎么也找不到洞穴，也许山那边有山洞也说不定。"

"这话倒也是，不过，朋友们，别忘了，我们最好选择离水近些的地方。据我们在山顶上观察的情况来看，那边没有河流小溪，而我们这边都夹在慈悲河和格兰特湖之间，这一优越条件不可忽视。再者，这边的海岸冲东边，不像其他海岸那样处于南半球从西北方向刮来的信风中。"工程师说。

"那我们就在湖边建造一所房屋，"水手说，"我们既有砖头又有工具，当泥瓦匠看来也不犯难。"

"是呀，朋友。不过，"工程师回答，"我们还是先全面考虑一下再做决定。如果有天然住所，省时省力，既可防猛兽又可防海盗，何乐而不为呢？"

"可我们对整个海岸的花岗岩石壁，都察看过了，并没有发现洞穴呀！"记者说。

"是呀，没发现什么洞穴呀，"水手补充道，"嗯，要是在石壁上能凿出一个洞穴来，别人无法上去，我们住在里面就安然无恙了。我在想，在面对大海的那一面，弄出五六间房间来……"

"还开有明亮的窗户哪！"哈伯笑着说道。

"再做个楼梯供我们爬上爬下！"纳布也说了一句。

"你们笑什么呀！"水手大声嚷道，"我的想法有何不妥呀？我们不是有铲有镐吗？史密斯先生不是懂得制造火药吗？史密斯先生，如果我们需要的话，您是会制造火药的，对吧？"

工程师听着彭克罗夫的奇思妙想虽很高兴，但觉得在花岗岩石壁上凿洞，就算是火药齐备，也是很费劲的事。因此，他建议大家更加仔细观察一下从河口到北边峭壁尽头拐角处的岩壁情况。

于是，大家一起出动，对大约两英里范围内的情况进行了认真仔细的查看。可是，峭壁光溜陡峭，没见一处有洞穴的。只见无数的岩鸽在峭壁上空飞翔，它们的窝其实只是建在参差不齐的花岗岩边缘上的一些小孔隙而已。此情此景令众人大失所望，若想在岩壁上用镐或炸药弄出个洞穴来，简直是比登天还难！彭克罗夫纯属偶然地发现了"壁炉"这个临时住所，可现在却要将它抛弃。

查看完了，他们已经来到峭壁北面拐角处。峭壁到这儿便终止了，再往前去是一段很长的斜坡，一直延伸到海滩上。从这儿一直到西边尽头，只是一层厚厚的岩石、泥土和沙粒形成的四十五度的斜坡，点缀着一些灌木和野草，其间或有一些花岗岩露出尖尖来。斜坡上端和下端，倒是树木丛生，并长有一层厚厚的野草。

史密斯寻思，漫出的湖水想必会流到这儿。这种想法不无道理，因为红河多余的水一定会在某处消失的。但是，从已经探察过的岸上，也就是说，从眺望冈以西的河口起，工程师始终没有发现有这个出水口。

于是，工程师便提议爬上斜坡，从眺望冈返回"壁炉"，以便探察一下湖的东岸和北岸。几分钟工夫，哈伯和纳布便爬上了高地，其他三人也随后跟了上来。

在两百英尺远的地方，阳光透过树叶照耀在湖面上，熠熠生辉，美丽迷人。

湖光树影，赏心悦目，并有羽毛艳丽的鹦鹉欢叫着在树枝间跳跃，似万花筒在转动，美不胜收。

他们没有直奔湖的北岸，而是绕过高地的边缘，去左岸的河口。这一段路拐来绕去，有近两英里长。不过树木稀疏，道路较宽，走起来倒也顺畅。显然，肥沃的地带到此便宣告终止，树木也没有像红河与慈悲河之间的一样长得那么粗壮。

一行人在这片第一次踏勘的土地上小心谨慎地走着。他们身上只有弓箭和带有铁矛的木棍做武器。好在没有遇见猛兽袭击，也许它们多半是在南边密林中出没。突然，托普在一条蟒蛇前停了下来，众人一看，惊出一身冷汗。蟒蛇长约十四五英尺。纳布眼疾手快，手起棍落，将它击毙。史密斯上前细看，告诉众人说它并非毒蛇，而是一种钻石蛇，新南威尔士的土著人喜欢食之。但他告诫大伙儿，小心为上，因为这里可能有其他置人于死地的毒蛇出没，如叉尾的蝰蛇，或者长着两只小耳朵的飞蛇，切莫掉以轻心。托普随即又奔跑而去，主人怕它会遇到危险，连忙把它唤到身边。

一行人很快便到了红河注入格兰特湖的河口。大家辨认出，对岸就是他们从富兰克林山下来后途经的地方。史密斯发现，流入湖里的水量果然非常之大，因此他更加深信一定在什么地方存在着一个溢水口。必须找到这个溢水口，因为它可能会形成瀑布，找到它就可以对水力资源大加利用了。

众人信步走去，相互间的距离拉得并不太远。他们绕着陡峭的湖岸走着。湖水很深，清澈，可见许多鱼儿在水里游动。彭克罗夫打算做些渔具钓鱼。

一行人首先绕过东北角。湖水也许正是从这儿流出去的，因为湖的尽头在此几乎与高地的边缘持平。但仍未见到有出水口，只好继续沿湖观察。拐了一个弯之后，湖岸顺着与海岸平行的方向逐渐下降。

岸这边的树木较为稀疏，但树木东一簇西一簇地生长，倒也十分好看。从这儿可以纵观格兰特湖的全貌。湖水平静如镜，无一丝涟漪。托普在灌木丛中搜寻，撵飞了一群群的鸟儿。斯皮莱和哈伯忙抽箭射去，有一只被少年射中，掉落在沼泽地的草丛中。托普连忙飞奔而去，叼着一只漂亮的水鸟回来。此鸟一身灰羽，嘴短额宽，脚爪有蹼相连，翅膀周围有白色边饰。此为"骨顶鸡"，与大山鹑大小相仿，属涉禽鸟与蹼足鸟之间的长趾类水鸟。此鸟肉味极差，但托普并不挑剔，所以决定把它让给托普当晚餐。

众人沿着湖东岸继续往前，不一会儿便走到上次到过的地方。工程师毫不掩饰自己的惊讶，因为到目前为止，他仍未发现湖水外溢的迹象。

这时候，一直很平静的托普突然烦躁不安起来。它在岸上来回地跑动，突然停下，注视着湖面，还举出一只前爪，像是在指着湖中的什么看不见的猎物，然后狂吠几声，复又安静下来。

一开始，史密斯及其同伴们并未注意托普的异常举动，但随后它却越叫越凶，史密斯忙问自己的爱犬：

"托普，怎么了？"

托普扑到主人身上，然后又不安地跑回岸边，突然跃进湖中。

"托普，回来！"史密斯担心托普遇上危险，连忙叫唤着。

"下面一定有什么情况！"水手说。

"托普可能嗅到了什么。"哈伯说。

"也许是条鳄鱼。"斯皮莱猜测道。

"我想不是，只有纬度低的地方才会有鳄鱼。"史密斯否定道。

托普听见主人在叫唤，便爬上岸来，但却没法安静下来，又趴在深草丛中，两只眼睛死死地盯着什么看不见的动物在水下游动。此刻，水面仍平静如镜，无一点波纹。大家虽驻足岸边，但也没发现有什么异常。

工程师也颇觉蹊跷，说道：

"一定得弄个水落石出。"

大家寻来觅去，怎么也找不到什么出水口，但工程师仍坚定不移地说：

"这个出水口一定存在！看不见的话，那就是说，它肯定是从西边的花岗岩壁里流出去的。如果真的如此，那么峭壁中就一定有洞，把洞里的水排出，就可住人了。"

"也许湖底有什么通道，湖水从那儿流入大海呢？"哈伯说。

"那倒也有可能。那样的话，我们就只好自己动手造房子了。"

已近傍晚五点，众人准备从高地穿过，返回住地。突然，托普又焦躁不安起来。它狂吠着，又一次跳进水里。众人忙跑到湖边，可托普已游出有二十英尺远了。此刻，水面上浮起一只大脑袋来，那儿的水看来不会太深。

哈伯马上认出了这是海牛，眼睛大大的，脑袋呈锥状，长有柔软光滑的长须。

其实，这并非海牛，而是鲸类的一种，名为"儒艮"，鼻孔长在吻部上方。

这巨大的动物向托普冲过去。托普急忙往回游，想摆脱它，但未能成功，被儒艮拖到湖底去了。

纳布手里拿着铁头标枪，想跳进湖里，向那巨兽发动攻击，救出托普。

"不行，纳布，别下去！"工程师制止了自己勇敢的仆人。

此时，水下展开了一场激烈的搏斗。看来托普肯定是没命了。众人正束手无策、焦虑不安时，突然发现托普出现在一个漩涡中央，仿佛被一股什么力量抛到湖面上方十英尺高处，然后跌落水面，游回岸来。奇怪的是，它身上并没有什么严重的伤痕。

众人看得目瞪口呆。水下似乎还在继续搏斗，仿佛儒艮受到其他什么动物的袭击，所以才放开托普，进行自卫。不一会儿，只见湖水红了一片，儒艮从一片猩红的水面浮了上来，在湖南边一角的小沙滩上搁浅了。

众人连忙奔了过去。儒艮已死。它长有十五六英尺，有三四千磅重。脖子上留下一处伤口，像是被利器割开的。

究竟是什么动物如此凶猛，竟然将儒艮这庞然大物弄死？众人不得其解，只好返回"壁炉"。

# 第 十 七 章

翌日，5月7日，史密斯与斯皮莱前去眺望冈，哈伯与水手则到河的上游去砍柴，纳布一人在家准备午饭。

工程师和记者很快便来到儒艮陈尸的那个小沙滩。该处地处格兰特湖的南边。大群的鸟儿正在啄食儒艮，史密斯赶忙把它们驱散，因为他要利用儒艮的油脂干重要的事情。再说，儒艮肉也是上等食物，但那是纳布分管的事了。

这时，史密斯脑海中又浮现出另一个想法。他对昨天所发生的情况饶有兴趣，很想解开那场水底大战的谜底，弄清是何种怪兽竟然把庞大的儒艮弄伤、致死的。他在湖边伫立良久，观察思考，可是在湖面上什么也没看见，只有清晨的阳光在平静的湖上闪烁。

儒艮搁浅的那个小沙滩附近，水并不深，但从这儿起，湖底就逐渐往下倾斜，估计湖中央应该是很深的。整个湖宛如一只巨大的水盆，灌满了红河的水。

"我觉得这个湖并无什么蹊跷之处呀，"记者说道，"可我却怎么也弄不明白，托普怎么会突然被猛地一下抛出水面的呢？仿佛有一只大手把它扔了出来，再用刀子杀死了儒艮。"

"是呀，我也心存疑惑，"工程师回答道，"我在想，我的得救不也是有不少未解之谜吗？我是如何从海浪中逃脱，被弄到沙丘上去的？这其中必定有原因，这个谜总会解开的。我们只好多留点心，仔细观察，不必在众人面前议论，先继续干我们要干的活儿。"

这时，史密斯突然发现此处有一股急流，他颇为惊讶。他扔下几块小木头试了试，只见它们向南边漂流而去。于是，他便跟着漂流的木头走，来到湖的南端。

这儿的湖水形成了一个凹陷，好像水从地缝里漏走了似的。他把耳朵贴近湖面仔细倾听，清晰地听到地下瀑布的哗哗声。

"就是这儿，"史密斯边说边站起身来，"肯定就是这儿，水就是从这儿流走的。水从这儿通过花岗岩石壁内的一条通道流向了大海。我们可以利用湖水流经的石洞。现在我知道该怎么做了。"

他砍下一根长树枝，弄掉叶子，把它伸进湖两岸夹角的水中一探，发现水下一英尺左右处有一个大洞。这就是他所要找的溢水口。水流很急，把手中的树枝都给冲跑了。

"毫无疑问，这就是出口，我要让它露出来看看。"工程师说。

"什么？"记者惊诧地问。

"让湖面下降三英尺就可以了。"

"怎么让它下降呀？"

"开一个更大的出口。"

"在哪儿开？"

"在离海岸最近处开。"

"那可是一片花岗岩呀？"

"那就把花岗岩炸开。湖水流走后，湖面就会下降，洞口也就暴露无遗了。"

"湖水这么一下降，会形成瀑布的。"记者担心地说。

"我们正可以利用这瀑布。"

心存种种疑虑的斯皮莱跟着史密斯回到住地，发现哈伯和水手正忙着从木排上卸木柴哩。

"樵夫的工作就快结束了，史密斯先生，"彭克罗夫说道，"当您需要泥瓦匠的时候……"

"不要泥瓦匠，要化学工程师。"史密斯回答道。

"我们要炸海岛了！"记者冲水手和哈伯说。

"炸什么海岛？"水手不解地问。

"起码是炸掉它的一部分。"斯皮莱说。

"朋友们，听我说。"工程师忙回答道。

于是，史密斯便把他与记者的发现告诉了他们，并把自己的计划也描述了一番。他认为眺望冈下的花岗岩石中肯定有一个大洞，他想进到洞里去，想用炸药在另一处炸开一个大洞排水，使湖面下降，让洞穴暴露出来。

工程师的计划得到大家的响应，水手尤为积极。于是，纳布和水手被派去取儒艮油脂，儒艮肉则留下当作食物。他俩对工程师非常信任，二话没说就去干自己的事了。

二人走后，其他三人随即带上编筐往煤层走去。那儿的最新过渡地层中含有大量的片状黄铁矿石，工程师曾带回来过标本。他们花了整整一天，才把黄铁矿石运回了住地。到了傍晚，他们足足运了有好几吨。

翌日，5月8日，工程师开始着手分离片状黄铁矿中的主要成分——碳、硅石、矾土和硫化铁，并尽快地将它们转化成硫酸盐，再提取硫酸。

工程师在"壁炉"后面找了一块很平整的场地，在地上放了一堆树枝和木柴，把片状黄铁矿石相互架空着放好，然后点火。矿石中因含有碳和硫黄，很快便着了起来。于是，工程师又往上添加了大量矿石，上面再盖上土和草，留出一些通气孔，如同把木柴烧成木炭一般。

硫化铁变成硫酸铁，矾土变成硫酸铝的过程需要十来天的时间。

这时，工程师就去忙别的事情了。其他人也都在热情高涨加拼命地干着。

纳布和水手剥下儒艮油脂，存于好几个大土坛子里，通过皂化作用从油脂中分离出甘油来。为此，他们必须用苏打和石灰加以处理。苏打或石灰与油脂发生作用之后，便成了肥皂，并分解出甘油来。甘油则是工程师所急需的。我们知道，石灰并不缺。只是用石灰来处理，只能获得钙质肥皂，无法溶解，所以几乎没什么用处，而用苏打加工，则可获得可溶性肥皂，可以用于日常的洗涤。所以，史密斯这个讲究实效的人更希望得到的是苏打。弄到苏打倒也不难，因为海岸边海生植物甚多，如海蓬子、松叶菊以及冲上岸来的鹿角菜科和昆布等海藻。

大家采集了大量的海生植物，晒干后，放在坑里焚烧，制成"天然苏打"。

工程师利用"天然苏打"处理油脂，获得可溶性肥皂，同时也有了甘油这个中性物质。

但这还不够，为了将来的配制需要，史密斯还需要一种物质——硝酸钾，通常被称为"硝盐"或"硝石"的那种。

史密斯可以用硝酸或碳酸钾来起化学作用，制造出硝酸钾来。而碳酸钾很容易从植物的灰尘中提炼，但他缺少硝酸。他正为这事犯愁时，很幸运，大自然为他提供了硝石，只需前去采集即可。

哈伯在富兰克林山下岛的北面发现了硝石矿，大家挖回不少，加以提炼即可获得硝酸。

上述工作持续了一周。然后，众人动手砌砖炉，用来蒸馏，制成硫化铁。至5月18日，工作结束了。

对黄铁矿加热和完全还原后，获得了硫酸铁、硫酸铝、硅石、炭渣和灰渣，放在一只装满了水的大盆里。

工程师把硫酸铁结晶封在坛子里焙烧、蒸发、冷凝后，获得了硫酸。5月20日，工程师又用硫酸蒸馏出了硝酸。把硝酸与放在锅里蒸发所得到的浓缩甘油混合起来，得到了几十盎司的淡黄色油质溶液。

这最后的一道工序是工程师在远离"壁炉"的地方独自完成的，因为这道工序极其危险，有可能引起爆炸。当他完成任务归来时，只是淡淡地说了一句：

"这就是硝化甘油。"

"用它就能把花岗岩壁炸开？"水手满腹狐疑地问。

"是的，朋友，花岗岩十分坚硬，硝化甘油爆炸时产生的反作用力就更大，产生的效果也随之加大。"工程师解释道。

"那我们什么时候搞爆破呀？"

"明天，挖好炮眼就引爆。"

5月21日，天刚放亮，一行人便来到格兰特湖东岸的一个尖角处。这儿离海岸只有五百英尺左右。此处高地低于湖面，湖水也只有一道花岗岩石壁拦挡着。炸开这道石壁，湖水自然会从这一缺口流出，形成一条小河，沿着斜坡，直泻海滩。湖面因而随之下降，溢水口则暴露出来，这就是他们的目的。

水手在工程师的指导下，卖力地挥舞着十字镐，凿掉岩石表层。坑就挖在岸边的斜坡上，比湖面低许多。水手与纳布二人轮流挥镐挖坑，十分卖力，进度很快。下午四点光景，炮眼挖好，埋好了炸药。

工程师让人在炮眼上方，用一根植物纤维绳子吊挂了一块好几斤重的铁块于支柱上。另外又用一根长绳浸足硫黄，一端系在第一根绳子上，另一端拉到离炮眼数英尺的地方。点燃第二根绳子，不一会儿便烧到与第一根绳子的接头处，第一根绳子燃着后，很快烧断，铁块掉落，砸在硝化甘油上。布置好这套"爆破装置"之后，工程师让大家退后，隐蔽好，独自把炮眼灌满硝化甘油，灌至炮眼口，并在炮眼口边岩石表面也滴上几滴。

随后，浸过硫黄的长绳被工程师点燃；工程师催促大家离开，一起回到"壁炉"。

绳子燃烧大约二十五分钟。二十五分钟后，果然一声巨响，整个海岛都震颤了起来，石块冲天飞起，犹如火山爆发一般。"壁炉"也跟着一起震动起来。距离爆炸地点两英里之外的这几个岛民，被气浪掀翻在地，可见爆炸威力之巨大。

大家随即爬了起来，连忙向湖岸缺口处奔去。

大家立刻欢呼叫喊起来。花岗岩石壁上裂开一个大口子！湖水从缺口冲出，浪花翻滚着穿过高地，从三百英尺高处直泻下去！

# 第十八章

史密斯的计划成功了！但他仍一如既往，并未喜形于色，只见他紧闭双唇，一副沉思默想状。哈伯则欣喜若狂，纳布在手舞足蹈，彭克罗夫摇晃着脑袋不住地称赞道：

"了不起！我们的工程师简直是太棒了！"

确实，硝化甘油的威力之巨大让人难以置信。湖岸的缺口炸得大极了，流出的湖水起码比原先要多出三倍。不久，湖面将因此下降两英尺多。

众人返回"壁炉"，拿起十字镐、铁头长矛、纤维绳子、火石、火绒，然后又回到高地。托普也跟着大家来了。

在路上，水手憋不住地问：

"史密斯先生，这种神奇的液体既然这么厉害，能不能用它来制造弹药呀？"

"那可不行，彭克罗夫，它非常容易爆炸的。稍有不慎，便会酿成大祸。不过，我们可以利用硝酸、硝石、硫黄和碳来制造火棉，甚至制造普通的火药，只可惜我们没有枪。"工程师回答水手道。

"啊！史密斯先生，有决心就能办到！"水手毫不畏难地说。

很显然，"不可能"一词，已经从彭克罗夫的字典里划掉了。

一行人来到了眺望冈，立刻向湖的尖角处走去，原先的那个出水口应该已经暴露出来了。这个出水口已经不再有湖水溢出，该可以通行了，他们可以毫无困难地查看洞内情况。

没几分钟，他们便来到湖下面的一端，一看便知计划成功了。

果然，湖里花岗岩壁上露出了千寻万查未见的溢水口。它现在已经位于湖水以上。它宽约二十英尺，但高度却不足两英尺。人一时进不去。纳布和水手立即挥起十字镐，不到一小时，洞口被凿大了，足够人进入。

工程师上前查看，看见斜坡只有三十多度，可以下去。只要下面坡度不加大，甚至可以一直走到海边。其中也许还有很大的洞穴，那就天遂人愿了。

"史密斯先生，咱们还是进去吧。您瞧，托普都进去了。"

工程师边说好吧，便让纳布去砍一些含松脂的树枝，捆扎起来当作火把。用火镰打出火来，把火把点着，然后便领着众人进入不久前还满是湖水的黑漆漆的坑道。

　　让人感到意外的是，走着走着，坑道在逐渐扩大，都可以直起身子来走了。石壁内长年经水侵蚀，岩石十分光滑，很容易摔跤，他们便用绳子相互连接起来，如同登山者一般。还好，路上有一些凸出的岩石，可以当作台阶，往下走就容易了许多。岩石上还有水滴在往下滴答。在火把的光亮下，岩石呈现出红色。石壁上似乎还有许多钟乳石。工程师观察着这些花岗岩，上面看不出地层，也看不出断层，纹理细密，是结构紧密的一个整体。估计该坑道自该岛生成之时起就已经有了，并非流水长年冲刷形成的。亲自挖出这个坑道的是普路托①，而非尼普顿②。石壁上尚可分辨出熔岩的痕迹，这些痕迹并未被水流冲刷掉。

　　一行人小心翼翼地往下走去，全都沉默着，互不说话，心想会不会遇上章鱼之类的动物。

　　托普走在前面，大家都相信它的聪明机智，遇有险情，它肯定会发出警报的。

　　走了有百十英尺之后，前面的史密斯站住了，伙伴们凑上前来。他们此刻走到的是一个不大不小的洞穴。头顶有水在滴，那是长年奔腾而过的急流所剩下的一点点残余。这里虽然有点潮湿，但空气倒还清新。

　　"这个洞倒是挺隐秘的，只是小了点，又太暗，不宜住人。"记者说道。

　　"我们可以把它凿大些，再凿些洞透光。"水手提议道。

　　"再往前走走看，"工程师说，"也许再往下走，会有更合适的地方，也省得费劲了。"

　　"我们现在刚走完三分之一的路程。"哈伯指出。

　　"差不多是三分之一，因为我们从洞口往下走了大约一百英尺，再往下走一百英尺也没什么困难的。"工程师说道。

　　"托普呢？"纳布打断主人的话惊问道。

　　"它大概跑到前面去了。"水手说。

　　"快追上它。"工程师说。

　　大家没见托普，便继续往下走去。他们已经走了有三分之一左右的路，现在又走了大约五十英尺。这时候，突然下面很远的地方有声音传过来。他们站住，仔细地听了片刻。声音很清楚。

———————

① 希腊神话中的死亡神。

② 希腊神话中的海神。

"是托普在叫。"哈伯说。

"是它，叫得很凶。"水手也说。

"准备好武器，小心提防，继续前进！"史密斯命令道。

托普的吠声越发清晰，好像非常气愤似的。大家顾不得危险，加快脚步，往前赶去。过了几分钟，又走下去有十五六英尺，终于见到了托普。

坑道已到尽头。此处竟是一个宽敞高大的洞穴。托普一边来回地乱跑，一边愤怒地狂叫。大家一手握武器，一手举起火把，仔细搜寻，但洞内未见任何东西，既没人也没野兽。但托普仍在继续狂叫不止，呵斥、抚摸都无法让它安静下来。

"湖水肯定是在这里通过什么地方流入大海的。"工程师说。

"没错，大家当心点，可别掉到什么窟窿里去。"水手提醒道。

"走，托普，往前走！"工程师说。

托普听到主人的话，又兴奋地往前跑去，到了石洞尽头，它叫得更加起劲了。

大家连忙赶过去，用火把一照，发现花岗岩地面上有一个洞，如同水井口似的。湖水就是从这儿流走的。这可是一个直上直下的井，不可冒险下去。

他们把火把移近井口，但什么也没看见。史密斯往井内扔下一根燃着的树枝。根据它下坠的时间来推算，这口井大约有九十英尺深。

这也就是说，这儿的地面距海平面九十英尺。

"这儿就是我们的住所了。"史密斯说。

"不过，这儿曾经有什么生物栖息过。"斯皮莱的疑惑未消，说道。

"不管是两栖动物还是其他什么动物，反正现在它们全都逃遁了，把地方让给了我们。"工程师回答道。

"没什么好担心的，"水手说道，"我还真想变成托普呢，哪怕变一刻钟也好，你们瞧它，嗅觉多么灵敏，它是不会无来由乱叫一气的。"

工程师走近托普，轻声地说道：

"我相信托普比我们知道的要多。"

大家的愿望可以说是得到了满足。他们现在已经有一个大石洞可以居住了。尽管火把光亮有限，照不太清楚，无法估计它究竟有多大，但是肯定可以用砖头将它隔成一间间的房间，作为公寓是没有问题的。湖水流走，这儿不再有水流过，这么大的空间，完全可以加以利用。但是，还有两个难题摆在大家面前：第一，如何让洞里透进阳光？第二，怎么才能进出更方便一些？头顶石壁太厚，难以凿穿。只有将临海一面的岩壁凿出个洞来。工程师在往下走的时候，已经估计过坑道的坡度和长度，认为外壁不会太厚。在外壁打开一个缺口，外面安装一个梯子，光线与出入的问题便迎刃而解了。工程师将自己的考虑告诉了他的同伴们。

"那我们就开始干吧，从哪儿下手？"水手听了工程师的解释，便着急地说。

"从这儿下手，"工程师把水手拉到一处地方说，"这儿石壁往里凹下去很深，岩石应该也薄了许多。"

在火把的光亮下，水手挥镐凿去，只见岩石被凿裂，碎石四溅。半小时后，纳布接替了他，继而记者又换下纳布。

凿了约两个小时，突然斯皮莱最后一镐挥去，岩石被凿穿，镐也滑落到外面去了。

"哈哈！通了！"水手大笑道。

这儿的石壁只有三英尺厚。

史密斯伸头向外探去，离地估计有八十英尺，海岸与海岛就在眼前。远处便是辽阔无边的大海。

大量的光线照亮了洞穴。岩洞长一百英尺，左边的高度和宽度大约不到三十英尺，右边则十分宽敞，圆形顶壁高达八十多英尺。穹隆宛如教堂圆顶，由许多石柱顶着。石柱不是很规则，或像拱脚柱，形成拱门，或像突出的尖肋，上有鲜明的花纹。在暗处，还有许多凸饰。但这并非人工斧凿，而是大自然的鬼斧神工使然，因而才造出这个似仙境一般的阿尔罕布拉<sup>①</sup> 式的宫殿来。

众人观之，大加赞赏，啧啧称羡，以为是进了人间仙境一般。

"朋友们，等我们在这儿开了窗户，就把它当作房间和仓库，还要留出书房、博物馆什么的！"工程师说。

"给它起个什么名字好呢？"哈伯问。

"就叫'花岗岩宫'吧。"史密斯说。众人欢呼，以示赞同。

火把快要燃尽，应赶快返回，第二天再来。行前，工程师站立在那口"深井"前，仔细地倾听着。下面没有任何声音传上来，也听不见常会听到的深处的流水声。他又点燃一支松枝，扔下洞去，照亮了井壁，但是只照亮了一会儿。跟上一次一样，什么也没看清。假如真的有什么水怪，那也被下泻的湖水裹挟，冲到大海里去了。新的溢水口炸开之前，满溢的湖水也是经由这儿流出去的。但是，史

---

① 系中古时代西班牙摩尔族诸王的豪华宫殿。

密斯工程师仍然站立在井口边，一动不动，竖起耳朵，一声不吭。

　　水手走上前来，触碰了他一下，提醒他道："火把就快燃尽了。"

　　"那就走吧。"史密斯似从梦中被惊醒，终于说道。

　　一行人离开洞穴，开始往漆黑的坑道爬去。托普跟在大家后面。往上爬比往下走困难多了，众人路上休息了多次。最后，终于呼吸到比较新鲜的空气了。

　　火把已经熄灭，众人加快脚步，四点光景，走出了坑道，来到外边。

# 第十九章

第二天，5 月 22 日，大家忙着布置新居。这儿宽大卫生，挡风避雨，海水又不倒灌，比"壁炉"强过百倍，所以大家都想早点搬过来。但是，旧居并未丢弃，史密斯想把它变成工作场所。

工程师首先想要确定一下花岗岩宫的正面处在什么位置。他来到海滩，心想记者的十字镐应该是垂直落地的，找到它之后，就可以发现凿穿花岗岩石壁的地方了。

大家四下里找去，不一会儿就找到了那把十字镐。它已陷进沙地里，离海岸的垂直距离约有八十英尺。抬头望去，只见十字镐坠落处的上方有个缺口。已有几只鸽子从那缺口飞进飞出，以为那是专门为它们辟出的洞穴。

工程师建议把洞穴右边分隔成几间房间，前面留出一条便于进出的过道。正面开出五扇窗户和一扇门，以便获得充分的阳光。水手对多开窗倒很赞成，但却不明白为什么还要开一扇门，原来的溢流坑道就是花岗岩宫的天然阶梯，进出也挺方便，何必多此一举。

"朋友，"工程师针对水手的疑问解答道，"那坑道对我们来说，进出方便，那么对别人来说自然也很方便，危险也就随之增加。我认为，不仅要将它堵死，必要时还应筑坝，提高水位，把它完全淹没。"

"那我们如何进去呀？"水手又问。

"在岩壁外面弄一绳梯，把它吊起来之后，谁都甭想进入。"

"这不有点多此一举吗？"水手说道，"到目前为止，我们也没见有什么凶恶的野兽，而且岛上也没见有土著人呀！"

"您就那么肯定？"工程师说。

"当然啰，得等踏勘完整座岛才能肯定。"工程师则进一步解释道，"这个海岛也许没有猛兽也没有土著，但我们并未把它踏勘完呀。再说，即使岛本身没有敌人，怎敢保证没有外来的敌人呢？太平洋的一些海域十分危险，还是小心为上，切莫掉以轻心。"

水手听后觉得此言甚是，其他人也深表赞同，准备执行工程师的计划。

大家不仅准备开出五扇窗和一扇门，还打算开一个大窗洞和几个椭圆形小窗洞，以增加采光。花岗岩宫离地面八十英尺，面向东方，每天的第一缕阳光便照着它。花岗岩宫脚下正是慈悲河口峭壁突出部与"壁炉"岩石堆的中间部分。由于这突出部的遮挡，恶劣的东北风无法正面袭来，只能从其侧面刮过。在窗架做好之前，工程师打算先用厚板把窗洞挡起，免得遭到风雨的侵袭。

于是，大家准备在岩壁上打洞。为了省时省力，工程师利用尚有剩余的硝化甘油在选好的位置进行局部爆破。爆破很理想。众人随即挥镐动铲，把洞口弄成门窗状，再把边角磨平弄光。几天后的一个早晨，第一缕阳光便洒进宫来，连最暗的角落也亮堂起来了。

工程师计划下一步将把洞穴隔成面向大海的五个小间，最右边开一道门作为进出口，门外垂下绳梯；然后是一间三十英尺长的厨房、四十英尺长的餐厅和大小相同的卧室；另外还辟出一间客厅，再往左就是大厅。这些房间——实际上是套间——并没把空间占满，所以他们另外又弄出一条走廊和一间仓库，库内可以存放工具、食品、储存物等。此外，大洞穴上方还有一小石洞，被当作"阁楼"。

于是，众人又挖土制砖，烧制好后，运到花岗岩宫脚下。此刻，再从坑道上下进出就费时费力了。大家不得不考虑制作一副十分结实耐用的绳梯。梯子做工考究，梯帮用一种韧性很强的爬藤植物纤维做成，牢固程度与粗绳索不相上下，而横档则使用红杉树树枝，既轻巧又结实。这项功劳应记在水手身上。

然后，他们又编制了一条纤维绳，又在门上装上一架粗糙辘轳，以方便把砖吊上来。与此同时，宫殿内部的装修工作也开始了。隔断很快做好，各个房间、仓库等也都分隔开来。

工程师身体力行，工程进展顺利、迅速。

众人毫不惜力，个个奋勇当先，纳布、水手自不必说，因为对工程师的完全信赖，干起活来既好又快，还有说有笑。哈伯的表现也毫不逊色。他聪明活泼，有灵气，悟性好，理解得快，做事又好，史密斯越来越喜欢这个孩子了。哈伯当然对工程师也怀着一种强烈的尊崇感情。毋庸置疑，记者斯皮莱也不甘落后，干得也不比别人差，常令水手刮目相看，觉得此人不仅什么都懂，善于分析问题，而且什么都会干。

5月28日，绳梯制作完成，安装完毕，垂直高度达八十英尺，梯上至少有一百个阶梯。天缘巧合，在离地四十英尺左右的地方，岩壁有一块岩石凸出，史密斯利用这儿把绳梯分为两部分。众人动手把这块岩石凿平，作为平台，把第一段绳梯固定住，以减少梯子的晃荡。还用一根绳子把绳梯吊到花岗岩宫上面去。

第二段绳梯的下端也牢牢地固定在凸岩平台上，其上端则系在宫殿的大门上。这么一来，上下绳梯就便捷、安全得多了。这时，史密斯已经在脑子里谋划制造一种水力升降机，到时宫中居民就可以更省时省力地进进出出了。

宫中居民很快便适应了这种绳梯。水手在船上本已是爬绳索的高手，自然而然地便成为众人的老师。只是苦了托普，它可不适应这种攀爬训练。但在彭克罗夫悉心而巧妙的训练下，它很快就像马戏团的狗似的，在绳梯上上下自如了。

与此同时，他们也没有忽视储存食物的问题。记者和哈伯每天都要抽出几个小时去打猎。目前，他俩只是在啄木鸟林和河的左岸一带寻找猎物，因为没有桥，也没有船，所以无法渡过慈悲河。这整个一片名为"远西"的大森林尚未探索过。现在天气恶劣，探索工作准备留待来年开春之后再说。不过，啄木鸟林也是鸟兽群集之地，袋鼠、野猪不少，用标枪和弓箭便足以有所收获。另外，哈伯还在湖的西南角发现一片天然的"养兔场"，那是一片略微有点潮湿的草地，杨柳摇曳，青草飘香，尤以百里香、罗勒草、风轮菜以及唇形科芳草居多。这些植物全都是兔子所喜爱的植物。

既然有兔子喜爱的食物，记者认为就必然有大量的兔子在此繁殖。于是，二人便仔细地搜寻起来。他们发现，这儿有大量的有用的植物生长着。哈伯就随手采摘了一些罗勒草、迷迭香、蜜里萨、药水苏等的嫩枝，因为它们具有不同的治疗功用，有的可舒胸、祛痰，有的有收敛作用，有的可退烧，有的可治疼痒或抗风湿，水手见哈伯带回来的这些植物，问他这是干什么。哈伯回答他说：万一有人生病，可以用它们治疗。另外，哈伯还采集了一些北美人称之为"奥斯韦戈茶"的植物，用它可以炮制上等饮料。最后，他们终于找到了真正的"养兔场"。这里到处都是洞眼，像筛子一般。

"兔子窝！"哈伯高兴极了。

"没错，但不知里面有兔子没有。"记者应声道。

记者话音未落，只见成百上千只像兔子般的动物四散奔逃，速度极快，连托普都撵不上。他俩很不甘心，便开始继续搜寻。一个钟头之后，终于在一个洞里抓到了四只。这是一种美洲兔，与欧洲兔极其相像。猎物被带回宫中，并在晚餐时，烹调好端上了餐桌。众人赞不绝口。发现了这块宝地，今后的野味当然不成问题了。

5月31日，宫中隔断工程已经完工。剩下的就是布置房间，添置家具，这项工作准备放在漫长的冬季去做。第一间房间被用作厨房，里面要砌一个烟囱。

烟囱必须伸到洞外，这就增加了难度。史密斯建议在厨房窗户上方岩壁上凿出一个小洞，让烟囱像铁炉具的铁皮管一样斜着通出洞外。当然，会有迎面风吹过来，烟会倒灌，只是很少刮这种风，所以也无伤大雅。

　　房间布置完后，工程师便考虑把原先的溢水口堵塞起来，以防外人入侵。大家一起动手，把大块大块的岩石推滚到洞口，把它封得死死的。但原先计划要筑个堤坝，提高水位，把洞口淹没的想法没有贯彻执行。工程师另想了一个简便的方法，在岩石间隙中填了一些土，种了一些荆棘和小灌木，等到春暖花开之日，草木长得茂盛起来，被堵塞的洞口也就被遮掩得严严实实的了。

　　另外，工程师还利用溢流口引来一些淡水。他在地上挖了一条小沟，每天都有二三十加仑的清纯湖水流进来，解决了花岗岩宫中吃水的问题。

　　一切工作及时地结束了。冬季已经来临。窗洞已被挡好，等着以后制作玻璃装上。

　　在这座坚固、卫生、安全的住所里，众人开心极了。从窗口望去，茫茫大海就在眼前，北边远处是北颚骨角和南颚骨角，南面是爪角，整个联合湾壮丽地映入眼帘。水手风趣地说，这是"五层楼上的公寓"。

# 第 二 十 章

从 6 月起，冬季来临，狂风暴雨一直没有停息过。但在花岗岩宫里，主人们丝毫感觉不到外面恶劣天气的肆虐。史密斯担心"壁炉"那里的炼铁炉和炉灶受损，事先已经采取了安全防范措施。

6 月里，众人只是干些杂活，没有外出打猎或钓鱼，因为仓库里已经储存了足够的食物。水手闲暇时，做了一些木质纤维套索，放在养兔场那儿，不时地有兔子落入圈套，只要取回来腌制或熏制即可。

冬衣的问题也提到日程上来了。他们身上穿的仍然是从气球坠到岛上时的那些衣服，虽然既保暖又耐穿，但也得考虑换一换了。因为一直忙于紧迫事情，比如住房问题、食物问题，所以更换衣服的问题就没能顾得上。史密斯也在为此犯愁，但今冬看来只好先将就熬一熬了。上次去富兰克林山时，看见过岩羊，待天气暖和了，去捕杀一些。有了羊毛，他就不怕织不出暖和耐磨的料子来。

"冬天没什么可怕的，我们有的是燃料，在火边烤烤就不冷了。"水手并不为冬衣问题发愁，乐观地说。

"再说，这儿的纬度也不太高，大概与西班牙差不多，冬天不至于太冷的。"斯皮莱也毫不担心地说。

"不过，西班牙的冬天有时也蛮冷的，雨雪天也不少，也会结冰上冻。不过，我们这儿是海岛，应该会暖和点。"工程师说。

"除了天冷不冷的问题，我倒提议应该考虑一下照明的问题，因为白天越来越短，夜晚越来越长了。"水手提出了一个新问题。

"这个问题容易解决。"工程师说。

"怎么容易？"水手问。

"明天，我们去捕猎海豹。"

"是做蜡烛用吗？"

"是呀，彭克罗夫。"

当天是 6 月 4 日，是圣灵降临节的星期日，大家一致同意按照习惯，休息一天，并对天祷告，说了一些感恩的话语。他们已经今非昔比，不再是当初的那种穷途末路的可怜的遇难者了。他们没有更多的祈求，只是想向上苍表示感恩之情。

第二天，6月5日，天气可能会变，但他们仍然动身前去小岛。现在必须等着退潮才能涉水越过海峡。这使他们深感不便，决定一定要想法子造一条小船，那时候方便多了，将来去海岛西南部进行大规模的踏勘，只要乘船沿着慈悲河往上游划去就可以了。他们决定待天气转暖后便立刻打造船只。

小岛上海豹很多，他们用带铁尖头的标枪一连刺死六只。纳布和水手立即动手剥皮，只把油脂和皮弄回花岗岩宫。海豹皮可以用来制作皮靴。

这次捕获成绩斐然，弄了有三百磅的油脂，足可以制作蜡烛了。

制作蜡烛并不费事，也许不很完美，但至少可以照明。史密斯本可以把硫酸与海豹的油脂一起加热，分离出甘油，再用沸水一浇，把油清、人造奶油和硬脂精分离出来。但他还有更简便的办法，用石灰来使油脂皂化，获得一种石灰质的肥皂，然后用硫酸进行分解，石灰便以硫酸盐的状态沉淀下来，而脂酸则游离出来。

通过加压，使液态的油酸排出，留下制作蜡烛的十七烷酸和硬脂酸。

这道工序只用了不到二十四小时。接着，便是解决烛芯的问题。史密斯把植物纤维浸上熔化了的蜡油，经多次试验，烛芯问题总算解决了。经过人工手捏，制成了油脂蜡烛。不足之处在于颜色泛黑，外部不够光洁，但这是小事一桩，能点燃照明就可以了。史密斯还特别制作了一把烛剪，用以不时地剪掉没有燃尽的烛芯。

在整整一个月的时间里，新屋主人们把粗糙的工具进行加工，使之变得精致、好用了，而且又新添了一些工具。除此之外，还打制了剪刀，解决了理发的问题。对于满脸胡须的史密斯、斯皮莱和彭克罗夫来说，还可以用它来修剪一下胡子，这让他们感到非常开心。

随后，这些人又制作了锯子，用它打造了桌子、凳子和橱柜。另外，他们还打造了床架，床上还铺上了草垫。厨房里架着板子，放着陶制用具。又砌了一只砖炉，弄了一条洗涤石。总之，一切都井井有条，像模像样了。

由于爆破后产生了瀑布，必须造两座桥，一座架在眺望冈上，另一座建在沙滩上。现在，一条水流把高地和沙滩隔断，要去海岛北边，必须涉水，否则就得上到红河源头，绕个大圈子。于是，他们便准备在高地和沙滩上各建一座长二十英尺至二十五英尺的桥。他们砍了几棵树，又锯又刮，做成桥的构架，只几天工夫，桥便完工了。纳布和水手从桥上走过，一直走到他们发现牡蛎群的地方。

然后，他们打造好一辆车子，拉回了数千只牡蛎，把它们放入慈悲河口这个天然养殖场。它们很快便适应了新的环境，大量繁殖起来。居民们每天都有这种味道鲜美的东西吃了。

居民们只踏勘了该岛的一小部分，但不难看出，岛屿已经向他们提供了几乎所有他们需要的东西。如果对慈悲河至爬虫角的整个森林进行彻底的搜寻，肯定还会让海岛提供一些新的东西。

现在，居民们还缺少一样重要食物，那就是面包。也许他们以后会用某种替代品来代替面包，如西谷柳子粉或面包树的淀粉什么的。其实，南方的森林树种中就有这种珍贵的树木，只是到目前为止，他们还没有碰到过。

然而，上苍没有忘记他们，好像直接向他们伸出了援手。尽管这尚属小事，但工程师纵然才华横溢，聪明绝顶，也未必能制作出面包来。

有一天，哈伯在缝补上衣时，突然在衣服夹层里发现了一样东西。他小心翼翼地把它弄了出来，兴奋地叫嚷道："史密斯先生，一颗麦粒！"

这颗麦粒是从口袋里的一个窟窿掉进夹层里去的。很可能在里士满时，哈伯用麦子喂水手送给他的几只鸽子时，这颗麦粒留在了口袋里，后来漏到夹层里去了。

"真的是粒麦子？"工程师惊问道。

"是的，史密斯先生，但只有一粒。"

"一粒麦子能管什么用呀？"水手嘲讽地说道。

"那可有大用场了，能做面包！"工程师说。

"还能做蛋糕呢！可别把大家给吃噎着了呀！"水手仍旧不信服地说。

史密斯拿过哈伯手上的那颗麦粒，仔细地检查一遍，完好无损，于是便对水手说道："彭克罗夫，您知道一粒小麦能长出多少穗来吗？"

"也就一个吧。"

"十个，彭克罗夫！而一个麦穗大概结八十颗麦粒。如果我们把这颗麦粒种下去，第一次就能收获八百粒。再把它们种下去，第二次就是六十四万粒。第三次就是五亿一千二百万粒。第四次就是四千多亿粒！"

大家都听傻了，没想到会是这么大的数字。

"四千亿粒麦子就是三百多万斗。如果我们在这个纬度上一年收获两季，两年后，这个数字就成为现实了。"工程师继续描绘着美好的前景，"所以，哈伯，你的发现意义十分重大。朋友们，大家切莫忘记，在我们今天所处的环境之下，一切都能为我所用。"

听工程师这么一说，大家异常兴奋。彭克罗夫第一个欢呼起来。

"我们会记住您所说的，史密斯先生。如果我能找到可以长出三十万粒籽儿的烟草籽儿的话，我向您保证，我是绝对不会把它扔掉的。"

"我们应该赶快把这颗麦粒种下去。"哈伯说。

"是的，"记者接着说道，"必须加倍小心，因为它是我们的希望。"

"但愿它能很快发芽！"水手大声说道。

"它会很快发芽的。"工程师回答道。

这天是 6 月 20 日，播种这唯一的一颗弥足珍贵的麦粒正是时候。大家起先想把它种在坛子里，但觉得不妥，便决定还是种在地里，听凭大自然的安排。

天气开始转晴了，大家爬上住所上面的高地，选了一处朝阳而避风的地方，打扫地面，清除杂草，搜寻昆虫，围成一个苗畦，撒上石灰，周围插上围杆，把那颗麦粒种了下去。

# 第二十一章

这之后，水手一天不落地跑到"麦田"里去看看有无虫子捣乱。

将近 6 月末，连续几天的阴雨过后，天气明显地变冷了。6 月 29 日，气温已降至将近零下七摄氏度。

第二天，6 月 30 日，星期五，纳布提醒大家，一年的最后一天是不祥之日，但水手顶了他一句，说明年的开始日就自然是个好日子，这岂不是更好吗？

慈悲河口已经封冻，不久，整个格兰特湖就全部冻上了。

彭克罗夫在湖水封冻之前，用木排运回大量的木柴，直到湖面结冰之后，才停止运输。除了木柴，他们还从富兰克林山的支脉脚下挖了几车煤运回花岗岩宫。到了 7 月 4 日，气温竟下降到零下十三摄氏度，幸亏及早做了准备，燃料充足，没让大家挨冻。餐厅里也装了一个烟囱，因为那儿是大家干活儿的地方，得暖和一些才行。

史密斯颇有远见，早把格兰特湖的水引了一些到花岗岩宫来。湖水从冰面下顺畅地由先前的那个溢流口流到挖在仓库后面角落里的室内蓄水池中。蓄水池水满之后，会通过地下井流到大海里去的。

这些天，天气寒冷却干燥，于是大家便选了一天，穿得暖暖和和的，到慈悲河与爪角之间去踏勘。那儿是一片很大的沼泽地，也许能在那儿猎获点野味儿，因为沼泽地里通常会有不少的水鸟。

去那儿得走八九英里，来回需要整整一天的时间。由于是去岛上的一个尚未踏勘过的地方，所以居民们全部参加了。7 月 5 日拂晓，六点刚过，五个人便手握长矛，拿着套索，背弓携箭，带上足够的干粮，踏上了征程。托普欢蹦乱跳地跑在众人前面。

慈悲河已经结冰，穿河而过是条捷径。

不过，工程师明确地指出，这只是权宜之计，并不能代替真正的桥。

因此，建桥的问题仍然被列为他们的工作重点之一。

居民们第一次踏上慈悲河的右岸。他们冒险闯入这片高大挺拔的美丽松柏林，只见树枝上积满了白雪，更加富有诗情画意。

他们走了还没有半英里，就见到一窝动物被托普惊扰，从密密的矮树丛中蹿了出来，向空旷的地方逃去。

"啊！看样子像是狐狸。"哈伯大声说。

确实是狐狸！个头儿很大，叫声瘆人，连托普都被惊住了，没敢去追，任其逃得无影无踪。

哈伯看见它们浑身灰红，黑尾末梢有一绺白毛，又听见了它们的怪叫声，便断定那是"白狐"。在智利、马尔维纳斯群岛以及美国北纬三十度至四十度之间的地区，经常可以看见它们的踪影。他很遗憾，托普未能捕捉到一只这样的食肉动物。

"它能吃吗？"只关心猎物可口与否的彭克罗夫问。

"不能，"哈伯回答，"但这种动物倒是颇值得研究，因为动物学家尚不知它是昼伏夜出呢还是白昼活动，也不知应不应该将它与狗归于一类。"

工程师听着哈伯这番博物学家的解说，很赞赏地微笑着，但是水手听后，兴趣大减。不过他也提出，如果要建家禽饲养场的话，倒是应该对这种动物提高警惕。众人闻言，点头称是。

他们绕过岬角，看见一段很长的海滩。此刻已是上午八点，天气晴朗。大家走着走着，身上也暖和起来了。太阳在水平线上升起，红红的，但并无暖意。海水蔚蓝，风平浪静，犹如晴空下的地中海港湾一般。爪角像一柄弯刀，向东南弯去，直至四英里开外，尖端愈加变细。左边沼泽地边缘突然出现一个小尖角，被初升的朝阳映得通红。联合湾的这片海域没有任何屏障，连沙滩都见不着，船只若在此处遇上暴风雨，是根本无处躲避的。这儿海岸陡峭，想必海水极深。往西四英里处，就到远西森林的边缘了。

大家在这儿停了下来，休息，吃早餐。他们用干荆棘和干海藻燃起一堆旺火，纳布把冻肉熏烤了，做成早餐，另外还沏了几杯奥斯韦戈茶。

大家边吃边往四下里看去。林肯岛的这一部分十分贫瘠，与整个西边地带形成强烈的反差。记者看到这种情景，不禁感叹连连，若是当初落在此处，那后果就难以预料了。

"幸亏我们当时没有坠落到这一带，"史密斯感慨地说，"否则连爬都爬不到岸上来。海水似万丈深渊，人在海里必死无疑，而在花岗岩宫前，毕竟还有点沙滩、小岛什么的。"

"这个岛真怪，"斯皮莱说，"它这么小，可地形竟然这么复杂。按道理讲，地貌如此多样化，只有陆地面积很大的海岛才有可能。我敢说，林肯岛西部的物产如此丰富，土地如此肥沃，盖因墨西哥暖流所赐，而北部和东南部就好像是沿着北冰洋似的。"

"您说得对，斯皮莱先生，"工程师说，"无论从地貌还是从自然景观来看，这个岛都很奇特。说不定它以前曾是个大陆，因此岛上物产才多种多样。"

"什么！在太平洋中间有块陆地？"水手惊诧地问。

"这完全有可能，"工程师回答道，"澳大利亚、新西兰等过去也是与欧、亚、非及南北美同样重要的第六大洲。我觉得这太平洋上的岛屿是被淹没的陆地的高山部分，而史前，它们是陆地，是在水面上的。"

"如同亚特兰蒂斯一样。"哈伯说道。

"是呀，孩子……如果它确实存在过的话。"

"那么，林肯岛可能也是大陆的一部分？"水手问。

"这完全有可能，"工程师说，"这正说明为什么该岛物产如此丰富。"

"而且，岛上的动物还很多。"哈伯说道。

"是的，孩子，"工程师回答道，"不仅数量多，而且动物的种类也很多。这应该是事出有因的。我认为林肯岛过去可能属于某一陆地，后来陆地渐渐沉于海底了。"

"这么说，有一天，林肯岛这陆地的剩余部分也会消失，美洲与亚洲之间就什么也不存在了？"水手尚未被说服，便这么问道。

"不是的，将会出现新的大陆，现在正有亿万个微小动物在努力地建造着呢。"工程师回答道。

"是什么样的微小动物？"水手又问。

"珊瑚虫。它们经过不懈的努力已经建造了许许多多的珊瑚岛。珊瑚虫吸收海盐，消化掉水中的物质，就产生出石灰石，在海底集结，坚如花岗岩。我相信，珊瑚虫一代又一代地这么勤奋努力，总有一天太平洋会变成一个广阔的陆地，我们的子孙后代将会在上面生活和劳作。"

"这得要多长的时间呀！"水手说。

"大自然不缺时间。"

"新的陆地有什么作用？"哈伯问道，"我觉得现在人类居住的地方已经够大的了。当然，大自然是不会做无用功的。"

"确实如此，"工程师回答，"因此我认为在珊瑚岛形成的热带地区，肯定会有新的大陆出现的。"

"请您继续说，史密斯先生。"哈伯说道。

"学者们一般都认为，由于温度剧烈下降，地球总有一天会毁灭的，或者说，地球上的动植物都不复存在了。但是，学者们对大幅度降温的原因却说法不一。有人认为是千百万年后太阳温度下降所致，有人则认为是地球内部火焰的熄灭使然。我个人是同意后一种说法的。我的理由是，月球是个冰冷的星球，尽管有太阳的照射，但人仍然无法生存。宇宙间的星球，包括月球，都是因火焰而形成的。为了逃脱毁灭的命运，人们逐渐会向靠近赤道的地区迁移，动植物亦然。但是，最终会是怎样一个情况，只有上帝知道，这是上帝的秘密。我从珊瑚虫竟然扯到探测未来，未免扯得远了一些。"

"不是的，史密斯先生，"斯皮莱回答道，"这些探测也好，预测也好，是值得研究的，说不定有一天会真的如此，您是一语成谶了。"

"不，我已经说了，这是上帝的秘密。"工程师说道。

"您说得很好，但您能否告诉我们，林肯岛究竟是如何形成的呢？"水手向工程师问道。

"应该是因火山活动造成的。"工程师回答道。

"那它是否有一天会消失呢？"

"这也有可能。"

"但愿在那之前，我们已不在这儿了。"

"那当然，我们到时是不会再在这儿的，因为我们并无想死的念头。"

"不过，"斯皮莱提醒道，"在这之前，我们得做好长时间待在这儿的准备。"

众人点头称是。谈话到此也就结束了。

早饭也一边聊一边吃完了，一行人继续踏勘着，来到了沼泽地的边缘。

这片沼泽地估计面积有二十平方英里，一直延伸至海岛东南角的圆形海岸。此处土壤系火山硅质黏土性湿软泥，夹杂着枯枝败叶、腐烂植物，长着刚毛藻、灯芯草、芦苇、蔗草等。东一块西一块的厚厚的野草如地毯似的覆盖在沼泽地上。许多水坑水洼都结上了冰，阳光映照着，闪闪发亮。这儿既无雨水又无暴涨的河水，不可能积成水塘。它的水是由沼泽地的土壤里渗透出来的。夏季酷热时，这儿会有瘴气，导致疟疾发生。

这儿也有不少的水生植物，引来无数的鸟儿到此繁殖。野鸭、小凫、鹬等成群地栖息于此，毫不怕人，人都可以走近它们身旁。

水禽密密麻麻地聚集着，一枪定能打死好几只。但岛上的居民们只有弓箭，弓箭不如枪弹厉害。但弓箭射出没有声响，不致把它们惊飞，这一点比枪弹优越得多。因此，他们的成绩并不算差，猎获了十多只野鸭。哈伯说它们名为"冠鸭"。它们身上的羽毛雪白，上有一条黄褐色条纹，脑袋是绿色的，翅膀则为黑、白、红三种颜色，长着扁平的嘴。这儿成了向他们提供水鸟肉的供应基地，被命名为"冠鸭沼泽"，打算日后再做进一步的考察，看看有没有可以人工喂养的鸟类，有的话，把它们弄到湖边，捕捉起来就方便多了。

傍晚五点光景，史密斯及其同伴们踏上返回的路，穿过冠鸭沼泽，从慈悲河的"冰桥"上踏过。

晚上八点，一行人回到了花岗岩宫。

# 第 二 十 二 章

严寒天气一直延续至 8 月 15 日。只要不刮起凛冽的寒风，倒还是可以忍受的。令水手感到遗憾的是，岛上有海豹、狐狸什么的，却没见有熊，否则有熊皮来御寒就更好了。

"熊皮厚，熊不冷，"水手说道，"我真想借一借它们身上的斗篷御寒。"

"别想美事了，"纳布笑道，"熊是不会同意借斗篷给您的，彭克罗夫，它们可不是圣马丁<sup>①</sup>！"

"我会让它们借的。"水手语气坚定地说。

不过，到目前为止，大家尚未发现岛上有凶猛的食肉动物，但也不敢掉以轻心。所以，在这期间，哈伯、水手和记者曾去眺望冈和森林边缘布下了一些陷阱。

陷阱非常简单，只是在地上挖个坑，上面盖上一层树枝、野草，把洞口掩藏住，坑里放些诱饵，野兽闻到味儿，便会落入陷阱。陷阱都是挖在野兽足印多、经常出没的地方。大家每天都要来查看一下。开头几天，陷阱中掉进去三只在慈悲河右岸见到过的那种白狐。

"啊，又是它！"水手第二次从陷阱中取出白狐时，不满地说。

"它们还是有用的。"斯皮莱说道。

"有什么用？"水手没好气地顶他道。

"可用它作诱饵，诱捕其他动物。"

记者言之有理。在这之后，陷阱中就改用白狐肉当诱饵了。

后来，水手又用长而韧的树木纤维做了几个套索，这比陷阱坑的效果强得多，每天都有几只兔子难逃厄运。

在 8 月的第二个星期，猎人们有一两回竟然在陷阱中捉到远胜于白狐的猎物——小野猪。水手当然十分高兴。

"这可不是家猪呀，彭克罗夫。"哈伯提醒他道。

"我知道，"水手边抓住小野猪的尾巴把它提溜出来边说，"我就只当它是家

---

① 圣马丁（JosedeSan Martin，1778—1850 年），阿根廷民族英雄，南美洲南部独立战争领导人。

猪了。"

"为什么呀？"

"我就是喜欢它呗。"

"您很喜欢吃猪肉吧？"哈伯问他。

"当然，如果它不是四条腿，而有八条腿的话，我就更喜欢了。"

这种美洲野猪名为"猪獾"，属豕科动物。其毛皮颜色极深，没有其同属的野猪那样伸出嘴外的长獠牙。它们常成群而居，林肯岛的森林里肯定有很多。总之，这种野猪身上的肉全都可食用，这当然让彭克罗夫高兴喽。

将近8月15日，风向转为西北风，气温上升了几摄氏度，空气中的水蒸气很快便凝结成雪花，纷纷扬扬，扯棉拉絮。很快，整个海岛变成了一个银白色的世界。大雪连续下了好几天，积雪深达两英尺。

风力也在加大，十分猛烈。在高高的花岗岩宫中，可以听见海水拍击礁石的轰隆声响。某些地方，因地形地势的缘故，狂风卷起积雪，犹如雪龙飞舞。船只遇见这些"雪龙"，就会用炮轰击。不过，从西北方向刮过来的暴风雪并未正面吹袭林肯岛。而花岗岩宫因其朝向较好，并未受到狂风的正面吹袭。

在这种气候条件下，想出门是不可能的。居民们只好无奈地待在屋里，从20日一直到25日，他们整整被困了五天。好在住所固若金汤，要是仍在"壁炉"或是搭建了木屋，听听这怒吼的狂风和汹涌的涛声，就知道下场如何了。

在受困的日子里，他们倒也没有闲着。仓库里存放着许多木材，被锯成木板，打制成了家具。桌椅什么的都非常结实耐用。

然后，他们又学着编篮编筐，干得还挺不错的。他们曾在湖的北边发现一片树林，那里生长着许多红柳。在雨季来临之前，水手和哈伯就砍了不少枝条回来。大家动手编织，还互相比赛，干得挺欢，不久就有了一些大大小小的柳条筐、柳条篮了。纳布还专门挑选了几只好的，用来装采集到的根茎、意大利五针松子和龙血树根。

8月的最后一个星期，天气又变了。气温略有下降，暴风雪也止息了，居民们急不可耐地冲到外面去。沙滩上的积雪有两英尺厚，但冻得倒挺瓷实，走起来并不困难。一行人来到了眺望冈。

放眼望去，面貌大变。郁郁葱葱的树林呈现的是一片白色。从富兰克林山顶一直到海边，森林、平原、湖泊、河流一片银装素裹。慈悲河水在冰下流淌，潮起潮落，便形成凇凌，发出巨大的声响。多达几千只的鸟儿在冰面上或聚集成片，或振翅飞翔。瀑布流到高地边缘前在所流经的岩石上留下了很多的冰柱，看上去恍若文艺复兴时期的大师们所雕刻的巨大的檐槽似的，水从槽口流下，结成冰柱，奇特而怪诞。这场暴风雪到底给森林带来了多大的灾难，现尚无从得知，待雪化了之后，方能看个究竟。

记者、水手和哈伯随即去查看了布下的陷阱。由于积雪很厚，不易寻觅，他们还担心一不小心自己掉进陷阱中去。他们慎之又慎，细细寻觅，终于找到了，而且全部完好无损。但是，没有发现猎获物，只是陷阱周边有一些爪印，十分清晰。哈伯肯定地说，是某种猫科动物留下的足印，这就证明工程师认为岛上有凶猛野兽的推断是正确的。它们可能平时生活在茂密的远西森林里，因饥饿而跑到眺望冈来了。或许它们已经嗅到花岗岩宫里有人居住？

"猫科动物指的是什么？"水手问。

"就是老虎。"哈伯说。

"我还以为只有热带地区才有老虎哩。"

"在新大陆，从墨西哥到布宜诺斯艾利斯的潘帕斯草原都有老虎出没。林肯岛的纬度与阿根廷的拉普拉塔相仿，所以这儿有老虎出没没有什么可大惊小怪的。"

"那我们倒是应该提防着点了。"水手说。

这几天，由于气温在升高，积雪开始融化。接着又下了一场雨，把地上的雪全部冲没了。

在这段天气恶劣的时间里，他们仍然补充了各式各样的东西：意大利五针松子、龙血树根、根茎、枫树糖浆，养兔场的兔子、刺豚鼠、袋鼠，水手和纳布运回来的煤和木材。

他们还跑到旧居去看了一下：海水倒灌进了过道，住所有一半被泥沙和海藻拥塞。幸亏当时没有住在这儿，否则后果不堪设想。当纳布、哈伯和水手去打猎或拉煤运木柴时，史密斯和斯皮莱就赶紧动手打扫起来，他们发现锻炉和风箱等仍完好无损，因为临搬去花岗岩宫时，他们用沙堆把它们围了起来，加以保护。

他们又增补了一些燃料，因为严寒随时还会袭来。众所周知，北半球2月的天气主要表现为气温急剧下降，而南半球也不例外，8月底（北美洲的2月）的气候正是这种状况。

25日前后，雪天变成雨天之后，风向也转成东南风了，气温又突然大幅下降，大约在零下二十二摄氏度。严寒天气竟然延续了好几天。居民们再次闭门不出。这样一来，蜡烛的消耗量大增，为了节约，他们只好尽量借用炉火的光亮，好在燃料储备充足。

闲来无事，实在烦闷，史密斯便想起一件可以在屋内干的活儿来。

于是，他便把自己的想法告诉大家，让他们成为炼糖工，大家拍手称快。

他们的方法很简单，把存放的枫糖（已经变成糖稀了）加以提纯，使之结晶。把装有糖浆的陶罐放在火上，糖浆蒸发后，表面结成一层泡沫。泡沫越来越厚，纳布便用木质刮刀小心地把沫撇掉，加速糖浆的蒸发，也可防止熬焦。经过几小时的旺火熬制，糖稀变浓，将它倒入事先做好的各式各样的大小黏土模具中，冷却后便结成了块，吃起来十分香甜。

直到 9 月中旬以前，天气一直很冷。实在出不去，又没太多的事好干，史密斯就给大家讲解各种知识，他简直就是一本活的百科全书。时间就这么慢慢地过去了，他们倒也并不为未来担心。

但是，这种禁闭的日子应该到头了。大家都在焦急地期盼着，即使风和日丽的日子不能早点到来，起码也希望寒冷彻骨的天气早点过去。如果衣服能够抵御风寒，他们可能就到沙丘或冠鸭沼泽打猎去了。猎物很好打，每次都不会空手而回。但是，史密斯一味坚持，不让大家外出，免得受到风寒，他可是非常需要他们大家呀。大家听他言之有理，只好在屋里待着。

必须指出，最耐不住寂寞的当数托普。地方太小，不够跑动，让它觉得十分烦躁。史密斯还注意到，托普每每走到那口黑黝黝的井边时，总要发出低沉而奇怪的叫声。井口盖着木板，它绕着井口转时，多次想把爪子伸到木板下面，像是要把它掀开似的。

托普的这种怪异举动，令史密斯浮想联翩。这井通到大海，会不会与地下的其他小通道相连？会不会有海怪什么的？否则聪明的托普为何有这种怪异的表现？井下应该有点奇特的东西，才会让托普感到不安的呀。工程师对此百思不得其解，只是把这一情况及自己的疑惑告诉了斯皮莱，而没对大家说什么，免得引起不必要的惊慌。

严寒天气终于结束。尽管仍然有雨雪、冰雹和狂风，但都没有持续多久。冰雪已经融化，海滨、高地、慈悲河两岸以及森林又能够通行无阻了。花岗岩宫的居民们对这春回大地的日子感到兴奋不已，似有被解放了、走出牢笼的感觉。再过一段时间，花岗岩宫也就只是他们吃饭、睡觉的地方了。

9 月下旬，他们经常外出打猎。因此，水手又向史密斯提起制造猎枪的事。

但是，工程师眼下最关心的还不是猎枪的问题，而是衣服的问题。这个冬天算是熬过去了，但大家身上的衣服不可能熬得过下一个冬天。必须想方设法弄到食肉动物的皮或者反刍动物的毛。他们曾发现许多的岩羊，不妨捕捉一些来人工喂养，以满足大家的需要。于是，大家商量后决定，捕捉一群岩羊。但首先得规划出一个大的饲养场，一分为二，一边饲养家畜，另一边饲养家禽。

为此，首先要深入了解林肯岛上所有还没踏勘过的地方，也就是慈悲河右岸从河口一直绵延到盘蛇半岛尽头的那一大片森林以及海岛的整个西海岸。不过，要踏勘则必须有老天帮忙，天气稳定不变，这看来还得等一个月的时间，才能付诸行动。

大家只好耐心地等待着。可这时候，发生了一件事，使大家踏勘海岛的心情变得更加焦急了。

那天是 10 月 24 日，彭克罗夫前去查看陷阱。他在一个陷阱里忽然发现有三只很适合储备食品仓库的动物：一只美洲母野猪及其两个幼崽。他高兴极了。

彭克罗夫回到花岗岩宫，不免向大家炫耀一番。

"看呀！这是什么？我们有好吃的了！"水手喜形于色地欢叫着。

"吃倒是想吃，可那是什么呀？"记者问道。

"乳猪。"

"噢，彭克罗夫，这真的是乳猪？听您的口气，我还以为您弄回来的是一只大山鹑呢？"

"怎么，瞧不起小乳猪呀？"

"不是瞧不起，是希望大家别吃得太多。"

"好你个记者先生，"听到对方贬低他的猎物，他很不高兴地说，"您也太挑肥拣瘦了。七个月前，如果有这么个小乳猪的话，您肯定会乐疯了的……"

"是的，是的，人总是贪心的。"

"这两只乳猪顶多三个月大，希望纳布能大显身手。走，纳布，我监督，您掌勺。"

大家自然也跟着水手高兴得笑个不停。

于是，纳布跟着水手走进厨房，准备烹制那两只大概有三个月大的小野猪。

纳布和水手做了一顿美不胜言的晚餐：两只烤小野猪、袋鼠汤、一只熏腿肉、意大利五针松子、龙血树饮料、奥斯韦戈茶。确实，最好的东西都拿出来了。但最受称赞的当然是烤小野猪了。烤小野猪的味道令人垂涎，香极了。水手如狼似虎地吃了起来，但是，正吃在兴头上，突然听到他大骂一声。

"怎么了？"史密斯问道。

"真倒霉！我的一颗牙给崩掉了！"水手回答道。

"怎么？您咬到石头子了？"斯皮莱忙问。

"可能吧。"水手边说边取出嘴里那硌着他牙的东西……

竟然是一颗铅弹！

# 第二部 荒岛上的人

# 第 一 章

　　岛上居民落在海岛已整整七个月了。在这段日子里，他们也曾四处搜寻，但始终没有发现有人的踪迹。在海岛上从未见到过炊烟袅袅，也没看到有人劳作留下的痕迹。因此，他们一直认为这个岛不仅现在无人居住，而且从来就没有人住过。可是，这颗小小的把水手的牙崩掉的铅弹却推翻了这个结论。铅弹是留在啮齿动物身上的，应该是有人用枪射击的，这一点肯定无疑。那除了人类，谁还会用枪呢？

　　当彭克罗夫把铅弹取出，放在桌子上时，大家都看傻了，一句话也说不出来。尽管铅弹并不足为奇，但他们一联想到此事的背后就有点不寒而栗。

　　史密斯两指捏着铅弹，翻来覆去地仔细看，然后转身向彭克罗夫问道："您能肯定这颗铅弹击中猪獾时，猪獾只有三个月大吗？"

　　"顶多也就三个月大，史密斯先生，"水手回答道，"我在陷阱中发现它时，它还在母猪獾怀里吃奶哩。"

　　"这么说，"工程师继续说道，"在这三个月里，有人在林肯岛上开枪射击过。如此看来，在我们来这儿之前，岛上或有人住过，或有人上来过。这人或这些人是主动上的岸还是因船遇难被迫逃上岸来的？他们是欧洲人还是马来人？是敌人还是朋友？他们是否仍待在岛上还是已经离去？这些问题与我们息息相关，绝不能等闲视之。"

　　"不会的！不会有人的！"水手大声说道，"这座岛又不大，有人的话，我们早就发现了。"

　　"这么说来，那就奇怪了。"哈伯说道。

　　"我猜想得更加离奇，也许这只小猪獾身上的铅弹是胎里带来的！"记者说道。

　　"除非，彭克罗夫……"纳布严肃地说。

　　"纳布，你瞧，"水手说，"如果我下颌里有一颗铅弹待了五六个月的话，我难道一点感觉也没有？"他边说边张大嘴，露出三十二颗整齐的牙来："你看仔细，纳布，你若发现我有一颗蛀牙，我就让你拔下我的半打牙来！"

　　"纳布的猜测确实有点离奇，"工程师说道，他脸上仍带着笑，但心里却沉甸甸的，"可以肯定的是，三个月前，有人在这岛上打过枪。他们是刚刚到岛上来的呢，还是常住于此？也许他们是路过这儿，因为岛上若有人住的话，我们在富兰克林山俯视全岛时，就会看见他们的，或许他们也看到我们了。这么看来，有可能数周前有人被那场风暴袭击，被刮到岛上某处了。反正，这一点必须搞清楚。"

"我觉得我们还是小心为上。"记者说。

"我正是这个意思，说不定海盗已经蹿到岛上来了。"史密斯赞同道。

"史密斯先生，"水手提议道，"我们倒不如抓紧时间造一条小船，这样的话，我们就可以逆流而上，随意地环绕海岛巡查。不做好准备是不行的。"

"您说得对，彭克罗夫，"工程师回答，"不过，造船很费时间，至少得花上一个月，我们等不及的。"

"用不着打造那么正规的嘛，"水手反驳道，"造一条普通、无需航海的小船，五天就够了，只要能在慈悲河上划就行了。"

"五天造一条船？"纳布怀疑地说。

"是呀，纳布，一种印第安人的独木舟。"

"那好，五天内完成。"工程师拍板了。

"不过，这段时间，我们应该时刻提高警觉才是。"哈伯提醒道。

"对，必须加倍提高警觉，"史密斯说，"打猎的话，也只许在花岗岩宫周围打。"

饭在紧张不安的气氛中吃完了，彭克罗夫觉得有点扫兴。

歇息前，工程师和记者又长时间单独地谈论了这件事。二人都在考虑，这事与工程师的奇迹般的获救以及他们多次碰到的蹊跷事是不是有关。史密斯经过反复思索，最后说：

"亲爱的斯皮莱，我怎么老是觉得，无论我们在岛上如何仔细搜索，都发现不了什么？"

第二天，水手带领几人动手干了起来。他打算造一条简易的平底小船，能通过河水较浅的地段就行。于是，他们把一片片的大块树皮连接起来，再用钉子把树皮钉紧钉牢，不致漏水。树皮必须是既柔软又有韧性的。正巧，被暴雨狂风刮倒的一些冷杉树很合用，把它们的皮剥下来就可以了。只是缺少必要的工具，所以干起来仍有一定的困难，但最终树皮还是被剥下来了。

在造船期间，斯皮莱和哈伯还抽空去打了猎，以保证大家的食物供应。记者对哈伯使用弓箭和鱼叉的娴熟程度大加赞赏，而且这少年的勇敢无畏和判断能力也令记者叹服。二人遵照工程师的嘱咐，只在花岗岩宫周围两英里的范围内打猎。森林边缘就能猎获不少的刺豚鼠、水豚、袋鼠和美洲野猪等。另外，尽管陷阱不如冬天那么有成效，但养兔场就足以供给他们日常之所需了。

10 月 26 日那天，打猎途中，哈伯与斯皮莱又提起铅弹的事以及工程师对此事的推断。

"斯皮莱先生，"哈伯说，"如果真的是遇难者上了岛，为什么至今不见他们到花岗岩宫附近来呢？这不是有悖常理吗？"

"如果他们现在仍在岛上，没来这附近，那当然是很奇怪的事，"记者回答道，"但是，如果他们已经离开了海岛，那就不奇怪了。"

"这么说，您认为他们已经离开了？"

"这很有可能，孩子。因为他们要是在岛上待的日子长了，特别是如果现在仍待在岛上的话，那总会留下点痕迹的。"

"不过，若是他们离开林肯岛了，那就说明他们并非遇难者。"哈伯说。

"是呀，哈伯，或者说，他们顶多算得上是暂时的遇难者。其实，很有可能是一场大风暴把他们吹到岛上的，只是他们的船只没有遭到严重破坏，风暴一停，他们就乘船离开了。"记者回答道。

"可我觉得史密斯先生是担心岛上还有人，而不是希望岛上还有人，您说对吗？"

"确实如此。他知道，经常在附近海域活动的只有马来人，这些人都不是什么好东西，还是敬而远之的好。"

"斯皮莱先生，"哈伯又说道，"我们总会发现他们来过岛上的痕迹的，您说是吗？"

"你说得很有可能，孩子，如一处被遗弃的宿营地，一堆熄灭的火堆，都可以为我们提供线索，我们下一步就是要寻找这些线索。"

交谈的这一天，他们正在慈悲河附近的森林里。林中树木挺拔、高大、秀美，有几棵大树竟高达两百多英尺。那是一些美丽的松树，新西兰土著人称之为"科里松"。

"斯皮莱先生，我想爬到科里松树顶上去，这样也许可以看得非常远，您同意吗？"

"这倒是个好主意，但树这么高，你爬得上去吗？"

"我来试试。"

少年身手敏捷，灵活轻巧，纵身一跳，便上了枝头。科里松树枝交叉层叠，易于攀登。没几分钟工夫，哈伯就已经上了树顶，放眼这片广袤的绿色平原。

从哈伯所在的那个制高点，可以看到整个海岛的南部地带，从东南方的爪角直看到西南方向的爬虫角。不过，富兰克林山兀立在海岛的西北部，遮挡住了大部分的地平线。

哈伯在树顶上还可以看到岛上他们尚未踏勘过的地方，那儿说不定就藏着被怀疑其存在的陌生人。

哈伯认真仔细地观察着。海上茫茫一片，什么也没发现，无论海面上还是岛周围，都未见船只帆影。但是，有一段海岸被树丛遮挡，即使有船，特别是断桅船，靠近海岸，也难以发现。

移目远西森林，也没发现异常。放眼望去，一片树木屏障，形似圆屋顶，密实得连一丝缝隙都没有，足足有好几平方英里大的一片，甚至连慈悲河的流向以及它的源头也分辨不出。是否有其他小河溪流往西流去，他们不得而知。

天朗气清，未见任何轻烟。哈伯视力极佳，观察又十分认真仔细，如果有任何疑点，他不可能会漏掉的。

哈伯只好从树上下来了。二人回到了花岗岩宫。史密斯听了哈伯叙述的情况之后，只是摇了摇头，没说什么。看来，只有在彻底踏勘了整座海岛之后，才能对这一问题做出结论。

两天以后，10月28日，又出现了一件令人百思不得其解的事。

哈伯和纳布沿着海岸漫步，在离花岗岩宫两英里的海滩上，碰巧捉住一只漂亮的大海龟。这是一种名为"米达斯"的大海龟，背甲泛绿，闪闪发亮。

那海龟正从乱石堆中往海中爬着，被哈伯发现了。

"快过来呀，纳布，快过来。"哈伯急忙叫纳布到他那儿去。

"好漂亮呀！"纳布嚷道，"怎么才能把它捉住呀？"

"这很容易，把它翻转过来，它就跑不了了。"哈伯回答道。

海龟看来是嗅到了危险，立即把脑袋和爪子往龟甲和腹甲里一缩，一动不动，俨如一块大石头。

哈伯和纳布用棍子往海龟身子底下一插，一起用力一撬，海龟被弄翻过来。这海龟足有三英尺长，起码得有四百斤。

"太好了，"纳布高兴地嚷叫道，"我们的朋友彭克罗夫见了一定会欣喜若狂的！"

海龟专以藻类为食，肉质鲜美。想来，水手见后一定会乐开了花的。

这时，海龟的小脑袋露了出来，头部有上颚骨，前边小而扁，从隐于上颚骨下的巨大的颞窝起，脑袋就变得又粗又大了。

"现在怎么办呀？没法将它拖回去！"纳布说。

"我们先把它留在这儿，回去找车子来拉，反正它这么反躺着也跑不了的。"哈伯说。

为了以防万一，哈伯还用一些大块鹅卵石围在海龟四周。然后二人返回住所。为了给水手一个惊喜，二人先没提海龟的事。但两小时后，二人拉着车子来到原地，却看不到海龟的踪影了。二人一时愣在了那儿，然后四下里寻找开来。鹅卵石"围墙"尚在，就是不见了海龟。

"它是不是挣扎着翻转过来，逃下海去了？"纳布说。

"这有可能。"哈伯一脸扫兴地回答。

"彭克罗夫肯定会大失所望的！"

"史密斯先生也许也难以解开这海龟不见踪影的神秘之谜。"哈伯心中暗想。

"我们回去先别提这事了，免得扫了大家的兴。"纳布说。

于是，二人拉着车子回来了。哈伯还是把这事说了。水手闻听，少不了跺脚直嚷，怪他俩太粗心，好好的到手了的美味没有了。

"我只觉得把海龟身子翻转过来，它就一定是逃不掉了。"哈伯懊恼地说。

"这是当然的，"工程师说，"你们把海龟留在离海边多远的地方了？"

"将近五十英尺吧！"

"当时是退潮？"

"是呀，史密斯先生。"

"那么，海水一涨潮，海龟在海滩上办不到的事，到了海水里就轻而易举地办到了。"

"哎呀！我可真够笨的！"哈伯懊悔不迭地说。

史密斯的解释是正确的，但他心里是否完全这么认为，就另当别论了。

# 第 二 章

10 月 29 日，树皮制平底小船做成了，真的只用了五天的工夫，彭克罗夫没有吹牛。小船一共有三条横板长条凳，船头、船尾、中间各一条。船帮上安了两支桨，船尾有一支摇橹，可以控制方向。船长十二英尺，重量不足二百斤。下水很方便：将它抬到花岗岩宫前面的沙滩上，待海水一涨潮，它便浮了起来。水手高兴地跳上船去，边摇橹边叫喊道：

"我们可以沿河沿海游遍海岛了。大家上来坐一坐，挤一挤，五个人全坐上！"

大家都很高兴，一齐上了小船。小船将沿着海岸一直划到南面岩石尽头的第一个海角，作为首航式。

人上齐后，水手将小船向海面划去。天空晴朗，风和日丽，海面风平浪静，犹如湖面，不见波浪。小船行驶平稳，如同在慈悲河上逆流而上。

纳布和哈伯各划一支桨，彭克罗夫摇着橹，掌握方向。小船首先穿过海峡，掠过海岛南端。海面因南风吹来，涌起一条条长波浪，但小船上坐了五人，载重量较大，未见摇晃。船这时已划到离海岸一英里半处，可以仔细地观察一番富兰克林山了。

然后，水手又将船划到河口，沿岸行驶。海岸一直伸向尽头的海角，遮住了整个冠鸭沼泽。

由于海岸曲折蜿蜒，海角离慈悲河得有三英里远。大家决定将船划至尽头，必要时还可以划得更远些，以便观察一下直至爪角一带的海角。

岸边，礁石渐渐被海水淹没。他们沿着海岸划了有两英里多的距离。从河口到海角，岩石峭壁在逐渐走低。这是与眺望冈完全不同的花岗岩石堆积物，呈不规则状态散布着，看上去蛮荒凄凉。它很像是一个被废弃的大采石场。尖突的海角从森林里向外延伸有两英里，寸草不长，宛如从绿色石袖里伸出来的一条光溜溜的巨人手臂。

两支桨在奋力地划着，小船平稳地急速向前。斯皮莱用笔将海岸线画在本子上。纳布、水手和哈伯边聊天边观察这片未被发现的土地。史密斯则沉默着，只是注意地在观察。

三刻钟后，小船到了海角的顶头。水手掌橹正待绕过去，哈伯突然立起，指着远处的一个黑点大声道：

"瞧！那边有个什么东西！"众人立即抬头望去。

"的确是有东西，"记者说，"像是只破船残骸陷在那儿。""啊！我看清楚了。"水手说。

"是什么？"纳布问道。

"是木桶，可能里面装满了东西。"水手回答。

"靠过去，彭克罗夫！"史密斯大声说。

猛划了几下，小船便驶入一条小河。众人连忙跳到沙滩上。

水手没有看错，是两只木桶，半埋于沙中。两只桶之间还捆绑着一只箱子。箱子先还漂浮着，慢慢地也落在沙滩上了。

"小岛附近可能发生过海难。"哈伯说。

"肯定是的。"斯皮莱应声道。

"箱子里有什么呀？"水手急不可耐地问道，"箱子盖着，锁得牢牢的，看来只有把它砸开来了……"

水手搬起一块大石头，正要举起来砸箱子，被工程师一把抓住。

"彭克罗夫，先别这么着急。想法子既不毁坏箱子又把里面的东西拿出来。先把它弄回住所，然后再想办法。箱子仍可以让它漂起来，一直漂到河口去。"工程师说道。

工程师的意见完全正确。这只箱子用了两只木桶才浮起来，可见它十分沉重，小船根本载不动。即使砸了箱子，里面的东西也无法悉数运回。因此，只有让它从水上漂到住所去。

令人生疑的是，这只箱子缘何会在这儿？是从何处而来？工程师等人观察了四周及海岸数百步以内的地方，未见任何的残骸。海上他们也观察了一番，也未见任何异样。哈伯和纳布爬到一块很高的岩石上，但未见海面上有什么漂浮物，既未见大船残骸，也未见小船张帆。但是，可以肯定的是，一定发生过海难。这件事是不是与铅弹一事有所关联？也许有人上了海岛上的其他地方？也许他们仍在那儿？林肯岛上的这几位新居民不禁想到，那些人很可能是马来海盗，因为那漂浮物一看便知是来自美国或欧洲的。

这只箱子长六英尺，宽三英尺，是橡皮打制的，关得严丝合缝，外面还包裹着一层厚厚的皮革，用铜钉钉住。两只大木桶密封着，敲上去发出空洞的声响。它们被绳索紧紧地绑在箱子两头。绳索接头十分巧妙，彭克罗夫一看便知那是"水手结"。再仔细检查，发觉箱子在水上漂流的时间并不长，是最近才被冲到沙滩上，陷于沙中的，所以仍完好无损。看来也没有渗水，想必箱内物体也没受损。

海水涨潮，已涨到箱子搁浅的地方。箱子显然在漂起来。大家忙解开系木桶的一截绳子，把它系在小船上。然后，水手和纳布用桨挖去箱子底下的沙土，让箱子移动，这样漂浮起来更顺当一些。

小船拉着箱子，绕过"残骸角"。这是他们因发现箱子而专门为这个地方现起的名字。

经过一个半小时的行驶，小船在花岗岩宫前靠了岸。

小船和箱子都被拖上沙滩。海水开始退潮，脚下已没有水了。纳布去拿了几件工具来撬箱子。

水手劲头十足，立即动手卸下两只木桶。木桶完好无损，完全可以派上用场。然后，用钳子将锁扭开，打开箱盖。箱子内壁衬着一层锌皮，显然是为了防止物件受海水侵蚀。

"里面会不会是罐头呀？"纳布叫嚷道。

"我看不像。"记者说。

锌皮内衬被扯开，箱内的物品全部被取了出来，放在沙滩上。每取出一件，水手便欢呼一下，哈伯也乐得直拍手，纳布竟扭起屁股跳起了黑人舞。哈伯发现箱内有书，更是欣喜若狂。纳布则捧着烹调用具亲吻不已。

大家真的是喜出望外，因为箱内的工具、武器、仪器、衣服、书籍等，应有尽有。斯皮莱立刻将物品登记在了本子上。下面就是物品的清单：

工具：三把多用途组合刀，两把砍柴斧，两把木工斧，三把刨子，两把锛子，一把鹤嘴锄，六把凿子，两把锉刀，三柄锤子，三把螺丝刀，两把木工钻，十袋钉子和螺丝钉，三把大小不同的锯，二十二盒针。

武器：两支燧石枪，两支撞针枪，两支后膛马枪，五把大刀，四把马刀，两桶火药（每桶二十五公斤），十二箱雷管。

仪器：一个六分仪，一个双筒望远镜，一个长筒望远镜，一匣绘画仪，一只航海指南针，一支温度计，一支无液气压计，一个装有照相机、镜头、玻璃感光片、显影液、定影液等的盒子。

衣服：两打衬衣（料子奇特，颇似羊毛，但都是纤维的），三打长裤（与衬衣同样质地）。

器皿：一个铁皮水壶，六口带柄平底锅，三个铁盘子，十副铝质餐具，两把水壶，一个便携式炉具，六把餐刀。

书籍：一本《圣经》（《旧约全书》与《新约全书》），一本地图，一本《波利尼西亚方言词典》，一部《自然科学辞典》（六卷本），三打白纸，两本空白锡纸簿。

"说实在的，"斯皮莱在登记完物品清单后说，"箱子的主人真的是个很实际的人。工具、武器、仪器、衣服、器皿、书籍，样样俱全。他像是预料到会遭遇海难，事先便做好了一应准备。"

"确实是一应俱全。"史密斯若有所思地说了一句。

"我敢肯定，箱子的主人和船的主人绝非海盗。"哈伯肯定地说。

"除非他被海盗劫掠了……"水手说。

"不大像是劫掠，"斯皮莱说，"可能是一条美国或欧洲的船遇上风暴，刮到这一带海域，乘客们为了尽量减少损失，以防万一，才把这些必不可少的日常用品放进箱子里，扔到海里去的。"

"您同意斯皮莱先生的看法吗，史密斯先生？"哈伯问工程师道。

"我同意，孩子，看来是这么回事，"工程师回答道，"遇难时，或者考虑到海难不可避免时，都可能会这么做的……"

"那干吗还把照相器材也放进去呀？"水手仍心存疑惑地问。

"对此我也颇觉有些费解，"史密斯说，"如果多放些衣服、弹药什么的在箱子里，倒是顺理成章的事。"

大家又仔细地检查了一遍所有物品，看看上面有无可供查询的线索。但是，武器、仪器等竟然没有厂名，没有商标，而且全部都是崭新的，没有使用过。工具、器皿也都是崭新的。这足以证明，这些东西是经过仔细认真思考才放到箱子里去的，而且摆放整齐有序，箱子还有锌皮内衬，以防受潮，可见那并不是匆忙之中现焊上去的。

那两本辞典都是英文的，没有出版日期，也无出版商的名字。

《圣经》也是英文的，印刷精良，而且可以看出经常被翻阅。

地图很全，世界各国的地图全都包括在里面，还有几幅地球平面球形图，专门术语使用的则是法文，也无出版日期及出版商的名字。

这些物品都无线索可寻，所以也无法弄清这艘遇难船只的国籍。但是，无论此船是哪儿来的，反正它给林肯岛的这几位居民带来了巨大的财富。似乎苍天有眼，为了犒赏他们不畏艰难、自力更生的卓绝精神，为他们送来了这些工业品。因此，他们对上苍怀着无比的感激，感恩戴德，难以言表。

只有水手尚贪心不足，认为没有他所必需的东西，说是"有半斤烟草在里面就好了"，这使得大家禁不住哈哈大笑。

发现漂流物后，大家都觉得必须对林肯岛进行一次完全彻底的勘察。于是，他们便决定，第二天，出发去西海岸，对海岛进行一次认真全面的踏勘，若有遇难者存在，必须尽快地去援救。

当天，他们便将一应物品搬进花岗岩宫，有序地摆放在大厅里。

10月29日，星期天，临睡之前，哈伯请工程师为他读几段《马太福音》。

史密斯随手翻开有书签夹着的那一页，在第七章第八节前还用红铅笔画了个十字。于是工程师便念了那一行：

"只要祈求，就能得到。只要寻找，就能发现。"

# 第三章

第二天，10 月 30 日，最近发生的许多事情让大家认为必须进行一次认真的踏勘，所以一应出发的准备工作已完全就绪，他们立即带上食物、工具、武器等必备之物，离开了花岗岩宫。

大家决定逆慈悲河而上，小船能行多远就走多远。六点钟时，小船离开河岸，所有的人以及托普都上了船，向慈悲河口划去。几分钟后，趁着半小时前刚涨上的潮水，一船人来到河流的一个拐弯处。那儿正是七个月前水手编造木排的地方。

过了这个尖尖的拐角之后，河床变宽，向西南方流去，两岸生长着高大挺拔的常绿针叶树，景色十分美。小船在向前划去，两岸的树木在变化着。右岸上生长着茂密的榆树，层层叠叠。榆树是建筑师眼中的珍贵木材，在水中浸泡也不会变形沤烂。另外，还有许多与之同属一科的树木，如朴树，其果实可以生产极其有用的一种油。哈伯还发现更远处有木通科植物生长着，其枝条柔韧，经浸泡可以制作绳索。还有一些柿子树，其黑色纹理奇特而美丽。

旅途中，小船不时地靠岸，记者、哈伯和水手除发现一些野味外，还观察到一些有用的植物，如藜科野生菠菜、甘蓝属十字花科蔬菜、水芹、辣根菜、芜菁等，有些完全可以把籽儿带回去播种。

哈伯非常高兴，他因博物学方面的知识之丰富而受到大家的称赞。他掩饰不住自己的喜悦心情问水手道：

"您知道这是什么植物吗？"

"烟草！"水手只对烟草感兴趣，对其他的植物兴趣索然。

"不是的，彭克罗夫，不是烟草，是芥菜。"

"什么芥菜不芥菜的，我只认烟草。万一见到烟草，你可千万别放过啊，孩子。"

"总有一天会找到烟草的。"记者安慰水手道。

"真有这么一天，我就再不觉得缺什么了。"水手回答。

他们边说边拔了一些这类植物放到船上去。

只有史密斯一人从未下过船，一直在若有所思地观察着。他不时地拿出袖珍指南针，辨认着河流的走向。

有一次上岸时，斯皮莱费了老大的劲儿才捉住两对鸟儿。这种鸟嘴细长，脖颈也长，但翅膀短，而且没有尾巴，哈伯称它们为"鹊"。大家决定饲养它们，作为未来家禽饲养场的第一批客人。

在远西森林时，他们第一次动用了猎枪，因为发现了一只颇似翠鸟的美丽小鸟。

"我认识这种鸟。"水手边说边举枪就射。

"什么鸟？"记者问。

"我们第一次外出打猎时让它给跑了的那种鸟。"水手回答。

"啄木鸟！"哈伯想了起来。

确实是一只啄木鸟，羽毛粗硬，带有金属光泽。水手一枪命中。托普将它叼到船上。与此同时，还猎获六只猩猩鹦鹉，它们与鸽子一般大小，全身披绿，翅膀上有一部分深红色羽毛，冠毛镶有一道白边。它们是被哈伯打下来的。鹦鹉肉很好吃，啄木鸟肉就不敢恭维了，只是水手不愿承认自己的猎物并非美味而已。

上午十点，小船划到距慈悲河口五英里左右的第二个拐角。小船停下，众人下船，到树荫下休息，用早餐。

这儿河宽六七十英尺，河床深五六英尺。工程师还发现有不少条支流流入，所以河水十分充足。周围的森林——啄木鸟林和远西森林——广大一片，望不到尽头。但是，无论是在森林中还是在河岸树荫下，都没有发现人留下的痕迹。未见人工印迹，也未发现开拓者在茂密的荆棘和深草丛中刀挥斧砍的伤痕。即使真的有遇难者上到岛上来，而且仍留下未走，在如此茂密的森林中，他们也无法找到他们的踪迹。因此，史密斯急于要到林肯岛西岸去看看。他估计这段距离至少得有五英里。

小船继续向前。慈悲河此时像是朝着富兰克林山流去，而不是往海岸边流。不大一会儿，河水越来越浅，也许是退潮使然，也许是离河口太远的缘故，反正是要用桨奋力地划了。纳布和哈伯在划桨，水手操橹掌舵，小船继续逆流而上。

远西森林这边的树木变得稀稀落落，树的间距变得很大。树木稀疏，但却越发高大挺拔。

在这一纬度上，植物长势甚好，蔚为壮观。植物学家单从这些长势甚旺的树就能判断出林肯岛的纬度来。

"桉树！"哈伯大声地说道。

的确，确实是亚热带的那种美丽高大的桉树。与林肯岛处于同一纬度的澳大利亚及新西兰的桉树也属于这一树种。有些竟高达二百多英尺，树干根部周长有二十来英尺，树皮有五英寸厚，内含芳香的红色树脂，使树皮表面凹凸不平。这些巨大的桉树极其独特，其叶侧立，使得阳光可以直射到地面。

桉树下满地绿草如茵，时有一群小鸟飞出，经阳光照射，宛如一颗颗长着翅膀的红宝石。

"这树好大哟！"纳布惊叹道，"它们有什么用途？"

"嘿，大归大，外强中干，没什么大用。"水手不屑地说。

"这您就错了，彭克罗夫，"斯皮莱纠正道，"它可是制作上等家具的好材料呀。"

"而且，"植物学知识很丰富的哈伯补充说，"桉树科树种特别多，有的能结番石榴、石榴果子；有的可长丁香花蕾，用作调料；有的还能结可酿酒的果实；有的能做辣椒、桂皮、胡椒……它们一共有四十六属，一千三百多种。"

大家认真地听着，像是在上植物课。工程师也对少年大为赏识。

"另外，我们所见的这种桉树，还是'卫生树'，能保护环境卫生。澳大利亚和新西兰的居民称它为'寒热病树'。"工程师补充道。

"什么？让人发寒热的树？"水手问。

"不是的，是防止寒热病的。"

"真的？那我可得记录下来。"记者说。

"应该记下来，斯皮莱先生。桉树可以祛除传染疟疾的疫气，这一点似乎已经被证实了。在欧洲南部以及北美的某些地方，土壤中孕育着有碍健康的细菌，有人就用这种天然的药物去试验，改良了土壤，当地居民的健康明显地好转了。凡是有桃金娘科树木生长着的地方，已经不再能见到'间歇热'病例了。现在，这一点已是不争的事实。所以，这片桉树林对我们这些林肯岛的居民来说，太有用了。"史密斯说。

"啊！林肯岛真好！岛上再不缺什么了！我说了，它什么也不缺，只是……"彭克罗夫颇有点遗憾地说道。

"放心吧，彭克罗夫，您想的那个我们会找到的。不过，我们还得继续前行，独木舟能行多远，我们就去多远。"工程师说道。

小船继续前行，至少又前进了两英里。海岛的这一带森林，基本上都是桉树。

慈悲河曲曲弯弯地向前延伸，两岸全是高高的碧绿的斜坡。河里长长的水草和凸出的岩石很多，给小船的行进增加了不少的困难。有时无法划桨，彭克罗夫只好用长篙来撑。河水在渐渐地变浅，小船快要浮不起来了。日头开始西沉，树木的影子在地上拖得越来越长。史密斯估计一时无法到达海岛西岸，便决定先找地方宿营。他估计此处离海边还得有五六英里，天色已晚，河水又浅，很难继续再走这么长的一段距离。

小船仍在穿越森林向前驶去。这时，两岸的树木渐渐多了起来，而且这儿的"人烟"似乎还挺稠密。水手发现不少的猴子成群结队地在树上跳来跳去。甚至还有两三只猴子挺大胆地蹦到小船近旁，瞪眼望着这几个它们没见过的"动物"。它们毫无害怕的表情，只是好奇，仿佛是第一次见到人类。要想捕杀它们，真是太容易了。彭克罗夫很想举枪射击，但被工程师给阻止了，认为没必要进行毫无意义的屠杀。工程师的阻拦是完全正确的，这些猴子也不好惹，又是成群结队的，你袭击了它们，它们也许会不顾一切地疯狂地对你进行反击。再说，猴子虽也可算是美味，但居民们现在并不缺少食物，何必没意义地浪费火药？

四点光景，由于河里水生植物和突出的岩石块越来越多，小船行驶起来就更加困难了。两岸越来越陡峭，小船已经到了富兰克林山支脉的底下，离慈悲河的源头已经不会太远了，因为该河就是由南坡的许多涧水汇合而成的。

"再有一刻钟，我们就只好停船了，史密斯先生。"彭克罗夫说。

"好，那就停止前进，找地方宿营吧，彭克罗夫。"

"这儿离花岗岩宫有多远呀？"哈伯问。

"将近七英里，如果把西北方向的河流弯道也算进去的话。"工程师回答。

"那到底还往前走不？"斯皮莱问。

"当然要往前走，能走多远尽量走多远，"史密斯说道，"明天一早，我们就丢下小船，争取两小时内走到海边，那样我们就可以有差不多一整天的时间踏勘西部海岸地区了。"

"好，就这么定了，继续往前。"彭克罗夫坚定地说。

不一会儿，小船船底便触到河床底部的石子，从上面擦过。此刻，河的宽度已不足二十英尺。两岸大树枝头相连，形成了一个很大的树冠凉棚，使河上光线变得十分暗淡。他们听见了瀑布的奔腾轰鸣，说明上游几百英尺处应该是一道天然屏障。

这时，河流突然一个急转弯，透过树木缝隙，隐约可见一道瀑布。船底已碰到了河床，过了一会儿，便在右岸的一棵大树下停了下来。

将近五点了，落日余晖遍洒在小瀑布上，水珠映出一道七彩长虹。再往前，慈悲河便消失在矮树林中，其源头就隐藏在那儿。那源头看上去只是一条浅浅的清澈小溪。

大家下船，在一丛林子里生起了篝火，准备在此安营扎寨，必要的话，就在此过夜。

大家累了一天，早就饿了，晚餐吃得又香又甜。饭后，大家便躺下睡了。但晚上却时有怪叫声传来。火一直燃着，纳布和水手轮流看护。似乎可以看到有一些动物在树丛中游荡。不过，总算一夜安然。第二天，10 月 31 日，清晨五点，众人起身，准备出发。

# 第 四 章

　　早晨六点，岛上居民匆匆吃完早饭，弃舟步行，抄近道前往西岸。这一带是远西森林的一部分，灌木丛生，一眼望不到头，野草、荆棘、爬藤遍地皆是，时有野兽出没，行路较为困难。史密斯估计路上至少要花两个小时。

　　水手和纳布为大家准备好了两三天的食物，免得要沿途打猎补充给养。工程师还特别提醒，不可随便开枪，免得暴露自己。

　　史密斯拿着指南针引路。这一带的树木真的茂盛极了，但大部分都是这一行人看到过的，如喜马拉雅杉、洋松、柽柳、橡树、桉树、龙血树、木槿、雪松等。由于树又多又密，反而长不太高。众人边走边挥斧砍去障碍物，前进速度因此而缓慢。工程师还有意在此开通一条与红河连接起来的路，这样一来，行进速度自然就越发慢了。

　　从岛的高山斜坡下来，便到了一片干燥的土地上。植物相当茂盛，说明此处地下水源丰富，或者附近有溪流淌过。但在史密斯印象中，在勘察火山口时，这儿除了慈悲河和红河，并未看见其他河流。

　　在第一段行程中，他们又看到了猴群。它们想必真的是第一次见到人类，表现得十分惊奇。它们为数众多，却并没有攻击他们的意思。一行人因而对它们并无恶感，反而羡慕它们无须挥斧辟路，在树上跳跃腾挪，潇洒自如。

　　他们沿途还发现了一些野猪、刺豚鼠、袋鼠以及其他一些啮齿动物。彭克罗夫心里痒痒的，很想举枪射击。

　　"你们先开心地蹦蹦跳跳吧。现在还不允许打猎，等我们回来时再找你们玩玩。"水手心里在想。

　　九点三十分左右，突然看到一条不知何名的河流挡住了去路。河宽三四十英尺，河岸倾斜，水流湍急，白沫翻滚。河水很深，而且十分清澈，但是无法行船。

　　"糟了！无路可走了！"纳布叫嚷道。

　　"没事的，这小河算不了什么，我们完全可以游过去。"哈伯勇敢地说。

　　"用不着，"史密斯说，"这小河显然是通向大海的，我们就留在左岸，沿着这陡峭的河岸走，一定会走到海边的。"

"等一等，朋友们，"斯皮莱说，"这条河尚无名字，我们先给它取个名吧，不然地图上就留下空白了。"

"对极了。"水手赞同道。

"那你来取吧，哈伯。"史密斯鼓励少年说。

"等我们走到河口再取也不迟。"哈伯提醒道。

"也好。那就继续向前，不必停留。"史密斯同意道。

"等一下。"水手突然大声说。

"怎么了？"记者忙问。

"打猎不行，捕鱼总成吧？"

"我们没有时间可以浪费的。"工程师说。

"嘿，五分钟就行了。为了解决午饭问题，五分钟并不多嘛。"水手坚持着。

大家也就没再说什么。于是，水手趴在岸边，把手伸到水里，不一会儿工夫，便从石缝中抓到了几十只活蹦乱跳的螯虾。

"太棒了。"纳布边说边帮水手拾虾。

"我早就说了，岛上什么都不缺，就缺烟草。"水手叹了口气说。

不到五分钟的工夫，收获颇大。河里的螯虾真的是多极了，可以说是随手拈来。这种甲壳动物外壳泛蓝，额剑上有一小齿状物。大家装了满满一袋，继续往前走去。

沿河岸行进比在树林里走速度快得多。他们不时地能发现一些大动物留下的足迹，看来它们是跑到溪边河旁来喝水的。但其他动物的足迹倒是没有发现，把水手的牙硌掉一颗的猪獾不像是在这一带林子里被子弹击中的。

但是，工程师看着这条河向大海急速流去的形势，不禁对自己早先估计的两小时产生了怀疑。此时潮水已经上涨，如果河口离此只有几英里远的话，潮水应将河水往回推来，但现在的情况并非如此，河水依然沿着原来的流向自由自在地流淌着。工程师不禁心生疑窦，便掏出指南针来，看看是不是此河弯来绕去，又把他们给带回远西森林了。

走着走着，只见河面在逐渐加宽，水流也渐趋平缓。右岸的树木与左岸的树木一样繁茂密实，一眼望不到尽头。托普一直没有吠叫，看来这片森林不像是有人居住的。要是真的有人，托普那么机灵，不会没有反应的。

十点三十分光景，稍稍走在前面一些的哈伯突然大声喊道：

"大海！"

又走了几分钟，海岛西岸的整个面貌便呈现在众人的眼前了。

但这片海岸与他们意外落脚的东海岸大相径庭。这里没有花岗岩石壁，海上并无礁石，甚至没有沙滩。森林一直伸至海边。边缘的高大树木树身倾斜，俯临海面，浪花溅到树叶上。一般所见的海滩，或是沙滩广阔，或是岩石成堆，可这儿的海岸都是由漂亮的森林围绕着。海岸比海面略高一些，林下土壤肥沃，以至树木秀美、茂盛，与岛内的树木长得一样好。

一行人来到一个小小的勉强停得下两三条渔船的湾口。这是一条通向一条新河的狭窄入口。这条新河怪就怪在它的河水并非缓缓流入大海，而是从四十多英尺的高处飞泻而下，因此他们在小河上游才未感到海水在涨潮。大家商量决定把小河命名为"瀑布河"。

从这儿向北望去，森林的边缘绵延近二英里，然后树木就渐渐变得少了。森林那边是几近直线的秀丽山峦，南北走向。然而，在瀑布河与爬虫角间的滨海地带却为森林所覆盖。林中树木挺拔、壮美，有的笔直，有的则倾斜，它们的根部受到海水的直接冲击。踏勘工作应该在这儿，也就是在整个盘蛇半岛继续进行下去，因为这儿不像其他地方那么干旱蛮荒，可以为任何遇难的人提供藏身之所。

天气晴朗，碧空无云。纳布和水手在一处可以远眺的悬崖上摆好了饭菜。目之所及，未见船踪帆影，也未见有任何的漂流物。但是，工程师不想就此罢手，想要一直搜索到盘蛇半岛的尽头。

匆匆吃完饭后，已是十一点三十分了，工程师让大家准备继续前行。为了继续沿着海岸走，必须在树下浓荫中行进。

从瀑布河口到爬虫角大约有十二英里。如果从沙滩走，没有阻碍，只需花上四个来小时，就可以不急不忙地走到地方了。但是，因为要绕着树林走，还得挥斧砍断"拦路虎"，行走速度变慢，四小时恐怕走不完这段路程。

这一带海岸上，未见有任何刚发生过海难的痕迹。也许大海把一切全都掠走了。但是毕竟不能因为找不到踪迹，就下结论说此处没有船只遇难。而且，铅弹的事也毫无疑问地证明，在最近的三个月内的这段时间里，岛上肯定是有人打过枪的。

已是下午五点了，他们距盘蛇半岛顶端尚有两英里。显然，走到盘蛇半岛的爬虫角之后，日落前返回慈悲河源头的宿营地已经绝无可能了，因此不得不在爬虫角宿营。幸好，野味虽然不常看到，但啄木鸟、鹦鹉等飞禽不少，有一百多种，每棵树上都筑有鸟巢，每个鸟巢又都有鸟儿栖息。

直到傍晚七点光景，一行人终于走到爬虫角。这一海角形状奇特，状若一只蜗螺。半岛沿岸的森林在此已到终端，而南边海岸又恢复了海岸面貌，岩石、礁石、沙滩呈现眼前。

水手与哈伯急忙去寻找可以宿营之处。在远西森林边缘，哈伯发现了有竹子生长着。

"太好了！太珍贵了！"哈伯高兴地嚷道。

"珍贵？"水手不解地问。

"当然珍贵，彭克罗夫，"少年回答，"把竹子皮削下来，可以编篮编筐；把竹子捣碎捣烂，浸泡后，可制作中国的宣纸；根据竹子的粗细，可以制作手杖、烟袋杆、接水管；粗竹子可用作建筑材料，又轻巧又坚韧，又不怕虫蛀；再有，把竹子在竹节处锯开，就可以当作笔筒来用，中国人就爱用竹笔筒。还有……"

"还有什么？"

"在印度，人们吃竹笋。"

"三十英尺的竹子！那能吃吗？味道好吗？"

"不是吃三十英尺的竹子！是吃它刚长出来的嫩笋。"

"那太好了，真的是棒极了！"

"还可以把它泡在醋里，当作佐料。"

"越说越玄乎了，哈伯。"

"还有呢，竹节之间会渗出一种甜丝丝的液体，那可是很棒的饮料啊！"

"还有完没完了？"

"讲完了。"哈伯终于说道。

哈伯与水手没用多大工夫便找好了宿营地。岩石上有许多洞穴，多数是西南风掀起的海浪冲击而成的，在其中过夜，可以避风遮雨，睡上个安稳觉。大家正欲进洞，突然听见一声可怕的吼叫，立即止步不前。

正在这时，洞口出现一只色彩斑斓的美洲豹。众人立刻闪到一旁的岩石后面躲避。

这只美洲豹足有五英尺多长，金黄色的毛皮上有着许多黛眉似的条纹，与腹部的白色皮毛形成极大的反差。它好像并非第一次嗅到人的气味，目光炯炯地四下张望着，毛发倒竖，准备好攻击了。

只见记者镇定自若地往前靠近，在离那猛兽十步远处，举起猎枪，屏气敛息，一动不动地站立着。美洲豹正待纵身扑向猎人，说时迟那时快，一颗子弹已经射出，击中它两眼的中间部位。猎物应声倒地。余下四人随即向前跑去，注视了好久那只躺在地上一动不动的美洲豹。

　　"您真棒，斯皮莱先生。"哈伯钦佩不已地说。

　　"你也会做得到的，孩子。"记者鼓励少年道。

　　"我？我能像您那么沉着镇静吗？"

　　"当然能，您只要把它看成是一只兔子就行了。"

　　"对呀，它并不比兔子机灵。"水手也说道。

　　"美洲豹已经把住所让了出来，我们就别客气了，进去吧。"斯皮莱俏皮地说。

　　"会不会还有别的野兽进来？"水手问。

　　"我们在洞口燃上一堆火就没事了。"记者回答道。

　　"那就进去吧。"水手边说边将死豹子拖进洞内。

# 第五章

　　翌日，红日东升，美美地睡了一宿的居民们来到了海角尽头的海岸上。放眼望去，便可看到周围三分之二的海平面。史密斯又用望远镜观察，也没见有遇难船残骸及可疑的东西。在海岸上的这一片，也没有发现任何异样。还剩下岛的南岸没有踏勘了。斯皮莱建议继续踏勘，彻底查清是否发生过海难，以消除心中的疑惑。据工程师推算，此处离半岛尽头大约还有三十英里。然后，从那儿返回花岗岩宫稍近一些，约有十英里的路程。小船只好留在原地，待以后再去找回。

　　总共有四十英里的路要走，不能耽搁。早上六点，这一小队人马便已上路了。以防万一，枪弹都上了膛。托普在前头搜索开道。从半岛尾端的海角开始，海岸弯曲，约有五英里长，大家快速走过，来到一个海角，弧形海岸到此结束，随即向东北方向延伸，形成了华盛顿湾。来到这儿，整个南岸便一览无余了。湾的尽头便是位于二十五英里以外的爪角。午后一点，他们来到华盛顿湾弯度最大的地方。至此，一行人已经走了有二十英里了。一路上，既没发现有外来者登上海岛的或新或旧的痕迹，也没看到海难的残留物。

　　于是，大家停下休息，吃午饭。

　　海岸从这儿起开始变得曲折，怪石嶙峋，在海浪的侵袭之下，时而露出峥嵘。高大的浪头撞到岩石上，水花四溅，遂变成一条涓涓细流，似流苏一般。从这儿到爪角，海滩夹在礁石与森林之间，显得狭窄，不够开阔。由于到处都有崩塌的岩石挡道，行路开始困难了起来。花岗岩石壁走势渐向高处伸去。石壁背后是一片树林，但只能看见树梢，没有一丝风吹来，树梢一动不动。经过半小时的休息和用餐，一行人精神饱满地重新踏上征程，沿途没放过一处礁石，没漏过一处海滩，每每遇上一个异样东西，水手和纳布都会冒险走进礁石，以便看个究竟。但是，并没发现什么漂流物，只是岩石样子怪异，引起了他们的注意而已。不过，他们还是有所收获。这边的海滩上，贝壳动物很多，可以食用，不过无法大量采集，因为交通问题尚未解决，必须等到慈悲河两岸通行无阻，有了运输工具才有可能实现。

　　在这个海滨地带，如果出现一件较大的物件，如遇难船的残骸或冲上岸来的物品（像上次在离此二十英里发现的那只大箱子），应该是不难发现的，但是他们始终没发现任何疑点。

　　下午三点光景，大家来到一条小河旁。这小河是一个天然港湾，从海上看不见它，可穿过一条礁石间的狭窄通道走进去。

　　这儿发生过几次地震，致使岩石崩裂，在小河的背后形成了一个缺口。从一个坡度不陡的缺口上去，可见一块高地，此高地距爪角约有十英里，因此，与眺望冈的直线距离也就是四英里的样子。

　　斯皮莱建议在此稍事歇息。大家非常高兴地接受了他的建议，立即在几棵秀美的大树下坐下来，又用纳布从背包中取出的食物垫了垫肚子。

　　这儿海拔高度有五六十英尺，视野十分开阔，可以一直看到联合湾，但因地势起伏和森林遮挡，看不见小岛和眺望冈。他们又用望远镜搜索了一番，仍未见有任何的船只和漂流物。

　　"我们可以放下心了，"记者说，"没有人来与我们争夺林肯岛了。"

　　"可那颗铅弹是怎么回事？那可不是凭空捏造的！"哈伯说。

　　"当然不是捏造的！"想起自己那颗被硌掉的牙的水手气哼哼地说。

　　"那说明什么呢？"记者问。

　　"说明三个月前，最多三个月，有一条船不知何故靠过岸了……"

　　"怎么，您认为有船只沉没了，可又没留下痕迹？"记者大声地说。

　　"不，亲爱的斯皮莱。不过，我在想，如果真的有人上过岛，那他或他们现在肯定已经走了。"

　　"史密斯先生，您的意思是，那条船可能已经离开了。"哈伯追问道。

　　"是的。"

　　"那我们是不是错过了回国的机会了？"纳布问。

　　"我想是的。"工程师又答道。

　　"好呀，既然机会已经失去了，那我们回去吧。"水手已经在怀念花岗岩宫了。

　　这时，大家正要起身继续往前走，突然，托普一路狂吠，从树林里奔了出来，嘴里还叼着一块沾满污泥的碎布。

　　纳布把它从托普嘴里扯出来一看，是一块很结实的布。

　　托普仍然在吠叫，不安地跳来跳去，像是在叫主人跟它进林子里去。

　　"里面是不是有什么异样？"水手说。

　　"也许是个遇难者。"哈伯说。

　　"他也许是受伤了。"纳布说。

"也许是死了。"记者说。

大家立刻跟在托普后面，向林中跑去。为了以防万一，大家都把子弹推上了膛。已经走进去很深了，并未发现什么脚印。而且，看里面的植物、草地的情况，不像有人来过。可是，托普仍在跳来跳去，像是要他们继续跟它走。托普又走了七八分钟，终于停下来不走了。一行人已经到了一片林间空地，他们在进行仔细搜索，但仍未发现什么。

"怎么回事，托普？"史密斯问自己的狗。

托普叫得更凶了，并且跳向一棵高大的松树。

"啊哈！太好了！"水手突然大声嚷道。

"怎么了？"记者忙问。

"漂流物在空中！"

水手说着，用手往松树顶上一指。那儿有一大块灰白布料，托普叼回来的就是那上面掉下来的碎布。

"这可不是什么漂流物。"记者说。

"但这是我们的气球撞在树顶上时所遗留下来的东西，"水手辩驳道，"这可是上等好布啊！这足够我们用上好几年的！做衣服、手帕什么的，就一点不用犯愁了。岛上的树长出衬衣来了，您觉得如何，斯皮莱先生？"

气球最后竟然落在岛上，被他们发现，当然是一件非常高兴的事。他们可以把它保存好，说不定还可以利用它逃离此处，至少可以把气球上的漆去除，有几百尺的上等棉帆布可供利用，这怎能不让人高兴呢？于是，纳布、水手、哈伯便爬上树顶，费了老大的劲儿才把这只泄了气的气球弄下来。

气球上不仅有气囊及其上面的阀门、弹簧和铜附件，还有气球网，也就是大量的缆绳、细绳、系索圆箍和锚。这些都大有用处，简直是上苍给他们送来的一笔财富！

但是，这么重的东西，运回去也不容易，要找车子来才行。现在，首要的任务是把它们妥善地存放起来。大家齐动手，终于把这些东西拖到岸边，放进了一个大洞穴里。

傍晚六点，气球已经存放稳妥。于是，众人一商议，便把那条小河形成的港湾取名为"气球港"。然后，一行人便又踏上了前往爪角的路。水手和工程师在交谈，商讨这之后该做些什么。首先，得在慈悲河上造一座桥，与岛南面的交通问题便迎刃而解了；然后，再派车子来拉气球，因为独木舟无法载运它；再就是必须建造一只装有甲板的小艇，水手将装备它，使之成为独桅帆船，以后环岛巡查就不必担忧了……

说话间，众人已经到了发现箱子的地方，也就是残骸角。此刻天色已晚，夜幕已经降临。在这儿，大家同样没有任何的发现，这再一次证明工程师的论断是言之有理的。

从残骸角到花岗岩宫还有四英里，他们快步地走着。走到慈悲河第一处拐角时，已经是午夜时分了。

此处河宽八十英尺，加上天又很黑，渡河相当困难。水手立即动手编造木排，用来渡河。他和纳布二人忙着选好岸边的两棵树，用斧砍断树根。

工程师和记者在一旁等着看什么时候需要帮忙，哈伯则在附近走来走去。

突然，哈伯指着河的上游大喊：

"看呀！那边有东西漂浮着！"

水手立即停下斧头，注意到确实有个东西影影绰绰地在浮动着。

"一只小船！"水手看清楚些后叫道。

众人立刻奔了过去，确实是一只小船在顺水漂流。

小船渐渐漂近，这时，离他们只有十来步远了，水手看清楚后直嚷嚷：

"是我们的那条小船！一定是缆绳断了，漂过来的。老天保佑，来得正是时候！"

"我们的小船？"工程师疑惑地喃喃道。

水手没看错，确实是那条小船，可能是缆绳断了，才从慈悲河源头漂来这儿，现在必须立即截住它，可别被急流冲跑了。于是，水手和纳布便用一根长竿截住了它。

小船被拨拉到了岸边。工程师第一个跳了上去，拉住缆绳，仔细查看，像是被岩石慢慢给磨断的。

这事虽然有点蹊跷，但毕竟是件好事。于是，其余四人随后也跳上了船。说来也巧，若晚一点发现，小船已经被冲进大海了。

他们立刻奋力划桨，很快便到了慈悲河口。众人上岸，把船拉到花岗岩宫附近停靠，然后便直奔绳梯而去。

但这时，托普又叫了起来。纳布赶忙过去一看，找不到绳梯了，不禁大惊失色，大声呼叫道：

"绳梯没了！"

# 第 六 章

众人在黑暗中摸索着石壁，并且也在地上摸来摸去，担心绳索已被风刮断掉了下去……会不会被风吹到平台上去了？反正怎么也没找到。

"如果是开玩笑的话，这可是够缺德的，"水手说，"都到了家门口了，却进不去门，人都快累散架了，哪有心思开玩笑！"

纳布没说什么，只是急得直嚷嚷。

"并没有刮大风呀。"哈伯指出。

"我觉得林肯岛上的蹊跷事越来越多了！"水手气呼呼地嚷嚷。

"蹊跷事？"记者答道，"这是什么蹊跷事，分明是很自然的事嘛。有人趁我们不在，光顾了这儿，占了我们的住所，把绳梯收上去了！"

"有人！谁呀？"水手喊道。

"就是那个用枪打猪獾的人呗，除了他，还会有谁呀！"记者回答。

"好呀，如果上面真的有人，我就喊喊看。"水手说。

于是，彭克罗夫便大声吼了一声"喂……"这喊声在山谷中回荡。

大家屏声敛息地听着，似乎有笑声传来，声音源自花岗岩宫，但分辨不清是什么样的笑声。无人回答水手，但后者仍在继续喊着。

确实，即使最麻木的人，遇此情况也会惊讶不已的。何况这几位遇难者并非麻木之人。在所处的险要情况之下，所有令人生疑的事对他们来说都是非常严重的。何况他们来到该岛已七个月有余，这还是头一次碰上这种情况。

他们已经忘记了疲劳，待在花岗岩宫下，彼此互问，终无结果，不知如何是好。纳布尤为伤心，进不了厨房，就做不成饭，而带出来的食物眼看就告罄了。

"朋友们，"工程师终于说道，"现在确实也没什么好的办法了，只有等天亮了再说。我们还是先回'壁炉'，暂避一晚。"

现在也只好按工程师说的办了。他们让托普留下守候，便前往旧住所了。

这一夜，大家怎么也睡不踏实。花岗岩宫不仅是他们的新居，而且还是他们的仓库，武器等一应必需物品全在那儿。如果被洗劫一空，那麻烦就大了，一切又得从头再来。他们内心的焦虑自不待言，隔不了多久，就有人出去看看托普是否仍守在那儿。工程师和记者二人多次低声交谈，总觉得此事太过蹊跷，认为此岛必定有一种神秘的东西存在着，只是无法弄个水落石出。

东方刚一透亮，众人便匆忙起身，全副武装地奔向礁石旁的海岸。花岗岩宫被朝霞映照得通红闪亮。透过茂密的枝叶，可以看到紧闭着的窗户。

看来一切倒也正常，但仔细一瞧，临走时本是关好的门现在却是敞开的，大家不由得失声大叫。

毫无疑问，有人进了花岗岩宫！

上半截绳梯仍在原处，但下半截绳梯却被拉了上去，搁在门槛上了。

此时，太阳已经升起，阳光照射在住所正面，但屋内并未听见任何响动。

他们在寻思，洞内是否确实有人，不过，从下半截绳梯搁在门槛上来看，应该是有人的，而且还可以肯定，这帮人并没逃走！可是，如何才能靠近前去呢？

哈伯想出一个妙法：由箭射出系在箭上的绳子，穿过吊在门槛上的绳梯的前几根横档，把绳梯拽下来。此法甚妙。哈伯拈弓搭箭，瞄准绳梯下端，羽箭带着纤维绳，正好穿进了横档。成功了！哈伯抓住绳子一头，正要拽的时候，突然发现有只胳膊从门边伸了出来，抓住绳梯，把它拉到屋里去了。

"什么人？"纳布问。

"像是一只猴子什么的。肯定是的，它趁我们不在，抢占了我们的住所。"水手说。

水手正这么说着，只见三四只猴子在窗口推开护窗板，冲他们做鬼脸。水手立即举枪射击，一只猴子被击中，摔了下来，其他的全部四下里逃去。

它们并未跑远，想必仍躲在屋里。已经有两小时未再露面了，大概是害怕遭到枪击。

"我们先藏起来，"工程师说，"猴子见我们不见了，以为我们已经走了，它们就会出来的。斯皮莱、哈伯，你俩躲到岩石背后，举枪瞄准，只要它们一出现，便立即射击。"

大家依工程师之计而行。记者和哈伯留下守候，其他人去森林里打猎，因为一点吃的也没有了，肚子已经在咕咕叫了。

半个小时过去了，猴子仍然没有露面。猎人们已经返回，带回了几只岩鸽，烤熟后，权当早餐。

又过了两个小时，情况依然如故。

这群侵入花岗岩宫的猴子似乎全都消失了，可能是因其一同伴被打死，受到惊吓所致。它们很可能躲到房间后面，甚至钻进仓库里去，不敢露面了。如果真的如此，那可就糟了，仓库里存放着他们的全部财富。想到此，众人因遵从工程师的叮嘱而保持着的耐心消失了，转而成了愤怒。不过，这也难怪，谁遇到这种情况，会无动于衷啊！

"这样不行，必须做个了断！"记者说。

"得想法儿让这帮猴崽子滚蛋！"水手气愤地说，"它们虽然有二十多只，但不会是我们的对手的。只好跟它们短兵相接、兵戎相见了！难道找不出办法靠近它们吗？"

"办法倒是有。"工程师回答道。

"什么办法？您快说，只要是办法就行！"水手心急火燎地催促道。

"我们想法从湖边原先的溢流口下到花岗岩宫里去。"工程师建议道。

现在也只能如此了，否则实在是没有什么办法能将捣乱的猴群制伏。

于是，他们让托普仍待在原地守候，带上十字镐和铁铲，经花岗岩宫窗下，重上慈悲河左岸，登上眺望冈。

此刻日已过午。他们又走了不到五十步远，就听见托普的狂吠声，像是绝望的叫声。

"快去！"水手忙喊道。

大家立即从河岸飞奔而下。跑到转弯处，便发现情况异样。

猴群像是不知何故受到惊吓，正打算逃走。有两三只小猴从一个窗口跳到另一个窗口。也许是惊慌过度，不知放下绳梯逃命。有五六只猴子正在射击目标内，随即被枪击中，非死即伤，摔到房间地上时还发出尖叫。另外几只舍身往外跳，摔得头破骨裂。过了一会儿，未见动静，看来宫中已无活猴了。

正这么想着，却看见绳梯竟然从门槛处出溜下来，垂及地面。

"啊！这真是怪了！"水手望着工程师大声地说道。

"是挺怪的。"工程师一边喃喃地说，一边第一个上了绳梯。

众人尾随其后，一个一个上了绳梯。没多大一会儿，全都爬到了大门口。

他们四下里搜寻，屋内并无一人，即使猴子非常喜欢的仓库里也未见人影。

"真怪了！梯子是何方神圣放下来的呀？"水手不解地大声说。

正在这时，忽然听见一声叫声，一只躲在过道里的大猩猩冲进大厅，纳布在它后面追赶着。

"啊！你这个混蛋！"水手叫骂道。

水手举起斧头，正想向猩猩脑袋挥去，被史密斯一把攥住了胳膊。

"放过它吧。"史密斯说。

"放过这个畜生？"水手很不情愿地说。

"是的！梯子就是它给我们扔下来的。"

屋内没有人，梯子肯定是它放下来的。众人忙上前，把它制伏，捆了起来。

"现在怎么办呀？"水手问。

"让它当我们的仆人。"哈伯说。

哈伯说这话是认真的，因为他知道这种动物十分聪明，完全可以训练一下使用。

被捆绑着的大猩猩身高六英尺，身体发育得十分匀称，胸部又宽又阔，脑袋不大不小，颜面角有六十五度，脑壳浑圆，鼻子突出，浑身光滑，柔软，毛色闪亮。眼睛虽然很小，但却充满着智慧与灵性。褐色卷曲的小胡子下面长着两排雪白的牙齿。

"简直就是一个英俊小伙子！"水手说，"我们要是懂它的语言就好了，就可以与它交流了。"

"它似乎很年轻，应该很容易训练，"哈伯说，"我们只要好心对待它，它一定会对我们忠心耿耿的。"

"我想也是，"水手也改变了起初的敌对态度，走近猩猩说，"你好啊，老兄！"

猩猩轻轻地哼了一声，以示回答，看来并无多大抵触情绪。

"那么，你愿意成为我们中的一员吗？"水手又问，"你愿意为史密斯服务吗？"

猩猩又哼了一声，表示同意。

"除了饭食，没有其他好处，行吗？"

猩猩又哼了一声，表示同意。

"同它交谈有点单调乏味。"记者说道。

"那倒是，不过，但凡忠实的仆人，总是多做少说的，而且还不要报酬——你听见了吗，伙计？不过，日后，只要我们对你感到满意，我们是会给你报酬的。"水手先回答记者，后又对猩猩说道。

因此，岛上居民又增加了一个新的成员，而且还是一位力大无比的成员。水手主动给它取了个名字：于普。

于是，于普便在花岗岩宫里住了下来。

# 第七章

居民们趁天还没黑，忙着把死猴弄到森林里去掩埋，然后又好好地将被猴群折腾得乱七八糟的屋子打扫、整理一番。纳布又把火给生上了。储藏室内食物丰富，一顿丰盛的晚餐不一会儿便烹制完成。众人饱餐了一顿。

大家并未忘记了普，给了它许多意大利五针松松子和块茎，它吃得十分开心。水手已经把它被捆着的双臂解开了，但双腿仍被绑着。他认为在训练好它之前，还是小心为妙。

饭后，大家围坐在一起商议，认为目前最亟须解决的是在慈悲河上建一座桥，以便把海岛南岸与花岗岩宫连接起来。然后，还得建一个畜栏，好把捕捉来的岩羊以及其他毛用动物圈养起来。

显然，桥建好后，气球就可以顺利地运回来。气球跟圈养毛用动物一样，都是为了解决迫切的衣服问题。

史密斯想把畜栏建在红河源头附近，因为那儿有反刍动物所需的大量新鲜牧草。从眺望冈到红河源头，有一段路已经开辟出来了，如果有一辆更好一点的车子，特别是再捕获一些能驾辕的动物，把东西运回住所就方便了。

而家禽饲养场则应离住所近些，让厨师能手到擒来，看来只有靠近溢流口的那段湖岸最为合适。而且，那儿还有不少的水鸟，也可以同家禽一块繁殖起来。他们准备先把上次捕捉到的那对鹊鸟试养一下。

第二天，11 月 3 日，开始建桥了。大家全都参加了进来，分别扛着锯子、斧头、锤子、凿子，走到了沙滩上。

为了防止绳梯再次遭到像头一天那样的破坏，他们在沙地上插上了两根木桩，牢牢地固定住，把绳梯系在上面。

此时，史密斯又提出一项既便于执行又颇为有益的计划，要把眺望冈完全孤立起来，使之不致受到野兽和猴群的骚扰。这样一来，花岗岩宫、"壁炉"、家禽饲养场以及用来耕种的高地都不怕任何动物的侵袭了。

这一计划很容易执行，内容如下：高地现已三面环水，有人工流水，也有自然水流。西北面，从原来的溢流口一直到湖东岸的排水口，有格兰特湖作为屏障。北面，从排水口直到海边，有一条新的河流作为屏障。这条新河处于瀑布的上下两端，流水在高地和河岸上冲刷出一条河床，把此河床往深里挖一些，就可以防止动物的侵入。整个东面，从上面的那条小河一直到慈悲河口，有大海作为屏障。南面，从慈悲河口直到拐弯处的这一段，有慈悲河作为屏障，而桥就建造在这个拐弯处。

高地西面不到一公里的地方，可以畅通无阻。这个部分包括慈悲河的拐弯处和格兰特湖的南角。最简便的方法是挖一条很宽很深的沟渠，引入格兰特湖水，而满溢出来的湖水可通过另一个瀑布流入慈悲河。湖水水位必然因引水入渠而有所下降，不过，工程师确信，红河河水水量极大，可以实行这个计划。

"让眺望冈周围被水环绕，"工程师继续阐释道，"形似一座小岛。我们在慈悲河上建一座桥，就可以与我们的其他领地联系起来了。在瀑布的上下两端，已经建成了两座小桥了，还要再建两座，一座建在正准备挖掘的沟渠上，另一座建在慈悲河的左岸。这些桥全部建成之后，可以说，眺望冈就固若金汤了。"

为了解释得更清楚一些，工程师还画了一张图。众人听后，无不称赞不已。急性子的彭克罗夫忙说："那就赶紧造桥吧。"

是的，当务之急就是建桥。众人立即去挑选树木，砍倒，斩去枝丫，锯成梁木、厚板和薄板。此桥在河右岸是固定的，而连接左岸的那一边却是活动的，可以吊起。

这是一项宏伟而艰巨的工程，就算一切均很顺利，也是颇费时日的。因为慈悲河宽约八十英尺，必须在河床里打一些桥桩，以支撑固定的桥板，而打桩就少不了打桩机。拟建之桥有两个桥拱，以承载较重的重量。

幸运的是，工具、加固用的铁器件、专门的人才并不缺少，而且这些新岛民热情高涨，七个月来，已经练就了这方面的手艺。可以说，斯皮莱都已经能与水手一试高低了。彭克罗夫都常常在想：没想到一个文弱书生也能这般吃苦耐劳，勤学苦练。

这座跨河"大桥"足足花了将近三个星期的时间才建成。大家每天都是在工地上吃早饭和午饭，只有晚上才回花岗岩宫吃晚饭、睡觉。所幸，天气很好，天从人愿。

在此期间，于普已渐渐地适应了新的环境，与大家也都慢慢地熟悉了起来。但是，彭克罗夫仍很谨慎，想等工程全部完工，一切安排就绪，再恢复它的全部自由。托普与于普相处甚好，很喜欢一起玩耍，不过，于普凡事都很庄重，一本正经。

11月20日，"大桥"完工。桥身可以活动的那一半由平衡锤操纵，只需稍加点力便可以使之升起来。桥的铰链与其支撑的最后一根横档间距二十英尺，任何动物都无法跳过。

桥已建成，可以考虑将气球的气囊运回来了。这就需要有车子，而且还得在远西森林开出一条道来。这也需要花费一定的时间。

这期间，在地里种下的第一颗麦子，经水手小心呵护，长得十分茁壮。麦子已经结了十个麦穗，每穗有八十颗麦粒。六个月的时间里，总共有了八百颗麦粒。每年可收获两季。

以防万一，居民们将这八百颗麦粒留下了五十粒，余下的全部播到新的麦田里去了。

麦田周围安置了既高又尖的栅栏，动物无法跳进麦田。七百五十颗麦粒等着雨水沐浴，阳光普照，结出硕果。

11月21日，工程师开始设计拟议中的那条沟渠。它将把高地与西边分隔开来，也就是从格兰特湖的南角直到慈悲河的拐弯处。那儿有很厚的腐殖土，达两三英尺深，下面就是花岗岩。用了将近两周的时间，居民们便在坚硬的高地上开凿出一条沟渠，宽十二英尺，深六英尺。又用同样的方法，也就是仍用硝化甘油炸开花岗岩，在湖岸岩石中开出一个排水口，把湖水引向新的河床。由于甘油在工程中功不可没，所以这新开的小河便被命名为"甘油河"。它也成了慈悲河的支流。

到12月，这些工程全部完成。眺望冈成了一个不规则的五角形，由流水围绕着，周长达四英里，人与动物都休想袭击。

12月，天气虽然炎热，但大家毫不懈怠，急于要建一个家禽饲养场。

高地隔离工程完工后，于普获得了彻底的自由。它从不离开大家，根本就没有逃走的意思。它力气很大，又聪明灵巧，帮助拉车运石子什么的。

它十分灵巧，已经是一名合格的泥瓦匠了，哈伯逗笑地说，它已经变成"猴子"了。泥瓦匠们称自己的徒弟就叫"猴子"，这个绰号对于普是再合适不过的了！

家禽饲养场占地两百平方米，位于格兰特湖的东南岸。四周有栅栏围着，场内分成不同的棚舍，以饲养不同的家禽。

首先入住的是那对鹊鸟，它们很快便孵出了许多小鹊鸟。有六只常住湖边的鸭子与它们做伴。过了几天，哈伯又捕捉到一对鹁鸡，一种漂亮的野鸽，很快也被驯化了。而鹈鹕、翠鸟、黑水鸡等，原本就生活在场子的岸边。这些鸟一开始叽叽喳喳地彼此争吵不休，但最后还是相安无事地和睦相处了，数量很快地增加着，已经可以满足新岛民们的肉食之需了。

在场子一角，还搭了一个鸽棚，里面养了十二只常飞到高地岩石上来的鸽子。这些鸽子很快便习惯了每晚飞回自己的新家，它们比其同类斑尾林鸽要容易驯养，而且繁殖后代也比后者有规有矩得多。

现在，该考虑将气球气囊运回，制作衣裳了。既要将车子造得轻巧好使，又得找到拉车的动力。而该岛又无可以替代马、牛、驴的反刍动物，因此寻找拉车的动物成了难题。

"是呀，"水手说道，"有一头拉车的牲口就好了，以后再由史密斯先生考虑制造蒸汽车、火车什么的。总有一天，我们会修起一条铁路，从花岗岩宫通往气球港，另外，还辟了一条通向富兰克林的支线！"

彭克罗夫并不把自己的幻想当作认真的事，他只想有一头能拉车的牲口。上苍对他确实很厚爱，不久，他的这一愿望便实现了。

12月23日，大家突然听见纳布在叫嚷，同时托普也狂吠不止。众人立即跑了出来，只见两只动物，个头儿很大，从桥上贸然闯入，是一公一母，似马似驴。它们并不惊慌，大模大样地向前走来，眼睛盯着这些人。

"这是野驴，"哈伯喊道，"是介于斑马和斑驴之间的一种动物。"

"为什么不直接称它们为驴呢？"纳布不解地问。

"因为它们的耳朵不够长，而且长相也比驴漂亮。"

"管它是驴是马，反正它们是'动力资源'，必须抓住它们。"水手说道。

水手悄悄上前，从一旁蹿出，吓住了它们，把它们逮住。

大家商量，让野驴在高地上自由走动几天。高地上牧草丰盛。另外，工程师又让大家在家禽饲养场边搭了一间牲口棚，铺上草，让这两位自愿前来的客人过夜。

这对野驴自由自在地生活在高地上，大家并不去靠近它们，免得吓跑了它们。不过，有好几次，它们还是表现出逃离的意思，因为它们毕竟一直生活在自由的天地间，生活在密林深处，高地虽好，但毕竟有所限制。它们只能沿着高地周围的河边走着，时而发出无奈的吼叫，明知无法越过河去，只好乖乖地返回草地，乐天知命了。

几日后，车子准备好了，从慈悲河拐弯处到气球港的那条穿越远西森林的便道也开辟出来了。到了 12 月末，他们第一次使用上了野驴。

野驴倒也不难接近，但一套上车，那驴脾气就上来了，水手费了老大劲儿才勒住它们。但没过多久，它们倒也服帖了，听使唤了。

这一天，水手赶车，其他人则坐在车上，前往气球港。顺利到达后，便立即装车。晚上八点，车子又经由慈悲河上的桥，从河左岸下来，停在了海滩上。野驴被卸了套，牵回牲口棚去。大功告成，人人欢欣鼓舞。彭克罗夫更是手舞足蹈，心花怒放。

# 第八章

1 月的头一个星期，大家在忙着赶制衣服。针是从那只箱子里找出来的。线也不缺，把缝制气球的线拆下来就可以了。他们又从焚烧植物后的灰堆里弄到碱和钾，把气囊帆布上的油脂除去，棉布便恢复了原有的柔软性和弹性。洗净晒干后，雪白雪白的。

几十件衬衣和短袜套很快便缝制成了。他们还缝制了床单，睡上去真的有睡在床上的感觉。

与此同时，他们还缝制了好几双海豹皮皮鞋，既轻便又耐穿。

1866 年年初，天气持续炎热，他们仍然前去森林中打猎。不过，工程师总是一再叮嘱斯皮莱和哈伯，注意节省弹药，尽量用他以植物纤维制成的火棉来代替箱子里找到的那些火药与子弹。其实，这种代替品也很好用，效果毫不逊色。

岛上没有铅，工程师便用铁丸代替铅弹，效果也不错。至于火药嘛，工程师可以制造，用硝石、硫黄和木炭即可加工而成，只是得既小心又细心，没有专用工具，质量方面有点难以保证。

工程师希望以火棉代替之，用纤维素代替所缺少的棉花就能制成"棉花火药"了。纤维素在大麻、亚麻的纺织纤维、纸、旧棉制品及接骨木里均含有。红河河口就生长着许多的接骨木，他们曾经用其果实作为咖啡的代替品。

至于火棉的另一必需品——发烟硝酸，工程师有硫酸，加上点硝石，就可以制成硝酸了。

当然，火棉有它的弊病：效果不稳定，易燃——其燃点为一百七十摄氏度，而非二百四十摄氏度——极易损毁枪支。不过，火棉也有其优点：不怕潮，不致因受潮而损害枪支，而且其威力是普通火药的四倍。

由此看来，对于工程师来说，制造火棉代替火药的问题算是解决了。猎手们不久就拥有了这种很好的火药了。

在这段时间前后，他们还在高地上开垦出三英亩土地，余下部分没有去动，以保证野驴的食草需要。他们还多次前去啄木鸟林和远西森林，带回许多野生菠菜、水田芥、辣根菜、芜菁等。小心栽培，它们很快便长好长大，改善了居民们的饮食。他们还用野驴拉车，运回不少树木和煤炭。而且，车辆的碾轧，使得路面更加的瓷实了。

养兔场没少向宫中储藏室提供兔肉。而海滩岩石间的牡蛎养殖场，每天都有许多牡蛎奉献上来。此外，他们还在湖里或河里钓鱼，收获颇丰。看来，餐桌上只是缺少面包了。

他们还时不时地去颚骨角海滩捕捉爬上岸来的海龟，而且还捡拾遍地皆是的海龟蛋。充足的阳光促使龟蛋快速地孵化，致使海龟数量日渐增多，因为一只海龟每年可产下二百五十个蛋。

这时，聪明的于普经纳布悉心调教，上穿男式上衣，下穿帆布短裤，脖颈上套上一条围裙，活脱脱是一名合格的仆人。

有一天，大家突然发现这个一身仆人打扮的于普臂上搭着一条餐巾，跑到桌前来侍候主人们用餐，大家甭提有多开心了。它又周到又细心，上菜，换盘，倒饮料，做得认真而仔细，当然受到众人的夸奖，尤其是彭克罗夫，更喜上眉梢。

"于普，上汤！"

"于普，给我点刺豚鼠肉！"

"于普，给我拿一只盘子来！"

"于普！老实的于普！懂规矩的于普！"大家都在这么喊它，夸赞它。彭克罗夫还跟它开起玩笑来。

"于普，你真棒，得给你涨工资了！"水手逗它道。

于普听了，似懂非懂，摇了摇它那聪明的脑袋。

于普现在已经适应了环境，常陪伴主人到森林里去，从未表现出逃跑的意思。水手还特地为它制作了一根手杖，可它并不拄着，而是扛在肩头，像扛着一支枪似的。它利用自己的攀爬特长，常爬到树上去采摘果子。车子轮子陷住，它肩头一扛，车子便出来了。

"天哪，如果它不像现在这么好，而是个坏家伙的话，那我们可就糟了！"水手常这么说。

总之，大家十分高兴，于普也跟着大家乐。

1月底，大家开始在海岛中部开展一项大的工程：在富兰克林山脚下的红河源头建一个畜栏，用以圈养岩羊，以解决冬衣所需之羊毛问题。把它们放在远一些的地方圈养，免得它们会在附近增添麻烦。

每天早晨，或史密斯、哈伯、水手、或全体人员，都要前去红河源头。这条路长约五英里，被取名为"畜栏路"，不太难走。

他们就在富兰克林山的南坡选了一块很大的地儿，是一片草地，位于山梁脚下。一条小河从山坡上流下来，斜穿过草地，流入红河。这儿野草肥美，树木稀疏，空气流通，再沿山势筑起一道围栏，以防野兽闯入，便可放心圈养了。畜栏很大，足可容纳上百只岩羊和野山羊以及它们随后产下的小羊羔。

工程师及其同伴们本已砍伐了不少的树木，把这些树木用车运回来，锯断后削成百十来根木桩，牢牢地插入地下，围栏便大功告成了。

围栏前有一入口，比较宽阔，装上厚木板制作的双扉门，关闭容易，开启不难，门外还有木棍加固，万无一失。

畜栏花了大家三个多星期的时间。因为除了栅栏，工程师干脆又替反刍动物建造了一个畜棚，所以工程花费的时间自然就多了点。而且，这些建筑都必须非常坚固才行，因为岩羊很有力气，而且爱发脾气，发起脾气来十分吓人。木桩上端全都削得尖尖的，并且经过火烧。每隔一段，就用横木将木桩钉结实，使栅栏不致稍一受力便倒塌了。

工程结束后，就得考虑接待"住户"了。2月7日，天气晴朗，是在富兰克林山脚下围捕经常出没于此处草场的反刍动物的大好日子。五位居民全体出动，斯皮莱和哈伯各骑一头已经训练有素的野驴，参加这次围猎。野驴在这次行动中立下了汗马功劳。

此次行动的目的是逐渐缩小包围圈，把岩羊、野山羊等逼进畜栏里。他们分工合作，史密斯、彭克罗夫、纳布和于普在林中各据一方，而骑着野驴的两位和托普则在畜栏半英里的范围内来回奔跑、接应。

海岛这一带的岩羊非常多。岩羊很美丽，身体大如黄鹿，其角硬过公羊角，毛呈灰色，颇像盘羊。

这一天的围猎着实辛苦。大家奔来跑去，大声呼喊，将一百来只岩羊围住，但其中有三分之二还是找机会逃脱了。余下的三十来只岩羊和十来只野山羊则被赶进畜栏，跑不掉了。这些岩羊多数是雌性，有几只眼看就要产崽儿了。大家坚信，不久羊的数量会大大增加，羊毛、羊皮就不用犯愁了。

猎人们累得快要散架，回到住所便睡下了。第二天，因为不放心，早早便前往畜栏查验。所幸，"俘虏们"虽曾试图推倒栅栏，但未能成功，因此只好乖乖地待在栏内。

2月里，没有太多的事情。居民们在改善畜栏路和气球港路的同时，又开始进行另一项筑路工程：开辟从畜栏到西海岸的第三条路。林肯岛上剩下的未经踏勘的就是盘蛇半岛的茂密森林，那儿常有不少野兽出没。

　　冬季到来之前，他们还得细心照料移栽过来的那些野生植物。另外，哈伯每次外出，总要带些有用的野生植物回来。有一次，他还带回了几棵莴苣，它的籽儿压榨后是上好的食用油；另外一次，他带回了一种酸模，此物对坏血病极具疗效；再有就是块茎等，也没少带回来。

　　菜园被大家精心维护，分成一小畦一小畦的，分别种着莴苣、土豆、酸模、芜菁、辣根菜等。土壤肥沃，丰收在望。

　　此外，他们还配制了各种饮料，除了奥斯韦戈茶和从龙血树根提炼后发酵而成的利口酒，史密斯还酿制成了一种真正的啤酒，是用冷杉树嫩枝煮沸、发酵而成的，故名"冷杉啤酒"。

　　夏末，家禽饲养场里还添了一对漂亮的大鸨以及十二只琵嘴鸭。另外，他们又捕捉到一些漂亮的大公鸡。

　　应该说，经过大家艰苦卓绝的努力，所有的事情都获得了成功。当然，上苍的庇佑是很重要的，但他们却信守一条："人必自助，而后天助之。"

　　每当夏季，炎热的白昼过去，一天的活儿完工之后，他们便爱吹着微微的海风，坐在眺望冈旁的一条爬满爬藤的长廊下休息。爬藤是纳布种的。他们围坐在一起，谈天说地，互相交流知识，制订未来的计划。性格爽朗的彭克罗夫总会给大家带来欢乐。这些新岛民在这片小天地里和谐快乐地生活着。

　　不久，已是3月14日了。这是他们从气球上坠落到海岛上来的一周年纪念日。当时，他们是一群落难者，前途茫茫，不知所措。而今，靠着大家的勇敢坚定，发挥自己的聪明才智，在工程师的指导下，今非昔比，拥有了武器弹药，还有各种各样的工具、仪器，充分地利用了岛上自然界的三大物类：动物、植物和矿物。

　　史密斯闲来无事时，总要同大家一起聊起这些事情。当然也少不了谈论自己伟大的祖国、家乡以及战争的结局。只是没有报纸，两眼一抹黑。不过，在交谈时，史密斯更多的是沉浸在思考之中，说话不多，他总也忘不了那个至今仍未揭开的谜。

# 第 九 章

3 月的第一个星期天，天气大变。东风劲吹，雷声大作，冰雹噼噼啪啪地击打着花岗岩宫。水手心里一急，便向麦田奔去，用帆布遮挡起麦子。

恶劣天气持续了一周时间。大家只好在屋里干些活儿，把室内布置得更加的舒适完善。工程师还制造了一台车床，做了一些盥洗用品和厨房用具，还做了一些纽扣……

于普在此期间已训练有素，被水手调教得得心应手。它会拍打衣服，转动铁扦烤肉，打扫屋子，侍候用餐，码放木柴……而且，只要水手没有睡觉，它是绝不会自己先睡的。

所有的人都十分健康，这是户外的生活、卫生的环境、温和的气候、身体的劳动产生的必然结果。一年来，哈伯又长高了两英寸，更有男子汉气概了。他还利用一切余暇阅读那只大箱子里的书籍，汲取营养，并且向工程师学习科学知识，向记者学习外语。工程师也有心教他，使他受益匪浅，知识扩充得很快。

"如果我死了，他可以替代我。"工程师常常这么想着哈伯。

3 月 9 日，暴风雨停息，但天空仍旧乌云密布。除了有几日天气尚可，大家便外出各忙各事，其他日子不是下雨就是大雾，无法出门。

差不多在这前后，母野驴产下了一头小母驴，健康状况良好，"母女"平安。畜栏里的岩羊也在添丁加口，已有好几只小羊羔在咩咩叫了。与此同时，野猪家养试验也获得成功，几只正在驯化的小猪崽正在长膘。于普每天负责给它们送猪饲料，做得一丝不苟。

另外，在记者、水手的一再要求之下，史密斯开始动手制造"水压机"，准备以升降机来代替不是很方便的绳梯。"史密斯先生，您说过要用一种装置来代替绳梯的，是不是找个时间动手干起来？"水手问工程师。

"您是说升降机吧？"工程师回答。

"就算是升降机吧，反正名字并不重要，只要这玩意儿能让我们省时省力就行！"

"这个问题很好解决，不过它真的那么有用吗？"

"当然有用呀，史密斯先生。做好了之后，用它运送物品多方便呀，用不着再背负重物爬上爬下了！"

"好吧，那就试试吧。"

"可是，造这玩意儿得用机器，我们没有机器呀。"

"那就制造机器嘛。"

"制造一台蒸汽机？"

"不，水压机。"

确实，工程师拥有广泛的知识才能，并善于利用它们。

为此，他们必须增大供应花岗岩宫的水量。于是，大家齐动手，把溢流口上端的石块和乱草中的出水口扩大，致使通道底部产生一股湍急的瀑布，水浸出来后，就从内井排出去。工程师在瀑布下方安装了一只圆筒，上有叶片，外有轮盘，上面缠绕粗绳子，绳子与叶片相连，并系着一个吊篮。利用一根拖到地面的长绳来调节流水产生的动力，人和物就可以坐在吊篮里，被吊到花岗岩宫门前。

3月17日，水力升降机第一次投入使用，效果很好，人人满意。从这以后，所有较重的东西，如木材、煤炭、食物，甚至人都通过升降机上下，绳梯被彻底取代了。托普感到特别高兴，因为爬绳梯对它来说毕竟还是挺费劲儿的。

其间，工程师还尝试着制造玻璃。经多次反复试验之后，总算成功了，一个玻璃制品工场算是建成了。

玻璃的制作原料是沙子、白垩和碱。这儿有海滩，沙子多的是；石灰里就有白垩；海岸上生长的植物烧过之后可以产生碱，黄铁矿能炼出硫酸；地下可挖到煤。因此，工程师拥有制作玻璃所必需的原料。其中，最难制作的要数吹管了，它好像吹玻璃工的手杖。吹管是铁制的，长五六英尺，一头用来蘸液态玻璃。彭克罗夫办法多多，他将一条很长的薄铁片卷起来，呈枪管状，这就是他们的吹管了。

3月28日，熔炉点燃，烧旺。把沙子、白垩、硫酸盐和煤屑掺和在一起，放入耐火黏土制熔锅里。高温下，熔锅内物质变成糊状。史密斯便挑起一些糊状物，放在准备好的金属板上滚动一下，使之变成适合吹玻璃的形状。然后，他便将吹管递给哈伯，让他吹气。

"就像吹肥皂泡一样吧？"哈伯问道。

"对。"工程师回答。

于是，哈伯鼓起腮帮子，边吹边转动吹管，糊状物逐渐胀大起来。很快，一个直径为一英尺的玻璃球便吹好了。史密斯随即拿过吹管，来回摆动，把玻璃球拉长，形成一个两头圆的圆柱体，再用经冷水激过的锋利铁片将两个圆头切下，并切开柱体，再次加热，使之伸展，平放在一块平板上，用木棒压平，第一块玻璃便制成了。不久，窗子上全部安上了毛玻璃。随后，他们又制作了一些杯子、瓶子什么的，这就更容易了。水手觉得这活儿挺好玩的，便要求一试，但因用力太猛，吹出来的玻璃形状怪异，惹得大家哄堂大笑。

一次外出时，工程师和哈伯发现了一种新的树种，其果实为他们增加了食物来源。这一天，他俩外出打猎，来到慈悲河左岸的远西森林。哈伯像往常一样又向工程师问个没完，当然，工程师也总是耐心地回答他的问题。不过，工程师不是猎人，所以哈伯并不问他有关打猎的事情，而是向他求教化学、物理方面的知识。因此，这一天，他俩碰上的猎物倒是不少，如袋鼠、水豚和刺豚鼠等，但却都让它们逃脱了。天色已晚，二人几乎一无所获，无功而返。这时，哈伯突然止步，高兴地叫了起来：

"史密斯先生，您瞧那棵树！"

哈伯指给工程师看的树，简直就是一棵小灌木。此树只有一根上面包着鳞状树皮的树茎，树茎上长着树叶，叶脉平行、细小。

"这种树叫什么，像小棕榈树似的？"工程师问哈伯道。

"这叫'苏铁'，《博物学辞典》上有它的插图。"哈伯回答道。

"树上不长果实吗？"

"不长，但树干里却含有大自然为我们磨好的面粉。"

"面包树？"

"正是。"

"太好了，孩子。在我们的小麦获得丰收之前，这可是个重大发现。但愿你没有弄错。"

哈伯没有弄错。他折断一根树枝，里面有腺状组织，含有大量的粉末。粉末里含有黏液，可以通过挤压除去。他们在此做了记号后，返回住所，把这一新发现告诉了伙伴们。

第二天，众人早早地便出发了，来到头一天做了记号的地方，收割起"小麦"来。

"史密斯先生，您认为有专属遇难者的岛吗？"水手问工程师道。

"此话怎讲，彭克罗夫？"

"我是想说，世界上有一些海岛是专为海难受害者们而造就的，在这种岛上，可怜的遇难者们可以化险为夷，逃过一劫。"

"这倒是很有可能。"

"不是可能，而是肯定，林肯岛就是一例。"

他们运回来许多的苏铁茎秆。工程师制造了一台压榨机来除去粉末中的黏液，获得大量的面粉。经纳布巧手制作，面粉变成了糕点和布丁，这已经很接近面包了。

这一时期，畜栏里的野驴、山羊、岩羊每天都为这几个居民提供鲜奶。他们还专门打造了一辆轻便的小车专门运送。水手每次去畜栏，总要带上于普，让它驾车。于普忠实而出色地完成着自己的任务。

无论是畜栏还是花岗岩宫，一切都那么兴旺、繁荣、喜兴。说实在的，如果不是远离祖国，这些新岛民真的是没什么可抱怨的了。他们已经对岛上的生活很习惯了，如果突然离去，他们还真有点舍不得哩。

但是，他们心中始终都在牵挂着自己的祖国。一旦发现有船只出现在他们的视野之中，他们就会立即发出信号，以引起对方的注意，请求对方救援……在此之前，新岛民高高兴兴地生活着，但他们心中担心而不是希望出现什么新的情况，打断他们目前已经习惯了的生活。

但是，好运乎，厄运乎，有谁可以担保？

居民们在岛上已经住了一年多了。有一天，他们又对自己居住的这个小岛进行了一次观察。这一天是4月10日，复活节的星期日，众人休息一天，并做祷告。

晚饭后，大家聚在眺望冈边的长廊下，望着海平面上渐渐漫开来的夜色。大家便谈起了林肯岛及其在太平洋中的孤立位置，此时斯皮莱突然想起一个问题，便问史密斯道：

"亲爱的史密斯，您在箱子里找到六分仪后，是否重新测定过林肯岛的位置？"

"没有。"工程师回答。

"这个仪器可是比您先前用的那套东西精确多了，是不是用它来重新测定一下？"

"何必多此一举，"水手插言道，"怎么测，林肯岛总还是待在原来的地方。"

"这话没错，但是仪器不精密，测算的准确性就会大受影响……"

"您说得对，亲爱的斯皮莱，"工程师连忙赞成道，"我们的确应该重新测量一下，越快越好。"

"说不定林肯岛与另一个有人居住的岛屿离得很近。"记者说。

"明天我们就会知道了，"工程师回答道，"这些天事情太多，一点空闲也没有，把这事给耽搁了，否则我们也许早就弄清楚这个问题了。"

第二天，工程师便用六分仪对自己前次所做的测定进行了验证，结果如下：

第一次测定结果：西经一百五十度到一百五十五度，南纬三十度到三十五度。

第二次测定结果：西经一百五十度三十分，南纬二十四度五十七分。

由此可见，尽管观测设备不齐全，但由于史密斯的精细，测量误差确实没有超过五度。

"现在，"斯皮莱说，"我们就根据这一精确定位，在地图上找出林肯岛的位置来吧。"

哈伯立即跑去拿地图册。这本地图册是法国出版的，上面的文字全都是法文。

工程师打开太平洋区域图，并用圆规准确地标出了林肯岛的位置。

突然，他手里的圆规停了下来，说道：

"太平洋的这个海域已经有一座岛了！"

"有一座岛了？"彭克罗夫惊诧地说。

"那很可能就是我们的林肯岛！"斯皮莱说道。

"不是，"工程师说，"这座岛的位置在西经一百五十三度，南纬三十七度十一分，位于林肯岛西边两点五度，南面两度多。"

"那是什么岛？"哈伯问。

"塔波岛。"

"是座大岛吗？"

"不，是太平洋上的一座荒僻小岛，可能从未有人上去过。"

"那我们就去看看。"水手说。

"去看看？"

"是呀，史密斯先生。先造一艘大点儿的船，我负责驾驶。我们离它有多远？"

"一百五十海里，它在我们的东北方。"

"一百五十海里算得了什么呀！顺风的话，四十八小时就到了。"

　　"光看看有什么意义呀？"记者插言道。

　　"管他哩，看看去呗。"水手回答。

　　水手这么一说，大家也觉得去看看也好。于是，他们决定造一艘大点的船，待 10 月天气好时，出海远航。

# 第 十 章

　　众人说干就干。工程师在纸上画好图样。船龙骨三十五英尺，横梁九英尺，吃水深不超过六英尺。船上装上甲板，用隔板隔出一间间船舱，还做了两个出入口。这是一条单桅帆船，备有后桅帆、前桅帆、顶帆、三角帆。这些帆操作便易。船易于驾驶，容易靠岸。船壳制成干舷，即船壳板外露，而肋骨则是在下肋骨的船壳装配完毕之后再加热贴上。

　　岛上榆树、冷杉甚多。大家决定选用冷杉造船。按木工的说法，冷杉木虽"纹理较粗"，但易于加工，耐水性与榆木一样。细节定好之后，大家又商量妥当，既然半年之后好季节才会到来，那么就让工程师和水手二人负责去造船；记者和哈伯则继续外出打猎；纳布及其助手于普仍旧负责一应家务活儿。

　　于是，大家便立即前去选了一些上好的冷杉，砍倒，锯成段，再锯成木板。一周之后，"炉壁"与峭壁的一块洼地已被平整出来，成了造船工地，上面躺着一条三十五英尺长的船龙骨，前有艏柱，后有艉柱，已初具规模。在有多年造船经验的水手的协助下，工程师经过仔细计算、周密计划之后，终于将肋骨装到龙骨上。

　　水手对造船兴致极高，一刻也不愿意离开工地，但有一件事却让他不得不忍痛离开了一天。那是 4 月 15 日，是第二次麦收的日子。同第一次一样，这一次也大获丰收，与预期的数字相同。

　　"五斗，史密斯先生。"水手小心仔细地计量后告诉工程师。

　　"一斗十三万粒，也就是说，我们有六十五万粒麦子了。"工程师心算之后说。

　　"太好了！我们把它们全部播种下去，顶多留一小部分就行了。"水手提议。

　　"对，彭克罗夫。如果下次仍是大丰收的话，我们就有四千斗麦子了。"

　　"那面包就不愁了。"

　　"对。"

　　"那还得制造一个磨。"

　　"那很容易，制造就是了。"

　　第三块麦地平整出来了，比前两块大得多。大家精心耕耘，把麦子种下。麦子种下了之后，水手又回到造船工地。

　　与此同时，斯皮莱和哈伯则在周围打猎，冒险深入远西森林中未曾走到过的地方去。那儿树木茂密，枝叶相缠，阳光难以透进，活动空间少，因此猎物并不多。但是，4月下旬，他们还是打到了三只食草兽，也就是"考拉"。

　　考拉的毛皮用硫酸鞣制，大有用场。

　　还有一次，4月30日，二人进入远西森林的西南面。二人相距四五十步远。斯皮莱突然发现一种植物，其茎秆又圆又直，且多枝杈，并开着一串串的花，另有一些很小的叶子。他便折断几根茎枝，走回哈伯身旁，问道：

　　"哈伯，快看，这是什么植物？"

　　"您在哪儿发现的，斯皮莱先生？"

　　"在前面林间的空地上，可多了。"

　　"您找到的这种植物，让水手看到，他一定会感激您的。"

　　"是烟草？"

　　"正是。尽管这并非优质品，但毕竟还是烟草。"

　　"哈哈！太好了！"

　　"斯皮莱先生，我想，咱们先别告诉彭克罗夫，等把烟叶加工出来，给他送上一支装满烟叶的烟斗，看看他会是个什么表情。"

　　"好极了，就这么说定了。到那一天，我看他会乐不思蜀了！"

　　于是，二人采集了不少这种珍贵植物，偷偷地运了回去。当然，工程师和纳布是知道的，就瞒着彭克罗夫一个人。烟叶加工费时两月，但水手一直在造船工地上忙着，无暇他顾，所以毫不知情。

　　5月1日，因为要捕鱼，大家必须齐上阵，所以水手不得不放下手头喜爱的工作。

　　连日来，一个庞然大物一直在距岛屿两三海里的洋面上出没。那是一头个头儿非常大的鲸鱼，名为南半球的"好望角鲸"。

　　但是，由于没有合适的船，也没有一把好的鱼叉，他们只好看着它游来游去，无可奈何。

　　"我觉得挺怪的，"斯皮莱这时心存疑惑，自言自语地说，"这儿纬度比较高，怎么会有鲸鱼的？"

　　"斯皮莱先生，"哈伯回答他道，"我们是处在所谓'鲸鱼场'的太平洋海域，也就是新西兰和南美之间的这一带海域，鲸鱼聚集得很多。"

　　"这话不假，可是我们怎么没见到更多的鲸鱼呢？"水手不解地说。

彭克罗夫觉得反正也无法捕捉，鲸鱼多寡也无伤大雅，只好叹了一口气，快快地返回工地去了。当水手的，几乎都是捕鱼高手。可以想象，遇见这么大一头鲸鱼劲儿就甭提了。何况，这还不仅仅是个乐趣的问题，捕到一头鲸鱼可是大有益处的，新居民们就有鲸鱼油、鲸鱼肉、鲸鱼须可食用了！

看上去，这头鲸鱼似乎并不想离开这一带海域。因此，在哈伯、斯皮莱不去打猎，纳布不必看守炉火的时候，他们便拿起望远镜来观察它的行动。

它游进联合湾，从颚骨角迅速游往爪角，身后现出一条条的水浪来。它的大得出奇、力大无穷的尾鳍在推动着它一上一下地往前游去，速度有时可达每小时十二海里。有几次，它竟然游到林肯岛不远的海面上来，他们便可以更加清楚地看到它：它是一条南半球的鲸鱼，全身呈黑色，头部比北半球的鲸鱼略显扁平。

这头大鲸鱼的出现让这些岛上的居民心有所系，尤其是对彭克罗夫来说，这简直就是一种诱惑。因此，干活儿时，他往往会分心、走神，连夜里说梦话也会喊出"鲸鱼"两字来。

天从人愿，机遇终于找上门来。5月3日，纳布突然在厨房窗口大声叫嚷："鲸鱼搁浅了！"

正要外出打猎的哈伯和斯皮莱立刻放下猎枪，彭克罗夫则急忙扔下了手里的斧头，工程师和纳布也丢下手头的活儿。几人立即向海滩奔去。

涨潮的时候，鲸鱼在离花岗岩宫约三英里的残骸角沙滩上搁浅了。看来它是无法游回大海去了。不过，事不宜迟，赶快前去，切断它的退路，以防万一。他们手拿十字镐和铁头长矛，跑过慈悲河桥，下到右岸，不到二十分钟，便奔到搁浅在海滩上的鲸鱼旁。已经有一大群的鸟儿盘旋在它的上方了。

"好大的一头鲸呀！"纳布喊道。

这头南半球的鲸鱼个头确实是大，身长足有八十英尺，重量绝不少于十五万磅。

鲸鱼已经死了，只见其左侧有一把鱼叉插在身上。

"看来，我们这一带海域有捕鲸船在作业！"斯皮莱说。

"您根据什么这么说？"水手问。

"您瞧，鱼叉插在它身上……"

"嘿，这不能说明什么。我曾见过一些鲸鱼，身中鱼叉仍能游个上万海里。它也许是在大西洋北部海域被人叉中，游到这儿才死的，这有什么可稀奇的。"

"彭克罗夫说的也有可能，"史密斯说，"我们来查看一下鱼叉。按照习惯，鱼叉上应该有渔船的名字的。"

彭克罗夫立即拔出鱼叉。果然，上面刻着一行字：玛丽亚·斯特拉，葡萄园。

"是葡萄园的船！那是我家乡纽约州的一个港口的船！"水手激动万分地叫嚷道，"玛丽亚·斯特拉，我知道，那可是一条非常非常棒的捕鲸船呀！"

为防止鲸鱼腐烂，且不能让一些猛禽分食，大家急忙动手分割鲸鱼。彭克罗夫曾经在捕鲸船上干过，所以能够有条不紊地指导大家切割。这个活儿一连干了三天。这可是件苦活累活，但大家一直坚持不懈地干着。他们将鲸脂切成两英尺半厚的方块，然后再分成小块，每块重约一千磅。他们边切割，边把大陶土罐搬到现场来熬油。他们熬出了很多的鲸鱼油。另外，鲸鱼身上全是宝。鲸须可以制作雨伞和女子紧身褡。其口腔上部的两边分别长着的八百块角质板，可当梳子使用。

分割完后，残骸留在原地，任由猛禽享用。居民们又恢复了日常工作。

在返回造船工地之前，工程师突然灵机一动，想制作一些新鲜玩意儿。他找来十二根鲸须，各切成一样长短的六段，把头上磨尖。

"您做这个干什么用呀，史密斯先生？"哈伯问道。

"用它来刺杀狼、狐狸，甚至美洲豹什么的。"工程师回答。

"我不明白……"

"你会明白的，孩子。等到了冬季，天气十分寒冷时，把它们弄弯，浇上水，结上一层冰，以保持其弯曲度。再在上面抹一层鲸鱼油，扔在雪地里，待饥饿的动物将它吞下，其胃里热量将它上面的一层冰融化掉，它就弹直了，其尖头会刺穿动物的身体。"

"这法子真是绝了！"水手说。

"这样一来，还省了不少火药、子弹。"工程师说。

"这法子胜过陷阱。"纳布说。

"那我们就等待冬天的到来吧。"

这期间，造船工作大有进展。将近月末，船壳板已经装好一半了。船已见雏形，非常适合海上航行。

水手一直抱着巨大的热情干自己的活计，他身体确实强壮，也只有他这样的体魄才能扛得住这份劳累。他的同伴们为了犒赏他，正在偷偷地为他准备一份礼物。

5 月 30 日晚饭后，斯皮莱突然把手搭在正要离开餐桌的水手肩上说：

"彭克罗夫，先别走呀！还有饭后甜食哩。"

"不了，谢谢，斯皮莱先生，我还想去干点活儿去。"

"真的不需要什么了？抽一袋烟如何？"斯皮莱边说边把烟斗递给他。

水手见到装满烟叶的烟斗，眼睛都在放光。哈伯立即夹了一块火炭让他点烟。水手想说点什么，但只见嘴动，未见声出。他激动地接过烟斗，叼在嘴里，用火炭点燃，吱吱地猛吸了五六口。

空气中，只见一缕澄蓝色的烟雾袅袅升起，散发出诱人的烟草的香味。只听见水手一个劲儿地在兴奋地嚷嚷：

"烟草！货真价实的烟草！啊！创世主啊！我们岛上再也不缺什么了！"

水手又一连吸了数口。这才想起来问道：

"是谁发现的？肯定是你吧，哈伯？"

"不是我，是斯皮莱先生。"

"啊，我的好斯皮莱呀！"水手猛地抱住记者，后者还从来没被人这么紧紧地搂抱过。他连忙解释道：

"不过，您应该感谢哈伯，是他认出了这种植物；还有史密斯先生，是他把烟草加工好的；还有纳布，他一直憋着没有告诉您。"

"好，朋友们，我将来会报答你们的，包括纳布，他也能守口如瓶，瞒得我一点儿也不知道。现在，我们是莫逆之交了。"

# 第十一章

❖

6 月，冬季来临，得抓紧时间赶制冬季服装了。

畜栏里的岩羊毛已经剪了下来，需要将它们变为织物。因无纺织机械，只好采用简便的方法。按工程师的提议，将羊毛纤维压实，黏合在一起，制成毛毡。毛毡较硬，柔软性差，却很暖和。岩羊毛较短，适宜黏合。

经工程师的巧思妙想，羊毛中所含的被称为"羊毛粗脂"的油腻物质被清除掉。他们把羊毛先放在七十摄氏度的水中浸泡二十四小时，然后放进碱缩液中彻底清洗，挤干，进行缩绒处理，变成一种结实的当然也比较粗糙的织物。

早就应该有这种织物了，但是在使用了史密斯工程师的方法后才生产出第一批毛织物来。

工程师在制造缩绒机时，再次显示了他卓越的才能。他巧妙地利用了海滩瀑布的水力资源，此前这可是从未加以利用的。这种动力使缩绒机运转起来。

这种机器构造并不复杂。把羊毛放进一个凹槽里，由上面垂直落下的捣锤一下一下地捶击着，整部机器都是木框架构成的。这就是几百年来人们所使用的机器，后来才用滚筒代替捣锤，用牵拉法代替捶击。

在史密斯工程师的指导下，缩绒机运转得十分理想。羊毛先用肥皂溶液浸泡，这样做有利于压缩并使之柔软，而且也防止它在捶击过程中受到损毁。经过这番处理，厚厚的毛毡便从缩绒机里生产出来了。这些制成的毛毡也可以用来做衣服、做被子。当然，这毛毡并非美国毛料、平纹薄花呢、苏格兰开司米、中国绸缎、羊驼毛织物，也不是法兰绒或呢绒，这是林肯岛牌毛毡。林肯岛又有了一种新产品了。

有了这样暖和、耐用的衣服、被褥，居民们用不着担心这 1866 年的冬天了。

6 月 20 日左右，严冬真的光临了林肯岛。水手颇觉遗憾，因为造船工作被迫暂时停止了。他本想在开春之前完成任务的。

彭克罗夫一直想做一次航海旅行，他想去塔波岛，但工程师反对他出于好奇而去冒险。在这座干旱荒芜的岩石岛上，万一有个好歹，那可是一点儿辙也没有了。乘小船上陌生的海洋，行程一百五十海里，这可不是闹着玩的。万一船到不了塔波岛，回又回不来，那可怎么办？别忘了，太平洋可是灾难频发的海域。

工程师多次与彭克罗夫沟通，他发现后者很难被说服，一味地固执己见，也许连他也不知道自己为什么如此拧。有一天，工程师对他说：

"朋友，您可是一直在说林肯岛如何好，离开它还很舍不得，可您现在却是第一个想离它而去的人。"

"只是离开几天而已，"水手回答，"史密斯先生，我只是想去看看那座岛的情况，来回用不了几天工夫的。"

"那座岛不会强过林肯岛的。"

"这我知道。"

"那您干吗还要去冒险呀？"

"我想看看那岛上发生了什么情况。"

"那儿没什么情况，也不会有什么事。"

"那可没准儿。"

"要是碰上风暴怎么办？"

"这个季节天气很好，不会有问题的。不过，史密斯先生，为了以防万一，让我带上哈伯一起去吧。"

"彭克罗夫，"工程师抚摸着水手的肩膀说，"我已经将哈伯视为自己的亲儿子，如果你同他发生意外，我们大家心里能好受吗？"

"史密斯先生，"水手仍坚定不移地说，"我们不会发生意外，让你们伤心的。等天气好了的时候，我们再谈这事。我想，等您看到我们的船装备好了，看到它在海上航行的状况，我们再一起乘上它围着林肯岛绕上一圈，到那时，我敢保证，您会答应我们去的。您的这条船是个杰作。"

"彭克罗夫，您应该说'我们的'这条船！"

工程师与水手都无法说服对方，谈话只好结束，下次再说。

将近6月末，落了第一场雪。好在畜栏里事先已经储备了大批饲料，不必每天去照看。但大家还是决定，每周必须有人去看一次。

林肯岛上的居民们又在岛上布置了陷阱。而且，还拿工程师制作的新式"诱饵"做过试验，把弯曲着的鲸须冻在雪地里，外面涂上一层厚厚的鲸鱼油。地点多半选择在猎物经常经过的树林边。工程师的这一高招十分见效。他们一共抓到了十二只狐狸、几只野猪，甚至还捕捉到一只美洲豹。它们因胃被鲸须弹直后刺穿，捕获时全都死了。

有一件事必须在此交代一下，因为这是新岛民们第一次尝试与外界进行联系。

　　这事记者曾想过多次，想写上一张字条，放进密封瓶里，丢进海中，任其漂流，没准儿它会随着洋流漂到一个有人群的地方去。要么，让鸽子带上字条，充当信鸽。可是，林肯岛距陆地有一千二百海里，指望漂流瓶或信鸽，未免太不可思议了。

　　6月30日，哈伯举枪射下一只信天翁。它只是爪子上受了点轻伤。掉下来后，它仍旧活蹦乱跳的，众人一齐去逮，费了好大的劲儿才抓住它。信天翁是一种美丽的大鸟，栖息在悬崖峭壁之上，双翅展开后长达十多英尺，能飞越太平洋这样宽广的大洋。

　　它只是受了点轻伤，很快就复原了。哈伯很喜欢它，很想留下驯养，但斯皮莱却另有打算，他说服哈伯，利用信天翁当信使，与外界进行联系。这可是个好机会，不可错失良机。哈伯当然明白，信天翁一旦获得自由，放飞后，它一定会飞回其放飞地的。

　　斯皮莱出于职业习惯，很想写一篇报道寄回自己的报社——《纽约先驱报》。这篇文章一经发表，必然会引起轰动。这个机会他一定得抓住。因此，他立即动笔，写了一篇他早就在心里拟订了腹稿的报道文章。文章简洁、精练，被放进一只厚帆布袋里，袋子涂有厚厚的树胶。他还顺带写了简单的几句话，请求发现这只帆布袋者把他的这篇报道文章寄给《纽约先驱报》编辑部。装好之后，他便把小袋子系在信天翁的脖子上。因恐其途中休息，故不敢系在它的爪子上。信天翁随即被放飞了，只见它轻盈地飞上高空，隐入西边的一层薄雾之中。居民们心中一阵激动，企盼着，祈祷着。

　　"它会飞到什么地方去呀？"水手问。

　　"它是朝着新西兰的方向飞的。"哈伯回答道。

　　水手对这种通信方式内心是抱有疑虑的，但嘴上仍说道：

　　"一路平安，好信天翁！"

　　冬季来临，大家又开始在花岗岩宫里干室内的活儿了。缝缝补补什么的活儿并不少，特别是还要把气囊剩下的材料裁剪好，用来制作船帆……

　　7月里，天冷得厉害，大家把火烧得旺旺的，好在燃料储备得非常充足。史密斯还在大厅里砌了第二个壁炉，大家围着炉火边干活儿边叙谈，熬过漫漫长夜。有的时候，大家还读点书，反正不能把时间白白地浪费掉。

　　大厅内点着蜡烛，灯火通明，十分亮堂。炉内火苗直蹿，炉火熊熊，大厅内暖融融的。吃完一顿丰盛的晚餐之后，大家围坐在一起，桌子上放着热气腾腾的接骨木制成的咖啡，烟斗里散发出芳香的烟草味。宫外，狂风呼号；宫内，舒服惬意，新岛民们好不乐哉！当然，唯一感到遗憾的是无法与远在数千里之外的亲人们联系上。他们常常谈自己的家乡、朋友以及祖国的强盛、影响之巨大。史密斯工程师以前参与过许多国家的工程项目，见多识广，他讲了许多好听的故事。他还把自己的想法与判断告诉大家，引起众人的极大关注。

有一天，闲来无事，斯皮莱将在心中憋了很久的一个问题提出来请教工程师道：

"亲爱的史密斯，您觉得煤总有一天会烧光的吧？煤的需求量大，开采量也就随之增加，总要开采完的。到那时，不断飞速发展的工商业必然会停顿了。"

"停顿！为什么？"

"因为煤开采完了呗。煤是矿物之中最可宝贵的。"

"是的，确实如此，煤是最可宝贵的。钻石只不过是纯碳的结晶，所以煤是最宝贵的。"

"您该不是想把钻石放进炉子里当煤烧吧？"水手说道。

"那当然不是。"

"我还是想说：总有一天煤是要烧光的。"记者坚持道。

"煤的储量极其丰富，十万名矿工每年挖一亿公担，也挖不完的。"工程师说道。

"可是，煤的需求量在日见增长，十万名矿工会变成二十万名，开采量也就会增加一倍的。"斯皮莱说。

"这倒是很有可能的，但是除了用新型机械开采深层的欧洲煤矿，美洲和澳大利亚、新西兰也有很多的煤矿藏呀。"工程师回答道。

"能开采多少年呀？"记者追问道。

"至少能开采两三百年吧。"工程师回答。

"那就不关我们这一代人的事了，"水手说道，"不过，还得替后代操操心。"

"到时，人们会发现替代品的。"哈伯说。

"不用煤，用什么做燃料呀？"水手不解地问。

"用水。"史密斯回答。

"用水？用水来烧水？用水来给蒸汽船加热？"水手更加糊涂了。

"是的。水经电解，分成氢和氧。氢和氧既可以单独使用，也可以合起来使用。它们将会给人们提供一种无穷无尽的热源和光源，其强度之大，让煤难以望其项背。总有一天，轮船的燃料舱和机车头上的煤水车就不用再装煤了，而是装上氢和氧的压缩气体，让它们在炉内燃烧，产生巨大的热能。因此，不必庸人自扰。只要地球上还有人，水就会为人提供必需的燃料。所以说，煤开采完了之后，水就是未来的煤。"

"但愿我能看到这一切。"水手说道。

"只怨你生得太早了点，生不逢时。"纳布自始至终就插了这么一句。

不过，并不是纳布的这一句话使谈话结束了，而是由于托普的缘故。

这时，托普突然又一次地发出怪异的吠声来。这之前，史密斯虽有所觉察，但没太在意。这一次，他不仅又听见了吠声，还看见托普在里面过道尽头的那口井旁绕着圈在转。

"托普这是怎么了？"水手问道。

"于普也在跟着哼哼叽叽。"哈伯随即发现于普也好像有点异样。

确实，托普和于普都显得十分激动，烦躁不安。

"显然，这井与大海相连，肯定会有海里的动物洄游过来的。"斯皮莱说。

"是呀，不会有其他原因的……托普，别叫了！于普，回房间去！"水手说。

托普不再吠叫，但仍留在大厅里；于普则乖乖地回房间去了。

工程师双眉紧锁，没有吱声。

7月余下的日子，不是下雨，就是奇冷。这个冬天虽没去年冷，但暴风雨却没少光顾。"壁炉"那边曾多次遭到海水的侵袭。而花岗岩宫的岩壁也受到海底地震引起的海啸巨浪的冲击。

暴风雨天，居民们仍每周派人去畜栏查看一番。幸好，东南面的富兰克林山支脉挡住了狂风暴雨，畜栏的树木、棚屋和栅栏未受其害。但眺望冈上的家禽饲养场却暴露在东风的淫威之下，损失较大。鸽棚被掀去了棚顶，栅栏被吹倒，必须重新整修，而且还得加固，免得再次受损。

8月的第一个星期，暴风雨渐渐止息。天空恢复了往日的平静，但气温下降到零下二十二摄氏度，冷得要命。

8月3日，居民们按照几天前拟订的计划，将到岛东南面的冠鸭沼泽去打猎，准备打一整天的水鸟。

除史密斯说有什么事需处理外，其他四人都去了。

他们经由气球港那条路，直奔冠鸭沼泽。托普和于普跟着一起去了。见众人走过慈悲河后，工程师便将吊桥吊起，回到住所。

他要处理的事情便是要仔细观察那口井，以前湖水就是从这口井流过的。

为什么托普、于普见到此井便会如此不安？这井除了垂直通向大海，是否还有其他通道？是否与岛的其他地方相通？凡此种种，史密斯想先独自摸清楚，就决定趁其他人外出时，独自探井。

下井并不难，将那个有了升降机后就闲置的绳梯用上就行。于是，他便把它拖到直径约有六英尺的井口边，将一端系牢，将绳放入井中，然后提着一盏提灯，还带上了一把手枪，腰间别了把刀，沿绳梯往下走。

井壁是实心的，但间有凸出的岩石，任何动物借助凸岩就能爬上井口来的。工程师用提灯照着，没有发现凸岩上有什么痕迹和破损的地方，说明并无什么动物爬过。

工程师下到井底，并未发现可能通向岩石峭壁内部的侧向通道。用刀敲击，井壁的回声证明是实心的。如果想上到井上，必须经过水中水道；这水道常年漫在水中，流经海滩地下岩层，与大海相通。因此，只有海里的动物才能从这里上下。至于水道出口在水下有多深，到底在海岸的什么地方，工程师一时还找不到答案。

最后，工程师结束勘察，上到井口，抽回绳梯，盖好井盖，边回大厅边寻思：

"虽然什么也没发现，但井下肯定有什么东西！"

# 第十二章

　　傍晚时分，猎人们满载而归。连托普脖子上都挂着一串针尾鸭，于普身上绕了一串沙锥。于是，大家一起动手，准备一顿丰盛的晚餐，以示庆祝。

　　"主人，这下我们可有事干了，"纳布说道，"把它们储存起来，或制成肉末酱，吃的东西就不缺了。可我得找个帮手。彭克罗夫，您来帮我一把吧。"

　　"那可不行，我还得制作船用索具。"

　　"那你来吧，哈伯。"

　　"我也不行，我明天得去畜栏。"

　　"那我只好仰仗您了，斯皮莱先生。"

　　"我倒是可以答应您，不过，您得有所准备，我若掌握了您的烹调秘密，会将它公之于众的。"

　　"行啊，您想公布就公布吧。"

　　因此，第二天，斯皮莱便进了厨房，当上了纳布的下手。

　　此前，史密斯抽空偷偷地把自己探井的事告诉了斯皮莱，后者完全同意工程师的看法：尽管没有发现什么，但井下肯定有什么秘密！

　　严寒又持续了一个星期，大家除了去查看家禽饲养场，就没有离开过花岗岩宫。宫内香气四溢，那是纳布和斯皮莱在制作美味。但是，他俩并未将在沼泽地猎获的野味都加工储存起来，因为天气寒冷，野味就这么放着也不会变质，而野鸭及一些水鸟则趁鲜活时能吃个新鲜，其口感胜过世上任何的海产品。水手在哈伯的帮助下，抓紧时间，把制作船帆的任务圆满地完成了。工程师根据水手的建议，在车床上车出一些滑轮，解决了船上滑轮装置的问题。这样一来，帆缆索具已准备就绪，只等船体完工了。水手还准备好了一面蓝红白的美国国旗，颜色是用岛上许多种染料植物染制成的。旗子上用三十七颗星代表美国的三十七个州，另外又增加了一颗星，代表林肯岛。他认为，该岛已属于祖国的版图了。国旗就挂在花岗岩宫的一扇窗户上。

　　8月12日凌晨四点光景，经过一天的劳累，众人正睡得十分香甜，突然托普的阵阵吠声把大家惊醒了。

　　这一次，它不是在井边，而是在门口狂叫不已，拼命地撞门，像是非要破门而出不可。于普也在发出阵阵尖叫。

"托普！"纳布第一个被狗叫声吵醒，忙喊道。

但托普仍然狂吠不止，而且还越叫越凶。

"怎么回事？"工程师也醒了，他问道。

大家连忙穿上衣服，冲到窗前，打开窗子，想看个究竟。

宫脚下，一片雪地，由于天黑，雪地泛出青灰色。大家没有看到什么异样，只是听见黑暗中传来一种怪叫声。想必是海滩方向有什么动物闯上来，但居民们却看不清楚。

"是什么东西？"水手大声问道。

"可能是狼、美洲豹或猴子吧！"纳布说。

"天哪，它们肯定会闯到高地去的！"记者不安地说道。

"那儿有家禽饲养场，还有庄稼，绝不能让它们闯进去！"哈伯大声嚷道。

"它们是打哪儿跑来的呀？"水手问。

"可能是从海滩的单孔桥闯过来的，是不是谁忘记把吊桥拉起来了？"工程师说。

"对了，是我，我想起来了，我忘了拉吊桥了。"斯皮莱承认道。

"哎呀，我的斯皮莱先生，瞧您干的好事！"水手说。

"事情已经出了，埋怨也没用，还是想想该怎么办吧。"工程师说。

史密斯与众人做出种种猜测，大家最后认定，是一批动物闯过了桥，上了海滩。不管是何种动物，它们一定会闯到慈悲河左岸，前去眺望冈。因此，他们认为必须抢在它们前面赶到眺望冈，必要时与之拼死相搏。

"这是些什么动物呀？"大家听见它们越叫越凶，都纷纷发出这样的疑问。

"是狐狸！"哈伯立刻想起上次去红河源头时听到过这种叫声，便大声叫道。

"不好！快走！"水手大喊一声。

大家连忙抄起斧头、马枪、手枪，跳进升降机吊篮，很快便到了海滩，立刻看到成群的狐狸。他们毫不犹豫地冲进狐群中，边冲边开枪、抡斧，吓退了最前面的几只。

眼下最要紧的是，不能让这些动物入侵者闯到眺望冈去。不然的话，种植物和饲养场就将被糟蹋得不成样儿了，损失将无法估计，尤其是小麦的损失，更是无法弥补的。由于这群入侵者只能从慈悲河左岸闯进高地，那么，在慈悲河与花岗岩壁间的狭小的堤岸那儿设置一道无法穿越的屏障，狐狸们就没法侵入了。

这一点大家都一清二楚，于是史密斯便命令大家抢占进入高地的慈悲河左岸，阻止狐群冲向眺望冈。狐狸们并未弄清路径，只是在黑暗之中乱冲乱窜。

史密斯等五人一字排开，形成一道难以逾越的防线。托普张开大嘴，伸着长舌，立在众人前面。于普紧跟在它的后面，手握一根疙疙瘩瘩的粗短木棍，不停地挥舞着。

夜色浓浓，他们凭借子弹射出时的火光，辨别出得有一百来只狐狸，一个个眼睛血红，亮闪闪的。

"绝不能让它们通过！"水手大声说道。

"它们是过不去的。"工程师说。

狐群冒着枪打、棍击与斧砍，前赴后继地往前冲。地上已经躺着不少死狐狸，但进攻的势头并未减弱，沙滩桥上像是有不少的狐狸在增援似的。

狐狸越来越多，居民们已经开始与之展开肉搏战了，甚至还挂了彩，幸好伤得并不太重。托普真的是奋勇当先，它奋力冲着，咬住对方喉咙，猛地一下，狐狸随即毙命。于普也毫不逊色，手中的"狼牙棒"挥舞着，不少进攻者都死于它的棒下。哈伯枪法很准，一枪击中一只咬住纳布的狐狸。

整整鏖战了两个钟头。战斗结束了，居民们大获全胜。东方破晓，只见狐群溃不成军，仓皇地穿过桥向北逃窜。纳布随即将忘了的吊桥拉了起来。

清扫战场时，数了数狐狸留下的尸体，有五十多只。

"于普！"水手大声呼唤，"于普呢？"

于普不见了！它的朋友纳布也在呼唤它，但它第一次没有回应纳布。

众人非常担心，分头去找。最后，在一堆缺胳膊少腿的死狐狸中间发现了它。它手里仍紧握着短棍，但只剩下半截儿了，身上留下不少伤口。

"它还活着！"纳布俯下身子去看时，不禁叫道。

"我们一定要救活它。"水手说。

于普像是听懂了似的，把头倚在水手肩上，以示感谢。水手在肉搏时，也受了伤，但伤势并不严重。众人或多或少都挂了彩。这毕竟是手中的枪的功劳，"敌人"不敢靠近，否则后果不堪设想。只是于普的伤似乎严重得多。众人归来后，立即替它包扎好伤口，让它躺着，给它喝了几杯清凉的汤剂，还严格地规定了它的饮食。开头几天，它的状况挺让人不安的，但很快便有所好转。托普也常过来，踮起后脚尖看它。于普的一只手垂在床边，托普心疼地舔它。

这天上午，大家把死狐狸都拖进远西森林去，找了个地儿，深埋了起来。

　　这次的受袭差点造成严重后果，这对他们不啻为一个教训。自此，他们便派专人负责检查吊桥，不敢再掉以轻心了。8月16日，于普已开始能进食了。纳布替它准备了几样甜味小菜，它吃得香极了。于普有个毛病，那就是贪吃。可纳布既不想也不能帮它把这个毛病改掉。他对有时会责怪他会把普宠坏了的记者和工程师说："没法子呀！它除了这点小毛病，没有别的乐趣，怪可怜的，所以我不忍心呀！"8月21日，于普卧床休息了十天之后，终于康复，恢复了原先的活力与灵巧。

　　8月25日，大家突然听见纳布在喊：

　　"快来呀！大家快来呀！"

　　众人赶紧跑过去，一看，原来于普正蹲在花岗岩宫大门口，像模像样地在抽烟斗呢！

　　水手并未嗔怪它偷拿了自己的烟斗，反而鼓励它继续抽。众人见状，笑得前仰后合。

　　"它还真的很像人。假如有一天它开口说话，您会觉得惊诧吗？"水手问纳布道。

　　"不会，当然不会。我倒是很奇怪它怎么就不会说话呢？它现在就只差说话了，否则就跟我们没什么不同了！"

　　"是呀，它是天生的哑巴，真可怜呀！"水手回答道。

　　到了9月，冬天已完全过去了，各项工作又积极地展开了。

　　造船的速度在加快。船壳已全部安装完毕，船体内部也全部用与船的尺寸大小一样的肋骨连接了起来。

　　由于木材资源充足，水手便向工程师建议，在船壳内部再加上一层防水护板，使得船只更加坚固。

　　工程师很赞赏水手的这一提议，因为将来会出现什么严重情况很难全都预料得到，反正小心无大错。

　　9月15日，船的护板和甲板也全部完工。他们用晒干了的大叶藻代替废麻丝，填塞到船帮缝中：先用锤子把填入船壳、护板、甲板缝隙中的大叶藻锤满锤实，然后再用烧滚的松脂浇进缝隙，使缝隙填得实实在在的。反正林中松树多的是，松脂不用担心不够用。

　　至于船的布置，那就简单得多了。他们用石灰砌成一块块花岗石块，作为压舱石，上面铺上一层甲板。船内分为两个舱房；舱房两边有两条长凳，可作为井型甲板用。人可以通过甲板上的两个舱口进出；舱口装有防雨罩，挡风遮雨。

水手很容易便找到一棵适于做桅杆的大树，将它砍削成方柱形，作为桅座，顶部则削成圆形。桅杆、舵和船身上的铁饰品都出自"壁炉"的铁匠铺，十分结实耐用。最后，到了 10 月的第一个星期，桅杆、上桅、后桅驶风杆、圆材、桨等也都全部完工了。因此，大家决定沿岛进行一次试航，以了解一下此船的航海性能和可靠性。

在此期间，他们并未松懈。岩羊和山羊添丁进口，需要地方安置，于是他们便把畜栏重新做了一番调整。他们还去查看了一番牡蛎养殖场、养兔场、煤矿和铁矿区，而且还去了猎物多多的远西森林中未曾踏勘过的地方。

他们又发现了一些新的当地植物，可以丰富花岗岩宫的仓储。这些植物都是松叶菊类，有的与好望角的品种相仿，长有可食用的肉质叶，有的则能结出含有淀粉状物质的籽儿来。

10 月 10 日，新船下水。涨潮时，船身浮起，大家高兴得拼命鼓掌。

毫无疑问，彭克罗夫将荣任该船船长，他的高兴与自负自不待言。大家几经商讨，最后决定将船命名为"乘风破浪号"。

当天便将进行试航。天气晴朗，海上微风习习，行船肯定很顺利。

"上船！"船长彭克罗夫命令道。

不过，出发前得先吃点东西，因为这是第一次出海，时间可能会拖得很晚，所以不如带些食物到船上去吃。

工程师当然也急于试航。船是他设计的（当然，他也接受了水手的一些有益建议，做了点修改），但他并不像水手那样对它那么信心十足。水手未再提去塔波岛的事，工程师真希望他完全断了此念头。其实，他是完全反对他的同伴乘这么一条只有十五吨的小船去远海冒险的。

十点三十分，众人纷纷上了船。于普和托普也跟着上了船。"乘风破浪号"将后桅帆升了起来，并在桅顶挂上林肯岛的标志旗，向大海驶去。船驶出联合湾，顺风顺水，航速令众人十分满意。小船接着绕过残骸骨和爪角。这之后，水手为了能沿海岛南岸行驶而只好避风航行。船行一段过后，他觉得船很平稳，总是在五个方位格 ① 以内，也未出现大的漂移，即使遇上顶风，船的转向也很灵活，行驶正常。

① 为航海术语，每方位格为十一又四分之一度。

　　大家无比高兴，觉得终于又有了一条属于自己的船了。现在，天朗气清，出海航行不会遇上什么大麻烦的。

　　彭克罗夫船长驾船来到离气球港三四海里的海面上，海岛的全貌便尽收眼底。从爪角到爬虫角，海岸景色不停地在变化，移点换景。近处，林中的针叶树呈墨绿色，而其他树种的嫩芽却是一片新绿，两相映衬，趣味盎然。远处的富兰克林山，山顶积雪，一片银白。

　　众人随即对海岛，美丽的海岛，他们的家园，发出了阵阵欢呼。斯皮莱倚着桅杆，把眼前的秀丽景象画了下来。史密斯只是静静地看着。

　　"史密斯先生，您觉得我们的船如何？"船长问他道。

　　"好像行驶得很平稳。"工程师回答。

　　"那您认为它能行驶多远？"

　　"您想去哪儿，船长？"

　　"去塔波岛。"

　　"朋友，"史密斯说，"紧急情况之下，我们是应该乘这条船去任何地方，但现在去塔波岛实在是无此必要。"

　　"凡人总是想了解自己的邻居的，塔波岛就是我们的近邻，而且还是唯一的邻居。从礼貌上来讲，也该拜访一下嘛。"水手未被说服，固执地说。

　　"哟嗬，我们的彭克罗夫也讲起礼貌来了。"记者说。

　　"我并不是说要讲什么礼貌。"水手对他俩的话很反感，但又不想刺激工程师，所以只是辩解了一句。

　　"彭克罗夫，您得知道，您是绝对不可以独自前往塔波岛的。"记者告诫他道。

　　"我带上个同伴不就行了吗？"

　　"您是说，要让我们五个人中间的两个人去冒险！"工程师说。

　　"不对，是六个人，您忘了于普了。"水手回答道。

　　"不，七个，托普难道不算一个。"纳布补充道。

　　"没多大危险的，史密斯先生。"水手央求道。

　　"也许吧，但我坚持认为这是一次毫无必要的冒险。"工程师并不松口。

　　水手没再吭声，谈话也就中止了。但他心里仍在寻思，等以后有机会时，一定还要提起去塔波岛的事。他没想到，有件事帮了他的大忙，使他这个被认为是任性的意愿，变成了一项人道主义的行动。

　　"乘风破浪号"在海上转了一会儿便靠近海岸，向气球港驶去。他们想要查看一下沙洲与礁石间的航道情况，必要时会在那儿设置信标，因为此处的这条小溪以后可能会作为停泊船只的港口。

　　小船离海岸只有半海里了，但必须逆风换桨行驶。风被高地的一部分阻遏，风帆鼓不起来，海面平静如镜，只是偶尔被微风吹拂，泛起一阵涟漪而已。此刻，小船减缓了船速。

　　哈伯站在船头，为船指引前进的方向。突然间，只听见他大声喊道：

　　"迎风行驶，船长！迎风行驶！"

　　"怎么回事？有礁石？"船长问。

　　"不是的……等一等，我看不清楚……迎风行驶……好，再往前点……"

　　哈伯正俯身于船帮，把手伸进水里，抓到一件东西，举起来说道："一只瓶子！"

　　那是一只封紧了口的瓶子，此处离海岸只有几里远。

　　史密斯拿过瓶子，拔去瓶塞，从中取出一张已经浸湿了的纸，上面写着：

　　"遇难者……塔波岛：西经一百五十三度，南纬三十七度十一分。"

# 第 十 三 章

"塔波岛上有遇难者求救，"彭克罗夫大声说道，"啊，史密斯先生，您现在应该不会再反对我去塔波岛的计划了吧？"

"当然不再反对了，彭克罗夫，"工程师回答，"而且还得尽快赶去，越快越好！"

"那明天就出发吧？"

"对，明天就出发。"

工程师手里拿着字条，看了半天，然后才说道：

"朋友们，从这张字条的措辞和内容来看，可以得出如下的结论：首先，这名遇难者具有丰富的航海知识，他标明的塔波岛的经纬度与我们测定的数字相符，而且还精确到分；再者，他想必是个英国人或者美国人，因为字条是用英文书写的。"

"没错，"斯皮莱赞同道，"想必那只箱子就是他抛下的。"

"也是凑巧，'乘风破浪号'正经过这儿，瓶子就漂过来了。我们晚点到的话，说不定瓶子就碰上礁石，破碎了。"哈伯说。

"您觉得是否有点太巧了？"史密斯问新船长彭克罗夫。

"是太巧了，但也真的是很幸运，"彭克罗夫回答，"瓶子总要漂到一个地方，那漂到我们近旁也很正常，只能说明我们运气好而已。难道您不这么认为，史密斯先生？"

"也许您说的是对的，"工程师回答，"不过……"

"可是，这只瓶子不像是在海上漂流了很久呀？"哈伯疑惑地说。

"是呀，这字条看上去也像是最近才写的，"斯皮莱说，"您对此有何想法，史密斯先生？"

"这一时半会儿还无法证实，以后会弄明白的。"史密斯说。

在谈话过程中，船已掉转船头，鼓起风帆，迅速地向爪角驶去。大家心系那个遇难者。他还活着吗？还来得及救他吗？他们也是遇难者，有责任去援救其他的遇难者。

"乘风破浪号"绕过爪角，四点光景，在慈悲河口停泊。

晚上，大家在商讨着前往塔波岛的事宜。水手和哈伯深谙航海知识，是最合适的救援人员。预计翌日，10月11日出发，13日便可跑完一百五十海里，驶抵塔波岛，在岛上寻找一天，然后返回，顶多17日就可回到林肯岛。这段时间天气晴好，正利于海上航行。大家最后决定，史密斯、纳布和斯皮莱留在花岗岩宫，由水手和哈伯驾船前往，但斯皮莱说什么也不肯留下，非要去不可，最后也就同意让他参加这次海上远征。

大家随即便动手准备行前物品，把一些必备物品搬上船去，其中包括卧具、器皿、武器、弹药、指南针以及够吃一个星期的粮食。

翌日清晨五点，大家激动地挥手告别。船长扬起风帆，驾船驶往爪角，经过爪角之后，一直向西南方向驶去。

小船已经驶离海岸有四分之一海里了。这时，船上的人们回过头来望去，只见花岗岩宫高处的两个人影还在不停地向他们挥动着手臂：那是史密斯和纳布。

"真是朋友之情日深啊，"斯皮莱说，"十五个月来，我们这还是第一次分开！"

船上的三个人最后又一次挥手，向那两位告别。花岗岩宫很快便隐没在爪角那高大的岩石后面了。

船行驶的最初几个钟头，一直是在林肯岛南面的海域。很快，林肯岛便变小了，像一只绿色的篮子，中间突兀着富兰克林山。远远望去，此山并不高，不可能会引起过往船只的注意，靠到它的岸边去的。

一点光景，船已驶到离开爪角有十海里远处。从这里望去，一直延伸至富兰克林圆形山顶的西海岸已经模糊不清了。又行驶了三个小时，整个林肯岛便从他们的视线中消失了。

"乘风破浪号"不负其名，行驶平稳快捷。借助风势，船一直沿着直线在航行着。

哈伯不时地替换一下彭克罗夫，他掌起舵来与水手一样稳健，船只并不偏向，水手不住地夸奖他。

斯皮莱一直与他俩闲聊着，有时他也帮忙操作一下。

晚上，一弯新月挂在茫茫夜空中，但一会儿就将沉入大海之中。夜色浓重，但星光灿烂，预示着明天肯定又是个大好天气。

为谨慎起见，水手将顶桅帆降了下来，免得它被突然袭来的大风刮坏。夜如此平静，他的谨慎显得有些多余，但他的确是老水手，这么谨慎还是对的，别人并不好横加指责。

斯皮莱先去小睡了一会儿。水手和哈伯每隔两小时换班掌舵。哈伯的确是个冷静而理智的少年，水手对他充满信任，像船长对舵手那样，为他指明航道，而哈伯也确实没有辜负水手的厚望，没让船出现丝毫的偏离。

一夜平安顺利。第二天的白天，同样是一切顺利，船一直在向西南方行驶着。如果不遇上海底潜流，船肯定会直驶塔波岛的。

此时，"乘风破浪号"驶过的海面平静得很，也不见船只往来。时而可见几只信天翁或军舰鸟飞过。斯皮莱心里琢磨，没准儿这几只大鸟中有替他送信的那只信天翁哩。

"说实在的，没有见过比这一带更荒凉的海面了，"哈伯说，"现在应该有一些捕鲸船驶到太平洋南面海域来的。"

"没那么荒凉吧？"水手说。

"怎么还不荒凉呀！"记者赞同哈伯的意见说。

"我们不就驶来了吗？"水手为了驱除这种凄切气氛，故意说了一句俏皮话。

傍晚时分，离开林肯岛之后，按船速每小时三四海里计算，已经行驶三十六小时，他们估计自己应该走了有一百二十海里了。现在，风力变小，可能很快便会停息下来。但只要航线正确，估计得不错，第二天破晓时分即可抵达塔波岛。

10月12日夜晚，船上三人都没有睡。他们心里都很激动，在等待着黎明的到来。他们是否已经靠近塔波岛了？他们要去援救的那个遇难者是否仍住在岛上？这个遇难者究竟是个什么人？他的出现会不会给这几个团结似一家的人带来麻烦？另外，此人是不是愿意换个地方，到林肯岛上做难民？凡此种种，萦绕心头，让他们心里烦乱不安，无法入眠。

第二天，东方破晓，晨曦微露，他们轮流仔细地搜索海面。

"陆地！"水手突然叫喊道。

此时正是早晨六点。

大家的高兴劲儿就甭提了！他们几小时之前就已经驶入塔波岛附近海域了！

塔波岛的海岸低矮，只稍微高出水面一点点。他们离海岸顶多只有十五海里。

船径直向岛南面驶去。太阳在东方升起，可以看到岛上几座山峰的影子。

"这座岛比林肯岛可就小得多了，"哈伯说道，"它很可能跟林肯岛一样，也是由于海底地震造成地面隆起而形成的。"

上午十一点，船距离海岛只有两海里了。彭克罗夫对这片海域不熟悉，不敢莽撞，他小心翼翼地驾驶着，以便寻找可以靠近小岛的航道。他们可以清楚地看到岛上丛生的桉树以及其他一些大树，但却未见炊烟，不像有人居住的样子。但是，那张字条上清楚地表明这儿有遇难者，而且此人可能仍在此等待着救援。

这时，"乘风破浪号"正冒险驶入礁石间的曲折航道。彭克罗夫聚精会神地看着每个弯道。他让哈伯掌舵，自己站在船头观察着水流。他手抓帆索，随时准备收帆。斯皮莱举起望远镜仔细地搜寻，但仍未见到任何证明有人的迹象。

晌午时分，船身终于接触到塔波岛的沙滩。三人赶忙下了锚、收起帆来，上到陆地去。然后，将船系牢，免得被潮水卷走。他们随即带上武器，上到海岸，准备爬半英里外的那座有二三百英尺的小山冈。

"站到那个小丘顶上，大概可以看清该岛的全貌了，这对我们的搜寻很有好处。"斯皮莱说道。

"就像史密斯先生在林肯岛一开始就爬上富兰克林山一样。"哈伯回应道。"没错，而且这是最好的办法。"记者又说。

他们沿着一片草地的边缘往前走，尽头便是山脚。不一会儿，三人便来到了山脚下。途中曾见到许多岩鸽和燕鸥，地上也有一些胆小的小动物跑过，但未见人迹。随后，他们便上了山顶，极目望去，四下里没见炊烟人迹，只见草木丛生，间或有两三座不很高的山丘。一条小溪斜穿小岛，从西岸流入大海。

"这岛可真够小的。"哈伯说。

"我们下去再找找看。"水手说。

他们复又回到停船处，决定在深入内陆之前，先绕岛踏勘一遍，免得漏了什么地方。

他们向南走去。沿途，许多海鸟被惊飞，许多海豹远远地看见他们，便纷纷跳入海中。

"这些动物看来并不是第一次见到人类，你们看，它们那么怕人，可见有人吓过它们了。"斯皮莱说道。

一个小时后，三人来到岛的南端。岛的尽头是一个尖尖的岬角。然后，三个人又沿着西海岸重新往北，这里同样是沙石海岸，背后则是茂密的森林。

他们用了四个小时的时间，把全岛搜索了一遍，没见有人生活过的痕迹。他们被搞糊涂了，明明看到了字条，而且它也并非是很久很久以前留下的，怎么岛上竟然没留下一点遇难者的痕迹？

三人在船上边吃晚饭，边猜测着各种可能性，准备天黑之前，再继续搜索。晚饭后，五点左右，他们向森林走去。

林中动物不少，见到人来连忙四处奔逃。这些动物主要是——或者可以说全部是——山羊和猪，一看便知是欧洲品种。它们也许是被捕鲸船带到这座小岛上来的，然后便在此繁殖后代，日渐增多。哈伯想抓上一两对活的带回林肯岛。

林中有开辟出来的小路，有砍伐过的树木，人类活动的痕迹并不少见。不过，砍倒的树木业已腐烂，斧头砍倒的树的截面已长满青苔，小径上也长满茂密的野草，足见这些痕迹是多年前所留下来的。

"这说明岛上确曾有人住过，而且还住了一段时间，"斯皮莱说，"他们是什么人？有多少人？现在还有没有人？"

"可字条上只提到一个人。"哈伯说。

"如果他真的在岛上，我们不可能找不着的。"水手说。

于是，三人继续搜寻，走在斜穿过岛的路上，沿着通往大海的小溪向前行进。

三人所见到的欧洲品种动物和人类活动的痕迹已明确表明该岛曾经有人生活过。现在，他们又有所发现：岛上的一些植物。在林间空地的某些地方，明显可见有人种过蔬菜类植物，只不过这也许是很久以前的事了。

哈伯在沿途发现有马铃薯、莴苣、酸模、胡萝卜、卷心菜、萝卜等生长着，他高兴极了，准备带点菜种回去播种。

"太好了，"水手说，"这东西对纳布有用，对我们也有用。就算没能找到留字条的遇难者，我们也算有所收获了，上帝将会褒奖我们的！"

"也许是吧，"记者说道，"不过，看这些园子的样子，恐怕该岛早就没人居住了。"

"没错，否则他是不会把园子就这么荒废掉的。"哈伯赞同道。

"是呀，这个遇难者可能已经走了，这样的话……"水手说。

"那张字条就是很久之前写的了。"记者说。

"没错。"水手赞同道。

"这么说，这只瓶子在海上漂流了很长时间才到达林肯岛的啰？"记者不解地说。

"有可能，不过现在天色已晚，还是先停止搜索吧。"水手说。

"回船上去吧，明天再继续寻找。"记者说道。

这是个明智的提议，大家全都赞成。

突然，哈伯指着林间某处大声嚷道：

"房子！"

三人立即向那个方向奔去。凭借黄昏的微弱光线，尚可看出是一座房屋，系木板搭建，屋顶挺厚实，还涂了一层沥青。

门虚掩着。水手推开门，一步跨了进去……空无一人！

# 第十四章

水手喊了几声。未见回应。三人在黑暗中伫立着。

这时，水手用火石点燃一根小树枝。小屋被照亮了，但看得出来，这儿已经许久无人居住了。最里面有一简易壁炉，里面只有些余灰，上面有一捆干柴。水手将燃着的小树枝扔上去，火一下子便起来了。

这时，三人又发现了一张床，凌乱不堪，被子湿漉漉的，都已泛黄了。壁炉一角有两把烧水壶，都已生锈。一口锅倒扣着，也脏兮兮的。还有一个衣橱，内有几件水手服，都长霉了。桌子上有一套不干净的锡餐具和一本湿损了的《圣经》。屋子角落放着铲子、十字镐、两支猎枪，有一支已经断了。一个木板搭成的架子上，放着一桶未开封的火药、一桶子弹和好几匣雷管。这些东西上面落满了灰尘，看来放在这儿的年头不短了。

"看来，这屋子已经好久没有人住了。"斯皮莱说。

"要不，咱们今晚别回船上去了，就在这屋子里凑合一夜吧。"水手提议道。

"好吧。如果屋主人回来了，他不会怪罪我们鸠占鹊巢的。"记者说道。

"他不会回来了。"水手摇晃着脑袋说。

"你认为他已经离岛而去了？"记者问。

"要是离岛而去的话，应该把武器、工具带走呀，"水手说，"一个遇难者是舍不得扔掉这些宝贵的东西的！不！他没有离去！如果他乘坐自造的小船逃生的话，就更不会扔下这些东西的。不！他肯定还在这个小岛上！"

"那他还活着吗？"哈伯问道。

"这就不好说了，不过，如果死了，他是不会安葬自己的，我们起码可以发现他的遗骸。"水手说。

于是，三人便在这个被遗弃的屋子里过夜了。他们期待着屋主人会突然回来，也期待着有什么可提供线索的情况出现。但周围一片寂静，没有任何响动。门仍然关着。这一夜真是难熬。只有哈伯到底还是个孩子，缺觉，他睡了两小时。

天刚放亮，三人便立刻仔细地查看起这所房子来。

这所房子位置选得非常好，位于一个小山冈的背后，掩映在五六棵高大的桉树下。屋前，穿过林子，可见一块用斧头开辟出来的林间空地，从那儿可以看见大海。空地周围有木栅栏围着，但已东倒西歪，名存实亡了。海岸左边便是小溪的入海口。

一眼便可看出，此屋是用船体上或甲板上的木板搭建的，说明获救者利用手头的工具和船的残骸给自己弄了一个安身栖息的窝。

斯皮莱围绕房屋转了一圈，在一块木板上发现几个不连贯的字：

"不……颠……亚。"

"不列颠尼亚！"被斯皮莱喊过来看的水手大声说道，"这肯定是船名，但不知是英国船还是美国船。""这并不重要，彭克罗夫。"斯皮莱说。

"是呀，这并不重要，只要是有人活着，不论是哪国人，我们都得伸出援手。不过，我们还是先回一趟我们的小船，然后再继续搜寻吧。"

彭克罗夫不放心他的"乘风破浪号"。万一岛上真的有人，万一小船被强抢去……不过，这种可能性他自己也觉得不大可能存在。可他还是希望先回船上去吃饭，再说，回小船的路并没多远，也就只有一英里的样子。

三人开始往回走，走了有二十来分钟，便看到了"乘风破浪号"依然安然无恙地停泊在原地。

彭克罗夫悬着的心总算落了地。这条船被他视为自己的孩子，而他这个做父亲的，怎能不对孩子牵肠挂肚呢？

大家上了船，吃了饭，然后又继续仔细搜索。但几经搜索，仍一无所获，似乎不得不承认遇难者已经死亡，尸体被野兽吃掉了。因此，三人商量后，决定结束搜索工作。

"明天一大早我们就出发。"水手对两个同伴说。此刻已是下午两点左右了，他们躺在一丛松树荫下休息。

"我想我们干脆把那人的东西物品拿走算了，反正他也用不着了。"哈伯提议说。

"我看也是，"记者赞同道，"这些武器和工具可以充实花岗岩宫的仓储。我看那屋子里的枪弹火药数量可不算少啊！"

"是啊，不过，别忘了我们还要抓一两对活猪回去哩，林肯岛上可没这种……"

"还有菜籽也得带点，这么一来，新旧大陆的蔬菜品种我们就都有了。"哈伯说。

"不行，应该明天一亮就得往回返。我觉得风向在变。来时顺风，可别回去逆风呀！"记者说。

"那就抓紧时间吧。"哈伯站起身来催促道。

"对！"水手说，"哈伯，你去采菜籽，你比我们懂。我同斯皮莱先生去抓猪。虽然托普不在，我想我们还是能抓到的。"

为了不空手而回，哈伯便穿过小路，向发现菜地的地方走去，而水手和记者则奔森林而去。

许多猪见有人来，纷纷逃窜。但突然间，在他们北边几百步远处传来叫喊声，并且夹杂着可怕的并非人类的咆哮声。二人立即向声音发出的地方狂奔过去。

"是哈伯在叫喊！"记者说。

"快过去！"水手喊道。

跑到林间空地旁小路拐弯的地方，只见哈伯被一个像是野人一般的动物摁在地上，情况十分危险。

二人飞步冲了上去，把那动物掀翻在地，救出哈伯。然后，他们把摁住的猿猴似的动物紧紧地捆绑住，捆得它挣扎不了，动弹不得，乖乖就范。

"伤着没有，哈伯？"斯皮莱急切地问。

"没有，没伤着！"

"唉，要是这人猿伤了你……"水手说。

"他不是人猿！"哈伯说。

水手和记者听哈伯这么一说，忙朝被捆得结结实实的俘虏看去。

没错！一点也不像人猿！他是个人，一个男人！

此人头发蓬乱，胡子拉碴，全身裸露，只在腰间围着一块遮羞破布。他眼露凶光，大手上指甲老长，肤色棕红，两脚硬如牛角。

"他可能就是那个遇难者吧？"哈伯说。

"有可能。但这个落难之人已经完全丧失了人性。"斯皮莱说。

于是，斯皮莱便同那人说话，但他似乎没有听见……记者从他的眼神里发现，此人并未完全失去理智。

俘虏并不挣扎，也没企图挣脱绳索逃跑。斯皮莱仔细地观察了此人一番之后说道：

"无论他过去、现在或将来会怎样，我看我们有责任先将他带回林肯岛去。"

"对，对，"哈伯说，"经过我们的关怀照料，也许他能恢复智力。"

水手并没说什么，只是不无怀疑地摇了摇头。

总之，他们三个人都想做一个文明人，一个基督徒，他们知道这一点，而且相信工程师也会赞同他们这么做的。

"还需要捆绑着他吗？"水手问道。

"替他解开腿上的绳子，说不定他能站起来走路。"哈伯说道。

"好吧。"水手答道。

于是，他们替他解开了腿上的绳索，但双手仍然被捆着。这人一下子站了起来，但并无逃跑的念头。他的双眼仍露出凶光，嘴里不停地发出咝咝声，看着挺吓人的。

他被带回那间破屋，但看不出他对这儿有什么记忆，表现得十分木然。看来，只好先把他带回船上再说了。

俘虏由水手看押着。哈伯和斯皮莱又回到小岛上去完成中断了的事情。几小时后，他俩返回来，还带来一些器皿、武器、蔬菜种子、几只野味和两对猪。东西全部装上了船，只等第二天一早，海水涨潮，扬帆返航。

俘虏被安置在前舱。他安安静静地待着，一声不响，像个聋哑人一样。

水手将熟肉拿给他吃，被他推了开去。哈伯把打到的几只鸭子拿一只给他看，他立即像野兽似的扑上去，狼吞虎咽地吃着。

"您认为他会恢复正常吗？"水手边问边摇头。

"也许吧，"记者回答，"我们的照料应该会对他产生影响的。他之所以成了今天这个样子，是孤独造成的。不过，从今往后，他不再孤单了。"

"这个可怜的人这么孤孤单单地生活可能已经有很多年了。"哈伯说。

"嗯，是这么回事。"记者说。

"他大概有多大岁数？"哈伯问。

"看不出来，"记者回答道，"他一脸的毛发，把脸都遮得看不见了，不过，我看他的年龄也不会太小，起码得有五十来岁了。"

"您注意到没有，斯皮莱先生，他的眼窝凹陷得好深呀！"哈伯又说。

"是呀，不过，与他的整个外表比较起来，他的眼睛还是透着一点人性的。"记者回答。

"好吧，等史密斯先生见了，看看他有什么想法，"水手说道，"我们原是来寻人的，可是却寻找到一个怪物。不过，我们也算是尽力了。"

夜晚，大家不知道俘虏是否入睡，反正没有听见他动弹。

第二天，10月15日，天亮后，风向转了，成了西北风，有利于返航。但天气也转凉了，航行起来可能难度加大了。

水手五点起锚，收了主帆，朝东北偏东方向驶去，直奔林肯岛。

第一天，航行顺利，一切平安。那怪人安安静静地待在前舱。他原来在海上航行过，所以海上的颠簸似乎使他产生有益的反应。他是不是想起了自己往日的海上生活了？总之，他并无烦躁的表现，神情也不像是绝望沮丧，只是有点惊讶而已。

第二天，10 月 16 日，风力在加大，风向更偏向北了。这可不利于航行，而且，船也颠簸得厉害。如果风力仍这么强，那么返回的时间要比来时长了。

果然，17 日早晨，返航已四十八个小时了，但仍然未驶入林肯岛的海域。由于航向和速度不太正常，所以无法估计到底行驶了多长的里程。

又过了二十四小时，仍旧未看见陆地。此刻，船处于逆风状态，海上浪涛汹涌，航行十分困难。18 日那天，船曾一度被海浪盖过，船上的人如果事先没有把自己紧紧地捆好，肯定就被浪头卷走了。

船上已经积了不少的水。这时，俘虏从舱口冲了出来，用圆木头猛地一撞，将船身捅了个口子，甲板上的水随即流了出去。等水全流出去之后，他又一声不吭地回到自己的房间里去了。

水手等三人见状，颇感惊讶。

18 日夜，天黑得厉害，而且也冷得够呛。但到了十一点左右，风力减弱，海面复归平静，船走得十分平稳，速度也在加快。

水手等三人谁都没有心思睡觉，非常小心谨慎地守候着。他们颇为担心：也许林肯岛就在附近，天一亮就能看到了；也许船已因海流与大风的影响偏离了航向，无法校正了。

水手非常担心，但并没有沮丧绝望，毕竟经历过种种风险，阅历丰富，历经考验，承受力强。他手扶舵把，一心想着透过夜幕，看清方向。

凌晨两点光景，他突然纵身而起，大声叫喊道：

"火光！火光！"

果然，东北方向二十英里左右的地方，确实出现了亮光。林肯岛就在前边，那火一定是史密斯点燃来为他们指引方向的。

彭克罗夫立即修正航向。他原先的航向偏北，校正之后，便迅速朝着前方那点明亮如星星的火光驶去。

# 第 十 五 章

第二天，10 月 20 日早晨七点，"乘风破浪号"在离开林肯岛四天后，缓缓地向慈悲河口的沙滩靠近。

史密斯和纳布因气候恶劣，放心不下，早早地登上了眺望冈，终于看见迟归的船和伙伴们安然返回来了。

"感谢上帝，终于回来了。"史密斯说，一颗悬着的心总算放了下来。

纳布也高兴得只顾一个劲儿地拍手。

史密斯老远地数着小船甲板上看得见的人。他推测水手大概并没有找到塔波岛的遇难者，或者那人不愿离开塔波岛随他们来林肯岛。老实说，工程师只看见甲板上的他的三个同伴了，所以才这么寻思着。

船终于靠了岸。史密斯和纳布下到沙滩，迎了上去，冲尚未下船的伙伴们喊道：

"怎么回事，朋友们？是不是碰上麻烦了呀？"

"没有，史密斯先生，一切顺利，"斯皮莱说，"我们还带回一个人来。"

"在哪儿？是什么人？"

"他是，或者说，他曾是一个人。"

上岸后，他们便把在塔波岛上搜索的情况、那个废弃的木屋以及最后抓到的这个人的详细情况向史密斯和纳布叙述了一番。

"我说不准，我们是不是应该这么把他带回来？"水手说。

"应该，当然应该，你们做得对！"工程师说。

"但此人已经丧失理智了。"

"这只是暂时的现象，过上几个月，"史密斯回答道，"此人将同你我一个样。一个人生活在孤岛上，叫天天不应，叫地地不灵，谁知道会成个什么样啊？孤独是非常可怕的，朋友们。它能很快地摧毁一个人的意志，使之丧失理智，你们找到的这个人目前的这种情况就是一个明证。"

"不过，您怎么能肯定此人是几个月前才变得像野人似的呢？"哈伯问道。

"因为我们发现的那张字条是新近写的，而且只有遇难的人才会写这样的字条求救的。"工程师回答。

"要么就是他的一个已死同伴写的。"记者说。

"这不太可能，亲爱的斯皮莱。"

"为什么不可能？"

"因为字条上只提到一个遇难者，而不是两个。"

随即，哈伯简单地叙述了从塔波岛返回时所发生的事，特别提到这个人在狂风暴雨袭来时如何从沮丧的野人一变成为一位经验丰富、勇敢的水手的情况，简直判若两人。

"很好，哈伯，你能注意到这个细节真不简单，"工程师夸奖道，"此人不会是无法救治的，是绝望使他变成这个样子的。现在，他到了我们这里，遇到了同他一样的人，他那并未泯灭的人性会复萌的。"

于是，塔波岛上的遇难者在工程师的同情和欢迎下，在纳布的惊诧下，被从前舱请了出来。不过，当他的脚刚一踏上陆地，他就立刻想要逃跑。

但工程师立刻向他走过去，一只手威严地按住了他的肩头，同时眼含温情，爱怜地看着他。他立刻便温顺了，垂下双睑，低下头，慢慢地安静下来，没有再逃跑的意思。

工程师仔细地观察他。从外表看上去，这个可怜的人似乎已经不再有什么人性。但他同斯皮莱的感觉一样，他从对方的眼神中看到了一丝不易觉察的智慧的光芒。

大家决定给陌生人腾出一间房间来住。他是无法从花岗岩宫逃走的。他们想细心照料他，也许有一天他会成为他们中的一员。

吃早饭时，大家又详细地讨论起在塔波岛上搜索时发现的种种情况。史密斯同意几位远征者的看法，从"不列颠尼亚"这个名字来看，陌生人可能是英国人或者美国人，他甚至从陌生人那浓密的长胡须以及纠缠在一起的蓬松脏乱的头发，还看出他的盎格鲁－撒克逊人的相貌特征来。

"对了，"斯皮莱对哈伯说道，"你还没跟我们讲过你是怎么碰上这个陌生人的。当时也是碰巧，我们正在附近，若不能及时赶到，你可能就被他掐死了。"

"唉，"哈伯讲述道，"那天的事我也说不清楚。当时，我只顾采集我所需要的植物，突然听到轰隆一声，从树上掉下一个重物。我还没反应过来，都没来得及转身。看来，这人正躲在一棵大树上，跳下来，就往我身上扑，我吓得大声叫喊，要不是您和彭克罗夫及时赶到的话……"

"我的孩子，可真够悬的！"史密斯说，"不过，这反而倒好，否则这个可怜人还会躲着我们，无法找到，我们也就不会增添一个伙伴了。"

"您认为有可能让他重新恢复人性吗？"斯皮莱问史密斯道。

"我看不成问题。"

早饭后，岛上居民回到海滩，把船上装载的东西卸下来。史密斯仔细地检查了武器和工具，但没有发现任何可以表明陌生人身份的线索。

大家都觉得从塔波岛抓回来的那几头猪对林肯岛大有裨益。他们把猪弄进猪圈。这几头猪很快便适应了环境。

三人带回来的火药、子弹以及几盒雷管也大受欢迎。大家甚至决定要在岛上建造一个小弹药库，或建在花岗岩宫外，或建在上面的石洞中，如此就不必担心火药库爆炸了。不过，火棉的效果很不错，仍将继续使用，不必用火药替换它。

船上的东西全都卸了下来，彭克罗夫便向史密斯提议道：

"我想，应该将'乘风破浪号'停泊在一个安全的地方才好，史密斯先生。"

"慈悲河口不安全？"史密斯觉得挺奇怪，便问他道。

"是的，它一半的时间都得搁浅在沙滩上，这样船只容易受到损坏。让它往后退下些，倒是可以浮起来，但河口风大，又无遮挡，船会被海浪冲毁的。"

"那您考虑过让它停泊在哪儿没有？"

"停在气球港。那条小河有岩石遮挡着，是个挺合适的停泊港。"

"只是稍远了点。"

"嘿，离花岗岩宫也不过就三英里多些，何况我们还有平坦大路直通那儿哩。"

"那好吧，就先停泊在气球港吧。等以后有了空闲，我们专门为它修建一个小港口。"

"太好了！再建起灯塔、码头、船坞什么的！说实在的，史密斯先生，有您在，我们心里就踏实了。"

"不过，那也得靠大家帮忙，说实话，我们的工作中有不少是你做的呀，彭克罗夫。"

水手带上哈伯，上了"乘风破浪号"，起锚，扯帆，很快便驶到爪角。两个小时后，船便停泊在气球港平静的水面上了。

在花岗岩宫待了几天后，陌生人有了变化：野性失去了，脑子里恢复了智慧。他恢复得这么快，以致工程师和记者都怀疑他是否真的完全丧失过理智。

一开始，习惯了塔波岛那无拘无束的露天自由生活的他，常常会生闷气，大家担心他从花岗岩宫的窗户逃出去，但是只见他渐渐地平静了下来。因此，大家便放心多了，并给了他更大的自由空间。

大家对他恢复了信心，对他抱有很大的希望。他已经忘掉了在塔波岛上那食肉动物的本能，抛弃了茹毛饮血的习惯，对熟肉也不像一开始那样表示厌恶、反感了。

史密斯趁他熟睡时，还替他剪短了一头乱糟糟的长发和杂乱丛生的胡须。他身上的那块遮着布也被扔掉了，换上了合身的衣裳。现在再看上去，他也有模有样了，连双眼也变得温和了许多。不难看出，这张面庞早先肯定是十分英俊的。

史密斯给自己规定了任务，每天都要与这个陌生人待上几小时，在他身边工作，干各种事情，以引起他的注意。另外，工程师还发现，应该大声地同他讲话，以通过听觉和视觉来刺激他那已迟钝了的智力。当然，大家都参加了这项工作，一有时间便大声地同陌生人讲几句。有时候，他们故意大声地谈论航海的事情，这是最能触动一个水手的办法。陌生人在一旁听着，有时表情木然，有时有痛苦状，但始终未发一言。

工程师随时随地地注意观察他。渐渐地，陌生人开始对工程师流露出某种依恋的表情，显然，工程师的努力对他产生了影响。于是，工程师便决定进行一次试验，让他到另一个环境，面对过去熟视无睹的海洋或者莽莽森林的边缘。

"他一旦获得自由，会不会逃跑呀？"斯皮莱担心地问道。

"我正是想试探一下。"史密斯回答。

"我看呀，这家伙只要一出去，接触野外的那种空气，非逃不可。"水手说。

"我并不这么看。"工程师说。

"那就试一试吧。"记者说。

于是，他们选定了 10 月 30 日。陌生人在花岗岩宫已经蛰居了九天了。这一天，天气晴好，暖和，阳光普照林肯岛。

史密斯和水手走进陌生人的房间，大声地对他说，他们要带他出去。

正躺在床上两眼望着上方的陌生人立刻站起身来，看了看工程师，便跟着他走了出来。对试验不抱希望的水手走在最后面。

他们乘升降机下来，所有的人集中到了海滩上。

他们故意与陌生人拉开点距离，让他有点自由活动的空间。只见他向大海走了几步，两眼顿时闪现出光芒，但并无逃跑的意思，只是注视着岸边的细小波浪。

"这是大海，可能他知道想逃也逃不掉。"记者说道。

"那我们就再带他到森林边缘去试试，看他会不会立即钻进密林。"工程师又提议道。

"在那儿他也甭想跑掉，吊桥吊着，没有放下来。"纳布说。

"但像他这样的人，甘油河这样的小河，纵身一跃就跨过去了。"水手说。

"那就看看他会有什么反应吧。"工程师看着那人，简单地这么说了一句。

陌生人被带到慈悲河口，爬上左岸，到达眺望冈。他兴奋地猛吸着清新的空气，然后长长地叹了口气。

这时，陌生人突然企图跳进把他与森林隔开的小河里去，但霍地一下又蹲了下去，神情颇为沮丧，一大颗泪珠从眼睛里滚落下来。

"啊！"史密斯大声地说，"您流泪了！您又变成一个人了！"

# 第十六章

❖

陌生人确实是流下了眼泪。看来是有什么往事浮现在他的脑海里了。

大家并未上前，反而往后退了退，让他有更多空间，独自待上一会儿。陌生人并未趁此机会逃走，只是就这么待在那儿。于是，史密斯走上前去，又把他带回了花岗岩宫。

两天之后，陌生人像是有意参与到大家中间来。显然，他在听大家说话，而且听懂了。不过，他像是很固执，仍旧不与大家说话。有一天晚上，水手把耳朵贴在陌生人的房门上，听见他在说：

"不！在这儿！我！绝不！"

水手立即将自己偷听到的话告诉了大家。

"看来他心中定有难言之隐。"史密斯判断说。

陌生人现已开始使用工具，并且在菜园子里帮忙干活了。但大家发现他干着干着就会突然停下来，站着发呆。大家听从史密斯的吩咐，不去打扰他。如果有谁走近他，他就会往后退，胸脯起伏不定，抽泣起来，仿佛有一肚子的苦水。"他是不是受到了悔恨的煎熬？"斯皮莱肯定地说，他心里藏着什么难言的隐秘。大家也猜测不定，只好耐心地等待着。

又过了几日，11 月 3 日，陌生人在高地干活时，铲子突然从手中滑落，他便停了下来，在不远处注视着他的工程师又一次看见他流下了眼泪。于是，工程师便怀着深切的同情走近他，轻轻地触碰了一下他的胳膊，呼喊他道：

"我的朋友！"

史密斯边说边伸出手去，但陌生人却赶紧往后退去，眼睑低垂。

"我的朋友，"工程师语气恳切而坚定地又喊了一声，"我想请您看我一眼。"

陌生人看着工程师，脸上的表情突然发生变化，两眼光亮闪闪，嘴唇微颤，像是想要说点什么……他终于抑制不住自己，双臂搂抱着，哽咽着问工程师道：

"你们到底是什么人？"

"同您一样，是遇难者，"工程师心中激动不已地回答道，"您现在是生活在自己的朋友们中间……"

"朋友！……我的朋友！朋友！"陌生人双手抱头，大声地叫嚷道，"不……

绝不……别管我！别管我！"

他向高地那边跑过去，站住，一动不动地伫立良久。

史密斯回到伙伴们的身边，把刚才的情况转告大家。

"看来此人心中一定有个很大的秘密，像是必须经过忏悔才能重获新生。"记者说。

"我们必须尊重他的秘密，"史密斯叮嘱道，"如果他曾经犯过什么大错的话，他已经为之付出了巨大的代价，应该得到宽恕。"

陌生人独自在海滩上待了有两个钟头。大家只是注视着他，并未过去打扰。然后，他好像横下心来，跑过来找史密斯了。他的眼睛已哭得通红。看上去，他显得谦恭、惶恐、羞愧，眼睑低垂，望着脚下。

"先生，"他终于开口问工程师道，"您同您的伙伴们都是英国人？"

"不，我们是美国人。"工程师回答。

"啊！这样反而好些。"陌生人喃喃道。

"那您呢，我的朋友？"工程师反问道。

"我是英国人。"

陌生人答完这一句后，便离开了海滩，神情激动地从瀑布走到慈悲河口。当他走到哈伯身边时，突然停下脚步，声音哽咽地问：

"现在是几月？"

"10月。"哈伯回答。

"哪一年？"

"1866年。"

"啊！都十二年了！都十二年了！"他大声说着，离开了哈伯。

哈伯被问得莫名其妙，便将他的问话告诉了伙伴们。

"啊！不幸的人！"斯皮莱感叹道，"他竟然都不知是何年何月了！"

"哎！孤独地生活了十二年！也许他还经历过一段应受诅咒的生活。"工程师说。

"我猜想，此人不像是遇难者，有可能是获罪被流放到岛上的。"水手猜测道。

"您也许判断得很正确，彭克罗夫，"工程师说，"不过，在弄清真相之前，我们先别讨论他了。我想，无论他犯了多大的罪，他已为此付出了惨痛的代价。他希望把自己的心思倾吐出来，可又下不了决心。我们也不用去追问他，也许有朝一日他会主动说出来的。"

"可是，"水手不解地说，"这么说，那漂流瓶里的字条就不是他写的了。"

"是呀，那字条不像是多年前写的，"工程师赞同道，"而且，写字条的人应该具备丰富的水文地理知识，一个普通水手是不可能有这种水平的。真是一件蹊跷事。"

随后几天，陌生人既不说话也不离开高地周围，只顾埋头干活儿，而且避开众人，独自干活，独自待着。吃饭时也只吃些生的蔬菜。夜里也不回住所，待在树丛中。天气不佳时，也只是蜷缩在洞穴里。最后，良心终于促使他道出真相。

11 月 10 日，晚上八点，众人正待在长廊下，陌生人突然跑来。只见他双眼射出异样的光芒，似乎又恢复了往日的凶狠模样。史密斯等人见状，不禁愕然。此人极度躁动不安，牙齿像高烧病人似的咯咯直响。他是不是厌倦了这种文明环境，仍想回到往日那野蛮生活中去？大家正这么胡乱地猜测着，只听见他断断续续地质问道：

"你们有什么权力把我带到这儿来？……你们知道我是谁吗？你们知道我都干了些什么？……我为什么一个人待在孤岛上？……谁说我不是被抛在孤岛上的？……谁说我不是被判罚在孤岛上忍受煎熬的？……你们了解我的过去吗？……你们知道我干过什么坏事吗？……你们知道我是不是个下流坯，一个该诅咒的人？……只配野兽似的活着……远离尘世……远离人群……你们都知道吗？……"

史密斯走过去，想让他平静下来，但他直往后退，大声喊道：

"别过来！我问您一句，我是自由的吗？"

"您是自由的。"工程师答道。

"那好，再见！"他大声说了这一句后，一溜烟地跑了。

水手等立刻追了上去……但又返回来了。

"让他走吧，"工程师说，"他还会回来的。这是他野性的最后一次发作，因为新的生活及悔恨触动了他的心灵。"

陌生人走后，眺望冈上或畜栏里的活儿在继续推进着。史密斯想在畜栏内建一个农场。显然，哈伯从塔波岛带回来的种子播下去了。高地此时已经显现出一个完美菜园的模样。由于蔬菜品种繁多，菜地被扩大，并取代了草场。岛上别处长着肥美的青草，野驴的饲料无须犯愁。眺望冈被水流环绕，非常适合种菜。而草场不怕猿猴野兽损害，移到冈外去也无伤大雅。

11 月 15 日，他们第三次收割小麦。现在，他们的粮食极大地丰富了。割完小麦，11月下旬，他们便全在忙着怎么制作面包的事情。大家商量决定，在眺望冈上建一个简易风磨。高地面向大海，海风不断，他们在湖的北面找到几块特大的砂岩，做成石磨，又用气囊帆布制作风翼。风磨架和机械的所需木材当然更是不缺。

12月10日，风磨制作完成。

这天上午，他们磨了两三斗小麦。第二天午饭时，花岗岩宫的餐桌上便摆上了一个圆形大面包。每个人都大口大口地吃着久违了的面包，高兴劲儿就甭提了。

只是陌生人至今未再出现。史密斯和哈伯多次跑遍周围的森林，没有发现他的任何踪迹。大家因他久久不出现，不免非常担忧。他们担心的并不是他无法适应这蛮荒中的生活，而是害怕他老毛病复发，无人管束，野性再生。虽然如此，但史密斯仍然坚信此人是会回来的。

"是的，他肯定是会回来的，"史密斯不顾众人的不屑坚持己见，一再地说，"他既然已经感到痛悔，已经透露了点自己过去的情况，就不至于一去不复返，肯定会回来把事情的前因后果，一五一十地告诉我们的。到了那一天，他就完全成为我们中的一员了。"

后来所发生的情况，证明了史密斯的看法是正确的。

12月3日，哈伯离开眺望冈，前去湖南岸钓鱼；彭克罗夫和纳布在家禽饲养场忙乎；斯皮莱和史密斯则在"壁炉"忙着制造苏打，因为肥皂已无存货了。

突然间，传来"救命呀，救命"的呼救声。工程师和记者离得太远，没有听见。水手和纳布听见后，立刻朝湖边冲去。

但出人意料的是，陌生人不知为何竟突然出现，抢在他俩前面越过甘油河，冲向对岸。

此时，哈伯正被一只美洲豹逼到一棵大树前。猛兽正缩身收腹，准备蹿起……陌生人已冲了过来，挡在哈伯前面，一只大手猛然伸出，掐住那只美洲豹的喉咙，另一只手紧握尖刀，嗖的一声刺进其胸口。美洲豹立即倒地，一命呜呼。

陌生人正待离去，众人已赶了过来。哈伯当然不肯放他走；闻讯而来的史密斯走上前去，对他说道：

"我的朋友，您冒险救了哈伯一命，我们十分感谢您。"

"区区小事，何足挂齿！再说，我的命并不值钱。"

"您受伤了吧？"哈伯问。

"没事的。"

"您把手伸出来好吗？"

哈伯想要握住救命恩人的手，但后者双手搂抱在胸前，胸脯起伏不定，目光默然，好像又想逃走。看来经过一番激烈的思想斗争之后，他改变了主意，问道：

"你们是什么人？想拿我怎么样？"

这是这个陌生人第一次打听新岛民们的来历，也许把实情告诉他之后，他会把他自己的经历说出来的。

于是，史密斯便向他讲述了他们自里士满出逃后的情况以及在林肯岛上的所作所为，并坚决地请他留下来，与大家在一起，共同生活。陌生人闻言，更觉羞愧难当，沙哑着嗓子对史密斯说：

"你们都是好人，正派人，我不配与你们在一起，我……"

# 第 十 七 章

陌生人的话证实了大家的猜测。他的心里无疑隐藏着一段痛苦的回忆，在他们的眼里，他也许为此付出了应付的巨大代价，但在他的内心深处，他并没有宽恕自己。他深感痛悔，懊恼愤懑，而他的这些新朋友如此热情友善，他觉得自己不配。不过，美洲豹的事发生之后，他就再没回到大森林中去，也没再离开花岗岩宫四周。

这个不幸的人心中究竟藏着什么秘密？他以前究竟干了什么让他羞愧的事情？一时间，他们无从得知，又不便细问。大家决定先不管这事，也不去猜疑他，日后自会见分晓的。

有好几天，他们如同先前那样共同生活着。陌生人与大家一起劳动，但总是独自一人待在一边，自己干自己的，埋着头，不说话，只顾干活儿。他又恢复了旧习惯，不与大家一同进餐，而且晚上仍睡在高地的树丛中，仿佛与这些将他救出塔波岛的恩人交往，让他心里难受，愧不敢当。

"可是，他为什么要写字条？还放在瓶子里投进海里？他既然这样，为何还要人前来救他？"彭克罗夫百思不得其解地提出自己的疑问。

"他最终会告诉我们为什么的。"史密斯始终这么坚信着。

"最终是什么时候呀？"

"可能会比您想象的要早些，彭克罗夫。"

大家总想尽快地解开这个谜，又不得不耐心地等待着。不过，揭开谜底的日子一天一天地接近了。

一个星期之后，12 月 10 日，史密斯突然看到陌生人朝他走来。

"先生，我想向您提一个请求。"陌生人终于开口说话了。

"您请说，不过我想先向您提问题。"

陌生人一听，不觉满脸通红，意欲离开。史密斯一看便明白，他这是怕他问及他的过去。

工程师用手拉住他。

"我的朋友，"工程师对他说道，"我真诚地告诉您，我们不仅是您的伙伴，而且是您的朋友，我希望您能明白这一点。现在，您说吧。"

陌生人闻言，不禁以手掩面，浑身发颤，久久说不出话来。

"先生，"他终于开口说道，"我是来向您求一件事的。"

"什么事呀，朋友？"

"距此四五英里的山脚下，你们建了一个养家畜的围栏，那儿的牲畜需要有人照看，您能否允许我住在那儿呢？"

"朋友，"史密斯挺为难地说，"畜栏里只能凑合着让牲口住……"

"这对我来说，就相当不错了，先生。"

"朋友，"史密斯回答他道，"我们不会违背您的任何意愿的。既然您非要住在那里，那不成问题，而且如果您觉得不合适了，我们随时欢迎您回花岗岩宫来住。既然您这么提出来了，我看我们先去收拾一下，让您在那儿住得舒适点。"

"没关系的，我会住得惯的。"陌生人说完这话，便离去了。

工程师随即将此事告诉同伴们，大家立即决定在畜栏那边再建一座木屋，并尽可能地把屋内布置得舒适些。

大家当即带上必需的工具去了。一个星期后，又一座木屋搭建起来。新木屋离畜栏二十多英尺。此时，那儿已经有八十多只岩羊了，离这么近，照看它们会很方便。大家还为陌生人打造了一些家具，床、桌子、板凳、衣橱、箱子，应有尽有，而且搬了一些武器、弹药和工具过去。

陌生人尚未看见自己的新居——新岛民们是在他不在的时候建造新屋的。大家在这边忙着，陌生人则在高地上干活，他也许是想把自己在高地上未干完的活儿干完。其实，那儿的地他已经翻耕过，就等着下种了。

12 月 20 日，畜栏那边的新居已安排妥当，工程师便将新居落成的消息告诉了陌生人，只等他搬过去住。陌生人回答说，他当晚就搬过去。晚上八点，大家正在大厅里闲谈，外面突然响起轻轻的敲门声。陌生人走了进来，开门见山地说：

"先生们，现在，我有必要把自己的情况讲给你们听；然后，我就住到新家去了。"

陌生人的这句话使史密斯等人颇为感动。"朋友，"工程师站起身来回答他说，"我们并不要求您什么，您有权保持沉默……"

"不，我有责任把情况告诉你们。"

"那您请坐。"

"我想站着。"

"我们尊重您的意见。"

陌生人站在大厅里的一处光线昏暗的地方，嘶哑着嗓子开始讲述他的故事：

"1854 年 12 月 20 日，苏格兰贵族格里那凡爵士的蒸汽机轮'邓肯号'在澳大利亚西海岸南纬三十九度海域停泊。船上有格里那凡爵士夫妇、一位英国陆军少校、一位法国地理学会会员的地理学家，还有一个少女和一个男孩。这两个孩子是一年前遇难的'不列颠尼亚号'的格兰特船长的女儿和儿子。'邓肯号'的船长名叫约翰·孟格尔。他们在海上捡到一只漂流瓶，内有一封用英、法、德文书写的求救信，因此前来援救遇难者。他们没有获得政府的支持，而是凭着自己的良心和意愿，主动地带上闻讯投奔前来的格兰特船长的儿女，远渡重洋来搜寻、援救的。他们一路上可以说是历经了千难万险……另外，中途还遇上了一个恶棍，名叫艾尔通，是原格兰特船长船上的水手长，因与船长发生矛盾，鼓动叛乱，后沦落为海盗。他看见'邓肯号'后，顿生恶念，差点将这艘蒸汽轮劫掠，最后终被格里那凡爵士等人制服，被流放在塔波岛上，代替在此岛被寻找到的遇险的格兰特船长及其两名水手，以示惩戒。格里那凡爵士是一位虔诚、笃信宗教的贵族，他信奉上帝，慈悲为怀。虽然把艾尔通独自一人留在了荒凉的塔波岛上，但仍给他留下了一些武器、弹药、工具什物以及种子什么的，让他独自反省、忏悔。艾尔通在岛上确实是醒悟了，他拼命地劳动，用汗水洗涤自己的罪恶，重新做人。劳动之余，他总在不停地祷告……朋友们，那个被格里那凡爵士抛弃在荒岛上的人就是我，我就是那个艾尔通……

"我被扔到一个几乎荒无人烟的孤岛上，但离西澳省省城伯斯的流放犯拘押地只有二十英里。我在海边茫然不知所措，觉得走投无路时，正好碰上了一伙刚从拘押地逃出来的流放犯。于是，我也就入了伙。那两年半的漂泊生活我也就不细说了，我只是想告诉您，我后来当了流放犯团伙的头领，化名彭·觉斯。1864 年 9 月，我到了那个爱尔兰人的庄园，以艾尔通的真名当他的雇工。我是想待在那儿等时机，想法抢劫到一条船，这是我唯一的心愿。两个月后，'邓肯号'来了。他们一到庄园，马上就把格兰特船长的事说得一清二楚。因此，我了解到'不列颠尼亚号'许多我先前所不知道的事情：'不列颠尼亚号'在卡亚俄停靠；1862 年 6 月，也就是在我被赶下船来之后的两个月以后，它发出了最后的消息；几封求救信件；船在三十七度线上失事；您要寻找格兰特船长的种种原因，等等。我当时一眼便看上了'邓肯号'，觉得这船真是棒极了，比英国兵舰跑得都快，所以我一门心思想把它搞到手。正好，船坏了，得修理，所以我就提议把它开往墨尔本去。我以船上水手的身份把他们引到澳洲东岸我编造的船出事地点去。就这样，我领他们穿过了维多利亚省。我的那帮弟兄或前或后地跟着我们。我的弟兄们在康登桥做的那件案子，说实在的，根本就没有必要，因为'邓肯号'只要一到东海岸，它就绝不可能逃出我的手心。一旦我拥有了'邓肯号'，我就成了海上霸王，还去干那种小儿科的案子干什么？所以，我才不辞辛苦地把他们带到斯诺威河。牛马是我用胃豆草毒倒的，牛车是我给弄陷进泥潭里去的。后来……后来的事嘛，您全都知道了，我就不说了。唉，要不是巴加内尔先生一时粗心大意把地点写错了，'邓肯号'现在已经到了我的手里。这就是我的全部经历。我很抱歉，太简单了，我所说的恐怕对他们寻找格兰特船长无所裨益，同我商定的交换条件，对他们来说是很吃亏的，我是有言在先的。"

史密斯等人听完了他的讲述之后，激动不已，站起身来。

"艾尔通，"史密斯说，"您曾经犯下过滔天大罪，但上帝相信您已经为此付出了惨重的代价，您赎清了自己的罪孽。上帝让您回到人间，就足以证明这一点。您已经得到了宽恕，艾尔通。您现在愿意成为我们的伙伴吗？"

艾尔通闻言，直往后退。

工程师向他走过去，伸出手来，说道：

"握握我的手吧！"

艾尔通看着工程师伸过来的手，眼泪不禁大颗大颗地涌了出来。

"您愿意与我们生活在一起吗，艾尔通？"工程师问道。

"史密斯先生，请再给我点时间吧，再让我独自一人在畜栏那儿住上一段时间吧。"

"这没问题，您自己看吧。"

艾尔通正准备离去，工程师又向他提了一个问题：

"我还有一事不明，艾尔通。您既然希望过孤独的生活，那又为何要往海里扔漂流瓶，让我们获知您的踪迹？"

"漂流瓶？"艾尔通一脸困惑地问。

"是呀，漂流瓶里装着一张字条，让我们捡到了。字条上还标明了塔波岛确切无误的位置。"

艾尔通以手抚额，思忖片刻后说：

"我从未往海里扔过漂流瓶呀！"

"从未扔过？"水手忍不住惊讶地问。

"我真的没扔过。"

艾尔通说完这句话后，便向众人深深地鞠了一躬，走了出去。

# 第 十 八 章

　　哈伯连忙冲到门口，看着艾尔通拉动升降机的绳子，消失在黑暗之中。然后，他返回大厅，说了一句："他真可怜！"

　　"不要紧，他会回来的。"史密斯说。

　　"这到底是怎么回事呀，史密斯先生，"彭克罗夫大声叫嚷道，"我真的给弄糊涂了，瓶子不是艾尔通扔的，那又会是谁扔的呢？"

　　这事真的是挺蹊跷的。

　　"瓶子肯定是他扔的，只是他现在仍然头脑不清，记忆模糊了。"纳布说道。

　　"没错，他已经意识不到自己到底干了些什么事了。"哈伯赞同道。

　　"朋友们，"史密斯立即说道，"现在我明白艾尔通为什么能够确切地指出塔波岛的位置了，原来他被抛弃在岛上之前曾经发生了那么多的事情，使他深深地印在了脑海之中。"

　　"不过，如果他写字条时还没变成野人，如果字条是他在七八年前扔到海里去的，那为什么字条仍然完好无损呢？"水手问。

　　"这证明艾尔通只是最近一段时间才智力衰退的，只是他自己并不这么认为罢了。"史密斯说。

　　"大概是这样，不然就没法解释这种情况了。"水手说。

　　"这确实难以解释。"工程师好像不想继续谈论这事似的，接着说道。"他真的说的是实情吗？"水手又问。

　　"他所说的故事应该是真实的，"记者说，"我记得当时各大报纸都报道了格里那凡勋爵乘游艇远航及远航的结果。"

　　"艾尔通是说了实话，这一点不必怀疑，彭克罗夫，"工程师指出，"事实对他来说是相当残酷的。一个人能这么认罪，那他是不会说假话的。"

　　翌日，12月21日，居民们走到海滩，爬上高地，但在高地并没有看到艾尔通。后者昨晚回到畜栏自己的木屋，大家觉得还是先别去打扰他，让他自己去考虑好了。

　　于是，哈伯、水手和纳布又像平日里一样，干起了自己的活儿。而史密斯和斯皮莱则在"壁炉"干着同样的活儿。二人边干活儿边聊着这件蹊跷事，但总也弄不明白。

"亲爱的史密斯，我实话实说，您对漂流瓶的解释，我不敢苟同，"斯皮莱说道，"您怎么可以认为这个不幸之人写了字条，并装进瓶子里，扔到海里，而自己却一点也记不得了呢？"

"所以，并不是他把瓶子扔到海里去的，亲爱的斯皮莱。"

"那您认为……"

"我什么也不认为，我什么也不知道，"史密斯打断对方道，"我只能把这件事归到至今仍然无法解释的那些事情中去。"

"说实在的，史密斯先生，"斯皮莱说，"发生的所有事情都太不可思议了！您的获救、沙滩上发现的大箱子、托普的意外，再就是这只漂流瓶……难道总也弄不出个所以然来吗？"

"会弄清楚的，"史密斯回答道，"我们得把这个小岛彻底地查个遍，最后总会揭开这个谜的。"

"也许机遇会助我们一臂之力的。"

"机遇？我可不相信什么机遇，而且我也不相信世界上有什么神秘的事情，所有这些发生过的怪事都必然是有其原因的。我们会找出原因来的。在此之前，我们仍旧一如既往地边工作边观察。"

1月了，已经进入1867年。夏季的活儿比较繁重。哈伯和斯皮莱去畜栏劳动，发现艾尔通一直住在专为他搭建的木屋中。他精心地照料着托付给他的大量畜群，省了大家不少的心，否则居民们还得三天两头不辞辛苦地跑到畜栏来。不过，他们仍时不时地要来看看他，免得他觉得太孤单寂寥。

工程师和记者一直以来对海岛的安全问题有所担心，所以这一片有艾尔通在，倒也让他们放宽了心，遇有特殊情况，艾尔通一定会及时通知他们的。

然而，有时可能会有突发的事情，如海上有船只经过，有海难发生，有海盗出现等，这可能比神秘现象更加严重，必须让大家及时掌握。因此，史密斯在考虑如何让畜栏与花岗岩宫两地随时保持联系的问题。

1月10日，工程师把自己的想法告诉了大家，说是想要安装一台电报机。

"用电的吗？"哈伯好奇地问。

"当然是用电的。我们拥有制作电池所必需的一切材料，问题是怎么拉电报线。我在想，要是先制造一台拉铁丝的机器，问题不就迎刃而解了吗？"

"太好了，这么看来，我们总有一天能够坐上火车的。"彭克罗夫高兴地嚷嚷道。

他们为工程师的设想叫好。于是，大家便开始干起来，先从解决铁丝问题入手。

工程师带领大家先制作了一个拉丝模，也就是在一块钢板上钻出许多大小不同的圆锥形孔，使铁丝逐渐达到所要求的粗细程度。再在离大瀑布几英尺处固定好一个座架，把淬过火的钢板牢固地嵌于座架上。

缩绒机就放在那儿，此时并未使用，只要有强大的动力让它的主轴转动起来，便可拉出铁丝来，而且能把铁丝卷在上面。

经过试制，他们终于拉出了铁丝，长度有四五十英尺，将它们连接在一起，架设于畜栏与花岗岩宫之间五英里的路上。

拉丝机安装好之后，工程师让其他人去制作铁丝，而他自己则考虑制作电池。

眼下需要的是一种直流电池。现代电池通常由炭精棒、锌和铜组成。花岗岩宫没有铜，工程师在岛上寻找过，但均无功而返。炭精就是煤脱氢后在蒸馏器里留下来的坚硬石墨，完全可以自己制造，只是得要专门设备，挺麻烦的。至于锌嘛，在残骸角拾到的那只箱子的外包皮衬底就是锌，正好可派上用场。

工程师经过思考，决定制作一种非常简单的电池，只用锌作为原料，与法国物理学家贝克雷尔在 1820 年所发明的电池相仿。其他材料，如硝酸和钾碱，他们手头就有。利用硝酸和钾碱相互作用，产生效果，就可以制作电池了。具体方法是：制作一些玻璃瓶，装上硝酸，把瓶口塞紧，用一根玻璃管穿过瓶塞伸到瓶内。管子下端连着用布包好的黏土，后者须浸在硝酸里。从管子上端倒入一种钾碱溶液，这是工程师事先从焚烧各种植物中获得的。硝酸和钾碱通过黏土便会起作用。然后，工程师拿两片锌片，一片放入硝酸中，另一片放到钾碱液里。两片锌片用一根金属丝连接起来，便立即产生一股电流，从瓶内的锌片传至管内的锌片。这样一来，管内锌片便成了电池的阳极，瓶内的锌片则成为阴极。每个电瓶产生同样的电流，把它们集中起来就足够供应发电报之需了。

正是工程师制作的巧妙而简便的仪器，使花岗岩宫和畜栏之间有了电报往来。

自 2 月 6 日起，他们便着手在通往畜栏的那条路上安装电线杆。电线杆上还装了玻璃制绝缘体，用于拉电线。没几天工夫，电线便架设完成，准备输送每秒十万公里的电流，并利用大地作为电流回路。

工程师制作了两套电池，两地各放一套，双方的联络终于建立起来。

收发报机是用电线绕在一个电磁铁上制成的。所谓电磁铁，也就是一块绕有线圈的软铁芯。电磁铁前放置一个铁片，电流通过时，铁片会被吸住；电流中断，铁片便会脱落。随后，将铁片连到一个圆盘的指针上。圆盘上写明了字母，两地间的电报联系便开通了。

2月12日，安装工作全部完成。史密斯立即发了第一封电报到畜栏去，询问情况。片刻工夫，艾尔通便收到了电报，并发出报告平安无事的回电。

最高兴的是彭克罗夫，他既感到新奇又觉得开心，每天都要发封电报到艾尔通那边，询问情况，对方也总有回电过来。

这种通信方法有两大好处：一是可以知道艾尔通是否在畜栏里；二是可以让他不至太过孤单寂寞。除了发电报，史密斯是每个星期都要去那边望看望他的。艾尔通有时也会跑到花岗岩宫这边来，来时总是受到热情的欢迎。

这段日子，大家平静而愉快地生活着，劳动着。他们的物质资源很丰富，尤其是粮食和蔬菜，增多了不少，从塔波岛带回来的种子也全都种下地，长势很好。眺望冈呈现出一片兴旺的景象。第四次麦收，又是一个大丰收，量之大，已无法计量，估计的四千亿颗也用不着去较真了。水手是个认真的人，想数个确实，心里踏实。但工程师告诉他说，即使他一分钟能数三百粒，一小时才九千粒，那得花上五千五百年左右的时间才能数完。水手一听，还是作罢吧。

天气非常晴和，只是白天气温较高，但晚上，海风习习，暑气散尽，倒也凉爽。另外，家禽大量繁殖。猪产崽，驴下崽，纳布和彭克罗夫忙得不亦乐乎。哈伯和斯皮莱赶着驴车，往花岗岩宫拉煤拉木柴，还拉工程师需要的矿石。

与此同时，哈伯和斯皮莱还冷静而勇敢地捕猎美洲豹。不久，花岗岩宫内便有了二十多张漂亮的豹皮装饰在墙上。

有几次，工程师也参加了对岛上尚未踏勘地区的探险活动。他在这浩瀚的密林中，神情专注地仔细观察，寻找除动物足迹以外的其他踪迹，但总是没有什么进展。托普和于普也随行左右，它们也没有嗅到什么异常状况。不过，托普仍不止一次地在那口井旁狂吠不止，工程师下井查看过，但也未发现异常。

在踏勘途中，斯皮莱和哈伯利用箱子里发现的相机，拍了不少岛上的美丽风景，比如在眺望冈上拍摄的林肯岛全景，岩石丛中的慈悲河口，圆形山丘下的畜栏，地势奇特的爪角，等等。另外，他们还给大家都拍了照。

照片洗好之后，都挂在了花岗岩宫的墙上。彭克罗夫看见自己的神气模样，很是得意。不过，拍得最好的，当数于普的那一张，它一本正经地摆好姿势，表情生动极了。

"它好像要做鬼脸。"水手大声地说。

于普不会做鬼脸的，它没有那么挑剔，否则它就太自以为是了。于普其实非常高兴，它深情地看着自己的相片，美滋滋的。

3月到来，酷暑终于过去。不时有雨落下，气温仍旧很高。这也许预示着严寒的冬季即将来临。

有一天，天突降大雪，那是3月21日。这天早晨，哈伯清晨起床，推开窗户，望了一眼窗外，大声喊道：

"岛上全白了！"

"这时候就下雪了？"斯皮莱边说边走到窗前。

大家全都走了过来：不仅小岛，连宫下的海滩也都是一片白茫茫的。

"真的是雪！"彭克罗夫说。

"或者是类似雪的东西。"纳布说。

"可是，温度计上显示的是十四摄氏度呀！"斯皮莱不解地说。

史密斯也在观看眼前的雪景，一言未发，他也没明白怎么这个季节气温又这么高，竟会下起雪来。

"糟糕！庄稼要遭殃了！"水手急得什么似的说。

水手正要从宫中下去，但于普已抢在他前面，从上面溜下去了。

不过，还没等它落地，那厚厚的一层白雪便飞扬起来，在天空中像是扯棉拉絮一般遮天蔽日，足足有好几分钟。

"啊！是鸟！"哈伯叫喊道。

原来，有成千上万只海鸟，栖息在小岛和海滩上，全身都是洁白耀眼的羽毛，如皑皑白雪一般。不一会儿，它们便消失在远方了，看得居民们目瞪口呆，觉得转瞬间竟看到了冬夏交替。等斯皮莱和哈伯回过神来，想到该打下一只看看究竟是什么鸟时，它们早已飞得无影无踪了。

再过几天就到3月26日了，也就是这几个遇难者落到林肯岛的两周年纪念日。

# 第 十 九 章

都两年了！在这两年中，居民们与自己的同胞们没有任何的联系！他们与文明社会完全隔离，被遗忘在这座孤岛上了。两年中，他们没有看见过船只驶过附近海面。家乡的情况如何？他们的脑海中总浮现出祖国的形象：他们离开时，祖国正为内战所困扰，四分五裂，也许南方叛军仍在蹂躏着祖国的大地。这是最让他们揪心的事。但是，他们深信北军为美利坚合众国的荣誉而战的伟大事业必然取得成功。可坚信归坚信，心里却总也不踏实，这些事总缠绕在他们心头，每每使他们寝食难安，忧心忡忡。他们相互之间经常谈论这些事情，除了烦恼、痛苦，谁也说不出个所以然来。

有一天，他们聚集在大厅里闲聊时，斯皮莱突然说道：

"我们只有一个办法可以离开这儿，那就是想法造一条大船，能保证在海上航行数百海里。我们能造小船，造大船也不会有问题。"

"我们既然能上塔波岛，就也能前往帕摩图群岛。"哈伯接茬儿说。

"我太赞成了，"水手说，"不过，帕摩图群岛可是非常非常远，与塔波岛可不是一回事。去塔波岛时，小船遇上狂风恶浪，但好在我们熟悉海岸的情况，可是去帕摩图群岛有一千二百海里的航程，这可不是闹着玩的。"

"您不想冒险试一试吗，彭克罗夫？"斯皮莱刺激他道。

"大家都同意的话，我当然是不甘人后的。我可是个勇往直前的人！"

"而且，我们又多了个水手哩。"纳布也赞同道。

"谁呀？"彭克罗夫问。

"艾尔通呀。"

"对呀。"哈伯赞同地说。

"要是他同意跟我们一起去就好了。"水手说。

"我看呀，他会同意的。你们想呀，如果他待在塔波岛时，格里那凡爵士的船来了，他会拒绝离去吗？"斯皮莱说道。

"朋友们，你们还记得不？"史密斯终于也说话了，"艾尔通讲过，等他彻底悔罪，改过自新了，格里那凡爵士就会回来接他。我相信爵士的为人，他一定会回来的。"

"我同意这个看法，斯皮莱说，而且我认为，他很快就会回来的，因为艾尔通被遗弃在岛上已经有十二个年头了。"

"这一点我同意，"水手说，"但有一点得指出，爵士回来时，他的船会停在哪儿？是停靠在塔波岛，而不是林肯岛。"

"这是肯定无疑的，"哈伯说，"林肯岛在地图上都没有标出来。"

"因此，朋友们，"工程师说，"我们得想点办法，让到塔波岛上去的人知道我们和艾尔通都在林肯岛上。"

"这并不难，"记者说，"只要在格兰特船长和艾尔通在岛上住过的窝棚里留一张字条，写明情况，标明林肯岛的方位，格里那凡爵士他们就会找到我们的。"

"哎，真该死！去塔波岛时怎么就没想到这一点呢？"水手懊恼地说。

"是呀。现在暂时无法再去塔波岛了，等明年开春再去吧。"史密斯说道。

"可是，如果爵士的船在这之前就来了呢？"彭克罗夫担心地问。

"这不太可能，"史密斯回答道，"格里那凡爵士不太可能选择这个冬天来远洋冒险的。除非在艾尔通和我们一起生活的这几个月中，爵士已经到过塔波岛，没见到人，又走了。不然的话，他是会过了冬天才来的。这样的话，就等 4 月天气较好，我们去塔波岛上一趟，在那儿留上一张字条。"

"如果'邓肯号'几个月前已经到过附近海面，那就糟了。"纳布说。

"但愿并非如此，"史密斯宽慰大家道，"我们祈祷吧，愿上苍切勿剥夺掉我们最后的这个机会！朋友们，我们先耐心地等等看。万一这个机会也错过了，我们再另想办法好了。"

于是，大家便一致同意先耐心地等上一段时间，不再提造大船远航太平洋群岛或新西兰的事了。大家便忙着做些日常的工作，以便在花岗岩宫度过第三个冬天。

在恶劣天气尚未到来之前，他们决定驾上小船做一次环岛游。他们对整个海岸的情况还没摸清，特别是从瀑布河口直到颚骨角西岸和北岸那一带，以及南和北颚骨角间如鲨鱼嘴般的狭长海湾。

说来也巧，4 月的第一个星期，气压大幅下降，西风强劲，但刮了五六天后，气压又开始回升了，这种天气正适合航海。

大家决定 4 月 16 日起航。"乘风破浪号"停泊在气球港，食物、燃料备足，为一次为期不短的航行做好了准备。

史密斯把环岛游的计划告诉了艾尔通，建议他与大家一同前往，但艾尔通却不愿参加，想留在林肯岛上。大家也就没再勉强他，但让他在大家不在的期间住到花岗岩宫来，于普留下陪伴他。

4月16日清晨，岛上居民和托普上了"乘风破浪号"。西南风微微吹来，清风送爽。小船驶离气球港，逆风行驶，向爬虫角前进。林肯岛周长九十英里，从气球港到爬虫角南岸约为二十英里。

因为是逆风行驶，他们花了整整一天的时间才跑完这二十英里，驶抵爬虫角。船绕过爬虫角后，天已经黑了下来。

水手建议工程师将两张帆收起，缓慢行驶。但工程师希望在离岸几链远处停泊，以便第二天天亮时可以看一看这部分海岸的情况。大家约定，既然要观察这一带海岸，夜间就停船，设法在靠近海岸的地方抛锚。

这一夜，小船在爬虫角边抛锚停泊，众人在船上过夜。风已止息，海面升起一层轻雾，万籁俱寂。除了水手，其他人不像在花岗岩宫那样睡得那么好，但毕竟还是睡着了。

翌日，4月17日，晨曦微露，水手便驾船起航。此刻刮的是后侧风和左舷风，小船可以贴近西岸航行。

小船减缓速度，以便让大家好好观赏一番。他们也曾踏勘过此处，所以比较熟悉，但这大片的美丽森林仍然让大家看得赞叹不已。小船甚至还停下几次，以便让斯皮莱能够拍出更美的照片来。

大约快到晌午的时候，"乘风破浪号"来到了瀑布河口。远处，右岸，有一些稀疏树木，而在三英里以外，只有西面山梁分支间才长着一丛一丛的树，山脊干燥，一直延伸到海滨地带。

南北两岸真的是大相径庭！一边是树木郁郁葱葱；另一边则是山势崎岖，犬牙交错，荒凉寂寥，似乎表明是远古时期沸腾的玄武岩浆突然冷却凝固而成。他们当初站在富兰克林山巅遥遥望过，无法看到此处海岸险恶的一面，现在从海上观之，其奇特之处令人惊叹。

小船沿着海岸行驶了半英里。一行人清楚地看到，岸上岩石大大小小，大的有近三百英尺高，而小的则只有二十多英尺，而且形状也各不相同，可谓怪石嶙峋，千姿百态。这真是大自然的造化，巧夺天工，远比人工雕刻更加丰富多彩，在这八九英里的海滨地带呈现出一片壮丽的风景。

史密斯等人看得眼睛发直，目瞪口呆，不相信人间竟有如此壮观景象。史密斯只顾看，一言不发，可身旁的托普却并非如此，吠叫不止，叫声从玄武岩壁那边产生出一声声的回音。他甚至发现，这狗的叫声有点怪异，如同在花岗岩宫内的井口边的叫声一样。

"我们先靠岸吧。"史密斯说。

史密斯怀疑那边是否有什么洞穴。但他什么也没发现，看不出有什么洞穴窟窿可以藏有一个生命体，因为岩石下部全都浸没在海水中。不一会儿，托普不再叫了，船又在离岸几链远处行驶着。

在海岛的西北部，海岸复又变得平坦而多沙。船上的人影影绰绰地看见，在一块低洼的沼泽地上长着一些珍稀树木。此处与刚才所见之情景大相径庭，这儿有数不清的水鸟栖息、飞翔，充满着生命的气息。

当天晚上，小船就在北面靠近海岸的一个小海湾停了下来。此处海水极深。夕阳西下，风也停了，直到翌日清晨，微风又刮起。

此处上岸很方便。一大早，哈伯和斯皮莱便出去了。两小时后，两人带回好几串野鸭和沙锥。随行的托普非常积极，没少帮两位猎手的忙。

八点光景，小船起航。风很大，而且还是顺风，小船向北颚骨角直驶而去。

"昨天日落时分，"水手说道，"西面地平线上红红的，而今天早晨，又有马尾云出现在天空中，这可不是好兆头。"

马尾云是一种细长卷云，飘浮在海面上空五千英尺的天空中，如扯棉花絮一般，这种云是天气将骤变的预兆。

"那好，我们就把帆全升起来，把船驶入鲨鱼湾暂避一下，"工程师说道，"我想，船在那儿会安然无恙的。"

"好呀，而且北边的海岸都是沙丘，也没什么好观赏的。"水手说道。

"如果今晚和明天都在鲨鱼湾停泊的话，"工程师说，"其实更好，因为那一带有必要好好勘察一番。"

"不管愿意与否，我们都得这么安排了，"水手说，"你们看，西边海平面上已经是黑压压的了，天气马上会变！"

"反正去颚骨角是顺风。"记者说。

"是的，不过进入海湾，就得逆风换抢行驶，但愿我们能平安抵达这片陌生的海域。"水手说。

"据我们在鲨鱼湾南岸所见到的情况，估计这一带礁石不会少。"哈伯说。

"彭克罗夫，好好干，我们就指望您了。"史密斯说。

"您放心好了，史密斯先生，我会谨慎小心的，我绝不让船撞上礁石！"水手铿锵有力地说，"几点了？"

"十点了。"记者回答。

"史密斯先生，到颚骨角还有多远？"水手问。

"大约十五海里。"

"两个半小时可到，是中午一点左右，"水手说，"不过正赶上退潮，海水外流。我担心既不顺风又不顺水，那就麻烦了。"

"那就把船停在颚骨角的什么地方好了，能行吗？"

"天气要变，靠近海岸抛锚，太危险了，非搁浅不可。"

"那如何是好？"

"尽量想办法在海上待到涨潮，也就是待到晚上七点左右。那时天刚擦黑，设法驶入海湾，否则只能整宿沿海岸行驶，等天亮再进海湾。"

"我已经说了，我们完全信任您。"

"啊，要是这儿的海岸上有一座灯塔的话，航海的人就方便多了！"水手感叹道。

"是呀，但这一次我们没有好心的工程师为我们点火，引我们入港了！"哈伯说道。

这时，斯皮莱突然说道：

"说实在的，亲爱的史密斯先生，我们至今都还未曾谢过您哩。如果没有那堆火的话，我们就不可能到达……"

"哪堆火？"史密斯诧异地打断斯皮莱的话，说道。

"史密斯先生，就是我们上次去塔波岛返回林肯岛最后的那几个小时的事呀，"水手说，"要不是您10月19日夜晚在花岗岩宫的高地上点起一堆火指引我们，我们的小船不知会驶到哪儿去了。"

"噢，对了，对了……我当时是想到了这么个好主意。"史密斯说。

"这一次，要是再偏离航向，只有艾尔通可以帮忙了。如果他没想到这个主意，那就不会有什么人帮我们的忙了。"彭克罗夫说。

"是呀，不会有别人了。"工程师应道。

过了一会儿工夫，工程师在与记者待在船头的时候，凑到后者耳边低声说道：

"斯皮莱，我实话告诉您吧，10月19日夜晚，我根本就没有在花岗岩宫的高地上点过火，也没在其他地方燃过火堆。"

# 第 二 十 章

没想到水手一语成谶，糟糕的情况还真的发生了。风力在逐渐地加大，每小时竟达四五十英里。幸好，有海岸帮着挡住了风，海浪并不太大。水手经验丰富，对一切可能的事情都做了应有的防备，但毕竟仍有几分焦虑，只盼着天明。

这天夜里，工程师与记者没能有机会在一起细谈，但工程师在记者耳边所说的话，让后者总觉得大家应该就林肯岛上那神秘的东西好好地讨论一下。记者那天夜晚返回林肯岛时是真真切切地看到了那火光的呀，而且与他一起驾船归来的哈伯和彭克罗夫也是亲眼看到的。没有这火光，他们就辨别不出林肯岛的位置来，而且他们从来就没怀疑过这堆火是工程师点燃的。可是，现在史密斯怎么亲口否认自己曾经做过这件事呢？

斯皮莱决定等小船返回之后，立即提出这事，并要史密斯把自己并未点火引道的情况告诉大家。然后，他们一定要对林肯岛进行一次认真仔细的彻查。

这天夜晚，"乘风破浪号"并未在海湾入口处周围，未在陌生的海岸上看见有什么火光可以指引自己的，所以只好整宿地停泊在海上。

东方破晓，风势稍有减弱，而且风向也略有改变，水手便努力地把小船驶进狭窄的湾口。早上七点光景，小船沿着北颚骨角的方向，小心地驶入航道，在怪石嶙峋的熔岩峭壁间行驶着。

"这儿的海湾是一个天然锚地，船只在这里可以随意掉头。"水手说。

"这个海湾是由两次火山连续喷发的岩浆堆积而成的，"史密斯说，"海湾四周被遮挡住了，刮再强劲的风，这儿的海水也会平静得如同湖面一样。"

"那倒是真的，因为风只能从两个海角间的狭窄通道吹进来，而且北边的海角也挡住了南边的海角，再大的风也吹不进来，因此'乘风破浪号'就是在这儿停泊上一年，也不会被吹跑的。"水手说。

"我看，对于我们的小船来说，这海湾也太大了些。"记者说道。

"是呀，是对我们的'乘风破浪号'大了些，但是美国舰队若是需要在太平洋上找一个安全的避风港的话，那没有比这儿更好的地方了。"水手回答。

"现在我们可是进到鲨鱼嘴里了。"纳布说。

"是呀，就是在鲨鱼的嘴里，纳布。"哈伯说。

"我不知怎么的，不太喜欢它，它的样子太可怕了。"纳布又说。

"好呀，你个纳布，我正想把它献给祖国，你却贬损它！"水手吼道。

"这儿的海水够深吗？"工程师问，"对我国的装甲军舰来说，海水恐怕不够深吧？"

"这不难测量。"水手说。

于是，他便用一根长绳，坠上一块铁，扔进海里。绳长五十英寸，全放下去，未触到底。

"够深的呀！"水手说，"我们的军舰进来毫无问题，绝不会搁浅的！"

"这个海湾是个名副其实的深渊，因为海岛是火山爆发形成的，所以海湾底部凹陷就是必然的了。"

"这儿的峭壁似笔直地切割的，"哈伯说，"我猜想，即使彭克罗夫的绳子再长个五六倍，恐怕也触不到底的。"

"这个海湾确实不错，但有一点美中不足，它缺少一样重要的东西。"斯皮莱说。

"缺少什么呀，斯皮莱先生？"水手问。

"缺少一个通向海岛内部的缺口或通道。"

确实如此，四周石壁陡峭，没有一处适合登陆的。小船贴近高耸的石壁行驶着，想找一处可以停靠的地方，但怎么也找不到。

水手驾船转来转去，总也未能如愿，只好驶了出来。此刻已是午后两点了。

"哎哟。"纳布轻舒了一口气说。

确实，这个黑人在这条大鲨鱼的嘴里确实感到憋气。

从颚骨角到慈悲河口只有八英里的样子，小船距离海岸一海里行驶着，径直向花岗岩宫而去。很快，小船过了熔岩峭壁，到了沙丘地带，当初工程师就是在这儿被找到的。这儿常有大批海鸟飞来。

四点光景，水手驾船驶向海岛岬角的右边，进入海岛与海岸间的那条海峡。五点左右，小船停泊在了慈悲河口的沙滩边。

一行人离开花岗岩宫已有三天。艾尔通在海滩上迎候大家，于普也呼呼有声地来迎接大家。

他们尚未去盘蛇半岛的密林中踏勘过，如果真的有什么神秘生物隐藏在岛上，只能是在那儿了。

斯皮莱又提起了岛上的种种怪事，让大家多留点心，注意一点。"您肯定看到那火光了？"史密斯又提起篝火的事，不知多少次地又向斯皮莱提出这同样的问题，"您看会不会是火山局部喷发，或者是划过去的流星？"

"不可能的，"斯皮莱回答道，"肯定是有人点起的火。再说，彭克罗夫和哈伯也亲眼看见的呀。"

又过了几天，4月25日晚，史密斯趁众人聚在一起时，又提出岛上的种种怪事，并让大家畅所欲言，说出自己的看法。但大家说来说去也说不出个道道来。于是，史密斯便把岛上所发生的怪事一一列举出来：他掉进大海后，又在离岛上四分之一英里处被找到，并且自己浑然不知何故；托普是如何发现大家在"壁炉"？它可是从自己躺着的山洞跑向五英里外的"壁炉"的；托普来时天气恶劣，风雨交加，可它竟然浑身没有雨水和污泥；托普在与儒艮搏斗之后，何以被奇怪地抛出湖面的；儒艮怎么会被利器所伤；小猪獾身上的那颗子弹是怎么回事；试航时，何以那么巧，竟然发现了一只漂流瓶；那只箱子怎么会完好无损地搁浅在沙滩上，可又没发现遇难的船只；猴群入侵，绳梯怎么那么及时地就从花岗岩宫上面放了下来；艾尔通为何声称自己从没写过大家所说的那张字条。凡此种种，被一件件地列举出来，集中在一起，更加显得神秘莫测。听了工程师这么一说，大家不禁傻愣住了，竟然不知说什么好。说实在的，把这些怪事放在一起这么一想，真的让他们惊出一身冷汗来。

"朋友们，"工程师接着又说道，"除此外，最近还有一件更加蹊跷怪异的事。"

"什么事呀？"哈伯急不可耐地问道。

"你们说你们从塔波岛返航归来时，看到林肯岛上有火光为你们指引航向，是吗？"

"是呀，没错儿！"水手回答。

"你也看见了吗，哈伯？"

"看见了，而且那火光亮极了。"哈伯回答道。

"那不会是一颗星星吗？"

"绝对不是，史密斯先生，"彭克罗夫回答，"因为当时天空云层很厚，根本看不见星星。再说，一颗星星也不会那么低，那么靠近地平线的。斯皮莱先生也看见了的。"

"那堆火很亮，犹如电光，是吧？"

"没错，没错，就是的……"哈伯急切地说，"而且，那堆火的位置肯定是在花岗岩宫的高地上。"

"那好，朋友们，那我就直截了当地告诉你们，10月19日夜晚，我也好，纳布也好，我们都没有在海岸上点过什么火堆。"

"什么？你们没有……"彭克罗夫惊奇得没能说下去。

"我俩根本就没有离开过花岗岩宫，"史密斯肯定地说，"如果你们真的看见岸上有火光的话，那不是我们点的，是别人点的！"

彭克罗夫、哈伯包括纳布，听史密斯这么一说，全都呆住了。他们真的难以理解，这不可能是幻觉呀！他们返航时真真切切地看见了岸上的火光呀！

看来不得不承认，岛上确实有神秘之处，而且这神秘对居民们有着极大的好处。他们解释不清个中原委，因而好奇心越发增强。也许在什么地方隐藏着某种生物，必须想尽办法查清。

然后，史密斯又向他的伙伴们提及托普和于普在花岗岩宫的那口井边的异常表现，并且还说，他在大家外出时，曾经下到井底探查过，但并未发现什么异常。

最后，大家一致同意，等到天气转暖之后，立即对林肯岛进行全面彻查。

这之后，水手便心神不定，心绪不宁，这座海岛原本是属于他们几个人的，可现在却另有他人也要在此当主人了。而且，他觉得自己在不由自主地受到这个人的支配。他同纳布常议论这档子事，深信岛上肯定有什么超自然力在起作用。

5月即将来临，气候变得恶劣了。看来，冬季将提前到来，而且气候将十分寒冷。因此，大家刻不容缓地加紧做越冬的准备。

岩羊很快就能提供大量的羊毛，可制成保暖的衣服。

当然，大家少不了也在为艾尔通准备过冬的衣服。史密斯还建议他搬到花岗岩宫中来，这儿住着要比畜栏那边暖和得多。艾尔通倒也表示同意，说是把畜栏那边的活儿料理完之后就搬到这边来。4月中旬，艾尔通就搬了过来。自此之后，他便同大家一起过起了集体生活，并且努力地为大家做事。不过，他仍旧如先前一样忧郁怯懦，从不与大家一起娱乐。

在林肯岛上的居民们，大部分时间都在花岗岩宫度过这第三个冬天。其间，经历过几次狂风暴雨，岩石几乎被刮倒冲走。浪涛汹涌，险些把小岛淹没。有一次，河水猛涨，慈悲河上的桥梁差点儿被冲垮。

这种狂风暴雨对眺望冈当然会造成巨大的破坏，而磨坊和家禽饲养场则更是首当其冲。因此，他们总是不得不经常前去进行抢修补救，免得危及家禽的生存。

有几只美洲豹和成群结队的猴子一直闯到高地边缘来。大家十分担心它们从冰封的河面跑过来，所以免不了小心看护，不时地开枪射击来撵跑它们。

天气寒冷，他们仍去沼泽地里打过几次猎，每次都收获甚丰。斯皮莱和哈伯带着托普和于普，打了不少的野鸭、沙锥、针尾鸭、凤头麦鸡什么的。

冬季寒冷的四个月——6月、7月、8月、9月——就这么度过去了。花岗岩宫没有受到寒冷天气的影响，畜栏那边因有富兰克林山这道屏障的遮挡，损害也不算严重。10月下旬，艾尔通曾回去畜栏几天，既快又好地完成了抢修工作。

这个冬天倒是没有出现过什么怪异的事情，托普和于普也没再在井边转悠、乱叫，仿佛先前那一连串神奇的事已经宣告结束了。不过，冬夜无事，大家还是围炉促膝交谈，怪异之事仍旧是谈话的中心内容，并且决定应该对全岛进行彻查。但是，这个时候，发生了一件重大事情，暂时改变了众人的计划。

10月，美好季节即将开始。阳光下，大自然呈现出新的面貌，树木又有了新绿。

10月17日下午三点左右，哈伯见天空如此纯净，不禁想到拍一张眺望冈对面联合湾的全景照片，范围从颚骨角直到爪角。

海平线清晰，微风吹拂，泛起阵阵涟漪，远处的海面看过去如镜面一般，水面上闪烁着银色的阳光。

照相机就架在花岗岩宫大厅的一个窗台上，可以俯瞰海滩和整个海湾。哈伯拍了照后，像往常一样，取出底片，立刻去室内的一个黑暗角落用定影液定影。然后，拿着底片回到明亮处，仔细检查拍的质量。这时，他突然发现底片上有一个几乎难以觉察的小黑点。他便一再地冲洗，想把它洗去，但小黑点很顽固，怎么也冲洗不掉。

"这可能是镜头上的一个污点所致。"哈伯寻思。

于是，他把望远镜上的一个大倍数透镜取了下来，好奇而仔细地观察这个小黑点。

这一看不要紧，他不禁突然大叫一声，底片都差点从手中掉下来。

哈伯立即奔到史密斯房间里去，把底片和放大镜递给工程师，指着底片上的小黑点让他看。

史密斯看了这个小黑点后，立即抓起望远镜冲到窗口。

他举镜缓缓扫过海平线，最后停在那个小黑点上，然后放下望远镜，只说了一个字：

"船！"

确实，从林肯岛上终于看到了一条船！

# 第三部　林肯岛上的秘密

# 第一章

❖

　　林肯岛上的遇难者们流落荒岛已经两年半了。他们至今尚未与外界取得联系。10 月 17 日那一天，他们突然发现另有一伙人在林肯岛附近出现。

　　那边有一只船，是路过还是想靠岸？再过几小时就会见分晓了。

　　史密斯和哈伯立刻把其他三人叫到花岗岩宫的大厅里来，告诉他们出现的新情况。水手抓过望远镜，对着海平线处扫视，目光最后落在那个小黑点上。

　　"嘿，还真的是一条船！"水手大声说道。

　　"它是不是正冲着我们开过来？"斯皮莱问。

　　"现在还说不准，因为海平线上只露出一根桅杆，看不到船体。"水手回答。

　　"那我们该怎么办呀？"哈伯急切地问道。

　　"等等看吧。"史密斯回答道。

　　大家沉默着，这是他们到了这儿之后出现的最重大事件，所以他们便自然而然地沉浸在这件事所引发的种种想法、情感、恐惧和希望之中，心情极其复杂。

　　水手时不时地要举起望远镜注视一番。这船尚在东面二十海里的海面上，无论是升起信号旗、鸣枪、燃火求救，船上的人都看不到也听不到的。不过，林肯岛上的富兰克林山还是很高的，船上的瞭望哨一定能看得到，知道海图没有标出的这个地方有块陆地。

　　"会不会是'邓肯号'呀？"哈伯突然问道。

　　这个问题提得还是有道理的。艾尔通说过，待他彻底改过自新之后，格里那凡爵士会派船来接他回去。而塔波岛与林肯岛相距只有一百五十海里，并不算远，爵士的船出现在这附近是完全有可能的。

　　"赶快通知艾尔通，让他马上到这儿来，"斯皮莱说，"他一定知道这是不是'邓肯号'。"

　　大家一致同意，于是，斯皮莱便连忙往畜栏发了个电报："速来。"

　　不一会儿，电报机铃声响起，艾尔通复电已到："即到。"

　　大家一边在等着艾尔通的到来，一边继续注视着远处的那条船。

　　"要真的是'邓肯号'的话，艾尔通一眼就能认出，因为他曾在那条船上待过一段时间。"哈伯说道。

"如果他真的认出是'邓肯号'的话，他肯定会高兴得不得了的。"水手说道。

"您说得对，"工程师说，"但愿那就是'邓肯号'，是来接他的，因为他已经完全有资格回去了。如果情况并非如此，那就麻烦了。这一带常有马来海盗出没。"

"我们将誓死保卫我们的海岛。"哈伯大声说道。

"那是当然的，孩子，不过如果不用保卫，不动刀不动枪的，岂不更好？"工程师说。

"我觉得，既然最新的地图上都没标明林肯岛，那么航海的人就根本不知道它的存在。如果一条船突然发现了一个不知名的岛屿，它肯定要靠近观察一番，而不会匆匆离去的。您觉得我的看法对吗，史密斯？"斯皮莱说。

"当然正确。"水手抢先说道。

"我也在这么想，"工程师说，"甚至可以说，但凡船长，遇此情况都会这么做的。"

"那么如果对面的那条船打算在附近抛锚，靠上林肯岛，我们该如何应对呀？"水手这么问了一句。

这突如其来的一问，让大家一时紧张起来，不知如何回答。

"先设法与那船上的人取得联系，"沉默良久后，史密斯终于说道，"先摸清他们是不是来者不善。"

"如果他们趁我们不备抢占了我们的海岛怎么办？"斯皮莱问道。

"那就跟他们抵死相拼。"水手说道。

整整一小时过去了，大家始终无法确定那船是不是在朝林肯岛驶过来。虽然它距离他们又近了一些，但仍无法确定其航向，连航海阅历丰富的彭克罗夫也说不清楚。但此刻风向却是朝着林肯岛吹来的，现在是顺风顺水，海面又非常平静，所以尽管海图上没有标出林肯岛，不知附近海水深浅，但仍可以放心地朝这边驶来。

四点光景，艾尔通在拍发了复电的一小时之后，赶到了花岗岩宫。

"怎么了，先生们？有何急事？"他问道。

"艾尔通，"史密斯握住他的手，领他走到窗口说，"是有一件急事。附近出现一条船。"

艾尔通闻言，心里一愣，随即探身窗外，向四周扫视一遍，但并未发现什么。

"您拿望远镜好好看看，"斯皮莱说，"可能是'邓肯号'，前来接您的。"

"不，不会的，不是'邓肯号'。"艾尔通不相信地直摇头。

"您再仔细看看，艾尔通，"工程师说，"我们必须先搞清楚这是条什么船，这至关紧要啊。"

艾尔通举起望远镜，朝大家所指的那个方向望去。他一动不动，默默地朝远方海平线看了足足好几分钟，然后放下望远镜说：

"那的确是一条船，但我觉得它并不是'邓肯号'。"

"为什么？"斯皮莱不禁问道。

"'邓肯号'是蒸汽船，而前方的这条船四周及上方看不到一点烟。"

"它会不会现用风帆行驶呀，现在可是顺风，"彭克罗夫说道，"这样也可以节省点煤的。"

"您也许说得对，彭克罗夫先生，"艾尔通回答道，"它的确有可能熄了火，扯帆行驶。现在只能等它再往前来一些，然后再看。"

艾尔通说完这话，随即在大厅一角坐下，没再吭一声。虽然大家仍在议论纷纷，猜测此船究竟是怎么回事，但艾尔通却没有参加进来与大家一起讨论。

此刻，大家已经无心干其他的事了，只是在焦急地等待着。史密斯陷入了沉思，他心情极其复杂，既盼着这条船驶过来，又害怕它靠近林肯岛。而斯皮莱和彭克罗夫显得尤为坚强，他俩踱来踱去，一刻不停。哈伯则是感到新鲜、好奇。只有纳布如平时一样镇定自若。

此刻，那船离岛又近了一些。举起望远镜看过去，可以清楚地分辨出，那船是一条远洋船，而非太平洋海盗惯用的马来快船。这一下，工程师悬着的心放下来了，认为此船在岛附近出现不会有任何危险。彭克罗夫还进一步确认，这是一条双桅横帆船，正借助右舷风，张满风帆，对着海岛斜向驶来。艾尔通赞同水手的判断。

可是，现在刮的是西南风，那船仍按这种航向行驶的话，很快便会在爪角后面消失；再要观察它，就必须去气球港附近的华盛顿湾的高地。可是，现在已经五点了，天色将晚，暮色苍茫就看不清楚了。

"天快黑了，"斯皮莱说，"怎么办呀？是不是点起一堆篝火，告诉对方此岛上有人居住？"

工程师心里依然存在着一种不祥之感，但事情又这么急迫，而且又至关紧要，所以他把心一横，同意了斯皮莱的意见。这条船也许会在黑夜中消失，一去不回头了。这样的话，是否再有船出现就很难说了。再说，谁知道他们将来会遇上什么情况呀！所以，工程师不得不冒一次险。

于是，大家做出决定，让纳布和水手前往气球港，待天黑时，在那边点燃篝火，以引起对方的注意。

可是，当二人正准备离开花岗岩宫时，那船却改变了航向，向联合湾直驶而去。此船性能极佳，很快便接近了林肯岛。

纳布和水手暂时留下未走。大家把望远镜递给艾尔通，让他最后确认一下那是不是"邓肯号"，因为后者也是一艘双桅船。

那船现在离岛只有十海里了。艾尔通只举起望远镜略微一看，便放下望远镜说：

"那不是'邓肯号'，绝对不是……"

水手随即拿起望远镜来，又仔细地看看。他判断此船有三四百吨，既精巧又轻快，想必是一艘快船，但一时还看不出是哪个国家的船。于是，他便对大家说道：

"说不清是哪个国家的，但船上却飘扬着一面旗帜，只是看不清旗帜是什么颜色。"

"不出半小时就可以看得一清二楚了，"记者说道，"另外，我看那条船的船长很想上岸的架势，所以今天晚上，顶多明天，我们就可以结识他了。"

"结识不结识有什么要紧，"水手说道，"关键是搞清楚要同什么样的人打交道。要是能看清那船上旗帜的颜色就好了。"

天渐渐地黑了下来。海上，风势减弱。那船上的旗帜已卷成一团，绕在绳索上，因而更加难以辨认。

"那不是美国旗，"彭克罗夫在嘀咕，"也不是英国旗……也不像是法国旗或德国旗，更不是白颜色的俄国旗或黄颜色的西班牙旗……也不是三色的智利旗或绿色的巴西旗……也不像是红白两色的日本旗……"

正在这时，一阵微风吹过，那面旗帜突然被吹展开来。艾尔通一把抓过望远镜，一看，立即惊呼道：

"黑旗！"

毋庸置疑，这是一条海盗船！

大家立即商量如何应对。

"朋友们，"最后史密斯说道，"我们必须先隐蔽起来。艾尔通和纳布先去眺望冈，把风车风翼拆下来，太显眼了。把窗户也统统用树枝伪装好。不许生火。

总之，不能让人看出岛上有人居住！"

"我们的船怎么办呀？"哈伯问。

"船藏在气球港，不会被发现的。"水手回答道。

大家立刻按工程师的吩咐去办了。艾尔通和纳布上了山冈，把岛上一切有人的痕迹都掩盖了起来；其他人则从啄木鸟林的边缘捡回大量的树枝、藤条。从远处看过来，它们俨然天然的树木，把开在花岗岩石峭壁上的窗洞不露痕迹地掩饰了起来。与此同时，武器弹药也都安置好了，随时可以抗击来犯之敌。

"朋友们，"一切安排妥当之后，显得很激动的史密斯说道，"如果这帮匪徒要强占林肯岛，我们一定要将他们消灭光，对吗？"

"当然，必要时，宁可牺牲自己的生命！"斯皮莱说。

工程师向伙伴们伸出手去，大家纷纷握了握他的手。

艾尔通独自一人待在角落里，没有发表意见，也没同大家握手。他也许觉得自己犯过大罪，不配跟大家握手。

史密斯似乎看出艾尔通的心思，便主动走到后者的身旁。

"您呢，艾尔通，您准备怎么做？"工程师问道。

"我将尽自己的义务。"艾尔通说道。

他说完这话，便站到窗前去，透过树枝向外看去。

这时已是七点三十分了，太阳早已落到花岗岩宫后面去了，东方地平线几乎已经黑下来了，但那船仍在往联合湾驶去。它是不是要进入海湾？在那儿抛锚？是仅仅巡视一下，并不上岸，还是一会儿就走？再过一个钟头，就可以见分晓了。

这条来路不明的船，挂着黑旗，史密斯见了，不禁忧虑不堪。到目前为止，他们一直都是顺顺当当的，可这条船的到来是否会打破他们的宁静？显然，这条双桅船的水手是一群海盗，他们是否到过林肯岛，所以靠近岛时便把黑旗挂上？他们是否在岛上待过？如果是这样的话，那么所出现的一件件怪事就可以解释得通了。在岛上的那些至今尚未踏勘过的地方，是否有他们的同伴存在？

史密斯的脑海中缠绕着这些问题，却始终找不到答案。但是，有一点他是毫不怀疑的：这条船的到来将对他们的安全造成极大的威胁。

无论情况怎样，他和同伴们都将誓死保卫自己的岛屿。眼下，必须弄清楚海盗的人数，以及他们的武器装备是否比新岛民们的更精良。可是怎么才能接近他们，摸清情况呢？

　　天完全黑了。那船上的灯光也被遮挡了起来，已看不清它的具体位置。正在这时，海面上突然闪过一道强光，接着传来一声炮响。

　　那双桅船仍在原处，而且船上还有大炮！

　　工程师估计从见到闪光到听到炮响，中间大约应该有六秒的样子，那么，那船应该是停在一点二五英里处。

　　这时，大家听到了锚链从锚孔中放下来的哗啦声。

　　这双桅船就在花岗岩宫的视线范围内抛锚停泊了。

# 第 二 章

　　这条海盗船的目的已不言而喻了。海盗们抛锚停泊后，必然是要在第二天乘坐小艇登陆上岸！

　　史密斯等人随时准备着，静观其变，以不变应万变，关键是隐蔽好，千万不可轻举妄动。如果这帮海盗只是靠岸，而不上岛深入巡查，那新岛民们仍可继续隐蔽。他们也许并无太多要求，只是想到慈悲河去补充一些淡水，那么他们就不可能发现离河口一英里半的那座小桥和修复后的"壁炉"。

　　但是，他们为何要挂起黑旗来呢？为何又打了一炮？是不是只想炫耀一下，表示自己是该岛的主人？现在，工程师知道了这条船装备精良。面对这强大的敌人，新岛民们有的只是几支枪而已。

　　"大家不必过分紧张，"史密斯说，"花岗岩宫出入口隐蔽在芦苇和杂草丛中，对方难以发觉，他们是闯不进来的。"

　　"可是，"水手着急地说，"农田、家禽、饲养场、畜栏等怎么办？他们肯定会洗劫一番，毁掉一切的！"

　　"是呀，可现在我们也没有任何的办法能够阻止他们。"工程师说。

　　"也不知他们人数有多少，"记者说，"要是只有十来个人的话，那就没什么可怕的了，要是四五十人……"

　　"史密斯先生，"这时，艾尔通突然开口说道，"我有一个请求。"

　　"您请讲，朋友。"

　　"让我潜到海盗船上去，摸摸他们的底儿。"

　　"可这太危险了啊！"

　　"冒这个险还是值得的。"

　　"这不是您分内的事。"

　　"现在还分什么分内分外呀？"艾尔通回答。

　　"您打算坐小船摸上去吗？"斯皮莱问。

　　"不，先生，我游过去，这样保险些。"

　　"可是，得游上一点二五英里啊！"哈伯说道。

　　"我水性很好，哈伯先生。"

"我得提醒您，这可是有生命危险的呀。"工程师担心地说。

"这无所谓，这也许是我重新做人的机会，请您答应我，史密斯先生。"

"那好，您去吧。"工程师答应了。因为他知道，不答应的话，会刺伤这个已改过自新的人的。

"我可以驾船送他一段。"水手说道。

事情就这么定了。艾尔通和水手在大家的陪伴下，来到岸边。艾尔通脱去衣服，身上抹了一层油，以免冰凉的海水刺激。随后，他身上披了一块毯子，与众人握手告别，上了水手划的小船。晚上十点三十分左右，他俩便消失在苍茫夜色之中了。同伴则返回"壁炉"，等待他们的胜利归来。

小船顺利地驶过海峡，在对面的小岛上靠了岸。他俩倍加小心，生怕遇上已登上岸来的海盗。但经仔细观察，确信岸上无人。于是，艾尔通便跟在彭克罗夫的身后，迅速穿越了小岛，但还是惊起了在石穴内栖息的鸟儿。这时，艾尔通便毫不畏惧地迅速跳入水中，悄悄地向海盗船游去。

彭克罗夫蹲在岸边高低起伏的乱石丛中，等着艾尔通归来。

艾尔通在水中奋力游着，但并未发出丝毫的划水声。他微微地露出脑袋来，眼睛盯着海盗船那黑乎乎的影子。船上的灯光倒映在海水中。艾尔通一心想着自己所许下的诺言，置危险于不顾，连经常在这一带活动的鲨鱼是否会袭来也没有多细想。他在潮水的推动下，很快便游出了海岸边。

半小时后，艾尔通终于潜到海盗船边，一只手抓住船头的铁链，然后，稍稍喘了口气，顺着铁链爬到了船头上。船头晾着几条水手的短裤，他偷拿了一条穿上，然后紧贴着船舱壁，侧耳细听。

船上人并未就寝，而是在又说又笑，还在哼哼唱唱。艾尔通听见他们在夸耀：

"我们抢到的这条船真的棒极了！"

"行驶飞快，不负其'飞快号'的大名！"

"诺福克岛的船只能跟在它的后面干着急，甭想追上它！"

"船长万岁！"

"鲍勃·哈维万岁！"

闻听此名，艾尔通立刻一激灵，想起了他往日在澳大利亚的一个同伴来。此人也是个水手，心狠手辣，无法无天，现在仍从事艾尔通已经洗手不干了的罪恶勾当。这帮匪徒，杀人越货，肆虐于太平洋海域，无恶不作。

海盗们在大碗喝酒，一边高谈阔论，夸耀自己的"赫赫战功"。艾尔通明白了，这伙人全都是从诺福克岛逃逸的英国囚犯。

诺福克岛位于澳大利亚东面，南纬二十九度，东经一百六十五度四十二分。该岛方圆六海里，最高处为皮特峰，海拔一千一百英尺。小岛上关押着英国的十恶不赦又冥顽不化的囚犯。一共有五百名犯人，由一百五十名士兵和一百五十名监狱管理人员看管着。最高指挥官是一名总督。尽管戒备森严，但这帮罪犯有时仍有越狱行为。他们抢夺船只，逃出监狱，在波利尼西亚群岛一带为非作歹。

鲍勃·哈维一伙正是干的这种罪恶勾当，这也是艾尔通曾经想要干的事情。鲍勃·哈维等人夺取了停泊在诺福克岛附近的"飞快号"，将船员们杀害，将该船变成了海盗船，一年来在太平洋上大肆抢掠，无恶不作。鲍勃·哈维以前当过远洋船的船长，而现在却沦为一名海盗，而且是艾尔通的老相识。

海盗们大部分聚集在船尾的舱里，只有几个躺在甲板上大声闲聊。艾尔通还从他们的谈话中获知，他们是偶然驶到林肯岛附近的。当他们发现了海图上并未标明的这座无名岛时，便想顺便到岛上来看一看。如果此处条件很好，则可用来作为停泊基地。而船上的黑旗以及那声模仿战舰降旗仪式的礼炮，纯粹是一种示威，而非信号。

这么一来，林肯岛上的居民们命运堪忧了。岛上有淡水，有合适的港湾，还有已经开发了的种种资源和利于藏身的花岗岩宫。而此岛又无人知晓，更加利于海盗们长期盘踞、潜伏。他们肯定无忧无虑，长期逍遥法外，但史密斯他们可就性命难保了，鲍勃·哈维是不会留下任何活口的。史密斯等人甚至想跑都跑不了，想藏都没地方藏。即使海盗们出海打劫，他们也会留下点人看守小岛的。所以史密斯等人必须抗争到底，必须消灭这帮匪徒，才能自保，况且这帮人都是十恶不赦的歹徒，死不足惜。

然而，抵抗能否取胜，就得视这条海盗船的装备和海盗人数的多寡而定。

艾尔通想到此，不觉心中焦急起来。毫无疑问，史密斯会下令让众人奋力抗争，以死相拼。只有消灭对方，他们才有活命的希望。为了取胜，就必须摸清海盗们的人数和实力。

艾尔通上船一小时后，海盗们渐渐昏睡过去，有的已经烂醉如泥。船上的灯光已经熄灭，船上一片漆黑，艾尔通立刻上到甲板上去。

经过摸查，他发现船上装备着四门可以发射八九磅重炮弹的大炮，而且是后膛炮，新式的，威力巨大。

从他们的谈话中，他已得知他们有五十来人，甲板上就横七竖八地躺着十来个。对于史密斯等六个人而言，海盗的人数够多的了，简直可以说是"敌众我寡"，"敌我力量悬殊"。不过，由于艾尔通的英勇，大胆闯入虎穴，摸清敌情，新岛民们就不会手足无措，干等着挨打，而会定出相应的对策来。

基本情况已经摸清，艾尔通便准备再从船头处下水，回去向大家汇报。正在这时，他忽然灵机一动，何不以自己的生命换取大家的安全呢？敌人人数数倍于己，火力又强：自己一方则势单力薄，寡不敌众。敌人无论是采取强攻还是围困，都能置史密斯等人于死地。想到此，他仿佛看到他的救命恩人——那些让他脱胎换骨重新做人的人，那些犹如再生父母的人——被残酷杀害，看到他们的劳动成果惨遭践踏，看到他们美丽的小岛变成海盗的巢穴！他心想，致使这不幸发生的罪魁祸首就是他艾尔通！因为鲍勃·哈维就是他的同伙，这个恶徒只不过是在继续自己往日的所作所为！想到此，他是既害怕又羞愧，因此脑子里只有一个赎罪的念头，那就是，与这帮匪徒同归于尽，不让他们继续祸害好人！

他说干就干，沿着绳索，溜到中舱。那里也躺着不少匪徒，都喝得不省人事了。只见主桅底部亮着一盏灯，周围支着一个枪架，架着各种武器。

于是，他从枪架上取下一支手枪，见里面已经上好了子弹，便携枪走向船尾，想找到后舱下面的弹药库。他小心翼翼地走着，谨慎地迈着脚步，生怕碰醒昏睡的匪徒。最后，他终于走到后舱的隔板前，找到了弹药库的门。

艾尔通手劲儿很大，见门上挂着锁，又无工具，便使劲儿地扭锁，终于把锁拧坏，把弹药库的门打开来……

正在这时，突然一只手搭上他的肩头，只听见一声断喝：

"你想干什么？"

此人身材魁梧，表情严峻，身子隐没于黑暗之中。突然，他把灯光移近艾尔通的脸庞。

艾尔通猛地往后一跳，借着闪过的亮光，认出了对方：鲍勃·哈维。但后者却并未认出他来，以为他早已死了。

"你想干什么？"鲍勃·哈维又厉声喝问一句，一边伸手，抓住艾尔通的裤腰带。

艾尔通猛然推了对方一把，准备冲入弹药库，往火药桶上开一枪，立即引起爆炸，一切也就结束了……

"来人呀！"只听鲍勃·哈维在狂叫。

有两个海盗被喊声叫醒，冲了过来，向艾尔通扑去，想把他掀翻摁倒。艾尔通身强体健，猛地一下挣脱出来，朝对方连开两枪。两名匪徒应声倒地，但艾尔通因躲闪不及，肩膀上挨了一刀。

弹药库的门已被鲍勃·哈维重新锁好，艾尔通知道自己的原定计划已无法实施，而且此时众匪徒也纷纷惊醒，只有杀开一条血路冲出去！

艾尔通趁乱朝着通往甲板的楼梯跑去。跑到照明灯处，他便用枪把儿把灯打灭，致使船上一片漆黑。

这时，正遇上两名歹徒从甲板楼梯往下跑，他便甩手一枪，又撂倒一个，其他歹徒看不清楚是怎么回事，扭头便跑。艾尔通迅即蹿上甲板，正遇上又一名匪徒冲上来，掐住了他的脖子，他便给了他一枪，然后跨过船帮，纵身跳入大海。

艾尔通没划几下，子弹便像雨点似的向他射来。

听见船上传来的声音，林肯岛上的人全都心急如焚。他们立刻武装起来，冲向海滩，准备背水一战。

他们深信艾尔通被海盗们发现后杀害了，也许海盗们还想趁此夜色苍茫，冲上岛来。

他们在惊恐不安之中煎熬了有半小时。枪声业已停止，但艾尔通也好，彭克罗夫也好，都未见归来。是不是小岛被敌人占领了？是不是该去增援艾尔通和水手？可怎么个增援法？此刻海水正在涨潮，根本无法下海。况且，小船也让水手划走了！史密斯等人此时此刻的心急如焚是可想而知的了。

午夜刚过，水手划着小船，载着艾尔通终于靠岸了，大家一颗久悬的心总算是落了地：水手无恙，艾尔通只是肩膀上受了点轻伤。

艾尔通把自己摸到的情况向大家详述了一遍，也讲了自己那豁出去但又未能遂愿的失败计划。大家听后，纷纷伸出手去，与他紧紧相握……

艾尔通当然十分感动，但焦虑之情未有丝毫的减少。海盗们被惊动了。这些肆无忌惮的匪徒知道林肯岛上有人居住，且人数不会太多，必然会荷枪实弹，蜂拥而至。一旦落到他们手中，必死无疑。

"那好吧，我们拼了！"记者说。

"先回去，研究一下再说。"工程师说。

"我们有可能逃过这一劫吗？史密斯先生。"水手问。

"有，肯定有。""可是，是六人对六十人啊！"

"是呀，六个！……不算……"

"谁？"水手问。

工程师没有回答，只是以手指天。

# 第三章

这一夜倒是平安度过了。史密斯等人一直保持着高度的警惕。至于海盗们，他们没有表现出上岸的企图。海盗向艾尔通开了一枪之后，未见再向这边打枪，甚至也听不见海盗向林肯岛悄悄驶来的声响。是不是海盗们摸不清岛上对手的实力，不敢贸然闯来，而开船离去了？

可是，天刚放亮，居民们醒来，透过清晨的薄雾，看见了一团模糊不清的影子，那就是海盗船"飞快号"。

"朋友们，"史密斯对大伙儿说道，"我们必须趁大雾尚未散尽，做好应急准备。雾大，敌人看不清我们，没法注意我们的行动。最重要的就是布置疑兵，让海盗们误以为岛上居民人数众多，让他们不敢轻举妄动。我们分成三个组，一个组留守'壁炉'，另一组前去把守慈悲河口，再安排一个组在小岛上，以阻止或延缓敌人登陆。我们共有两支马枪、四支步枪，每人一支。弹药非常充足，无须节省。我们没从花岗岩宫开枪，他们也就想不到朝我们的住所这儿开炮。我最担心的是，敌人万一登陆，就得进行肉搏战，我们人数少，必然会吃大亏的，所以既要阻遏敌人，又不可暴露自己。因此，大家不必节省弹药，但是必须瞄准了再开枪。我们每个人都要干掉八九个敌人，而且必须保证做到才行。"

同伴们静静地听着史密斯的战斗部署。现在，赶快趁雾气尚未散尽，各自奔赴自己的战斗岗位。

纳布和水手立即回到花岗岩宫，拿了大量的弹药。斯皮莱和艾尔通各取了一支马枪，四支步枪则由史密斯、纳布、水手和哈伯各分了一支。

于是，史密斯和哈伯便埋伏在"壁炉"，负责控制住花岗岩宫下的那片宽阔海滩；斯皮莱和纳布隐蔽在慈悲河口的乱石丛中，负责阻止敌人渡河或登陆，他们已把吊桥拉起来了；艾尔通和水手坐小船渡过海峡，在小岛上各自扼守一个阵地。这样一来，子弹就从四个不同的火力点射击，让敌人产生错觉，以为岛上不仅居民很多，而且戒备森严。

患难与共的几个遇难者临分别之前最后一次握手告别，互道小心、保重。彭克罗夫忍不住紧紧拥抱住哈伯好长一会儿。

告别后，史密斯和哈伯二人以及斯皮莱和纳布二人便分别消失在岩石后面了。过了五分多钟，艾尔通和彭克罗夫也顺利地渡过海峡，上了小岛，在东岸的乱石丛中隐蔽起来。

敌人没有发现他们的备战行动，因为雾太大，连他们也只是隐约地看出海盗船来。

早晨六点三十分，上层雾气在逐渐飘散，敌船桅顶显露出来。很快，雾被吹散了，"飞快号"完全显露出来，它头朝北，左舷对着林肯岛，离海岸真的是不超过一点二五英里。船上的那面黑旗在船顶飘扬着。

工程师举起望远镜，清楚地看到了船上的四门大炮，炮口都冲着林肯岛。船上似无动静，不像是马上就要发起进攻的架势。有三十来个海盗在甲板上走来走去，有几个爬上艉楼，还有两个站在顶桅横杆上，举着望远镜在仔细观察林肯岛。

显然，鲍勃·哈维一伙对头天夜晚发生在他船上的事情尚没弄清楚究竟是怎么回事。夜闯"飞快号"那人被打死了还是游回岛上去了？他到底想要干什么？……但鲍勃·哈维至少明白，这岛上有人居住，说不定全岛的人正严阵以待。但令他不解的是，怎么海岸上似乎并无人的踪迹，也未见棚屋茅舍，是不是全都躲到岛上深处去了……

鲍勃·哈维虽胆大包天，但他也是个心细的人。他很谨慎，未摸清情况，他是不会贸然冲到岛上去的。

一个半小时过去了，海盗船没有任何准备进攻或登陆的迹象。显然，海盗头子仍在犹豫不决。他就是举着最好的望远镜，也看不到躲在岩石背后的任何一个人。花岗岩宫窗口的树枝、爬藤尽管在光秃的峭壁上显得十分抢眼，但他肯定没有在意。是啊，他如何能想到在如此高的地方，会有人在花岗岩上挖出一个洞穴，建起房屋来？从爪角到颚骨角，包括整个联合湾，他也发现不了有任何人的迹象。

八点光景，岛上居民发现敌船上有了动静。滑轮上的绳索被拉动，一只小艇放到了水面上。七个海盗跳上小艇，身上都背着步枪。很显然，他们是想先探探路。要是想攻占海岛的话，他们定会全体出动的。

史密斯分析，这几个人并不是想进入海峡，而是准备先上小岛，这说明他的部署是非常正确的。

艾尔通和水手各自躲在狭窄的岩石丛中，看着那只小艇直奔他们而来。他俩在等着它驶入他们的火力范围里来。

小艇谨慎小心地向前划着。有个海盗手拿铅垂线，在测量航道的水深，这表明鲍勃·哈维想尽量地让他的船靠近海岸，船上的三十多名海盗都在密切地注视着小艇的动向。

小艇在距小岛两链远的地方停住了。掌舵者站起身来，寻找何处适合上岸。

这时，突然响起两枪。一缕轻烟从小岛岩石间飘然而起。掌舵者和测水深者应声倒下，是艾尔通和水手同时发射，击倒了两名匪徒。

与此同时，敌船轰的一声巨响，一发炮弹落在水手和艾尔通藏身的岩石顶上，碎石飞溅，所幸二人没有被击伤。

小艇上的匪徒连喊带骂地号叫着向前划来。它沿着海岸行驶，意欲绕过小岛南端，包抄对方。小艇上的海盗在拼命地向前划着，想划出对方的射程之外。

小艇一直划到离残骸角顶端那海岸凹进去的部分五链远处，绕过残骸角，在大船上的炮火掩护下，向慈悲河口驶去。

他们现在肯定是想进入海峡，从背后进攻，使岛上居民腹背受敌。

小艇朝此方向行驶已有一刻钟了。水手和艾尔通知道有被包抄的危险，但却仍坚守着自己的阵地。一方面，他们不想把自己暴露在小艇上和"飞快号"上的敌人面前；另一方面，他们也深信自己的战友们会前来增援他们的。

小艇此刻已经到了离慈悲河不足两链远处了。当他们奋力划桨，顶住涨潮的海水，进入慈悲河口阵地的射击圈内时，立即迎面飞来两颗子弹，又有两名匪徒应声倒下。这是神枪手斯皮莱和纳布的战功。

敌人见状，又朝这个方向开了一炮，但并未奏效，只不过打碎了几块岩石而已。

小艇上此刻只剩下三个人。他们现在快要进入史密斯和哈伯的射程之内。但是，他们没有再往前划，而是赶快绕过小岛北端，返回"飞快号"去了。

头一仗开局顺利，有四名敌人倒下，而我方竟无一人伤亡。大家自然十分兴奋，无不佩服史密斯神机妙算。海盗们肯定以为岛上人数众多，装备精良，防守严密。

那小艇因海潮阻遏，划了半小时后才靠上大船。大船上的匪徒们怒不可遏，又有十来个人嗷嗷直叫地跳上小艇。同时，大船上又放下来一只小艇，上面坐了八名匪徒。第一只小艇向小岛直扑上来，第二只小艇则准备强行闯进慈悲河口。

水手和艾尔通发现情况对己十分不利，应该返回主岛上去。但是，他俩仍坚持到第一只小艇进入射程，准确地各发一枪，引起小艇上一阵惊慌。然后，他俩便离开了阵地，跑过小岛，跳上小船，趁第二只小艇尚未到达南端时，渡过海峡，跑进"壁炉"，隐蔽起来。

他俩刚与史密斯、哈伯会合，第一只小艇便占领了小岛，开始搜索开来。

这时，斯皮莱和纳布弹无虚发，第二只小艇上的八人中有两人中弹身亡。惊慌中，小艇失去控制，撞上慈悲河口的礁石，撞得粉碎。但幸存的那六个匪徒却把枪举过头顶，游上了河右岸，拼命地朝着残骸角枪弹打不着的地方逃窜。

现在的敌情如下：小岛上有十二个匪徒，其中有好几个似乎身上有伤，他们掌握着一只小艇；另有六名匪徒上了主岛，因吊桥已拉起来，他们过不了河，到不了花岗岩宫。

大家一起研究了敌情。史密斯认为情况对己不利，说道：

"匪徒们不会善罢甘休的，他们一定会竭力改变这种不利状况。敌船很可能闯进海峡，冲上前来的！"

"这不太可能，它会搁浅，甚至沉没的。"水手反驳道。

"这很有可能呀，"艾尔通反对水手道，"他们会趁涨潮冲进来，退潮时，船搁浅了也在所不惜。到那时，他们的大炮就会发挥威力，我们就守不住阵地了。"

"见鬼！"水手骂道，"这帮匪徒真的像是在准备起锚了！"

"我们是不是得躲到花岗岩宫里去呀？"哈伯问。

"先等一下再说。"史密斯回答。

"纳布和斯皮莱怎么办？"水手问。

"到时候，他们会同我们会合的。准备好，艾尔通，该你和斯皮莱的枪发威了。"史密斯说道。

果然，不一会儿，敌船开始起锚。潮水已上涨了一个半小时，但涨潮时的急流已经停止，对敌船十分有利。

占领小岛的匪徒逐渐摸索到海峡对岸，与主岛只隔着这条海峡了。但他们没想到对方拥有远射程的马枪，仍大模大样地搜查着小岛，巡视着海岸。

突然，艾尔通和斯皮莱举起马枪，一枪一个，两名匪徒毙命。其他匪徒见状，吓出一身冷汗，落荒而逃，上了小艇，拼命地向大船划去。

"又完蛋了两个，"水手高兴地说，"斯皮莱和艾尔通同时发射，像是商量好了似的。"

"先生们，"艾尔通边上子弹边说，"情况更加严重了，贼船在起锚！"

"锚链已经拉直了！"水手大声地说。

"是呀，锚已经拉上船了。"

情况越发严重了。敌船上的匪徒在转动绞盘。它很快就向林肯岛冲来，渐渐逼近海岸。它接近了小岛，试图向小岛南端驶去，准备停靠在"壁炉"前面进行还击。

很快，"飞快号"便驶到小岛南端，轻易便绕了过去。随即，它便借助风力，到了慈悲河附近。

"这帮匪徒！胆大包天！"水手大吼道。

这时候，纳布和斯皮莱回到史密斯等人这边来了。

斯皮莱和纳布认为应该放弃慈悲河的阵地，因为在那儿无法对付双桅海盗船，所以他俩便撤离了。在大战临近时，大家最好是守在一起，集中火力。他俩在撤回来的时候，多亏了有岩石的掩护，虽枪声不断，但也没伤及他们。

"斯皮莱！纳布！"工程师见到他俩时大声地说，"你俩没有受伤吧？"

"没有，只是被反弹的子弹擦破了点皮而已，"记者回答道，"这该死的海盗船！"

"是呀，"水手说，"再过十分钟，它就到达花岗岩宫前面了！"

"您有什么看法，史密斯？"记者问道。

"我们得赶快躲进花岗岩宫去。现在走还来得及，敌人发现不了我们。"

"我也这么认为，"记者说，"不过，万一被围困在里面的话……"

"那就见机行事吧。"工程师说。

"那就快走！"记者说。

"史密斯先生，"水手说，"要不要我同艾尔通留在这儿？"

"留下来没什么用，彭克罗夫。不，别留下，我们不能分开。"工程师回答。

居民们走出"壁炉"。有弯弯曲曲的高大岩石的遮蔽，敌船发现不了他们。不过，从打到岩石上的枪弹声和大炮的轰鸣声来看，敌船已离得不远了。

他们迅即上了升降梯，到了花岗岩宫门口，冲进大厅。托普和于普自头一天起，就被关在了大厅里。

他们透过掩护的树枝看见，敌船已经驶入海峡。枪声大作，四门大炮也在漫无目的地朝着已无人把守的慈悲河阵地和"壁炉"轰击着。

这时候，突然一发炮弹不知何故，掠过门洞，打在走廊上面。可以肯定，匪首觉得门上的树枝可疑，试发了一发炮弹，探个虚实。接着，又一发炮弹袭来，洞口暴露了！

众人只好躲到宫中上层走廊里，任凭敌人摧残自己宝贵的住所。

可是，正在这时，突然传来一声巨响，接着便是一阵凄惨的哀叫。众人立即冲到窗边……敌船被冲天水柱掀起，一裂两半，随即沉入海底。

# 第 四 章

❖

"海盗船炸飞了。"哈伯欢呼道。

"是呀，好像艾尔通点燃了火药库，将它炸沉了似的。"水手说着便同纳布、哈伯一起冲上升降梯。

"怎么回事？"斯皮莱被眼前这意想不到的结果惊呆了。

"啊！这下可以弄明白了！"工程师欣喜地大声说道。

"明白什么？"

"您先别急，别急。您过来，斯皮莱。现在，最重要的是海盗们被消灭了！"

史密斯带着斯皮莱和艾尔通走到海滩，与水手、纳布、哈伯会合在一起。

"飞快号"不见了踪影，甚至连桅杆都看不见了。它被水柱掀翻之后，沉下海去，看来水是从一个很大的缺口涌进船舱的。这一带海水只有二十英尺深，退潮后，淹没在海里的船体将会重新显露出来。

船上的一些物品在水面上漂浮着。一些船上的零碎物品从船舱里慢慢浮上水面：备用桅杆、鸡笼（里面的鸡还活着）、箱子、木桶等。但是，却未见该船的残骸，连甲板上的木块、船壳上的木料也没有见着，这次爆炸让人百思不得其解。

过了一会儿，折断的桅杆有两截浮上水面，上面还带着船帆……水手和艾尔通连忙登上小船，向漂浮物划去。他们用绳索捆住断桅和木材，把另一头拉到海滩上，众人一起努力，把它们拉上了岸。然后，又把漂在水面上的鸡笼、木桶、箱子等物件打捞上来，运回"壁炉"。

水面上还漂着几具尸体。艾尔通认出有一具就是鲍勃·哈维。一看到他的尸体，他便激动不已地说：

"我从前就是同他一样的人！"

"可您现在却不同了，您已经成为一个正直的人了。"众人回答他道。

奇怪的是，浮上来的尸体并不算多，只有五六具，也许是随着退潮，被卷到大海中去了。

在这两小时的时间里，新岛民们忙着将沉船的桅杆拉上岸，把上面的船帆解下，摊在地上晒干。他们只顾干活，很少说话，但脑子里却在思考着。这艘沉船上的东西被他们打捞上来，可是一笔财富啊！他们的工具库里将增加许多东西，品种虽不算多，但其重要性却不可低估。

"对了，"水手说，"为什么不把沉船打捞上来呀？如果它只是炸出一个洞来，那完全可以修补好的。这船有三四百吨，比我们的小船可是像样多了。它可以把我们送到很远的地方去。我们想去哪儿都能办到。得和史密斯、艾尔通商量商量这事。应该打打这条双桅船的主意！"

确实，如果该船能够航行的话，那这几位新岛民回国的希望就增大了不少。不过，此刻谈论此事为时尚早，必须等到海水退潮，残船船身露出来时才能看清楚。

打捞工作结束，众人早已饿了，开始吃饭，边吃边聊，少不了以"敌船突然意外爆炸，大家得以免遭一劫"为主题。

"简直是个奇迹！花岗岩宫当时已危在旦夕了！"水手说。

"您说说看，彭克罗夫，这到底是怎么回事？是谁把它炸掉的？"斯皮莱问。

"这很简单嘛。海盗船又不是军舰，海盗也不是水兵。他们不停地冲着我们打炮，火药库想必是敞开着的，稍有不慎，岂不把火药给点着了！"水手回答道。

"看上去并不太像爆炸，"哈伯说，"真要是爆炸的话，木板、索具就会被完全破坏了的呀。这是怎么搞的？是不是撞沉的呀？"

"我也颇觉蹊跷，等把船身检查过后，也许答案就出来了。"工程师说。

"您该不会认为它是因为触礁而沉没的吧，史密斯先生？"水手说。

"这也有可能，说不定这儿有大礁石呢！"纳布回答。

"纳布，当时的情形您并没有看到，可我却看得一清二楚。海盗船沉没之前，被一股巨大的水柱掀了起来，然后向左倾倒。要是触礁的话，它就会平稳地、慢慢地下沉的。"水手反驳道。

"可它并不是一条平常的船，不一定就像普通船只沉没时那样。"纳布不服气地说。

"别争论了，我们会弄清楚的。"工程师劝解道。

"是呀，是会弄清楚的，但是我敢打赌，海峡内并无礁石。史密斯先生，您给个实在话，这次沉船是不是很蹊跷？"水手追问道。

史密斯没有回答他。

"无论是被炸沉的还是触礁的，反正这船沉得十分及时。"斯皮莱说。

"这倒也是……不过，问题不在这儿，我想请教史密斯先生，他觉不觉得这事有神秘之处。"水手说。

"我现在还说不准。"工程师回答。

一点三十分左右，众人上了小船，向沉船的地方划去。很遗憾，敌船上的两只小艇一毁一沉，否则对居民们就大有用处了。

海水在退潮，沉船渐渐露出水面。它倾斜得很厉害，龙骨都快要朝天了。它确实是被海底的一股巨大而可怕的无名力量给掀翻的。

船头龙骨两侧，离船柱七八英尺处，船体被撕裂出几道大口子，足有二十英尺长。船底和船身包裹的铜皮已经没有了；肋材、铁销、木钉也全无踪影。

"这就怪了，"斯皮莱说，"如果是爆炸所致，怎么甲板和水上部分没被炸掉，反而船底给炸坏了？这些大口子也不像是爆炸形成的，像是被礁石撞裂开来的。"

"可是，海峡里并无礁石，怎么可以说船是被礁石撞裂的呢？"水手反驳道。

"我们想法进到船里去看看，"工程师说，"也许就能查出原因来。"

海水仍在继续往下退，船身倾倒，甲板上下掉了个个儿，上面可以走人了。史密斯等人手握斧子，走上破裂的甲板。上面堆满了箱笼什物，因浸泡得并不太久，里面的物件并未被浸坏。

众人赶紧将它们挪到安全的地方。海水还得过几小时后才会重新涨潮。艾尔通和水手在船身的裂口上安了一只滑轮，把木桶、箱子等吊出来，装上小船，运到岸上。

船上的物品倒是蛮全的，有器皿、手工制品等，这是林肯岛上极缺的，大家非常高兴。但令史密斯困惑的是，船只内部结构也遭到毁坏，特别是船头，隔板和支柱全部碎了，像是被一颗威力巨大的炮弹击中了似的。

然后，他们又向船尾走去，在艾尔通的指引下，找到了弹药库，在大量的子弹中间发现了二十多桶火药，桶内全部衬有铜皮。大家谨慎小心地将火药桶搬了出来。水手也看到了弹药库的情景，这才相信此船并非爆炸导致沉没的，因为弹药库的那部分船身反而受损坏的程度最轻。

"这船到底是怎么沉的呀？"哈伯问道。

"说不清楚，"水手说，"没人知道，连史密斯先生也不敢肯定。"

大家紧张地连续检查了几小时。此刻海水开始往上涨了，抢救工作只好暂告一段落。他们并不担心，因为这船像是抛了锚似的，牢牢地固定在那儿，海水已无法把它从深陷的泥沙中冲走。等退潮后再继续抢救也无大碍。船本身已严重损坏，无法修复，只是得想法尽量地把船身上的木块等弄下来，否则会被海峡里的流沙淹没。

此刻已是五点了。由于抢救的活儿较重，大家已经饿得不行，所以晚饭吃得很香。饭后，大家便急不可耐地要打开箱子，看看里面究竟装了些什么宝贝。

大部分的箱子里装的是衣服，而且各种场合、各种季节穿的都有，鞋子的尺码也各有不同，各种尺码一应俱全，足够大家穿很长一段时间的。

这时，水手又从木桶里发现了甘蔗酒和烟草，还有火器、兵刃、棉花包、农具、木工工具、铁匠工具以及装在盒子里的各种种子，他高兴得在发狂，不住地发出欢叫，说：

"这下我们可富了！这么多东西，怎么用得完呀！"

花岗岩宫的仓库很大，存放这些物品毫无问题。只是现在天色已晚，无法将所有物品搬回去储存起来。何况，岛上还留有海盗船上的六个匪徒，必须提防他们突然来袭。慈悲河上的吊桥倒是已经吊起，但是一条小河或者小溪是无法阻挡住这帮歹徒的，走投无路时，他们是会狗急跳墙的。

新岛民们以后再设法对付这几个坏蛋。不过，在这之前，必须提高警惕，保护好堆放在"壁炉"附近的大小箱笼，夜晚必须派人轮流看守。

东方已现出鱼肚白来，小岛上的那几个匪徒并没有前来骚扰，否则守卫在花岗岩宫下面的于普和托普，会立刻报警的。

在接下来的三天时间，10月19日、20日和21日，大家都在忙着把沉船上值钱的和有用的物品抢救出来。包在船身上的铜皮大部分被揭下来了，船身也在一天天地下陷。此前，艾尔通和水手已潜入过海底好几次，早已将锚、锚链、压舱铁锭及四门大炮打捞上来。他俩是借助空桶的作用，让它们浮上水面的。

武器库这下子充实多了。水手甚至还想修一座炮台，控制住海峡和河口。有了这四门大炮，看谁还敢侵犯林肯岛的领海！

沉船只剩下一个空壳子。正巧，这时气候变了，风暴骤起，把它彻底地吹散架了，省得浪费火药去炸掉它。

居民们在船上并没有找到任何有价值的线索。显然，匪徒们早已将船主和船长的资料销毁了。船尾也不见有船名，所以猜不出它是什么国籍。艾尔通和水手根据其船头的某些形状判断，这是一艘英国制造的船。

一个星期之后，即使海水退潮，也看不到这条毁坏了的海盗船了。残骸已经全被大海吞没，可花岗岩宫的主人们却接收了船上的几乎全部财物。

11月30日，纳布在海滩上散步时，捡到一个破碎的厚铁筒，铁桶上面倒是有爆炸的痕迹。铁筒被他拿回来，交给了史密斯。后者仔细观察了之后，对大家说道：

"朋友们，你们记得吗，船沉没之前，曾被一巨大水柱抛得老高？"

"是呀，没错儿。"众人回答。

"那么，我告诉你们吧，水柱就是它造成的。"工程师指着破铁筒说。

"是它？"水手不解地说。

"没错，就是它！这是水雷的残留物！"

"水雷！"众人惊呼道。"谁布下的水雷呀？"水手问道。

"我现在也不知道，我只知道不是我布下的。水雷残留物就在这儿，它的巨大威力你们也都看到了！"

# 第 五 章

　　史密斯在南北战争中曾试验过这种可怕的武器，他深知其厉害，知道铁筒中装着硝化甘油、酸盐或其他类似爆炸物，一经引爆，便使海峡里掀起了那个巨大的水柱，把海盗船船底炸毁，使船立刻沉没。即使是铁甲舰遇上这种水雷，也会被击沉，何况"飞快号"呢！

　　因此，一切疑团均得以揭示。只是这颗水雷是怎么来的呢？对这一点，大家仍一无所知，不甚了了。

　　"朋友们，"史密斯终于说道，"可以肯定，林肯岛上存在着一位神秘的人，他也许与我们的遭遇相仿，是个遇难者。这位好心的人多次向我们伸出援助之手，而且还非常及时。可是，他究竟是何许人？说实在的，我也猜不出来。他为什么一而再，再而三地帮助我们，又始终不愿露面？他这么做到底图些什么？这我也不知道。不过，他的确是帮了我们的大忙，特别是我们身处险境之时，而且，他一定具有一种神奇的力量，否则他无法如此这般地帮助我们的。艾尔通也在这里，他也应该同我们一样地感谢此人。写字条放在漂流瓶中，并注明了塔波岛方位的人，肯定也是他。搁浅的箱子、猪獾身上的那粒铅弹、水雷等，除了他，不会有别人这么干的。因此，不管他是什么样的人，是遇难者也好，是流放犯也罢，我们都应该始终牢记他的恩情。我们欠了他这么多的情，但愿有朝一日能够报答他。"

　　"您说得完全正确，史密斯先生，"斯皮莱说，"确实应该有这么个人存在着，否则一切就无法理解了。此人几乎无所不能，他的存在是对我们的一种庇佑、保护。我在想，他是不是通过花岗岩宫的那口井暗中打探我们的消息来着，进而掌握了我们的一言一行、一计一谋？如果真的如此，他可真算得上是一位具有呼风唤雨之神力的人。"

　　大家都很赞同斯皮莱的看法。

　　"您说得对，"史密斯又说，"此人具有超常能力，这又是一个难解之谜。不过，只要能找到这个人，一切谜团也就全解开了。总之，我们应该敬重他，但我不知道，是仍让他这么继续暗中相助呢，还是想尽办法找到他？"

　　"我看啊，此人不管是什么人，反正是个好人，我尊敬他。"彭克罗夫说。

"您说得对，可您没回答我的问题呀。"工程师说。

"主人，我觉得我们应该全力以赴地去寻找这位恩人。可是，我看啊，他若是不想让我们找到的话，我们是怎么也找不到他的。"纳布说。

"您说得有道理，纳布。"水手赞同道。

"我也同意他的这个看法，但是我们也别因此就放弃寻找，"记者说道，"无论找得到还是找不到，反正我们都应该尽力地去寻找。"

"你说说看，孩子，你是怎么看的？"工程师问哈伯。

"啊！"哈伯眼里闪烁着激动的光芒，大声说道，"我要感谢他，他先救了您，后来又救了我们大家！"

"说得好，孩子，我们大家都得感谢他，"水手说，"说实在的，如果我能看到这位大恩人，挖掉我的眼珠我都愿意！我猜想他一定是个魁伟、英俊的人，蓄着美髯，留着秀发，手托一只大球，躺在彩云上。"

"您这是在描述上帝啊，彭克罗夫！"斯皮莱说。

"也许吧，但我就是这么认为的。"水手回答道。

"您呢，艾尔通，您怎么看？"史密斯问艾尔通道。

"史密斯先生，我现在还不能把自己的想法告诉您。我听从您的决定，您的决定肯定是正确的。如果需要我一起去寻找此人的话，我一定去。"

"谢谢您，艾尔通，不过我希望您能直截了当地回答我的问题。您是我们的伙伴，您已经为我们做了很多的事了。所以，遇到重大问题时，您应该像大伙一样，直言不讳地说出您的看法。您别犹豫，直率地说吧。"

"史密斯先生，我认为还是应该不惜一切代价找到这位恩人。我们要知恩图报嘛。再说，也许此人是孤单一人，可能还在受苦，急需一种新的生活……反正，我主张想方设法去寻找他。多亏了他，你们才发现了我，使我重新做人。我永远也不会忘记他！"

"那好，看来对于找到他、报答他的提议，大家是不会持有异议的，"史密斯说，"我们将尽快地开展搜寻工作。"

事情就这么定下来了。耽误不得的农活忙完之后，立即对林肯岛再度展开彻底的搜查，不放过一处疑点，不漏掉一个角落。

现在已是收获季节，大家把收获物井井有条地存放好。花岗岩宫已经成了一个应有尽有的大仓库了，存放着食物、武器、工具、备用器皿等居民们的全部家当。

海盗船上的四门大炮是钢铸的，威力巨大而又美观漂亮，大家齐心协力，用滑轮和吊车把它们吊到花岗岩宫的平台上，并在窗户与窗户之间的石壁上开凿出炮眼来。从这一高度，四门大炮可以封锁住整个联合湾，但凡在林肯岛附近海面停泊的船只，都将处于这"空中炮台"的火力范围内。

"史密斯先生，"11月8日这一天，水手对工程师说，"现在炮台已经完工，该试射一下大炮了。"

"您觉得这有必要吗？"

"非常有必要，史密斯先生，否则怎么知道炮弹能有多大的威力呢？"

"那好吧，就试射一下吧。不过，我想把火药原封不动地保存着，就用火棉来试验吧，我们储存的火棉可不少。"

"大炮禁受得了火棉的爆炸吗？"也盼望试射的记者问道。

"我看没有问题，不过还是应该多加小心才是。"

工程师熟谙大炮，他知道这四门大炮很优良，都是锻钢制的后膛炮，能承受大量火药的爆炸力，因此射程较远。要想取得实效，就必须让弹道尽可能地保持平直，这样炮弹的初速度才会很大。

"决定炮弹初速度的是火药的装填量，"工程师说，"制造大炮的关键是使用材料，应该使用强度高的材料。而我们的这四门大炮材质非常好，所以我坚信，它们能安然无恙地承受住火棉爆炸时的气体膨胀，射得很远，威力巨大。"

"试完之后就一目了然了。"水手说。

这一天，在彭克罗夫的一再要求之下，史密斯决定试射一下这四门大炮。兴奋不已的彭克罗夫拿着导火绳，随时准备开炮。

史密斯一声令下，炮便立即点火发射。轰的一声，炮弹飞向大海。到底射程有多远，无法精确计算。

第二炮瞄准的是残骸角顶头的岩石丛。只见炮弹落在离花岗岩宫约有三英里远的尖石上，把它炸得粉碎。这一炮是哈伯发射的。第一次开炮，少年当然开心得很，大家也都在为他喝彩，因为这一炮打得很准。

第三炮是对着联合湾北岸的沙丘射出去的，炮弹落在四英里开外的沙滩上，弹跳几下之后，落入大海，溅起一片水柱浪花。

打第四炮时，工程师稍许多加了点火棉，想看看最大射程到底有多远。轰的一声，大炮没有丝毫移动地稳稳地将炮弹发射出去。因为多加了点火棉，恐怕被大炮后坐力伤及，居民们都躲在了一旁。这时，大家都冲至窗口，只见炮弹掠过颚骨角的岩石丛，消失在离花岗岩宫五英里左右的鲨鱼湾里了。

"太好了！"彭克罗夫欢呼道，"整个太平洋的海盗全都集中过来，也甭想上岸！"

"那还是最好别出现这种情况。"工程师说道。

"对了，"水手又说，"还有那六个匪徒，怎么处置他们？总不能任由他们糟蹋我们的森林、农田和饲养场吧？我觉得应该尽快把他们消灭光。您觉得如何，艾尔通？"

艾尔通有所迟疑，没有立即回答。史密斯感觉到水手的这个问题刺伤了艾尔通，但已来不及补救了。可是，不一会儿，艾尔通却开口道：

"我曾经也是一个匪徒、一头野兽，彭克罗夫先生，所以我对这个问题没有权利发表看法……"

艾尔通态度谦卑地说了之后，慢慢地走开了。彭克罗夫这才醒悟过来，懊悔不迭。

"嘿，我可真够蠢的！"彭克罗夫自责地叫嚷道，"可怜的艾尔通！其实，他同大家一样有权发表自己的看法的……"

"没错，他应该同我们大家一样，有权发表自己的看法，"斯皮莱说，"不过，他的这种谨慎、谦恭的态度更加让我敬重，我们对他的这种追悔莫及的心情应该表示理解。"

"您说得对，斯皮莱先生，"水手回答道，"你们大家放心好了，我以后说话一定多加考虑，绝不会再说出什么伤艾尔通心的话了。现在，还是讨论一下开头的话题吧。我觉得那些匪徒丧心病狂，十恶不赦，不值得怜悯，应该尽快把他们消灭掉。"

"您真的这么认为，彭克罗夫？"工程师问水手道。

"是呀，我就是这么想的。"

"那要是他们不再冒犯我们，您也要毫不留情地把他们消灭干净？"

"难道他们已犯下的滔天罪行还不足以给他们定罪吗？"水手不知工程师何故这么犹豫，便毫不客气地反诘道。

"他们也许会回心转意的，"史密斯说，"也许他们会悔过自新的……"

"悔过自新？！"水手耸耸肩，不屑地说。

"您想想艾尔通呀，彭克罗夫，"哈伯插言道，"他不是痛改前非了吗？"

水手不解地轮番看着自己的同伴们，他真的没有想到自己的这番自认为合情合理的话竟然会遭到大家的反对。他是个疾恶如仇的人，不会赞同大家饶过这群匪徒的，因为他们不仅与匪首鲍勃·哈维一起攻打林肯岛，而且还参与杀害"飞快号"上的船员。他们是一群凶残的恶魔，应该毫不留情地赶尽杀绝。因此，他说道：

"怎么！你们全部反对我的意见！你们准备对那帮混蛋大发善心！那好吧，随你们的便，到时可别后悔！"

"只要我们倍加小心，难道还会出现什么危险吗？"哈伯插言道。

"嗯！"斯皮莱一直在听，没有吭声，这时开口说道，"他们是六个人，而且又是全副武装，如果躲藏得好，各自藏在一个角落里，向我们各发一冷枪，那他们就成了林肯岛的新主人了。"

"可是，他们至今并未这么做，那是为什么呀？"哈伯反驳道，"我想他们认为没有这个必要，也没有这个胆量，因为我们也是六个人呀。"

"算了，别争了，反正谁也说服不了谁，"水手不耐烦地说，"让那帮家伙去忙他们的吧，我们也别操这份心了。"

"别发那么大火嘛，彭克罗夫，"纳布也插上了一句，"如果真的有这么个倒霉的家伙站在您的面前，我想您也不会朝他开枪的……"

"不会？我一定像打疯狗似的打死他，纳布。"水手冷冷地说。

"彭克罗夫，您一向很尊重我的看法，"史密斯说，"在这个问题上，您能否再听我一次？"

"我会照您的吩咐去做的，史密斯先生。"水手回答道，显然他并没有被说服。

"那就这样吧，我们先等一等看，不必先去攻打他们，除非他们先向我们下手。"工程师最后说道。

彭克罗夫虽然心里并不赞成工程师的意见，但他只好听从大家的意见，等着看会出现什么情况。

# 第六章

❖

这段时间，居民们的首要任务就是着手对林肯岛进行全面彻底的搜索。此次行动的目的有二：一是寻找那位神秘的恩人；二是了解那几个海盗藏身何处，意欲何为，会给居民们带来什么样的威胁。

这次大规模的搜索需要持续多日，必须准备得充分一些，用车子多拉上一些东西，如各种用具、器皿什么的，以便宿营时使用。这时，一头野驴伤了腿，无法拉车，得休息几天。因此，行动日期推迟，十多天后，11月20日，再出发，因为那时天气会更好，即使没能找到神秘人，也会有许多新的发现，特别是将要去远西森林探索，那儿森林十分繁茂，一直延伸到盘蛇半岛尽头，物产十分丰富多样。

出发日期基本定好之后，大家便利用动身前的这几天，先把眺望冈没干完的农活干完。艾尔通则必须回到畜栏去，那儿的家畜需要照料一下，得把厩栏里的饲料备足。他决定两天后返回花岗岩宫。

艾尔通拒绝了史密斯让他带个帮手的建议，独自一人驾起一头野驴拉着的大车走了。两小时后，他拍了电报过来，说一切安好，平安无事。

史密斯则利用这段时间，准备把格兰特湖南端的那个原有的溢水口完全隐蔽起来，因为长出的草木只遮掩住了它的一部分，仍然留有安全隐患。他要把湖水抬高两三英尺，这样一来，洞口就会被完全淹没，花岗岩宫则可高枕无忧了。因此，他便在湖的两个溢流处各修了一道堤坝。于是，几个人努力地干了起来，两道七八英尺宽、三英尺高的堤坝便建造好了。这么一来，外人根本想不到湖的南端会有一个地下通道。

与此同时，为花岗岩宫蓄水池供水，并为升降机提供动力的小渠也进一步进行了治理，无论出现什么情况，都不会断水。

这些活儿干完之后，彭克罗夫、斯皮莱和哈伯便决定抽空去一次气球港，看看被匪徒们践踏后的小海湾，"乘风破浪号"可就停泊在那儿呀！

"这帮家伙是在南岸登陆，如果他们沿着海岸走，就有可能发现我们的小港，这样的话，我们的'乘风破浪号'就凶多吉少了。"水手说。

水手的担心并非空穴来风，因此前来气球港查看一番是完全必要的。

11月10日，午饭后，水手等三人带上武器准备出发了。水手甚至还把两颗子弹压上了枪膛。他们真正动身离开花岗岩宫的时间是下午三点左右。

纳布送三人到慈悲河的拐角处，待他们渡过河去之后，立即把吊桥拉起来。他们约定好，归来时鸣枪为号，纳布听到枪声后，便把吊桥放下来。

三人沿着通向港口的道路，朝着林肯岛南岸走去。这段路长三点五英里，他们用了足足两个钟头才走完，因为他们边走边仔细地搜寻，唯恐匪徒们藏匿于此。

到了气球港后，便看到"乘风破浪号"仍静静地停泊着，大家的心总算是放下来了。的确，气球港轻易不会被发现，它四周全是高高的峭壁，无论从海上还是岛上都发现不了它，除非身在其中或从高处俯瞰。

"太好了，这群混蛋并未到过这里，"水手说，"看来他们多半是藏在远西森林里了。"

"是啊，如果他们发现了我们的船，他们肯定会乘上它逃走的。没了船，我们也就去不了塔波岛了。"哈伯也高兴地说。

"是呀，"斯皮莱说，"我们还得去塔波岛留一张字条哪，万一那条苏格兰游船前来接艾尔通回去，就能知晓林肯岛的情况和艾尔通的新住址了。"

"'乘风破浪号'现在就停泊在这儿，斯皮莱先生，只要一下达命令，它及它的船员们就会立即扬帆远航！"水手说。

"我想，林肯岛上的搜寻任务一旦完成，我们就会去塔波岛的，彭克罗夫，"斯皮莱说，"无论如何，我们得想法找到那个陌生人，他也许对林肯岛和塔波岛上的事了如指掌。你们想呀，那张字条就出自他的手。说不定他还知道接人的游船什么时候来呢！"

"唉！这个人究竟是什么人呀？他知道我们，我们却不知道他！如果他只是个遇难的人，那他为什么要藏而不露呢？我们都是诚实忠厚的人，我们又不讨人嫌呀！他会不会是自己主动跑到这儿来的？他能不能想离开这儿就离开这儿呀？他现在还在岛上吗？是不是已经不在了？……"

三人一边兴奋地说着，一边登上"乘风破浪号"，在甲板上走了一圈。彭克罗夫顺便检查了一下系锚链的缆桩，突然惊呼道：

"啊！怎么回事！真的是见鬼了！"

"怎么了，彭克罗夫？"斯皮莱忙问。

"这不是我打的结呀！"彭克罗夫指着系在缆桩上的绳结说。

"怎么会不是您打的呢?"斯皮莱不解地问他道。

"我发誓,这绝对不是我打的。我习惯于打活结的,可这却是个平结!"

"您可能忘记了吧,彭克罗夫?"

"不可能的,怎么会忘记了呢?我都打习惯了,顺手就来,不可能打成平结的。"

"这么说,匪徒们到船上来过?"哈伯疑惑地问。

"不知道,但有一点可以肯定,有人拔起过船锚,然后又重新将它停泊在这里。你们看,这儿也有个证据!锚链的链套被松动过,不在锚链筒的支架上了!肯定有人动过'乘风破浪号'!"

"要是匪徒们动过,怎么又开回来了呢?既没驾船逃之夭夭,又没洗劫一空……"斯皮莱说。

"这我不清楚,反正可以肯定的是,它出海航行过。"

水手说得这么肯定,斯皮莱和哈伯也就没法再反驳了。

显然,水手把船开回到气球港之后,肯定是有人动过它。水手敢肯定,锚被拉起来过,然后又放到海里。如果船没有出海,为什么要起锚呢?

"可是,我们并没有看见它在林肯岛的海上航行呀!"记者急于把自己心里的疑惑说出来。

"嘿!斯皮莱先生,如果是在夜间出航,又赶上顺风顺水,它用不了两小时就跑出我们的视线了。"水手说。

"那么,我不明白,那几个匪徒用小船干什么呀?用完了怎么又划回来了?"记者仍疑惑地问道。

"行了,您那么多疑问我也回答不了,就把它们归于不可思议的事件吧,别再多想了。重要的是我们的船现在仍完好无损地停泊在这儿!如果再次被匪徒们掠走,那就回不来了。"水手回答道。

"如此看来,不如将它驶到花岗岩宫前面去,这样安全些。"哈伯提议道。

"你说得也对也不对,而且大半不对,因为慈悲河口不适合泊船,那儿潮水涨落太凶太猛!"水手说。

"那就把它拖到'壁炉'前面的沙滩上得了……"哈伯又建议道。

"这倒是个主意,"水手说,"不过,此刻我们的主要任务是仔细搜索该岛,先将它停泊在此较好,等岛上匪徒被消灭光之后,再弄走它也不迟。"

"我看也是,"记者说,"如果风暴袭来,它待在这儿更安全些。"

"如果匪徒又跑来了呢？"哈伯坚持说。

"如果在这儿找不到它的话，他们就可能跑到花岗岩宫去，而我们又都出外搜索去了，没人守着，它更容易被他们偷走的。所以，我赞成斯皮莱的意见，还是让它停泊在这儿。等我们回来时，匪徒仍旧没有消灭光的话，我们再把它弄到花岗岩宫去也不迟。"水手说。

"就这样吧，我们往回走吧。"斯皮莱说。

三人返回花岗岩宫后，立刻将这一异常情况报告给了史密斯。后者听完他们的讲述及其分析之后，建议对塔波岛和海岸间的那一段海域彻底勘察一遍，看看能否建造几道堤坝，搞一个人工港。这样，"乘风破浪号"就不会再脱离他们的视线了。必要时，甚至可以将它锁起来。

当晚，大家往畜栏发了一份电报，让艾尔通带两只羊回来，因为纳布想让它们也能适应高地上的青草。可是，电报发出后，艾尔通未像往常那样回电，表明电报收悉。史密斯颇感意外，很不放心。不过，他转而一想，艾尔通此刻已不在畜栏，或者已经踏上返回花岗岩宫的路上了。他已经走了两天，说好10日晚或11日早晨归来的。

于是，大家便耐心地等待着艾尔通的出现。可是，一直等到晚上十点，仍未见到艾尔通归来。大家有点急了，随即又给他发去一份电报，并注明"接电即复"。

但是，花岗岩宫的电报铃依然没响。

这可让大家焦急不安了。肯定是出了什么事吧，到底是出了什么事？谁也说不清楚。于是，大家便商量起来，有的主张立刻前去探看，有的则反对这么做。

"是不是电报机出现故障了？"哈伯说。

"这很有可能。"斯皮莱说。

"那就等到明天再看吧，"史密斯最后说道，"也许他没收到我们的电报，也许我们没能收到他拍发的回电。"

大家虽然心急如焚，也只好等到第二天再说了。

11月11日，天刚一亮，史密斯便立刻爬起来，拍发了电报，但依然未见回音。

于是，他又试了一次，拍发了第二封，仍旧不见回电。

"走！马上去畜栏！"史密斯命令道。

"带上武器！"水手补充说道。大家决定留下纳布看守花岗岩宫，以防匪徒突袭这里。

其他人立即带上武器，奔赴畜栏。

早晨六点，史密斯、斯皮莱、哈伯和彭克罗夫便渡过甘油河。送行的纳布则一个人到长着几棵龙血树的小丘后面躲了起来。

一行人离开眺望冈，踏上通向畜栏的小路。他们手中握着枪，随时准备打击敌人。两支马枪和两支步枪都已经是子弹上膛了。

小路两旁树丛密实，很容易藏人，不易被发现，如果敌人再打冷枪的话，那就险象环生了。

这几人一言不发，闷着头直冲冲地向前大步奔去。托普跑在最前头，为大家开路。他们一边沿着小路往前走，一边检查着畜栏与花岗岩宫之间的电报线。已经走出两英里远了，也没发现电报线有断头。电线杆也好好地竖立着，绝缘物也没损坏，电报线仍旧好好地拉着。不一会儿，史密斯突然发现电报线有点松垮。当他们走到第七十四根电线杆的时候，哈伯突然停下，喊道：

"电线断了！"

大家聚拢一看，电线杆横在路上，电报线的断头也找到了。

"电线杆不是被风刮倒的！"彭克罗夫说。

"没错，"斯皮莱说，"电线杆根部泥土被挖开来，是有人把它拔起来，推倒的！"

"你们看，电线是被割断的。"哈伯指着断头说。"断头是新的吗？"史密斯问。

"是新断头，"哈伯回答，"肯定是刚被扯断的！"

"快！快去畜栏！"水手喊道。

此刻，他们正好走了一半，还得走两英里半。于是，大家便跑了起来。

大家确实非常担心畜栏那儿发生了意外。也许艾尔通发过电报，而他们没有收到。不过，他们担心的并不是这个，而是艾尔通答应得好好的，说是昨晚就返回花岗岩宫的，可他竟然没有回去。再者，电报联系不会无缘无故地就这么中断了，除了那帮匪徒，还会是谁呀？

他们拼命地奔跑着，心中悬着新伙伴艾尔通的安危。他会不会已经被他以前的那些同伙杀害了？

不一会儿，路边出现了小溪，那是红河的支流，它灌溉着畜栏的草场。他们放慢了脚步，平稳住呼吸，准备战斗。枪栓打开了。各人负责监视森林的一角。

托普也在呜呜地叫着，表明危险确实存在。

　　大家终于透过树丛，看见畜栏的栅栏了，但却并未见到有任何被破坏的痕迹。门仍旧如往常一样关得好好的。畜栏里寂静无声，未见羊咩咩叫，也听不见艾尔通的说话声。

　　"快进去！"史密斯喊道。

　　史密斯走在前头，同伴们稍稍错后，保持警戒，随时准备开火。

　　史密斯拔去门闩，正要冲进门去，突然听见托普狂吠起来。栅栏上方传来一声枪响，随即是一声惨叫。

　　一颗子弹击中了哈伯，少年倒在了地上。

# 第七章

　　听见哈伯惨叫一声，水手立即扔下枪，向他奔过去。

　　史密斯和斯皮莱随即也围到哈伯身边。斯皮莱俯身侧耳听了听躺倒在地的哈伯的心跳。

　　"他还活着，快把他抬到……"

　　"抬到花岗岩宫？"工程师打断了斯皮莱的话，急忙说道，"那不可能呀！"

　　"那就抬到畜栏去！"水手忙说。

　　"等一下。"史密斯先拦了一下说。

　　只见他快步绕过左边栅栏，发现一个匪徒藏在那儿。这家伙举枪便射，子弹穿过史密斯头上的帽子。史密斯眼疾手快，没等他开第二枪，便猛地一刀刺去，扎进他的心窝，匪徒应声倒地。

　　此刻，斯皮莱和水手已爬上篱笆墙，纵身跳入栅栏内，拉开门里的门闩，冲进空无一人的屋子。哈伯很快就被抬了进来，放在艾尔通的床上。

　　史密斯消灭了敌人后，随即也进到屋里。

　　哈伯像昏死过去了一样，一动不动地躺在那里。史密斯等三人见状，心酸难耐，泪水止不住地流了下来。幸好，斯皮莱略通医术，以前也曾替人治过刀伤、枪伤，便在史密斯的协助下，开始对哈伯进行急救。

　　哈伯面色苍白，脉搏极其微弱，心跳间歇得很长，仿佛就要停止跳动了。而且，他的感觉与思维好像也已经消失了一样。情况确实十分危急。

　　于是，大家急忙把他的上衣解开，用手帕捂住伤口，止住血液往外流，然后又用清水把他的胸口洗干净。

　　他的伤口已清晰可辨，呈椭圆形，位于胸口第三根与第四根肋骨之间。然后，他被翻转身来，背上也有一处伤口，上面仍在流血，看来子弹是从前胸穿过后背的。

　　"感谢上帝！"斯皮莱说，"子弹穿了出去，没有留在体内。"

　　"心脏受到损害没有？"史密斯忙问。

　　"没有伤及心脏，否则人早就不行了。"

　　斯皮莱虽然知道子弹穿过体内，没有留在胸腔里，但并不知晓除了心脏无损，其他器官是否受到损伤。他毕竟不是专业胸科医生，现在只能想尽办法防止伤口感染、发炎，引起血脉不通，然后可能还得与枪伤引发的局部炎症和高烧进行斗争。

于是，在清创之后，他连忙把胸前背后的两处伤口包扎好。

此时，哈伯因失血较多，非常虚弱。他向左边侧着身子躺在床上。

"这个姿势利于伤口排出脓血，千万别让他动。"斯皮莱叮嘱道。

"那能不能把他抬回花岗岩宫呀？"水手着急地问。

"不能，现在不能。"斯皮莱说。

"真是见鬼了！"水手诅咒着。

斯皮莱随即又开始仔细检查哈伯的情况：哈伯仍旧面无血色。斯皮莱心里有点发毛了。

"史密斯，"斯皮莱说，"我不是医生……我不知道现在怎么办才好……您得帮我，给我出出主意，介绍我点经验……"

"冷静些，朋友……您尽管冷静地去做出判断……脑子里只想一件事：一定要把这个孩子救过来！"

斯皮莱感到肩头责任很大，虽然有点缺乏信心，但工程师的这几句话让他重拾了自信。他在床边坐下来，史密斯仍站在一旁。水手则撕开自己的衬衣，不甚灵巧地在为哈伯包扎着。

现在摆在眼前的首要任务是防止随时可能引发的炎症。有什么灵丹妙药可以用的呢？斯皮莱等人感到束手无策。突然，斯皮莱脑子一转，想到了凉水，那可是防止伤口发炎的最有效的镇静剂，也是用来治疗一些重症的"灵丹妙药"，现在的医生没少使用它。于是，他们便把纱布敷在哈伯前后两处伤口上，不断地洒些凉水上去，保持住纱布的湿度。

然后，彭克罗夫便在炉内点上火，把以前哈伯在格兰特湖边采集的草药，加上枫糖，熬制成清凉败火的汤药，喂给昏迷着的哈伯喝。哈伯体温很高，仍不省人事，气若游丝，令史密斯等人的心总是提着。

翌日，11月12日，哈伯终于苏醒过来。他睁开了眼睛，认出了史密斯、斯皮莱和彭克罗夫，嘴里还蹦出两三个字来。他不明白究竟出了什么事，自己为什么躺在这儿……大家便把经过情况告诉了他。

斯皮莱要求他彻底地休息、静养，并说他已经脱离危险了，伤口很快就会愈合。多亏大家不停地用凉水润湿纱布，伤口没有发炎，哈伯没感到什么疼痛难忍。伤口化脓的危险躲过，体温未再升高，灾难性的后果不会出现了。彭克罗夫悬着的心终于放了下来，像一位慈母似的，守在自己的"儿子"身旁。

哈伯又昏昏沉沉地睡着了，但这一次却睡得很平静、安详。

水手坐在床边守护着病人，史密斯便同斯皮莱研究下一步的行动。

他们首先彻底检查了畜栏内外，没有发现艾尔通的踪迹。他是否被匪徒们抓走了？是不是拼命反抗时被他们打死了？后一种可能性极大。斯皮莱那天翻越栅栏时，曾清楚地看见一个匪徒沿着富兰克林山南面山梁逃跑了，托普还追了一阵呢。那伙匪徒乘坐的小艇被礁石撞碎。被史密斯杀死的匪徒的尸体仍在栅栏外，他是与哈维·鲍勃一伙的。

畜栏倒是没有受到任何毁坏。门都很好地关着，牲畜没有逃进森林里去。屋子里和栅栏内也没见搏斗的痕迹，也没有被破坏的迹象。只是艾尔通不见了，连他身上携带的武器也一起不见了踪影。

"艾尔通肯定是被突然袭击的，"史密斯说，"他当时也一定是拼命反抗着，因此才惨遭杀害。"

"是呀，我担心的正是这一点。"斯皮莱赞同道。

"仔细搜索一下森林，把匪徒们全部肃清，不能让他们留在岛上。彭克罗夫先前说应该赶尽杀绝，看来他是对的。早听他的话，也不致落到这步田地！"

"对，必须对这帮家伙实施严惩。"斯皮莱赞同道。

"我们只好先在这儿待上一段时间，等哈伯完全脱离危险之后，再把他抬到花岗岩宫，只能到那时才能离开这儿。"工程师说。

"可是，纳布怎么办？让他一个人待在那边行吗？"斯皮莱问。

"是呀，又不能让他来这里，说不定路上会遭到伏击的。唉，电报不能用了，否则就可以及时告诉他情况了。要不我先回花岗岩宫一趟？"工程师说。

"不行，不行！匪徒们可能就藏在这附近，您要是有个好歹，那我们可怎么办呀？"斯皮莱反对道。

史密斯也觉得没有什么良策。这时，他的目光突然落到托普身上，便脱口而出叫了一声：

"托普！"

托普很有灵性，一听到主人叫它，立刻跳了起来。

"对呀！让托普去！"斯皮莱一下子也省悟过来，"人不能去的地方，狗就可以去！"

斯皮莱立即从笔记本上撕下一张纸来，在上面写道：

"哈伯受伤。我们在畜栏。你要高度警惕。别离开花岗岩宫。附近有匪徒出现吗？速让托普将回信带来。"

斯皮莱写好字条，将它系在狗脖子显眼的地方，把狗送到栅栏门外。

"托普！我的宝贝！"工程师对爱犬说道，"快！纳布！去找！快去！"

托普一下子便明白了主人交代的任务，欢蹦乱跳地蹿了出去。它对这条路十分熟悉，用不了半个钟头就能跑到。它可以穿草丛，过密林，神不知鬼不觉地到达目的地。

"它肯定能顺利地完成任务。"斯皮莱信心十足地说。

"而且还能安全顺利地及时返回。"工程师称赞道。

"过一小时它就回来了。我们等着吧。"

二人边说边回到屋里。哈伯仍在熟睡。水手在不停地往纱布上洒凉水。

史密斯和斯皮莱心里记挂着托普，看看快要有一小时了，便握枪站在门后，准备一听见托普的叫声，便把门打开。

他俩这么站在那儿约有十分钟，突然听见一声枪响，随即便传来一阵狗叫声。

史密斯忙把门打开，见一百步开外的树林里冒出一缕轻烟，便冲那儿开了一枪。

几乎与此同时，托普嗖的一声跳进栅栏。史密斯立刻将大门关上。

"托普！托普！"史密斯边叫边搂着托普的脖子。

托普脖子上系着一张字条，上面是纳布写的大字：

"花岗岩宫附近未见匪徒。我会留在这里的。祝哈伯早日康复！"

# 第八章

　　看来，匪徒们并没在这附近，他们在窥视着畜栏，企图把林肯岛上的居民逐一杀掉。他们是一群野兽，对待他们来不得一点慈悲，只有以牙还牙，把他们消灭干净。目前形势是匪徒们占了上风，他们躲在暗处，居民们则在明处，他看得见你，你却看不见他，他可以打你的冷枪，你却不知如何还击，所以只能是自己多加小心，提高警觉，不可大意。

　　于是，史密斯做出决定，暂时不离开畜栏，就在这儿安顿下来。这儿粮食储备还算可以，能够维持一段时间。艾尔通这儿各种生活必需品也不缺，匪徒们未来得及掠走，也未来得及破坏，因为史密斯他们像是从天而降似的，突然而至，令他们猝不及防，仓皇逃窜。据斯皮莱估计，当时的情况大致是这样的：那六个匪徒登陆之后，沿着南边海滨地带往前，从盘蛇半岛的海岸这边一直穿行到海岸那边，未敢冒险进入远西森林，便到了瀑布河河口。然后，便沿着右岸溯流而上，一直走到富兰克林山的支脉下。沿途，他们一直想找一处藏身之所，自然而然便发现了当时并没有人住着的畜栏。于是，便在畜栏放心地安顿下来，准备随时伺机实施自己的罪恶阴谋。可是，未曾想到，艾尔通突然来了，令他们大吃一惊，他们立刻便起了杀人之心，六个对付一个，当然，艾尔通就……余下的情况就不言而喻了。

　　当然，现在只剩下五个匪徒了，但都是荷枪实弹、全副武装的。因此，居民们不能冒险进入森林，否则只等着送上去让人打冷枪，防无法防，打无法打，只能被动挨打。

　　"现在看来，没有别的办法，只有等待，静观其变，"史密斯反复地阐释自己的这一看法，"等哈伯康复之后，我们再对整个岛来一个彻底的搜索，把这几个匪徒消灭光！这将是我们下一次大规模行动的主要目的，同时……"

　　"还要继续寻找我们的那位神秘的保护者，"斯皮莱插言道，他将工程师想要说的话说了出来，"哎，不过，这一次我们需要他时，他却没有保护我们！"

　　"话可不能这么说。"史密斯回答道。

　　"您说应该怎么说呀？"斯皮莱有点不服气又带点怨气地说。

　　"我们毕竟还没有到山穷水尽的地步嘛，亲爱的斯皮莱，他也许会在其他什么场合大显身手的。不过，现在最要紧的事倒并非这个，而是哈伯的性命保不保得住的问题。"

确实，哈伯的生与死是揪着大家的心的大问题。几天过去了，可怜的哈伯病情倒也没有恶化，这一点让大家的心宽了不少。凉水敷伤口的效果还是挺不错的，伤口没有任何发炎的症状。这水中肯定含有硫，因为周围有火山存在，斯皮莱认为硫对伤口的愈合有直接的促进作用。由于大家的悉心照料，他的性命无须担忧了，烧也开始在退。不过，因为控制他饮食的缘故，他的身体显得十分虚弱，而且这种虚弱状况仍得持续一段时间。好在汤药有的是，这能让他获得他所特别需要的治疗。

哈伯的伤口上敷着纱布。史密斯等人对包扎伤口的技术已经掌握得很到位了，他们包扎得既不紧又不松，恰到好处，对伤口的愈合大有益处。斯皮莱甚至说，包扎伤口十分重要，甚至比外科手术本身都来得重要。

十天之后，11 月 22 日，哈伯的健康状况有了明显的好转。他开始有了食欲，想吃东西，脸上也有了点红晕，亮晶晶的眼睛睁着，冲着悉心照料他的同伴们流露出谢意。水手总是一个劲儿地说个不停，净给他讲些稀奇古怪的故事，以使他没有说话的机会，保持绝对的休息，但少年哈伯仍插空问了一下艾尔通，因为他以为他仍在畜栏，不知何故没有见到他，所以问起。水手怕他难受，所以编谎话骗他，说艾尔通去了花岗岩宫，同纳布一起坚守居民们的住所。

"哎！"水手叹息一声，"这帮匪徒丧尽天良，不值得我们怜悯，可史密斯先生还心那么软，想善待他们。照我看，就得让他们吃子弹！"

"后来，匪徒们又出现过吗？"哈伯问道。

"没有再见到过他们，"水手回答道，"不过，他们跑不了，我们会把他们挖出来的。等你伤养好了之后，我们就去搜索，剿灭他们！"

"我还很虚弱，彭克罗夫。"

"没事儿的。慢慢就会好的。没什么大不了的，不就是一颗子弹击中了你吗？这种情况我见得多了。"

哈伯的身体状况确实是在好转，如不出现反复，很快就能痊愈。可是，水手老是疑神疑鬼，总怕子弹留在了体内未被发现，那可就不好办了。

"不会的，彭克罗夫。"斯皮莱总是这样安慰水手。

史密斯一直在沉思默想，在认真仔细地思考，觉得在这之前，他们凡事都顺顺当当，可现在却陷入了多灾多难的阶段，感到自己与同伴们开始走背字了。

确实，匪徒们登陆之后，虽然奇迹般地被消灭掉了，但毕竟还有六个人逃过一死，潜入岛上来了。后来，虽说其中的一个也被打死了，可剩下的五名残余匪徒都不知藏在哪里，几乎难以寻找到。而且，这五个亡命徒仍在继续为非作歹，让居民们防不胜防。再说，艾尔通看来也是死在他们手中的。他们手中有武器，哈伯就差一点儿送了命。这一切难道是他们厄运的开始吗？不仅史密斯这么想，斯皮莱也这么想。除此之外，他们的保护神曾经一直在暗中保护着他们的，可今天却看不见他的援手了。这位神秘人物肯定是存在的，但是他是不是已经离开林肯岛了？或者，他是否自己也力不从心了？

凡此种种，问题多多，难以解答。不过，史密斯等人虽然心存此想，可绝对没有沮丧绝望。他们是绝不会绝望的！他们仍旧在正视现实，在分析种种的可能情况，随时提高警惕，准备应付挑战，坚韧不拔、不屈不挠地面对未来，奋勇向前。即使最终导致失败，他们也绝不半途而废，决心斗争到底！

# 第九章

哈伯在逐渐康复。大家焦急地等待着，希望他能尽快地恢复到可以用担架抬回花岗岩宫去的程度，因为畜栏怎么收拾打扫，也没有花岗岩宫干净舒适，一应俱全。而且，安全方面也不及花岗岩宫那么稳若泰山，无论如何提防，总有疏漏的地方，威胁无处不在。

至于纳布，尽管至今没有他的消息，但大家倒并不怎么担心，因为他是一个勇敢顽强的黑人，一定会坚守花岗岩宫，不让它遭到破坏。有人曾提议让托普再跑一趟，但最后还是被否决了，没有必要让这条聪明而忠诚的狗暴露在敌人的枪弹之下，从而失去一个最可靠又最得力的助手。

大家就是在这种焦急企盼的心态下，等待着能回到花岗岩宫去。史密斯一直担心力量这么分散，会给敌人以可乘之机。艾尔通失踪了，他们现在只剩四个人，可对手却是五个躲在暗处的凶恶之徒。哈伯因自己已经不能被计算在可与敌人斗争的人中而颇为不安，为给大家造成这么大的负担而歉疚。

11月29日，趁哈伯熟睡之机，史密斯、斯皮莱和彭克罗夫深入仔细地讨论了在目前的处境下，如何应对敌人的问题。

"我觉得，"斯皮莱说，"现在已无法与纳布取得联系了，而在这种情况下，冒险从这儿返回去，实在是太危险了，只有等着挨冷枪的份儿。最好是先把这几个混蛋消灭干净再说，你们认为怎样？"

"我也是这么认为的，"水手也说，"我可不怕什么子弹不子弹的，只要史密斯先生同意，我随时准备冲进森林中去，把那帮混蛋干掉，拼一个够本，拼两个赚一个！"

"敌人可是五个，怎么个拼法儿？"工程师问道。

"我跟彭克罗夫一起去，"记者回答道，"我们带上枪，带足子弹，再把托普也带上……"

"亲爱的斯皮莱，还有您，彭克罗夫，"史密斯讲出自己的看法，"你们冷静一下，好生想想，我们如果能知道敌人躲藏在林肯岛的什么地方，我们就能设法将他们赶出来，那我就同意向他们直接发起攻击。可是，我担心的是，而且我完全有理由这么担心：开第一枪的很可能是他们而不是我们。你们二位不这么认为吗？"

"可是，史密斯先生，他们的子弹并不一定就能击中我们的呀？"水手说。

"哈伯不就是被击中了吗，彭克罗夫？"工程师说，"再说，你们二人离开这儿去与敌人相拼，那就只剩下我一个人在畜栏保护哈伯了。要是敌人看见你俩离开畜栏，首先，他们就会在森林里设伏，消灭你们，或者他们知道畜栏里只剩下我独自与一个受了伤的孩子在一起，会不会趁机冲进来袭击我们，你们想过没有？"

"您说得完全正确，史密斯先生，"水手虽然怒火中烧，恨不得立即冲出去把敌人干掉，但不得不压住满腔怒火，赞同道，"您看得远，分析得对。那帮混蛋知道畜栏里什么都有，一定会想尽办法来抢掠这儿的。您一个人绝对抵挡不了他们！咳，要是我们在花岗岩宫该多好啊！"

"如果在花岗岩宫，那当然就无所畏惧了，"工程师说，"这儿毕竟不同，所以必须死守住这儿，直到哈伯完全康复，然后再一起动身回花岗岩宫。"

史密斯的意见毋庸置疑，完全正确，他的两个同伴也非常赞同。

"唉，要是艾尔通也在这儿就好了，"斯皮莱感叹道，"他真可怜，才刚刚回归社会。"

"怎么？他难道已经不在了？……"水手语气怪异地说。

"您认为那帮歹徒会对他发善心啊，彭克罗夫？"斯皮莱说。

"是的，如果他们觉得这么做对他们有利无害的话。"水手回答。

"怎么？您认为艾尔通见到了昔日的同伙，就忘了我们对他的善待了？"记者问。

"那谁知道呀？"水手稍微迟疑了一下回答道。

"彭克罗夫，这么想可不地道呀，"工程师抓住水手的胳膊开导他说，"您可别这么想，否则我会感到痛心的！我敢说，艾尔通是忠实的！"

"我也这么认为。"斯皮莱赞同道。

"对……对……我错了，史密斯先生……"水手尴尬地回答道，"这个想法确实是不地道，是毫无根据的！唉，我都给弄得糊涂了，也不知道该怎么办了。成天困在畜栏里，真让人受不了，我还真没有像现在这样心急如焚过。"

"亲爱的斯皮莱，"史密斯转而问斯皮莱说，"您看要再过多长时间，我们才能把哈伯抬回去？"

"这我可说不准，史密斯先生，因为稍有不慎，出现点意外，就可能有致命的危险。不过，从目前的情况来看，他是在逐渐地好转，如果他的体力渐渐地恢复的话，我看一个星期后，我们可以试试看能否抬他回去。"

"一个星期！那就得等到12月初才能回花岗岩宫了？"史密斯不免焦急地说。

入春都已经两个月了。天气很好，气温开始回升。森林已经枝叶繁茂，收割季节也即将到来。回花岗岩宫，除了完成剿灭匪徒的任务，就是忙着干农活儿了。

此时，困在畜栏中的几个人的焦急心情是不言而喻的。困在这儿，损失巨大，可又无可奈何，真让他们觉得窝囊透了！

有一次，斯皮莱曾冒险踏上畜栏外面的小路，围着栅栏走了好几圈。他荷枪实弹，随时准备应付意外情况，托普也跟随其左右。但他并未遇到险情，也没发现任何可疑之处。托普好像也没发现什么疑点，否则它会警觉地狂吠起来的。这说明现在并无什么危险，至少眼下没什么险情，或许那帮混蛋正在别处干其罪恶的勾当。

11月27日，斯皮莱第二次走出畜栏，一直冒险深入树林四分之一英里左右去搜索一番。突然，他发现托普似乎嗅到了点什么，它异常地来回跑动，在草丛和灌木丛中左闻右嗅，像是有所发现。

于是，记者便跟随其后，催促它，鼓励它，自己也一边四下里仔细搜寻，随时准备举枪射击。

五分钟过去了，托普仍在这么仔细地搜索着，斯皮莱依然跟随在它身后。突然，托普猛地冲入一丛茂密的灌木丛，从里面拖出一块破布来。

这是衣服上的一块布，斯皮莱立即将它拿回畜栏来。

他们反复地仔细地检查，辨别出那是从艾尔通衣服上撕扯下来的，因为那是一种毡布，为花岗岩宫独家生产的。

"这就证明，可怜的艾尔通曾经与敌人拼搏过，"史密斯说，"他肯定是被匪徒们强掳走的。您觉得呢，彭克罗夫？"

"我同意您的看法，他是被掳走的，而不是去投靠那帮匪徒了，"水手回答道，"不过，我倒是从这件事中得出一个结论来。"

"什么结论？"斯皮莱问道。

"这也表明，艾尔通没在畜栏被杀害，"水手回答，"他既然反抗过，那就说明他是被活着抓走的，所以他也许并没有死！"

"也许是这样。"工程师说着已陷入沉思默想之中。

他们几人又看到了一线希望。此前，他们一直以为艾尔通在畜栏遭到意外袭击，倒在了敌人的子弹之下。现在看来，匪徒们开始时并没有把他杀害，而是将他抓走，关了起来。那么，他们一时半会儿也不会要他的命。另外，还有一种可能，匪徒中有人认出艾尔通是他们以前的同伙，是他们的头领，会不会又拉他入伙呢？如果艾尔通被他们说服了……

但他们几人却持有乐观的看法，认为艾尔通仍然活着，而且未被他们说服，是有可能找到他的。如果艾尔通只是被掳走，那他一定会想尽办法，竭尽全力逃跑。他会回到居民们身边的。

"如果艾尔通真的逃出魔掌，"斯皮莱说，"他肯定是直接返回花岗岩宫，因为他并不知道哈伯被匪徒们的冷枪击中，不会想到我们被困于此！"

"唉！要是我们现在在花岗岩宫该有多好啊！"水手大声叹息道，"我真担心那帮混蛋会践踏我们的住所，并糟践我们的高地、种植园和家禽饲养场。"

但是，所有的人中，最急切盼着回花岗岩宫的当数哈伯了，他始终为拖累大家，让花岗岩宫可能落入敌人手中而焦急、内疚。因此，他曾多次催促斯皮莱带他立即返回，说是那边的空气新鲜，还可以看见大海，能更快地恢复体力。可斯皮莱却担心尚未完全愈合的伤口，害怕万一途中伤口突然迸裂，那可就生命堪忧了，所以他一再拒绝哈伯的恳求。

这时候，却出现了一个意外，使得史密斯等人不得不答应哈伯的请求。

11 月 29 日，上午七点，三人正在哈伯病榻前闲谈，突然，托普一阵狂吠。

史密斯等三人立即抄起装满子弹的枪，冲向屋外。托普跑到栅栏前，又跳又叫，不像是惊恐，而像是十分高兴。

"有人！"

"没错。"

"不是匪徒！"

"会不会是纳布呀？"

"或者是艾尔通？"

三人正这么猜测着，突然，一个影子一闪，跃过栅栏，跳进畜栏里来。

是于普！托普立即冲上去迎接它。

"于普！"水手高兴地嚷道。

"是纳布派它来的！"记者说。

"这么说，它身上一定带着信。"工程师说。

水手立刻跑上前去。显然，纳布有什么重要情况要报告，别无他法，只有派于普充当信使了，因为它不仅能走他们都无法走的路，还能走托普都走不了的路，它几乎可以在空中穿行。

工程师估计得完全正确，于普脖子上确实系着一只小口袋，内有一张纳布写的字条。三人看了字条后，绝望至极：

"星期五晨七时，匪徒占领高地。纳布。"

三人你看我我看你，一言不发，快快地回到畜栏屋内。匪徒们占据了眺望冈，这就意味着掠夺、践踏、破坏！

哈伯见大家走进屋来，一个个表情严峻，知道事情不妙。然后，他又见于普跟了进来，更深信花岗岩宫已落入敌手。

"史密斯先生，我们一定得走，"哈伯急切地说，"立刻就走。我不怕一路颠簸，我挺得住的。我要走！"

斯皮莱走到哈伯身边，仔细地看了看他的气色，说道：

"可以，咱们走！"

为了节省人手，以防不测，大家决定用艾尔通驾回畜栏的大车代替担架。大车拉了出来，水手套上野驴，史密斯和斯皮莱把哈伯连同睡垫一起抬起，轻轻地放到大车底部的挡板之间。

天气很好，阳光明媚，一切准备就绪。工程师和水手各拿一支双筒枪，斯皮莱拿着他的马枪。

"你没事吧？"工程师出发前又问了哈伯一遍。

"没事！您就放心吧，我不会死在路上的。"少年乐呵呵地回答道。

可以清楚地看出，哈伯说这句话时，是强打起精神的。说完之后，他就有点气喘了。

史密斯见状，心中好生不忍，仍在犹豫是否立刻动身，但他不下令立即出发定会让哈伯大失所望，会对他的精神与身体造成巨大的打击，反而不好。

"出发！"史密斯狠了狠心终于说道。

畜栏门打开来，于普和托普明白是怎么回事，立即冲在了前头。随即，野驴拉着大车驶出，门关上，水手驾着车，缓缓地走着。

如果走另一条路，而不是走畜栏直通花岗岩宫的这条路的话，肯定更加安全，但是，那么一来，大车在林间穿行就很不方便了。所以，尽管现在所走的路为匪徒们所熟悉，危险较大，但也只得硬着头皮这么走。

史密斯和斯皮莱守护在大车两旁，随时准备回击来犯之敌。也许此刻匪徒们尚在瞭望冈。纳布肯定看见了他们出现在那儿，便立即写信通知工程师他们。信上的时间为早晨七点，于普经常往返畜栏与花岗岩宫之间，驾轻就熟，不到四十五分钟便走完了这五英里的路，跑到了畜栏。因此，此刻一路上应该是安然无恙的，即使会与匪徒遭遇，也要到接近花岗岩宫的地方了。

尽管如此，大家仍然不敢放松警惕，脑子里的那根弦仍紧绷着。于普手中握着一根棍棒，与托普一起，忽而奔到前头，忽而蹿到路边树林里搜索一下。

大家于七点三十分离开畜栏。一小时过去了，已经走了四英里，只剩一英里了。一路上倒是平安无事地过来了，没有遇上什么麻烦。

与位于慈悲河与格兰特湖之间的那部分啄木鸟林一样，沿途未见人影，未遇险情。树林与他们刚上岛时一样，不见人迹。

再往前行一英里，即可望见甘油河上的吊桥。史密斯坚信，吊桥肯定仍旧架在河上，因为匪徒或从桥上走过，或渡过环绕高地的小河之后，为了便于撤退，是不会马上把吊桥吊起来的。

从几棵大树的缝隙望过去，大家终于看见了海面。大家仍旧往前走。这时，水手突然勒住驴子，声音发颤地叫道：

"这帮混蛋！"

他手指着前方，只见一股浓烟从磨坊、厩栏和家禽饲养场冒出来。浓烟中可以看到有一个人在奔跑——是纳布！

大家立即呼唤他，他听到后，便迅即向大家跑过来。

匪徒们洗劫了高地，大约在半小时前撤离了。

"哈伯怎么样了？"纳布急忙问道。

斯皮莱立即走近大车，一看，哈伯已经晕了过去。

# 第 十 章

❖

大家一心想着哈伯的伤势，也顾不上匪徒们对高地的破坏以及对花岗岩宫的威胁了。

大车拉到小河转弯处，大家连忙砍下树枝，做成一副担架，把昏迷中的哈伯连同睡垫一起移到担架上面。十分钟后，担架抬到了悬崖脚下，纳布把大车赶回眺望冈。抬下来的哈伯上了升降机，上到花岗岩宫，躺在了自己的床上。

经众人细心照顾，哈伯总算苏醒过来。见自己已回到花岗岩宫，他微微地露出笑容。他仍旧十分虚弱，尚不能说话。

斯皮莱仔细地查看了他的伤口，生怕伤口已经裂开……还好没有，斯皮莱一颗久悬的心总算是落了地。可是，那他怎么会昏迷的呢？病情怎么会突然恶化呢？斯皮莱一时也说不清楚。

哈伯在发高烧，迷迷糊糊，昏昏沉沉地睡去。记者与水手守候在病榻旁。

此时，史密斯把畜栏那边的情况告诉了纳布，后者也向史密斯报告了高地所发生的危险情况。

匪徒们是在头一天晚上出现在森林边缘、甘油河附近的。当时，纳布守卫着家禽饲养场，冲着一个正准备渡河的匪徒举枪便射，黑乎乎的，也不知那一枪是否击中了敌人。可是，这一枪反倒把敌人引了过来，他便及时地退回到花岗岩宫来了。敌情十分严重，可纳布又无法通知工程师等人，而且他也不知畜栏那边的情况怎么样了。史密斯等人是 11 月 11 日从花岗岩宫走的，现已是 11 月 29 日了，也就是说，十九天来，他收到的唯一的消息就是托普带回来的不幸消息，说是艾尔通失踪，哈伯伤势严重，史密斯等人暂时无法离开畜栏。纳布倒并不为自己担忧，而是担心高地、饲养场、土地遭到匪徒们的践踏、破坏。到底怎么办？必须请示工程师。无奈之下，他想到了于普。

他知道于普十分聪颖、机智，老听见大家提到"畜栏"二字，知道那是什么地方。于是，他便立刻写了一张字条，系在于普的脖子上，然后把它放到花岗岩宫脚下，对它说道：

"于普！于普！畜栏！畜栏！"

于普立刻便明白是怎么回事了。它立即奔向海滩，消失在黑暗之中……然后，纳布见匪徒们在眺望冈大肆破坏、抢掠、放火，疯狂至极。他们以为林肯岛上的居民仍在畜栏那边，所以直到大家回来前半小时才匆匆地离去。纳布随即出了花岗岩宫，冒险冲上高地，想扑灭家禽饲养场的大火，但火势太猛，他绝望地在与大火搏斗着，直到看见森林边缘出现了大车的影子，又听见大家的呼唤声……

斯皮莱和水手留下来照看哈伯，史密斯则让纳布带他去查看高地受损的情况。

幸好，匪徒们没有闯到花岗岩宫的下面来，否则"壁炉"也得遭殃。

史密斯与纳布朝慈悲河走去。二人沿河左岸溯流而上，没有发现匪徒的踪迹。在河对岸的密林里也没发现有什么异常情况。

看来可以做出如下判断：或者是匪徒们在畜栏的路上看见新岛民们走过去，知道他们是回花岗岩宫了；或者是匪徒们洗劫了高地后，沿慈悲河逃进啄木鸟林了，而不知道新岛民们已经返回。

如果是前者，那么匪徒们肯定会回畜栏去，因为畜栏已无人守卫，何况那儿有许许多多他们所迫切需要的东西。

如果是后一种情况，那么匪徒们则会逃回自己的藏身地，等待时机，卷土重来。

因此，必须做好准备以防敌人的袭击。不过，哈伯伤势严重，这可是他们首先要考虑的。哈伯不能痊愈，工程师就没法动员新岛民们的全部力量，也无法离开花岗岩宫。

二人来到高地，眼前疮痍满目，凄凉一片。田地遭毁，即将成熟的麦子倒伏于地。其他农作物也未能幸免。菜园被糟蹋得不成样子。幸好，仓库里仍留着一些种子，还可以补种。

磨坊、家禽饲养场、野驴厩栏已完全被烧毁了。几头受惊的牲畜吓得在高地上游来荡去，不知如何是好。一些飞禽被大火吓得飞到湖中，现在已回到原处，在岸边戏水。总之，此处必须重新修建。

史密斯目睹眼前的凄凉景象，气得脸色发白，他在努力地克制着，一言未发。最后，他又向这片被毁的农田和余烬未灭的废墟投去一瞥，便转身回了花岗岩宫。

随后的几日，是他们这些人来到林肯岛之后最悲痛的日子。哈伯的健康状况也更加让大家的心重新提了起来。他一直处于昏迷之中，而且神经错乱的症状也开始出现。他们除了清凉解毒的汤药，手头并无其他的药品。这可怎么办呀？

12月6日，斯皮莱发现哈伯开始发烧。他的手指、鼻子、耳朵都变得十分苍白。他的脉搏紊乱而微弱，皮肤发干，口干舌燥，随即全身燥热，双颊烧得通红，脉搏越来越快，还大量地冒虚汗。这次高烧大约持续了五个钟头。

斯皮莱寸步不离哈伯左右。看来，哈伯隔一段时间就会出现高烧，必须想尽一切办法帮他把烧给退了，以防病情恶化。

"要退烧，就得有退烧药……"斯皮莱说。

"退烧药！可我们什么也没有，既无奎宁树皮，又无硫酸奎宁。"工程师说。

"可湖边有不少柳树，柳树皮就可以替代奎宁。"斯皮莱说。

"那就赶紧弄一些来试试吧。"史密斯说。

其实，柳树皮与七叶树、冬青叶、蛇根草具有同样的功用，可用来代替奎宁。当然，其效果肯定不如奎宁，但迫于无奈，不妨一试。由于条件所限，无法从柳树皮中提炼生物碱——柳醇，所以只好直接使用未经加工的柳树皮。史密斯亲自跑去砍削了几块黑柳树皮，带回花岗岩宫，研磨成粉，当晚便熬好，让哈伯服了下去。

这一夜平安地度过了。哈伯虽有点神志不清，尽说呓语，但却一夜没有发烧，第二天体温也未见升高。会不会三天才重复高烧一次？大家焦急而耐心地观察着。

这时，大家发现，哈伯虽不发烧，但却十分虚弱，他经常感到头晕，而且肝脏开始充血，神经错乱也越发加剧，这说明他的大脑受到了影响。这可让斯皮莱惊慌失措，不知如何是好了。

斯皮莱把史密斯拉到一旁，悄声说道：

"他这是恶性疟疾。"

"恶性疟疾！"史密斯惊叫道，"不可能，不可能，你肯定弄错了，斯皮莱。恶性疟疾是不可能自发产生的，必须先染上疟疾病菌才会得的。"

"他可能是在沼泽地里染上这种病菌的。他已经发作过一次，如果第二次发作，那就麻烦了……"

"那些柳树皮……"

"不管用，"斯皮莱沮丧地回答道，"只有奎宁才能保住他的性命！"

幸好，二人只是在一旁悄悄议论，彭克罗夫没有在场，要是他听到了这种情况，肯定要急疯了的。

不用说,12月7日的白天和晚上,工程师和记者二人心急如焚到了何种程度。

12月7日,将近晌午时分,哈伯的疟疾第二次发作了。这次来势凶猛。哈伯觉得自己快不行了。他把手伸向史密斯等人……此情此景,令众人不禁潸然泪下。

这次发作又是五小时。哈伯已经虚弱得不行,再也不堪一击了。

这是一个难熬的夜晚。哈伯处于梦呓中,满嘴胡话。他在说着如何与匪徒进行搏斗,他在呼唤艾尔通,他在不断地恳求那位神秘人物——他们的保护神的出现……然后,他又陷入极度虚弱状态,体力业已耗尽……有好几次,斯皮莱已经认为这孩子要不行了。

翌日,12月8日白日里,哈伯一直虚弱不堪。他瘦骨嶙峋的手紧紧地攥住床单。大家又让他喝了一些柳树皮汤药,但斯皮莱已对此药的功效不再抱有希望了。

“如果明天早上仍然没有有效的药物可以服用的话,”斯皮莱说,“那他肯定是不行了。”

夜幕降临。这也许是哈伯在人世间的最后一个夜晚了。哈伯聪明、善良又勇敢,就他的年龄而言,他可谓早熟,大家像热爱自己的孩子似的爱着他。可是,林肯岛上没有可以挽救这孩子生命的灵丹妙药!怎么办呀?这么好的一个孩子,就这么走了?

8日夜里,他又出现一次更加严重的神经错乱;肝脏的充血也达到极其严重的程度;大脑也受到了严重影响,已经开始认不清人了。

疟疾如果真的第三次来临,那哈伯则肯定是没救了。

凌晨三点左右,哈伯突然发出一声吓人的尖叫。他浑身在痉挛、抽搐。托普也突然发出怪声,狂吠起来。纳布当晚轮值,连忙跑到隔壁房间叫来其他守卫的同伴们。大家立即冲进病人房间,摁住哈伯,不让他乱动,怕他摔下床来。斯皮莱连忙给他号脉,觉得他的脉搏在逐渐恢复……

清晨五点,东方泛出鱼肚白,亮光洒进花岗岩宫,床头的小桌子也被照亮了。

突然间,彭克罗夫惊呼一声,指着桌上的一件东西说不出话来……

那是一个长方形的小盒子,盒子上有几个醒目的大字:

“硫酸奎宁”。

# 第 十 一 章

　　斯皮莱一把抓过那个小盒，急忙打开，只见盒内装有一千多毫克的白色粉末。他用舌头舔了一点尝尝，味道极苦。没错，这就是经过提炼的奎宁粉末，退烧的特效药。

　　这药是怎么放在这儿的？大家虽不知其原因，但已无暇去想，先把哈伯的命保住再说。

　　"咖啡。"斯皮莱让纳布倒咖啡，要让哈伯立刻将药服下。

　　纳布马上便冲好一杯咖啡端了过来。斯皮莱往杯中放了一百毫克奎宁粉末，调匀后，让哈伯喝下去。此药来得正是时候，赶在了恶性疟疾的第三次发作之前。

　　但愿疟疾别再发作了！此时，大家心中还充满着希望。在此生死关头，眼看哈伯就要命丧黄泉了，可那个神秘的力量又在发挥其作用了！

　　几小时过去了，哈伯一直平静安然地睡着。这时，这几个看护人才开始琢磨这件蹊跷事。这明摆着是那个神秘人物暗中及时帮忙。可他是如何趁着黑夜进入花岗岩宫的呢？这简直太不可思议了，此人的行为与他本人一样怪异！

　　这一天，看护者们每隔三小时给哈伯服一次硫酸奎宁。

　　自第二天起，哈伯有了明显的好转。大家心中重新燃起了希望之火，尽管病人尚未完全痊愈，高烧也许还会出现，但特效药就在手边，保护神也在这周围，新岛民们何惧之有！

　　十天之后，12月20日，哈伯真的开始康复了。他虽然仍旧很虚弱，但已不再出现高烧了，而且大家都在围着他转，严格地控制他的饮食，他也很配合，自觉地遵照大家所说的去做。

　　彭克罗夫好似被从深渊中救出来的人一样，高兴得手舞足蹈。疟疾第三次发作的期限已过，但哈伯却在好转，所以水手高兴得紧紧地抱住斯皮莱。从此，他便把记者称作"斯皮莱医生"了。

　　不过，真正的医生尚未找到。

　　"我们一定会找到他的。"水手总是这么说。

　　无论此人是谁，水手都是要紧紧地拥抱他的。

　　这一年结束了，1867年过去了，1868年来临。在新的一年的开头一段时间里，天气极好，气温虽高，但海风习习，颇为凉爽。哈伯逐渐恢复了体力，有了生气，能够下床，来到花岗岩宫的一扇窗前，呼吸着带点咸味的空气，这对他的尽快康复大有裨益。他已经能够吃东西了，而且纳布也挖空心思为他制作出清淡但有滋有味、富于营养的菜肴。

"这么多好吃的呀！我都恨不得也害点什么病了！"水手说道。

在这期间，匪徒们一次也没在这附近出现过。艾尔通也音讯全无。工程师与哈伯仍抱着希望，可其他三位却认为他已被杀害了。不管怎么样，反正等哈伯康复了，就得立刻对林肯岛进行彻底的搜索。

哈伯的状态越来越好，肝脏已不再充血，伤口也完全愈合了。

1月里，居民们没少在眺望冈的高地上忙碌。他们忙着抢救那些遭到践踏但仍有望生长的庄稼，包括小麦和蔬菜。他们在努力收集种子，为下一季的播种做好准备。而家禽饲养场、磨坊、畜厩等的修缮重建，工程师的意思是可以暂缓一步，等把匪徒们消灭干净之后，再做不迟。因为大家前去围剿这几个匪徒的话，说不定他们会乘虚而入，再次劫掠高地。这一次可不能再让他们烧杀抢掠了。

1月下旬，哈伯能正儿八经地下床活动了，先是每天一小时，然后增加到两小时、三小时。因此，体力很快得到了恢复，再说他原本体质就好，又是一个十八岁的年轻人。

到了月底，哈伯已经能走到眺望冈的高地和海滩去散散步了。他还由水手和纳布保护着下到海里泡了几次澡。史密斯见状，不禁喜上眉梢，决定2月15日出发去搜索全岛。时机成熟了，而且每年的这个时候，夜晚月色甚好，对搜索非常有利。

于是，众人忙着做行前准备。一方面，他们想着消灭光匪徒，找回艾尔通（如果他尚未被匪徒们杀害的话）；另一方面，他们一心想着找到自己的保护神。

他们决心把曾经到过或者到过但并未仔细搜索过的地方仔细搜索，尤其是从未踏勘过的地方，更要加倍认真细致地搜寻，比如覆盖在盘蛇半岛上的大片森林，整个慈悲河的右岸，瀑布河的左岸以及纵横交错地从西面、北面、东面支撑着富兰克林山的支脉和峡谷，这一片面积有几千英亩，有许多非常隐秘的藏身处。

大家商量好，打算先穿过森林，直奔爬虫角。他们将披荆斩棘，用斧头开道，在花岗岩宫与半岛顶端之间开出一条十六七英里长的简易小道来。

大车没有一点损坏；野驴也休息得很好，可以长途拉车行走。大家往车上装了许多食物、炊事用具、野营用具、各种器皿、武器弹药等。大家还决定，敌人在暗处，自己在明处，所以一定要集体行动，无论出现什么情况，都不能走开。

大家还决定，花岗岩宫不留人，包括于普和托普也都跟随众人一起出发，参加搜索行动。花岗岩宫十分隐蔽，外人也上不来，无须留人看守。

出发的前一天，2月14日，星期天。众人休息一日，并做了祷告。哈伯已经康复，只是人稍有点发虚，所以在大车上专为他准备了一个座位。

第二天，2月15日，东方晨曦微露，史密斯便起身做一些行前必要的预防措施，把绳梯收起，放到"壁炉"去，埋在沙砾下。升降梯的卷筒已经拆去。回来时，就得先使用绳梯上下。当然，这项繁重的体力活是由史密斯指挥，彭克罗夫来完成的。

天公作美，万里无云。气温虽高，走在树荫下，连太阳可能都看不到，肯定很凉爽。

"出发！"工程师下令。

驴车已停在"壁炉"前的海滩上。斯皮莱扶哈伯上了车，要求他旅途中至少开头一段时间必须乘车而行，哈伯只好遵从记者医生斯皮莱的医嘱。

纳布牵着野驴往前拉着车。史密斯、斯皮莱、彭克罗夫走在车子两旁。托普一路上欢蹦乱跳，非常开心。哈伯为于普在车上留出了一个位置，于普受之无愧地坐在了那里。

一行人绕过慈悲河河口拐弯处，沿着河左岸逆流而上。约行一英里，穿过小桥，下到道路右侧，进入远西地区的广阔森林。

林中最初走的那两英里路，树木较少，驴子走得很顺当。当然，随时还得挥斧砍断藤条和荆棘，但毕竟未遇到重大障碍。

林中树木高大，枝叶繁茂，遮阴蔽日，十分凉爽。途中见到许多岛上常见的各种鸟儿，还有一些刺豚鼠、袋鼠、水豚等在草丛中蹿来蹦去。

"我发现，"史密斯边走边说，"飞禽和走兽似乎比先前胆小，说明匪徒们不久前曾经来过这儿，所以它们才这么怕人。看来，我们一定会发现匪徒们的踪迹的。"

大家便更加仔细地观察起来。果然，许多地方都留有人走过的痕迹，而且痕迹有新的也有旧的。有的地方有被砍断的树枝，想必是做出记号，以免迷路；有的地方则留下篝火的灰烬，甚至黏土地上还有人的脚印。但是，却看不出有哪一处是匪徒们的长驻之地。

　　工程师叮嘱大家不许打猎，因为说不定匪徒们就在这附近游来荡去，枪声会惊动他们。而且，要打猎的话，就得离开大车一段距离，违反了集中在一起形成合力的原则。

　　下午，在距花岗岩宫约六英里处，路变得很难走了。有时甚至还要砍去一些树木才能通过。在进入这些难走的道路之前，史密斯总是让托普和于普先往前探查一番，而它们也会尽心尽力地完成交代的任务。如果它们不发出危险信号，就说明平安无事，大家心里也就踏实了，既没有匪徒也没有野兽。匪徒与野兽虽然不属同类，但其凶残本性却是不相上下的。

　　第一晚，大家在离出发地大约九英里的地方宿营。营地近旁有一条小河，系慈悲洞的支流，灌溉着这片肥美的土地。

　　大家早已饿了，开饭时，人人吃得都很香甜。睡觉时，没敢生火吓退野兽，因为怕引来不怕火的野兽——那帮匪徒。

　　但值夜的工作安排得很仔细。两人一班，两小时轮换。水手和记者一班，工程师和纳布一班。哈伯虽一再要求参加守夜，但未获大家批准。

　　这一夜平安无事地过去了。翌日，2 月 16 日，大家继续在森林中穿行。行路倒并不十分辛苦，只是行进速度不理想。一天只能走上个六七英里，因为得随时挥斧开路。而且，为了省力，他们只砍小树，所以开出来的道就不是直线，绕来绕去，多走不少冤枉路。

　　沿途，哈伯发现了一些在岛上尚未见过的新植物，如乔木状蕨类、美丽的橡胶树等；还发现了一种大鸟，是澳大利亚所特有、被称为"鸸鹋"的鹤鸵；更重要的是，大家又发现了匪徒们留下的踪迹。有一堆篝火明显是刚刚熄灭不久的，而且周围还留下不少的足迹。于是，他们便停下来仔细研究这些足迹，量出其长度、宽度，很容易便得知是五种不同大小的脚印，说明匪徒们在此宿过营。但是，没有发现第六种脚印，如果有的话，那肯定是艾尔通的脚印。

　　"艾尔通没和他们在一起。"哈伯说。

　　"是呀，"水手说，"那肯定是匪徒们把他杀害了！这帮匪徒难道连个窝也没有吗？不然的话，我们就可以像围猎猛虎似的消灭他们了！"

　　"我看他们肯定是没有窝儿的，可能是四处乱窜，这对他们来说是有利而对我们是不利的，"斯皮莱说道，"起码在他们成为该岛的主人之前，他们得这么做。"

　　"成为该岛的主人！主人！"水手气呼呼地重复着。片刻后，他稍微平静了些，又说道："史密斯先生，您知道我枪里装的是什么吗？"

"不知道，彭克罗夫。"

"就是打穿哈伯胸膛的那颗子弹，我保证让它击中匪徒！"

但是，正义的复仇者们却无法让艾尔通起死回生，从地上的脚印分析，他生还的希望很渺茫了。

当天晚上，一行人在离出发地约十四英里处宿营。工程师估计此处离爬虫角顶多只有五英里远。

翌日，众人穿过森林，到了半岛顶端，但没发现匪徒们的巢穴，也没发现神秘的保护者的踪迹。

# 第 十 二 章

翌日，2月18日，一行人一整天都在搜索——从爬虫角一直到瀑布河间的沿海森林地带——不放过任何一个角落。此处的这片森林位于盘蛇半岛两岸间，宽只有三四英里，所以便于仔细搜寻。林中树木高大挺拔，枝繁叶茂，说明这儿的土壤肥沃，胜过林肯岛的其他地方。不知道的人会以为美洲或中非的一小片原始森林迁徙到这个温带地区来了。可以推断，土壤的表面虽很湿润，但其内部却因火山烈焰的缘故，温度较高，使得美丽的植物从土壤中汲取了温带气候所不常有的热量。这儿的树种正是高大繁茂的胶树和桉树。

可此时此刻，一行人并无心去欣赏这番美景。他们知道这个岛目前还不完全属于他们。有一帮匪徒占领着它，践踏着它，必须把他们消灭干净。

但是，虽经细致搜查，在西海岸却未再发现匪徒们留下的任何踪迹，脚印、断枝、篝火余烬、遗弃营地等都未再发现。

"我想，"史密斯分析说，"这帮匪徒登陆之后，便穿过冠鸭沼泽，进入远西森林，与我们走的路差不多，所以让我们发现了不少的踪迹。但到了海边之后，因找不到适合藏身的场所，便折向北边，并发现了畜栏……"

"他们是不是又回畜栏去了？"水手问。

"我看不会，"史密斯回答，"他们知道我们会去那儿的，所以抢掠了一些给养之后，便立即离去，寻找合适的藏身地去了。"

"我同意史密斯的看法，"斯皮莱说，"我觉得这几个匪徒可能会在富兰克林山的支脉之间寻觅一个巢穴栖身的。"

"既然如此，那我们还是直奔畜栏吧！"水手说，"到了该了结的时候了，我们已经浪费了那么多的时间了！"

"不，"工程师说，"我们必须弄清远西森林是否有人居住。别忘了，我们此行还有一个目的，就是要找到我们的救命恩人。"

"您说得对，史密斯先生，"水手说道，"可我觉得那人不肯露面，我们是不可能找得到他的！"

的确如此，水手所言极是，大家也是这么认为的。

唉，如何才能找到神秘人物的藏身之地呢？他到底藏在何处？

当晚，大家夜宿瀑布河河口。像往常一样，大家安排好宿营地，布置好值夜工作。哈伯身体已复原，又成了一个体格健壮、精神饱满的小伙子了。他充分地享受着这种海风习习、林间空气新鲜的野外生活。他已不再坐在车上，而是跑在众人的前头。

翌日，2月19日，大家离开海岸。他们沿河左岸溯流而上。前几次从畜栏到西海岸去踏勘时，已经开出了一些道来。现在，他们距富兰克林山约有六英里了。

史密斯准备仔细搜索形成河床的山谷，并小心地向畜栏方向靠近。如果畜栏已落入敌手，便誓死夺回；反之，则在那里住下，以它为行动中心，搜索富兰克林山。

大家一致赞同工程师的看法。其实，大家心里都憋着一股劲儿！誓死夺回林肯岛！

他们沿着狭窄山谷往前走去。地面高高低低，恐有埋伏，大家极其小心。托普与于普是这一行人中最优秀的侦察员，机智灵活，警觉性很高。但是，一路上并未发现任何可疑的踪迹。

傍晚五点光景，驴车约在离栅栏六百步开外的地方停下。必须先侦察一番，看看畜栏是否已落入匪徒之手。否则，大白天里，匪徒在暗处，他们在明处，必遭冷枪袭击，成为活靶子。只有等待夜幕降临，再做打算。

但斯皮莱与水手却十分心急，一再要求立刻前去探一探，但遭到工程师拒绝：

"不行，朋友们，必须等到天黑下来，否则会遭冷枪的。"

于是，大家待在车子周围，小心谨慎地监视着附近的森林。

三个小时过去了。风停了，树下一片寂静，连树叶落地的声响都能听见。

晚上八点，天色已晚，可以前去侦察一番了。斯皮莱与水手示意已做好出发的准备。史密斯点头同意，嘱咐千万小心。于普与托普留下，免得它们前去时会发出叫声，引起匪徒们的警惕。

"你们千万不能大意，"史密斯再次叮嘱记者和水手，"你们无须占领畜栏，只需看清里面是否有人即可。"

"是。"水手回答。

斯皮莱与水手随即向畜栏走去。

林中树木，枝繁叶茂，树底下更是异常漆黑，周围三四十英尺以外，就什么也看不见了。为了缩小点目标，二人拉开了点距离往前走。心里时刻提防着会有枪声响起。

五分钟后，他俩来到森林边缘的空地前面，再往前去，就到了畜栏的栅栏门前了。

二人停了下来。栅栏门离他们停下的位置有三十来步远。看样子门是关着的。这段距离是危险的地带，任何敢于冒险前往的人，都会被栅栏后面射出的子弹击中。

记者与水手并非胆小的懦夫，但是，他俩十分清楚，稍有疏忽，必成为枪下之鬼，而且会殃及自己的同伴们。如果他俩遭枪击中，史密斯、纳布、哈伯可如何是好？

离畜栏这么近，水手不免有点激动。他觉得匪徒们就隐藏在畜栏中，便想冲上前去，但被斯皮莱一把给抓住了。

"再等一会儿，等天色完全黑透了再行动不迟。"斯皮莱压低声音凑近水手耳朵说。

水手情绪急躁，手握紧枪，尽量克制自己的激动，只是嘴里在嘟嘟囔囔，骂骂咧咧的。

不一会儿，黑夜漫了过来，笼罩住了整个林边空地。富兰克林山犹如一块巨大的屏幕，遮挡住西边的地平线。犹如所有低纬度的地区一样，夜色很快就变得浓重了。攻击的时刻终于来了。

二人互相握了握手，匍匐着向畜栏爬过去，并随时准备开枪射击。

他俩已爬至栅栏门前。水手轻轻地试着推了推门。门确实是关着的。但是，水手却发现外面的门闩并未插上。

因此可以肯定，匪徒们已经把畜栏给占据了，并且将大门锁上，从外面无法推开。

二人侧耳细听，未见栅栏内有任何动静。于是，二人便琢磨该不该翻过栅栏，进入畜栏。这是违背史密斯的嘱咐的。贸然闯入，有可能成功，也有可能失败。可是，如果匪徒们本无戒备，如果他们并不知道新岛民们正在寻找他们，如果新岛民们本可以将他们一网打尽，那么他俩就这么贸然闯入，岂不坏了大事，功亏一篑？

斯皮莱认为应遵照史密斯的嘱咐，不可贸然闯入，最好是等同伴们全都集中到一起之后，再设法进去。水手遵从了记者的意见，便一起返回大车旁，向史密斯汇报侦察到的情况，可是，后者却说道：

"我有理由相信，匪徒们现在并不在畜栏内。"

"等进去之后，他们在不在里面也就知道了。"水手说。

"好，朋友们，进栅栏！"史密斯说。"车子就留在这儿吗？"纳布问。

"不，"工程师回答，"车上装着给养和弹药等，不能丢失，再说，必要时还可以用它来作为掩体。"

驴车拉出森林，悄悄地向栅栏驶去。夜色深沉，万籁俱寂。车子和人走在厚实的草丛上，悄然无声。纳布拉着托普走在前头，勒住它，不让它冲上去；于普则听从水手的命令，走在最后面。

不一会儿，一行人便来到了林边空地，未见敌人，便果断地朝栅栏走去，很快就一枪未发地穿过了这片危险的"开阔地"。到了栅栏旁，驴车停下。纳布拉住缰绳，其他四人朝大门走去，看看门是否确实是从里面关闭着……

有一扇门是开着的！

"你们刚才不是说门从里面关着的吗？"工程师扭过头来问记者和水手道。

二人被惊呆了。

"我敢发誓，这扇门刚才真的是关着的呀！"水手说。

众人开始犹豫起来。记者和水手刚才侦察时，匪徒们肯定是在里面的，不然刚才关着，现在怎么又开了呢？那他们现在还在不在里面呀？还是刚刚有个匪徒出去了？

这时，哈伯大着胆子往栅栏走了几步，但立即便折返回来，抓住工程师的手。

"怎么了？"工程师问他。

"有亮光！"

"屋里？"

"嗯。"

五个人全都悄无声息地向屋子走去，透过窗缝，果然见到有一丝微弱的灯光摇曳着。

史密斯当机立断，对同伴们说道：

"朋友们，机不可失！趁其不备，突然袭击他们。"

众人突然冲进屋里。只见桌上有一盏灯，桌边就是艾尔通先前所睡的床。床上还躺着一个人。

史密斯不看则已，一看则吓了一跳，立刻倒退一步。艾尔通似乎睡着了。看他的脸色，好像经受了长时间的残酷折磨，手腕和脚踝上还留有大块的青肿。

"艾尔通！"史密斯嘶哑着嗓子喊道。

艾尔通听见有人喊他，便睁开眼睛，看了看凑到他眼前的史密斯，然后又看了看其他同伴说：

"是你们呀！是你们呀！这是什么地方呀？"

"是畜栏内的屋子！"

"就我们？"

"对呀！"

"他们马上就会回来的！快准备战斗！快准备战斗！"

他说着说着便筋疲力尽地又昏睡过去了。

"斯皮莱，快！快把大车弄进畜栏里面来，把大门锁好，人全部都集中到这里来！"工程师命令道。

水手、纳布和记者立刻行动。时间紧迫，分秒必争，绝不能让大车落到敌人手中！

忽然，门外传来托普的叫声。记者同水手、纳布立刻冲了出去。工程师和哈伯跟艾尔通说了一句，也跟着冲出去，做好开枪的准备。

他们密切地注意着俯瞰畜栏的支脉山脊。假若匪徒们藏匿在那儿的话，那他们可以轻而易举地把新岛民们一个一个地射杀。

此刻，月亮已从东边升起，高悬在林中黑幕上空，向栅栏洒下一片银色月光。整个畜栏，包括树丛、小溪、草地，全被这皎洁的月光照亮了。靠山的一边，房屋和一部分栅栏也浸在银色的月光之中，十分突显。另一边，靠近大门的栅栏则仍淹没在浓浓的夜色之中。

不一会儿，他们看到有一大团黑影。那是驴车，已经被拉到月光下来了。史密斯把门关好，并且从里面把门闩插上。

正在这时，托普挣脱拴着它的绳子，狂吠着朝屋子右首的畜栏深处冲去。

"朋友们，进入战斗！"史密斯大喊。

众人拉动枪栓，子弹上膛，跟在托普和与托普一起冲过去的于普后面，冲到大树环绕的小溪旁。

只见月光下，溪边岸上横躺着五具尸体！

是四个月前闯上林肯岛的匪徒们的尸体！

# 第十三章

这是怎么回事呀？匪徒们是被何人打死的？是艾尔通吗？不可能的呀！刚才他苏醒时不是还说要防备匪徒们的袭击吗？而且，交代了这几句之后，他又昏迷不醒了，直到现在仍然如此。大家脑子里一片茫然，不知如何分析这怪事。不过，匪徒们毕竟是死了，所以大家虽不知缘由，但兴奋总是免不了的。他们在艾尔通的屋子里整整待了一夜，只等他醒来告诉大家在匪徒们被消灭之前，究竟发生了什么事情。

翌日，昏迷的艾尔通醒了过来。大家与他分别了这么久，还以为他早已不在人世了，今日见他安然无恙，都喜笑颜开，好不快活！

于是，艾尔通便将自己所知的那部分情况向同伴们叙述了一番。

11 月 10 日，也就是他到畜栏后的第二天，将近黄昏的时候，匪徒们翻越栅栏，突然袭击了他。他虽挣扎了一番，但因寡不敌众，终于被他们给捆绑住了，嘴巴也被堵上，被带往匪徒们的藏身之地。那是一个黑漆漆的山洞，他们就藏在里面。

第二天，他们见他不老实，便想杀了他算了。正当他们准备下手时，其中有一个匪徒认出他来，并叫出他在澳大利亚曾经使用过的名字——本·乔伊斯。那可是响当当的名字！谁还敢向他下毒手呀！

于是，匪徒们便软磨硬泡，纠缠着他不放，想重新拉他入伙，希望借助他的力量拿下花岗岩宫，杀掉林肯岛上的所有居民，进而霸占林肯岛。

艾尔通严词拒绝，他宁愿死也不愿出卖自己的同伴、朋友。因此，他被捆绑住手脚，堵住了嘴，在这洞穴中熬了四个月。

匪徒到了岛上不久，就发现了畜栏，一直依靠畜栏里储存的食物等生活，不过，他们却从不在畜栏里居住。11 月 11 日，两个匪徒前来畜栏时，意外地发现了史密斯等，便朝哈伯开枪射击。其中的一个被史密斯冲上前去，一刀结果了性命；另一个见情况不妙，仓皇逃窜，回去后还大肆吹嘘自己打死了一个岛上居民。

艾尔通听说哈伯被枪射中，非常焦急，心想，现在史密斯等只剩下四个人了，只能听任匪徒们的摆布了。

此事发生之后，居民们被困在畜栏里，可匪徒们也躲在山洞里不敢出来。即使是把眺望冈洗劫了一番之后，为谨慎起见，匪徒也不敢出洞。

这时候，他们便愈加残酷地折磨艾尔通，而后者也豁出去了，坚决不允，只求一死。

转眼间，已是 2 月的第三个星期了。匪徒们只是偶尔走出洞外，潜入孤岛或前去南边海岸打猎，但一直想伺机而动。

艾尔通被折磨得不成人样儿，而且一点同伴们的消息也没有。他身心疲惫不堪，人虚弱得不行，竟然连视觉与听觉都丧失了。所以，两天来他一直迷迷糊糊的，甚至连这两天的情况都记不起来了。

"史密斯先生，"艾尔通接着说道，"我不是被关在山洞里的吗？怎么又会到了畜栏里呢？"

"匪徒们是怎么死在栅栏前的呢？"史密斯反问他。

"他们死了？！"艾尔通一听，硬挺着撑起点身子大声说。

大伙儿赶忙扶住他。他要下床，众人并未阻拦。众人同他一道朝小河边走去。

此时，天已大亮。

河岸上躺着五具尸体。从他们的面部表情来看，是死神突然来临，令他们猝不及防，惊恐万状。

艾尔通惊呆了，愣在那儿；同伴们默然地看着他，未去打扰。

史密斯示意纳布和水手上前去检查一下已僵硬了的尸体。尸体上未见任何明显伤痕。只有额头、胸膛、脊背和肩膀有一小红点。五具尸体全都如此，仿佛是挫伤，但却不知是何物何因所致。

"这就是他们的致命伤口。"史密斯说。

"是什么武器造成的？"斯皮莱问。

"是一种我们尚不得而知、但却是一击毙命的武器造成的。"史密斯回答说。

"那么是谁杀了他们……"水手问。

"是那位正义者，那位神秘人！"史密斯说，"艾尔通，您就是被他抬到畜栏来的。这再次表明，他一直在保护我们，尤其是在我们处于危难之时，而且总是不留名不留姓，想方设法地避开我们。"

"那我们一定得找到他！"水手说。

"是呀，一定得找到他，"史密斯说，"不过，也只有他愿意见我们，让我们去，我们才有可能见到他。"

神秘人的暗中保护让新岛民们自身的行动显得微不足道，毫无意义，让史密斯既恼火又很感动。他感到他们处于弱小的地位，自尊心因而受到伤害。史密斯认为，这位侠义的神秘人拒绝受其恩泽的人的谢意，是对他们的一种轻蔑，这在某种程度上有损他慷慨救助的意义。

"一定要找到他，"史密斯继续说道，"总有一天，上苍会赋予我们机会，让这位高傲的保护者知道我们并不是一些忘恩负义的人！我们是知恩图报的！我们将不惜巨大努力，甚至生命，为他尽点心意。"

自此，史密斯等人便一心想着寻找这位神秘而高傲的保护神。

一会儿之后，居民们回到了畜栏屋内。经大家的照顾，原本体格健壮的艾尔通很快便恢复了体力和精气神。

纳布和水手将匪徒们的尸体弄到离畜栏远一点的森林深处埋了。

随后，艾尔通也了解了他被掳去后那段日子里所发生的事情。

现在，敌人已经被消灭，只剩下唯一的一件事：找到救命恩人！

"找不到他，我们绝不回花岗岩宫！"哈伯信誓旦旦地说。

"那我们就对富兰克林山支脉来个彻底搜索，不放过这迷宫似的支脉的每一个洞穴、每一条沟壑！"斯皮莱说。

"对！凡是我们能做的，我们就应克服一切困难，不顾一切地去做……"工程师说，"不过，我还是得重复一下，只有他想见我们了，我们才有可能找到他。"

"那我们就驻扎在畜栏这儿？"彭克罗夫问。

"对，"史密斯回答，"这儿储备充足，又位于我们搜索地区的中心。再说，若有必要回花岗岩宫的话，坐上大车，很快就回去了。"

"我得提醒一句，"水手说，"好天气不会维持太久，别忘了，我们还要出一次海。"

"出海？干什么？"斯皮莱问。

"去塔波岛呀，"水手回答，"在那儿留一封信，表明艾尔通现在与我们一起待在林肯岛。说不定那条苏格兰游船会前去接他的。"

"那您准备怎么出海呀，彭克罗夫？"艾尔通问他道。

"驾驶'乘风破浪号'呀！"

"它已经不在了。大约一个星期前，匪徒们发现了它，驾着它驶向大海，触了礁，撞得粉碎……"

"混蛋！该死的匪徒！"水手气得咬牙切齿地骂道。

"别着急，彭克罗夫，"哈伯劝慰道，"我们就再造一条更大的嘛！"

"再造一条？那至少得五六个月的时间！"

"那就慢慢造，"斯皮莱说，"顶多把去塔波岛的时间再往后推推。"

"也只好如此了，"史密斯说，"但愿推迟前去，不致误了大事。"

"啊！我的'乘风破浪号'啊！"水手心疼地叫嚷道。他一向以自己的这条船而自豪，失去了它，你叫他如何不悲痛欲绝啊！

众人对失去"乘风破浪号"是又气愤又心疼又无奈，只好想法再造一条船了。在这之前，就是先对岛上最隐秘的地方来个彻底搜寻。

搜索行动于当天，也就是2月19日，便开始进行了，整整持续了一周的时间。大家在这迷宫般纵横交错的支脉及其无数分支里狭窄幽深的山谷中仔细地寻来觅去，不放过一处可疑之处。他们先是检查了通往南面火山的山谷，瀑布河的上游正是从这儿流过。匪徒们曾赖以藏身的洞穴也在这儿。艾尔通给大家指出了该洞穴的确切位置。那洞穴仍同艾尔通离开时一样，里面藏有一批弹药和给养，全都是匪徒们抢夺来的。在此洞前的山谷里，古木参天，绿树掩映，众人在这一片仔细地搜索了一遍，没发现什么，便从西南支脉拐角处，转入一条更加狭窄细长的山谷。这儿的树木略显稀少，绿草被岩石所替代。一些野羊在岩石丛中跳来蹦去。这儿便是林肯岛的荒凉地区的开端。一行人发现，尽管富兰克林山脚的山谷纵横交错，但真正树木葱茏、绿草茵茵的只不过三条，比如畜栏所在的那条山谷，西接瀑布河河谷，东邻红河河谷，这两条山谷小溪接纳了许多支流的水之后，才在下游形成一条小河。溪流小河汇集了整个山区的山涧，使得岛的南部地区土地特别肥美。而慈悲河则直接源自啄木鸟林里充沛的泉水，一处泉水形成了无数条小溪，向四周流淌，灌溉着盘蛇半岛的土地。

在这三条水量充沛的山谷中，有一条是最适宜孤独的隐士生活的，因为这儿有生活必需的一切资料。史密斯等人对这三条山谷都进行了仔细的搜索，但也没有任何发现。于是，一行人便来到富兰克林山谷北部的山脚下。这儿只有两条山谷，宽而不深，不见草木，只有一些冰川漂砾零零星星地散落其间。这儿有无数的洞穴，大家逐一搜索，费力费时，累得够呛。洞穴里黑漆漆的，还得点上火把，照亮角角落落，仔细查看。但是，他们同样也是一无所获，似乎这些洞穴从未有人进入过，也没有人碰过洞里的石头，它们仍旧保持着海岛形成时期火山把它们喷射出水面的样子。

不过，这儿表面看上去十分荒凉，漆黑一片，但史密斯还是觉得这里总有那么一点声音在响。

走着走着，众人便来到一个阴暗的山洞的尽头。此洞长有数百英尺，与大山深处相通。正在这一时刻，史密斯突然听见一种沉闷的隆隆声响，在洞中听来，越发响亮。

在他身旁的斯皮莱也听到了这种隆隆声。

他俩仔细地听了多次，相信是地下的火山正在苏醒。

"这么说，火山并未完全熄灭。"斯皮莱说。

"也许上次勘探之后，地底下又有了新的变化，"史密斯说，"任何一座火山，即使是大家都认为已经熄灭的火山，都可能苏醒。"

"可是，如果这儿真的再一次经历火山爆发，林肯岛会不会有危险？"斯皮莱问道。

"我看不会吧，因为火山口犹如一个安全阀门，过剩的蒸汽和岩浆将会与以前一样，从原先的出口喷射而出的。"史密斯说。

"但愿岩浆别在富庶地区开辟一条新的通道。"

"岩浆怎么会不走它自然形成的道呢，亲爱的斯皮莱？"

"这个嘛，火山不一定按常理行事啊！"

"但您得知道，鉴于整个富兰克林山的走势，岩浆必然会朝着我们刚才探索过的那些山谷流的，除非引发地震，改变了山体的重心。"

"就目前情况来看，地震随时都有发生的可能。"斯皮莱反驳道。

"这倒也是，尤其是当地下积聚的力量在复苏，而地球内部的通道又因火山的暂时休眠而被堵塞的时候。所以，对我们来说，火山爆发可不是件好事，最好是它根本就没有苏醒的意思。不过，我们对此却无能为力，对不？"

"不过，我看呀，我们在眺望冈的领地是不会受到严重威胁的，因为眺望冈和火山间的地势很低洼，就算岩浆是顺着格兰特湖的水道流淌，最后也只是流到沙丘地带和鲨鱼湾附近。"

"不过，我们倒也没有看出山顶上有火山爆发的先兆，没有看见烟气冒出来。"

"是呀，"史密斯说，"我昨天还观察过山顶，未见火山口有一丝烟气。不过，火山管底部长期以来很可能聚集了大量的岩石、灰烬、凝固岩浆等，导致我所说的安全阀门在一段时间内承受很大的压力。不过，只要有一股较大的外力，所有的障碍都将被消除。您放心吧，林肯岛犹如一架锅炉，而火山则像一个烟囱，不会因压力而爆炸的。"

"可是，我确实听到火山内部有沉闷的声响传出来。"

"是的，"工程师又仔细地听了片刻说，"内部确实在起变化，可我们不知道它变化有多大，也预料不出它将造成什么后果。"

二人边说边往洞外走，找到了同伴们，把情况告诉了大家。

"行啊，火山的老毛病又要犯了，那就让它试试看吧！有人会制服它的！"水手说。

"谁呀？"纳布问。

"我们的保护神呗！火山只要一张嘴，他就会把它的嘴给堵上！"

不难看出，彭克罗夫对神秘人是绝对的信服。是呀，神秘力量是无法估量的，它已显现过几次，而且还一直没让新岛民们找到。

2月19日至25日，他们将搜索范围扩大至岛的南部地区，对每块岩石都仔细检查，一直搜索到山脚的最后一个地层。然后，他们便转到沙丘地带搜寻。但结果都一样，既未见到人迹，也未看见遗留物。大家感到无比沮丧、气恼。

不能总这么搜索下去，他们考虑还是先回去再说。

2月25日，一行人回到花岗岩宫前，拈弓搭箭，箭上系着一条双股绳，射向平台的门口，恢复了上下的交通。

一个月后，3月25日，大家在一起纪念了来岛三周年。

# 第 十 四 章

三年了！三年来，他们心中一直念念不忘自己的祖国，常常在一起交谈着思乡之情。

他们相信，内战业已结束，北方的正义事业肯定获得了最后的胜利。他们多么想回到祖国去呀！等回到祖国之后，把林肯岛与故乡联系起来！二者之间建立交通联系。他们就在这块他们亲手开垦的土地上居住，反正这儿也已属于祖国的领土，又有交通相连。此梦能圆，那就太美了！

此梦要想实现，只有等着有一天突然有一艘船驶来，或者自己造一条结实的好船，行驶到最近的陆地上去。

"除非我们的保护神向我们提供回国的交通工具。"水手幻想道。

确实，如果谁告诉水手和纳布，有一条三百吨的大船在鲨鱼湾或气球港等待他们，他们也绝对不会感到惊讶的。按他们目前考虑问题的方式，没有什么奇事是不会出现的。史密斯在思考着造船的事。这是眼下应该做的头等大事，因为必须尽快地把艾尔通已来到林肯岛的消息送到塔波岛去。

"乘风破浪号"损毁了，造一条新船起码得半年的时间。冬天将临，远航也许得拖到明年春天了。

"我们有足够的时间在天气转暖之前做好准备，"史密斯在同水手聊到这事时说，"朋友，我在想，既然要造船，那就造条大的，万一那条苏格兰游船不来，或者几个月前它来过，因为找不到艾尔通就返航了，我们可以乘坐我们自己制造的大船前去波利尼西亚群岛或者新西兰什么的。"

"史密斯先生，"水手说，"我觉得造大船并没什么，我们的木材、工具等都是现成的。问题难就难在时间上。"

"造一条三百来吨的船得几个月呀？"史密斯问水手。

"起码得七八个月。再说，冬天一到，冰天雪地，干木工活儿挺难的，说不定还得歇工几个星期。明年11月前能造好就谢天谢地了。"

"不过，这样也好，到那时正是出海远航的好时期，可以去塔波岛，也可以去更远的地方。"

"那好，那您就赶快设计，到时艾尔通也能帮上忙的。"

史密斯又征得了其他同伴的同意，便着手画图纸，制作模型。其他人则忙着砍伐木材，准备制成龙骨、肋材、铺板等。木材通过被大家称为"远西大道"的一条可走驴车的道路，运至"壁炉"前的造船工地。

木材必须早点预备好，它需要一定的时间才能晾干，变得硬实。于普在砍伐树木时没少出力，它一会儿爬到树上将伐木绳系牢，一会儿又帮忙扛木头，帮助很大。木料就码放在"壁炉"旁修建的一个大木棚里。

4月天，艳阳天。此时，农田也修整好了，眺望冈高地上的疮痍满目已失去了踪影。磨坊也已重新建好；家禽饲养场也面貌一新；厩栏里现已有五头野驴，既可拉车，又可骑乘；农具中增加了一张犁，用野驴拉犁耕田。众人各自分头干着自己的活儿。因此，新岛民们一个个精神饱满，身体壮健，充满着朝气。到了晚上，大家歇息闲聊，憧憬未来，花岗岩宫一片欢歌笑语。

艾尔通虽同众人一起生活着，但一直很忧愁；虽和同伴们共同在一起干活儿，却不苟言笑。他很卖力，体健力大，聪明灵巧，众人很喜欢他，并尊重他，对此他心知肚明。

与此同时，畜栏里的活计也没放松。每隔一天，就有一人驾着车或骑上驴前去照看羊群，并捎点羊奶回来，交给纳布。沿途还会捎带着打点猎物。哈伯和斯皮莱是几个人里面最常去畜栏的人，他们各自去时，总要带上托普，因此花岗岩宫的餐桌上总不乏野味。此外，养兔场和牡蛎养殖场的产品、捕捉到的海龟、慈悲河里大量的美味鲑鱼、眺望冈高地上的蔬菜、林中野果等，不一而足，多得几乎无处存放。

畜栏与花岗岩宫之间的电报线路当然早已修复畅通。谁若是去了畜栏，并打算留下过夜，只需发个电报报告平安即可。

一切都很好，但毕竟曾经出现过险情，所以大家并不敢放松警惕，掉以轻心，脑子里的那根弦总是绷得很紧。他们每天都要用望远镜不时地扫视一番海面情况，以防不测。

一天晚上，史密斯提议在畜栏加固防御工事。主张加高栅栏，并在其侧翼修一座碉堡，必要时，进入碉堡抗击敌人，以保万无一失。他只是提出一个计划，让大家有所准备，真正执行得到明年春天了。

5月15日左右，船的龙骨已架在工地上了。艏柱和艉柱也用榫头分别嵌进龙骨的两端中，几乎与龙骨成垂直状。龙骨长一百一十英尺，可支撑二十五英尺宽的主横梁。但是，严冬将至，在随后的一个星期里，第一批船尾肋材安装完之后，就不得不把活儿停下来。

月底的那几天，天气糟糕透了。风很大，史密斯担心风会把工地上的木棚吹塌。但很幸运，狂风更多的是向东南方吹去，因此，花岗岩宫前面的海滩就被残骸给遮挡住了。

彭克罗夫和艾尔通对建造大船的热情最为高涨，一直在尽自己的最大努力干着活儿。他们无论刮风下雨，严寒刺骨，手中的锤子总是同样用力地在敲打着。不过，阴雨潮湿的天气过去了，随之而来的便是严冬，木材的纤维变得坚硬无比，非常难以加工。6月10日前，造船工作算是完全停止了。

史密斯等人知道林肯岛冬季气温极低，甚至可以与新英格兰州的冬季相比，后者与赤道的距离和林肯岛与赤道的距离几乎相等。

有一天，史密斯对他的同伴们解释道：

"在同样的纬度下，岛屿与大陆的沿海地区不像内陆地区那么寒冷。比如说，伦巴第的冬天就比苏格兰的冬天要严酷得多，这大概是海洋在夏季里吸收了热量，到冬季又将热量释放出来的缘故。"

"可是，为什么林肯岛好像与此不同呢？"哈伯问。

"这有点难以解释，但我想，这是因为林肯岛位于南半球，而南半球要比北半球更冷。"

"是的，比起北太平洋来，南半球的浮冰纬度要低些。"哈伯赞同道。

"没错，我在捕鲸船上当水手时，甚至在合恩角附近还看到过冰山呢。"水手说。

"是不是可以这么认为：林肯岛因离浮冰或冰山相对较近，所以冬季才会更冷。"记者说道。

"有道理，林肯岛的严寒肯定是附近的冰山所致。实际上，夏季太阳离南半球近，而冬季就必然离之较远。如果我们感到岛上冬季十分寒冷的话，那么到了夏季，这儿必然也是十分炎热的。"

"可是我不明白，为什么我们这个半球的自然条件会如您所说的那么恶劣呢？"水手困惑不解地问，"这很不公平吧！"

"公平也好，不公平也罢，我们都得认了，"工程师笑着回答水手道，"根据理论力学的原理，地球围绕太阳公转的轨道并不是圆形的，而是椭圆形的。地球就在这个椭圆形的两个焦点中的一个上面。因此，在公转的某一时刻，地球就会到达远日点，也就是离太阳最远的位置。南半球的冬季刚巧是地球位于远日点的时候，因此这一地区才这么寒冷。这就是大自然，人是无法改变它的。彭克罗夫，您要知道，人无论有多么聪明，都永远无法改变上帝所创立的宇宙规律。"

"可是，"水手仍不服气地说，"人类拥有丰富的知识，如果全都写下来，那可是一部鸿篇巨制啊！"

"如果把人类尚不得其解的东西也写下来，那可比您所说的那部书厚得多啊。"

6月到了，天气确实分外寒冷，众人被迫整天困于花岗岩宫。

对大家来说，这种"囚禁生活"简直是一种煎熬。

"纳布，"斯皮莱有一天对纳布说道，"您若是能有法子替我上哪儿订上一份报纸的话，我就把我的全部财产都奉送给您。我现在最大的需求，就是想获知昨天世界各地所发生的事情！"

"唉，说实话，"纳布说，"我现在想的只是每天该干什么活儿。"

确实，该干的活儿很多，无论是室内还是室外。

6月、7月、8月这冬季的三个月就这么熬过去了。说实在的，这三个月的平均气温一直都没高过十一摄氏度，比上年要低，可想而知，花岗岩宫的炉火一直得烧得很旺很旺的，浓浓的黑烟把花岗岩宫石壁都熏出一条条的粗大黑道来。

不过，人畜倒是非常平安。当然，于普因为喜热不喜冷，免不了多遭点罪，不过大家为它专门制作了一件厚实的棉睡袍，让这个聪明、灵巧、不惜力、不多嘴多事的仆人熬过了严寒天气。

"说实在的，它要有四只手在干活儿，肯定比大家干得更多更好，当然也应该享受点特殊照顾。"水手开玩笑说。

自上次对山地周围进行了彻底勘探之后，已经过去了七个月了，在这段日子里，始终没有发现神秘保护神的踪迹。而且，托普和于普也都没再因发现异常而表现出激动的情绪来，它俩没再围着水井转悠，也没再狂吠乱叫。

冬季总算结束。但是，在大地回春、万物复苏的头几天里，却发生了一件事。这事可能会造成严重后果。

9月7日，史密斯正在观察富兰克林山山峰，突然发现空中有一缕轻烟缭绕飘升。那可是从火山口喷出的一股蒸气！

# 第 十 五 章

❖

史密斯立即叫众人来看。众人闻言，立刻放下手中活计，注视着那座山峰。

大家一致认为是火山在活动，很可能会爆发。对此，大家也只能注视着，观察着，无法阻止。不过，花岗岩宫眼下不会受到威胁，除非引发大地震，地动山摇，山崩地裂，房倒屋塌。但是，要是从富兰克林山南边山壁的火山口喷出，畜栏就很危险了。

自这一天起，那火山口上总是被一大团蒸汽笼罩着，而且那蒸汽团还越聚越多，越厚越浓，升腾得也越高。只不过，尚未见有火焰喷出，说明只是火山中央底部在沸腾。

天气倒一直不错，大家便重新开始干了起来。造船工地上加快了造船速度。史密斯还利用海滩上边的瀑布制造了一台水力锯木机，锯木板的速度大大地提高了。锯木机与挪威农村中常见的那种锯木机的构造完全相同。只需先让木块水平移动，再让锯子垂直移动，就可以锯开木头了。工程师将一只轮子、两只滚筒和几只滑轮很好地装配在一起，便大功告成了。

9 月末，船的骨架已经立于造船工地上，只等着配上纵帆了。船的轮廓已经显现，船头尖尖，船尾开阔，看上去非常适合远洋航行。不过，内外船板以及甲板的铺设尚需时日。好在海盗船爆炸后，其金属配件已全部抢救了出来。水手还从船板和肋材残片上拔出不少的铁钉和铜钉，省去了铸铁制钉的麻烦，但是木工活儿仍然不少。

其间，造船工作曾停了一个星期，用来抢收农作物和干草，并把堆积在眺望冈高地上的农产品运回来储存好。等农活忙完后，大家便重新投入紧张繁忙的造船工作。

一天忙到晚，实在是辛苦。每到傍晚，差不多都快累趴下了。他们为了加快进度，甚至改变了用餐时间，每天都是十二点吃午饭，而晚饭则拖到天黑之后，全部是在工地上吃，吃完之后，回花岗岩宫，倒头便睡。

不过，有时大家也聊上一会儿天。逢到谈兴正浓时，睡觉的时间也就往后推一推。他们最喜欢畅想未来，谈论着驾上新船驶到离此最近的陆地之后，他们的处境会发生什么样的变化。然而，说来道去，大家始终存有一个信念：以后还要返回林肯岛。他们永远也不会抛下这片土地，这是他们用自己勤劳的双手开垦出来的，是他们用心血浇灌出来的。

尤其是彭克罗夫和纳布，竟然想到在林肯岛上安度晚年，终此一生。

"哈伯，你会不会离开林肯岛呀？"水手常常这么问哈伯。

"不会，彭克罗夫，您决心留下的话，我就更不会离开了。"哈伯坚定地说。

"我的主意早已定下了，我的孩子，我会等你回来的，等你带上你的妻子儿女一起来，我会让你的孩子们整天乐呵呵的！"水手开玩笑地说。

"好啊！"哈伯边笑边回答，满脸绯红。

斯皮莱甚至想到要创办一份报纸，名字他都想好了，就叫《新林肯岛先驱报》。

这就是人的本性。人之所以成为万物之灵，就是因为人有愿望：干一番事业，干一项能名垂千古的伟大事业！正因为如此，人才能够主宰世界，成为世界当之无愧的主人。

于普和托普说不定心中也有着一种愿望。

可艾尔通仍旧是一言不发，只顾想自己的心事，他是一定要去拜见格里那凡爵士的，要让所有的人都知道，他已洗心革面，重新做人了！

10 月 15 日晚，大家仍旧在这么畅谈着，一直聊到九点，都哈欠连天了。彭克罗夫实在困得不行，正准备上床歇息。突然，大厅内电报铃声骤然响起。

林肯岛的居民全都在花岗岩宫，畜栏里并没有人呀！

史密斯腾地站起身来。同伴们全都愣在那里。

"怎么回事？见鬼了？"纳布说。

无人搭理他。

"外面正在打雷下雨，会不会是雷电的影响？"哈伯说。

大家都在看着史密斯；后者在摇头，否定了哈伯的猜测。

"先等等看，"斯皮莱说，"如果是在发信号，无论是谁，他还会再发的。"

"那会是谁呢？是不是……"

水手的话还没说完，电报铃声突然又响了起来。

史密斯立刻走到电报机旁，向畜栏发去一封电报：

"请问您有什么要求？"

不一会儿，对方发来回电：

"速到畜栏。"

天哪！总算有回答了。谜底即将揭开。众人的困劲儿立刻抛到九霄云外，恨不得立刻飞到畜栏去。大家把托普和于普留下，立即冲出花岗岩宫，来到海滩。

夜色苍茫。新月不知躲到何处去了。远方偶尔闪过几道雷电，照亮了海平线。也许再过几小时，林肯岛上空也要电闪雷鸣。这真是一个可怕的夜晚。

众人沿着慈悲河左岸上行，来到高地，越过甘油河上的吊桥，走进森林中。

这条路不知走了多少遍，驾轻就熟。大家健步如飞，心情激动地往前奔去。终于要得知神秘保护人的大名了！他与新岛民们的生活关系密切，他对他们的帮助如此之大，又是那么的神秘莫测且法力无边！也许他早已与他们生死与共，休戚相关，了解他们生活中点点滴滴的情况，听到了他们在花岗岩宫里所说的每一句话，否则，为什么每到关键时刻他总会及时地伸出援助之手呢？

森林里鸦雀无声，只听见一行人急速的脚步声响。

这么默默地走了约一刻钟的样子，彭克罗夫终于打破了沉默，说道：

"我们该带上一盏灯来的。"

"畜栏里有灯。"工程师回答道。

他们离开花岗岩宫时是九点十二分，从慈悲河口到畜栏五英里，九点四十七分，他们已经走了有三英里的路了。

此刻，电闪雷鸣，预示着暴风雨即将来临。大家加快了步伐，仿佛有一种无法抗拒的力量在背后推着自己。

最后，借助一道闪电的亮光，他们终于看见畜栏的栅栏了。他们尚未跨进大门，只听见天上一声炸雷啪的一声炸响。

神秘人应该就在畜栏的屋子里，因为电报机就在那儿。可是，窗户上缘何未见一丝亮光呢？

众人已到屋门前。工程师举手敲门。

没有回音。

工程师立刻将门推开，众人走到屋内。可屋里黑漆漆的，什么也看不见。

纳布划了一根火柴，点亮了灯，举灯照着屋子的角角落落……

怎么没人？所有物件与他们离开时一模一样地摆放着。

"会不会是我们脑子里产生了幻觉呀？"史密斯也有点迷惑地说。

不可能的呀！回电上明明写着"速到畜栏"几个字嘛！

大家走到电报机桌前，一切都井然有序地摆放着：电池仍在盒子里，收报机和发报机全都在。

"最后一次来畜栏的是谁？"史密斯问。

"是我，史密斯先生。"艾尔通回答。

"那是什么时候？"

"四天前。"

"啊！这儿有张字条。"哈伯突然指着桌上的一张纸说。

史密斯拿起一看，只见字条上写着："沿着新的电报线走。"写的是英文。

"走！"史密斯顿然醒悟，知道电报不是从畜栏发出去的，便立刻下令道。他知道电报一定是通过一根接在原有电报线上的新电报线，从一个神秘处所直接发至花岗岩宫的。

纳布拿着灯，大家立刻走出畜栏。

此刻，大雨倾盆，电闪雷鸣。狂风暴雨席卷了整个富兰克林山以及林肯全岛。凭借闪电的光亮，可以看见烟雾缭绕的火山山顶。

史密斯走出畜栏大门，直奔第一根电线杆而去。趁闪电划过时，他看见绝缘体上有一根新的电报线，一直垂及地面。

"在这儿呢！"他大声地说。

那根新线拖在地上，外面裹着一层绝缘体，如同海底电缆一般。观其走向，这根线好像是穿过森林和富兰克林山南部支脉，向西延伸而去。

"顺着这根线查！"史密斯说。

一行人沿着这根新电报线急匆匆地走去。他们先翻越了畜栏山谷与瀑布河谷间的支脉，从其最狭窄处渡过瀑布河。电报线成了他们的指路标线。

工程师猜测，电报线的终端将会在山谷深处，那儿就是那神秘的陌生人的住所。

随后，他们又翻过了西南面的支脉，来到土质贫瘠的高地上。高地尽头即为玄武岩石壁，形状怪异地矗立着。大家边走边随时弯下腰去摸摸电报线，以免走偏了方向。走着走着，便感觉到此线直通大海。显然，神秘人的住处就隐藏在某一处巨岩的深处。

天空如大火在燃烧着似的。闪电一个接一个地划破夜空。有好几次，闪电竟然打到火山顶上，消失在火山口的浓浓烟雾之中，看着仿佛是火山口在喷火一般。

将近十点时，一行人来到林肯岛西部俯临海洋的悬崖边上。五百英尺下面，海浪拍打着石壁，发出轰鸣。

史密斯估摸了一下，从畜栏到这儿，约有一英里半。

电报线在这儿嵌入岩石中间，沿着一条弯弯曲曲的狭窄石壑，向下伸去。

大家也跟着这条线走下石壑。往下的路很危险，石块随时都可能坍塌，把人带进海里，可是事已至此，也顾不了那么多了。他们像是被一种无法抵御的力量吸向那个神秘的处所。

他们终于走下了石壑。说实在的，就是在白天走，这条路也够吓人的，何况在夜间。只听见岩石在滚动，经闪电一照，犹如一个个火球，光亮耀眼。史密斯走在前面，艾尔通殿后，大家高一脚低一脚地硬着头皮往前走。最后，电报线突然拐弯了，通往海滩的岩石上。一行人已经到了玄武岩石壁的尽头。

此处有一狭窄陡坡，与海岸平行地向前延伸着。电报线就顺着陡坡往前，大家顺着它继续前行。还没走完一百步，这陡坡便开始缓缓往下，最后到达与海面持平的高度。

史密斯顺手一摸，发现电报线进入海里。大家围在工程师身旁，都愣住了。这真让人扫兴！总不能钻到海里去寻找海底洞穴吧？

"先别急，"工程师把大家引到一个石窟下说，"海水正在涨潮，等海水退了，路就出来了。""您怎么知道他……"水手问道。

"他既然示意我们来，就会有路让我们走的嘛。"史密斯很有把握地说。

于是，众人蜷缩在一个深深的石洞里，也不说话，焦急地等待着。得等上好几个钟头。雨水急流似的从天空直泻下来，闪电不时地划破天空，雷声在闪电过后滚滚而来，轰轰隆隆的。

此时此刻，这几个新岛民心情万分激动，脑海中浮现出种种怪异的想法。他们设想着不一会儿就会见到一个超人，身材魁梧，因为只有这种超乎常人的形象才与他们心目中的神秘保护人相称。

午夜时分，史密斯手提着灯，下到海滩，观察岩石的分布状况。潮水已往后退了有两小时了。

果然，史密斯在水面上发现了一个巨大的洞口。电报线径直拐进开阔的岩洞。他立即返回，告诉大家：

"再过一小时，就有路可走了。"

"真的有洞？"水手说。

"那这个洞里一定水很深的呀！"哈伯困惑地说。

"只有两种可能，"史密斯说，"或者洞里没水，可以顺顺当当地走进去；或者有水，那就肯定有水上交通工具可供使用。"

又过了一小时。众人冒着倾盆大雨来到海边。至此，海水已退下去十五英尺。洞口顶部距海面起码有八英尺，宛如一个桥拱，海水翻着浪花，从它下面流过。

史密斯弯腰查看时，发现水面上有一黑乎乎的东西漂浮着，他伸手把它拉了过来。

原来是只小艇，由一根绳子系在洞内的一块突岩上。小艇有铁皮包裹，上面还有两支桨。

"上船。"史密斯对大家说。众人纷纷上船，落座。纳布和艾尔通划船，水手掌舵，史密斯坐在船头提着灯照路。

一开始，洞顶很低，随即便突然高起。洞里寂静异常，只有桨的划水声响。外面的声音传不进来，闪电也穿不透石壁。

小艇曲里拐弯地划了十五分钟的样子，史密斯突然命令道：

"右转！"

小艇往右转去，贴着石壁往前划着。电报线仍旧挂在突出的岩石上，往前延伸着。

小艇又前行了一刻钟，已经离洞口约有半英里远了。这时，史密斯突然命令道：

"停下！"

小艇停止划动。众人看到巨大的山洞被一道耀眼的光亮照得如同白昼，可这儿已是林肯岛的地底深处了。

此处洞顶高有百十来英尺，有许多石柱支撑着。石柱上有着参差不齐的拱穹和各式各样的边饰，一根套着一根，高达四五十英尺。洞外波涛汹涌，这儿却风平浪静。史密斯指出光源所在。只见那光源照耀着石壁的每一条棱边，照得石柱呈半透明状，而洞内所有凸出的岩石经亮光照射，好似一颗颗闪亮的小圆钉。

由于反射作用，光亮倒映水面，小艇仿佛是漂浮在两个闪亮区域中间。于是，小艇便向着光源划去，很快便划到离它只有半链远的地方。

这儿水面宽约三百五十英尺。耀眼的光源后面有一堵巨大的石壁墙，挡住了去路。海水在这儿形成了一个小湖泊。湖泊中央漂浮着一个长长的梭状物，光亮就是从它的两侧射出来的。该梭状物看似一条巨鲸躯体，长二百多英尺，浮出水面部分有十一二英尺。

小船慢慢地向它靠过去。史密斯坐在船头，激动得直起身子看着它，突然抓住斯皮莱的手臂摇晃着喊叫道：

"是他！没错，绝对是他……"

史密斯喃喃地说出一个名字，只有斯皮莱听见他说的是什么。

斯皮莱显然也听说过史密斯说出的这个人的名字，脸上浮现出一种神奇的表情，回应史密斯道：

"对！就是他！一个不受束缚的人！"

小艇从这庞然大物左边靠上去。有一束光线透过左舷窗射出来。

史密斯等人上了那庞然大物的平台，那上面有一个敞开的进入口，众人鱼贯而入。

楼梯下面有一条走廊，有电灯照明。走廊顶头有一扇门。史密斯把门推开，只见一间宽敞堂皇的大厅。众人迅速穿越大厅，来到紧挨着它的一间书房，书房尽头也有一扇门，门很大，关闭着，史密斯上前把那门推开。

众人眼前显现的是一个宽敞的大客厅。简直就像是一个大博物馆，陈列着各式各样的珍贵矿物标本、艺术品以及奇妙的工业制品，恍若一座梦幻般的童话世界。

新岛民们看见一张华丽的长沙发上躺着一个人，此人好像并没有发觉有人走近身旁。

于是，史密斯走上前去，开口道：

"尼摩船长，我们应召前来了。"

史密斯的话令同伴们惊诧不已。

# 第 十 六 章

在沙发里躺着的那人听到史密斯的话，站起身来。灯光把他的脸照得十分清晰：相貌堂堂，额头高高，眼含傲岸，胡须雪白，头发浓密，披至后肩。

他人虽站了起来，但手仍撑着沙发靠背，眼神安详，声音洪亮地说：

"我无名无姓，先生。"

"可我认识您，先生。"史密斯说。

尼摩船长目光炽热地看着史密斯，然后又无力地坐下，靠在沙发靠垫上说道：

"我已经快不行了。"

史密斯立即走上前去；斯皮莱也跟了过来，握着尼摩船长的手，觉得烫极了。可后者马上便把手缩了回去，示意史密斯、斯皮莱二人坐下。

众人怀着激动而崇敬的心情望着这位神秘的救命恩人。他可是他们的保护神啊！可是，眼前的这位保护神已经是行将就木的人了！

史密斯怎么会认识尼摩船长的呢？船长听到史密斯叫他的名字为什么会那么激动地站起身来呢？他是不是一直以为没人知道他的名字呀？……

尼摩船长在沙发上坐好，手撑着身子，眼望着坐在他身边的史密斯说：

"您知道我过去使用的名字，先生？"

"我听说过您的大名，也听说过您的神奇潜艇的名字……"史密斯说。

"'鹦鹉螺号'。"

"是的，'鹦鹉螺号'。"

"可您知道我究竟是何许人吗？"

"我知道。"

"我已经有三十年未和人类世界有任何来往了。这三十年里，我一直生活在海洋深处。我只有在海底才觉得独立自由。是谁把我的秘密泄露出去的？"

"是一位没向您做过任何承诺的人，尼摩船长，因此他并没有背叛您。"

"是那个十六年前偶然上了我的船的法国人？"

"正是。"

"这么说，'鹦鹉螺号'卷进大漩涡后，他与他的两个同伴侥幸逃生了？"

"是的，他们都逃过了那一劫难，那个法国人后来写了一本书，名为《海底两万里》，讲述您的故事。"

"那只是我在那几个月中的一段经历而已，先生！"尼摩船长颇为激动地说。

"是的。不过，这足以让世人认识您，先生。"

"是把我视为一个罪人吧？"尼摩船长嘴边挂着一丝高傲的微笑说道，"没错，我是个叛逆者，也许应该受到全人类的唾弃！"

史密斯没有应声。

"您觉得呢？"尼摩船长直接问他道。

"我无权评判您，尼摩船长，至少对您过去的经历我无权发言。我只想说，自从我们几个人落到林肯岛上之后，总有一双善良的手伸向我们；我还想说，我们的救命恩人是一位心地善良、侠肝义胆、无坚不摧的人！"

"是呀。"尼摩船长只是这么淡淡地说了两个字。

史密斯与斯皮莱站起身来，其他人也靠上前来。众人抑制不住内心的激动，准备以行动与言语表达出心中的感激之情……

但是，尼摩船长以手示意，止住了大家，自己也很激动地说：

"你们听我讲完自己的经历再谢我也不迟啊。"

于是，尼摩船长便简明扼要地把自己的一生讲述了一遍。他的叙述并不长，可他却必须用足力气才能讲完。他实在是太虚弱了，已力不从心。斯皮莱立即表示要为他诊治，但尼摩船长却说：

"不必了，我已来日无多。"

尼摩船长本是印度的达卡王子，是当时仍保持领土主权独立的中部本德尔汗德的一位君主之子，也是印度的一位英雄的侄儿。十岁时，其父便将他送往欧洲去接受系统教育。他天资聪颖，品德高尚，知识丰富，在自然科学和社会科学方面均有很深的造诣。他游历了欧洲各国，人也英俊潇洒，严肃认真，对侵略者充满着仇恨。其父其实只是表面上臣服于英国，骨子里却有着很深的复国、独立的思想，这一点也影响了自己的儿子，使之对自己的祖国充满着深深的爱，对英国自然而然地便充满了恨。

他还是一位品位很高的艺术家，一位精通各门学科的学者和一位政治家。1849 年，他从欧洲返回本德尔汗德，与一位贵族门第的女子喜结连理，夫妇二人都在心中表示誓为祖国而流血牺牲。他俩还生下了两个孩子。

但是，家庭生活的幸福和天伦之乐并未让他忘记自己的祖国仍旧处于英国的奴役之下。他一直在等待着，等待着复仇的机会，等待着让祖国摆脱奴役的机会。机会终于来临。

想必是英国人对印度的压迫剥削过于残酷，致使达卡王子终于听到印度百姓愤懑的声音。他将自己对外国侵略者的仇恨种子播种在印度人民的心中。他走遍了印度半岛仍保持着独立的地区，同时他的足迹也踏遍了在英国铁蹄下讨生活的地区，向百姓宣传救国精神，号召大家从英国的奴役枷锁中挣脱出来。

1857 年，印度士兵大规模哗变，领导者当然是这位达卡王子。他奋勇当先，率领着士兵兄弟们浴血奋战，参加过二十多次战斗，负伤十余次。当最后一批独立勇士倒在英国人的枪弹之下时，他却奇迹般地活了下来。但他仍继续与英国人进行斗争，英国人甚至以重金悬赏捉拿他。他虽未落入敌手，但其父母妻儿却惨遭杀害……

达卡王子心痛欲裂，躲入深山之中。从此，他便对人类的一切产生了深仇大恨，对文明世界痛恨不已，决心远离尘世，永不回来。于是，他将仅有的家产悄悄变卖，带上二十多个最忠实的同伴，在某一天消失得无影无踪，无声无息。

其实，他是到海洋深处寻求他在陆地上无法找到的独立去了。在海洋深处，无人能追踪到他。他在太平洋的一座孤岛上建了一个造船厂，自己设计制造了一艘十分先进的潜艇，潜入水下，与世人再无联系。他给潜艇冠名为"鹦鹉螺号"，自称"尼摩船长"。在海洋深处，从地球的一极航行到另一极，行遍了所有的大海大洋。他在浩瀚的大海深处搜集了大量的奇珍异宝，1702 年，有几条西班牙的运送黄金珠宝的船只在大西洋的维戈湾遇难，船上的珍宝成了达卡王子的财富，取之不尽，用之不竭。他利用手中的这笔巨大财富支持那些争取民族独立的人民的正义事业。但他仍是暗中支持，仍旧与世隔绝。

但是，1866 年 11 月 6 日夜晚，突然有三个人偶然落到他的船上，其中就有一位后来写书的法国地理学家，另外两个，一个是他的仆人，另一个是加拿大的捕鲸人。当时，"鹦鹉螺号"正被美国海军军舰"亚伯拉罕·林肯号"穷追不舍，双方船只发生碰撞，上述三个人因而掉进海中，最后上了"鹦鹉螺号"。

尼摩船长从那位法国地理学家口中获知，他的船有时被误认为是一头巨型鲸鱼类哺乳动物，有时又被认为是载有海盗的潜水艇，因此在海上到处都有人在搜寻着它……这三个人没有因洞穿了尼摩船长的秘密而被后者扔回到大海中去，而是被后者扣留在船上，跟着船长在大海深处航行了七个月，航程两万多里，观赏了水底的奇异景物。后来，1867 年，因"鹦鹉螺号"遇上了大漩涡，这三个被扣在潜艇上已有七个月的人侥幸逃过一劫，回到了自己的祖国。其中的那位法国地理学家便将自己在海底的七个月、行程两万里的旅程中所见之海底奇观，写成了风靡一时的《海底两万里》。

这之后的很长一段时间，尼摩船长继续过着他的海底生活，其同伴均先后死去，葬于海底的"珊瑚墓地"。最后，"鹦鹉螺号"里只剩下尼摩船长孤独一人了。此时，他已是花甲之年。他将船开到一个海底港口，也就是现在的藏身之地，位于林肯岛下面的海底。他在这儿生活了六年，未再出海，等着死神前来召唤他。

一次偶然的机会，他碰巧看到史密斯等人的气球坠入海中。他便立刻穿上潜水服，把史密斯救起。一开始，他总在避开史密斯等人，但因火山活动的影响，岩石抬升，海底港口的出口被堵住，潜艇再也无法出海，只能靠小艇从洞穴里划出来。

尼摩船长开始慢慢地观察这几个岛上居民，觉得他们正直、勇敢，彼此情同手足。于是，他便有心多了解他们。他常穿上潜水服来到花岗岩宫内的井底，并攀上井口，偷听他们对往事的回忆、对现在和将来的设想与憧憬，渐渐地对他们产生了好感。

尼摩船长救了史密斯的性命；把托普送回"壁炉"；在大箱子里装满各种必需品；把小船弄到慈悲河；把花岗岩宫的绳梯从上面扔下来；把字条塞进漂浮瓶，告诉大家塔波岛的方位；把水雷布于海峡底；送奎宁救哈伯；用电子子弹杀死众匪徒……这些蹊跷事，不言而喻，都是尼摩船长干的。最后，他深感自己越来越虚弱，越来越气短，知道自己来日无多，死亡将至，便用电报向花岗岩宫的居民们发出邀请。如果他知道史密斯了解他的历史，知道他姓甚名谁的话，他也许就不会邀请这些新岛民了。

史密斯听完尼摩船长的叙述，激动不已。他以同伴们的名义和以自己个人的名义向自己的救命恩人，向同伴们的保护神表达了心中无限的感激之情。

"尼摩船长，"史密斯说道，并伸出手去，"您曾经救过站在您面前的这些落难者的性命，他们将永远地尊敬您、怀念您。"

可是，尼摩船长无意索取回报，所以他并未去握史密斯伸向他的手，只是说："先生，您现在已经了解我的一生了，请您做一个判断吧。"

尼摩船长的这句话暗含着一个严重的事件，当时他船上的那三名外来者都亲眼看见了事情的经过，那位法国地理学家在他的书中也做了描述，引起了强烈的反响。那是指的三名外来者逃离潜水艇前的几天所发生的事。"鹦鹉螺号"当时在北大西洋遭到一艘驱逐舰的追踪。于是尼摩船长便开足马力，向对方狠狠地撞去。

"那是一艘英国驱逐舰，先生！您明白吗，英国驱逐舰！"船长提高嗓门儿大声说道，"它向我发动攻击！我被堵在一个狭小、水很浅的海湾里！……我必须冲出去！……我冲出去了！"

他随即平静了一下补充说道：

"我这么干是我的权利，我也自有道理。我一向竭力地在做善事，但免不了必要时也要作恶！正义并不是宽恕！"

他沉默了片刻，然后又继续说道：

"你们到底是怎么看待我的，先生们？"

史密斯再次伸出手去，严肃地说道：

"船长，恕我直言，您的错误在于认为能够让过去再现，并想要抵御必然的进步。有些人是会赞赏您这一点的，但有些人又是会予以谴责的。对于这个问题，只有上帝能够裁定。您的所作所为理应获得人们的宽恕。人们可以指责那些出于美好愿望而做了错事的人，但不能不尊重这样的人。您的错误并不能阻止人们对您的尊敬，您也不必担心别人对您的名字所做出的历史判断。"

尼摩船长听了史密斯的这番话，不禁胸脯不停地起伏着，他将双手伸向空中，喃喃地说：

"我到底是对还是错呀？"

"所有伟大的行动都归功于上帝，因它们都源自上帝！"史密斯说道，"尼摩船长，您曾经救过现在站在您面前的这些人，他们将永远忘不了您！"

哈伯走到船长面前，跪了下去，握住船长的手，亲吻着。

即将被死神召唤去的尼摩船长终于从眼里流出了一滴泪水。这是这位铮铮铁汉几十年来的第一次。

"我的孩子，"尼摩船长喃喃道，"愿上帝保佑你……"

# 第 十 七 章

天已经亮了，可是，山洞中却不见一丝光亮。潮水已涨高，堵住了洞口。

潜艇射出人造光，四周水面银光闪烁。

极度虚弱的尼摩船长倒在沙发上。他不愿前去花岗岩宫，宁愿与其满船珍宝一起等候死神的降临。史密斯与斯皮莱耳语，看看是否还有什么办法延长他的生命，哪怕让他多活一天也好。

"我们已回天无力了，"斯皮莱说，"他的生命已枯竭了。"

"把他抬到洞外，晒晒太阳，也许有一线希望。"水手提议道。

"不可能的，彭克罗夫，"史密斯说，"再说，他只愿意与潜艇共存亡。他在他的'鹦鹉螺号'生活了三十年，他肯定是死也得死在他的船上的。"

尼摩船长似乎听见了史密斯的话，微微抬起点身子，声音微弱但却十分清晰地说：

"您说得对，先生，我希望死在这儿，也必须死在这儿！我有一事相求。"

史密斯连忙在他身后塞上许多靠垫，让他坐得舒服一点。

电灯光将整个客厅照得通明透亮，连天花板都照得亮闪闪的，上面的各种装饰使灯光变得柔和。尼摩船长的目光停留在客厅里摆放着的每一件珍宝上。他一件一件地看着那些美丽的挂毯上的图案——那都是意大利、佛朗德勒、法国、西班牙等国的艺术大师们的杰作；他还饶有兴趣地看着底座上的大理石和那青铜小雕像，以及靠墙放着的那架精致的风琴；然后，他又看了看客厅中间的玻璃鱼缸，里面全都是各种美丽的海洋生物，有海底植物、植形动物和一串串珍贵的珍珠；最后，他的目光停在了这博物馆似的客厅的三角楣上，上面刻着"鹦鹉螺号"的格言：

在运动中运动

他好像想要最后看一眼这些艺术和大自然的杰作。这么多年来，他一直生活在海洋深处，他每天所能看到的，也就是这些东西！

他沉默着，史密斯等人没有催促他。过了几分钟，他开口说道：

"先生们，你们想感激我，那好，如果你们答应帮我实现我最后的愿望，那就是对我最好的报答。"

"我们答应您，您请讲。"史密斯说。

"先生们，我活不过明天了。我只要'鹦鹉螺号'作为我的坟墓。我的朋友们都长眠于海底了，我要同他们在一起。"

大家闻言，不知如何是好。客厅里一片寂静。接着，船长继续说道：

"由于洞口抬升，潜艇出不了山洞，但它可以沉入深渊。明天，待我咽气之后，请你们立刻离开，船上的一切珍宝必须与我一起消失。我给你们留下了一只箱子，是我赠送给你们的唯一礼物。箱子里面装有钻石、珍珠，你们将来可以用它们来做许多善事。我将在天国与你们共勉，我完全信赖你们。明天，你们离开时，将客厅的门关上；回到平台上去之后，将舱盖盖好，用螺钉拧紧。"

"我们将照您的指示去做，船长。"史密斯说。

"很好。然后，你们就乘坐来时的小艇，赶紧离开。不过，离开潜艇前，请先去船尾，把吃水线上的两个很大的螺旋开关打开，让海水注入储水舱，船就会慢慢下沉，长眠于深渊。你们别难过，别害怕。你们只是在为一个死人下葬。能答应我吗，先生们？"

"我们答应您，船长。"众人回答。

尼摩船长高兴地做了个感谢的手势，然后要求大家先出去，让他单独待一会儿。斯皮莱担心他出意外，想要留在他身边，但被他拒绝了。

大家随即离开客厅，上了高出水面七八英尺的平台。他们对所见到的潜艇内部结构之先进，感慨万千！

他们上到高出水面七八英尺的平台上，看到一个大圆孔，有一块似透镜般的厚玻璃嵌于孔中，光亮就是从这儿射出来的。大家凑近圆孔，看见里面是放舵轮的舵仓。潜水艇在海底行驶时，灯光可以在海下照出很远。舵手就站在这儿掌握着航向。

史密斯等人刚才听船长一说就已经惊讶不已，现在看了这些，更是目瞪口呆。可是，这位保护神即将离开人世，真令他们痛苦不堪。他给了他们那么多帮助，他们的生命可以说都是他给的。可是，刚刚认识还没有几小时，他就要与他们永别了！

后人对这位达卡王子可能会有各种不同的评价，但他将永远作为一位神奇人物留在大家的记忆之中。

"真是一位了不起的人啊！"水手感叹道，"他竟然能生活在海底深处，真不可思议！"

"我们也许可以利用这艘潜水艇离开林肯岛，到有人居住的地方去。"艾尔通说。

"不行，我可不敢大着胆子驾驶这种船。在海面上航行还可以，到海底去我可不干！"水手说。

"我觉得驾驶这艘潜水艇不会太难的，"记者说道，"彭克罗夫，它的习性很快就能掌握。在海底行船，既不怕风暴，又无撞船的危险。海底几英尺深处，就像湖泊一样平静了。"

"也许是这样，但我宁愿扯上风帆顺风顺水地航行在海面上。"水手说。

"朋友们，"工程师终于说道，"我们不必讨论潜水艇的问题了。这艘'鹦鹉螺号'不是我们的，我们没有权利使用它。何况它对我们未必有用。你们没听船长说吗，上升的玄武岩把出路给堵上了？它是出不去的，再说，尼摩船长希望自己死后与它一起沉入大海之中。他的主意已定，无法改变，我们只有遵从他的意愿。"

史密斯等人在平台上感叹着，交谈着。过了很长一段时间，他们又下到舱内，吃了点东西之后，回到了客厅。

尼摩船长似乎恢复了点气力，两眼还闪现着一点光芒，嘴角也浮着一丝微笑。大家向他身边走去。

"先生们，"船长说道，"你们是一些勇敢、正直、善良的人。我没少观察你们。你们打算离开林肯岛吗？"

"我们即使离开，以后还会回来的，船长。"水手回答说。

"船长，"史密斯说，"我们想把该岛献给祖国，让这儿成为美国海军的停靠港。"

"你们一心想着自己的祖国，"船长说，"很好，你们应该回到祖国去，回到祖国去安享余生……我嘛，我却无此福分，我死的地方离我所钟情的一切实在是太遥远了！"

"您还有什么遗愿或纪念物需要我们转达、转交的吗，船长？"史密斯心情异常激动地说。

"不，没有，我再也没有朋友了。我是我的这群朋友中最后一个还活着的人……而所有认识我的人，都认为我早已死了……我曾经以为一个人是完全可以孤独地活着的……其实不然，太难了……你们应该想法尽快离开这里，回到故乡去，回到亲人、朋友中间去。我知道，匪徒们把你们的船毁掉了……"

"我们正在建造一艘新船，尼摩船长，"斯皮莱说，"这条新船更大，可以将我们带往最近的陆地。不过，就算是离开林肯岛，那也是暂时的，我们还会回来的。我们忘不了它，它给我们留下了太多的回忆。"

"而且，我们就是在这里认识您尼摩船长的。"史密斯说。

"也只有在林肯岛上我们才能回想起对您的全部记忆。"哈伯也插言道。

"可我却要长眠于此了……"船长说，但他却没把话说完，犹豫了片刻之后，他淡淡地接着说了一句，"史密斯先生，我想同您……单独谈谈。"

同伴们听了这话，立即遵从，很知趣地退了出去。

史密斯与尼摩船长只单独待了几分钟，然后他便把同伴们叫了进来，但只字未提他与船长谈话的内容。

斯皮莱进来后，仔细地观察了尼摩船长。很明显，后者完全是凭着一种精神力量支撑着自己，过不了一会儿，这种力量就要从他身上消失了。

白天平平安安地过去了。史密斯等人一直守在潜艇内。夜幕降临，夜色浓重。在洞穴中虽看不到昼夜的变化，但大家心里还是能感觉得出来的。

尼摩船长并未表现出垂死者的痛苦来，但明显地可以看出，他已不行了。死神在步步逼近，他的脸变得极其苍白，不过仍不失其安详。他时不时地会喃喃低语，但听不清其含义，听着像是在念叨他传奇一生中的什么事情。斯皮莱用手摸了摸他的手和脚，发现他的四肢已经凉了。

他仍冲着众人露出笑脸，含着笑容向死亡走去。

午夜过后，他身子最后动弹了一下，费劲地把双臂交叉于胸前，以保持一种端庄安详的姿态。

凌晨一点，他只是眼睛里还剩有一丝生气。这双曾经是目光炯炯而又犀利的眼睛，现在闪现的却是死亡的弱光。他轻轻地说了一句："上帝，祖国！"然后，便慢慢地咽下最后一口气。

史密斯立即弯下腰，俯身为他合上双眼。他走了，既不是达卡王子，也不是尼摩船长了。

哈伯和彭克罗夫立刻失声痛哭；艾尔通也在偷偷地抹泪；斯皮莱呆立不动，宛如一尊塑像；纳布在一旁跪着。

史密斯手抚着死者的额头，说道：

"愿上帝接纳他的灵魂！"

他随即转身对同伴们说：

"让我们为失去的恩人祈祷吧。"

数小时后，史密斯等人按照船长的遗愿，完成了答应下来的事情。然后，他们带着死者留给他们的唯一的纪念品——那只装满财富的箱子，离开了"鹦鹉螺号"。

金碧辉煌的客厅依然沐浴在明亮的灯光中。客厅的大门被小心翼翼地关上了。进口塔也锁好了，海水绝对渗透不进来。

他们上了停在潜艇旁边的小艇。把小艇划到船尾，打开潜水艇的控制阀，让海水渐渐地灌满储水舱，潜艇缓缓地下沉，消失在海底。

新岛民们依然可以透过海水看到"鹦鹉螺号"。它那很强的灯光把海水照得通明透亮，而洞穴却又是一片黑漆漆的了。最后，四射的光亮消失了。片刻之后，作为尼摩船长坟墓的"鹦鹉螺号"静静地躺在了海底。

# 第 十 八 章

拂晓时分，众人默然地回到山洞入口。为了缅怀这位伟大的尼摩船长，他们把这个洞穴取名为"达卡洞"。现在海水正在退潮，史密斯等人顺顺当当地便钻出洞来。然后，彭克罗夫、纳布和艾尔通把小艇拉到山洞一侧的沙滩上，使之在海水上涨时不被冲走。

暴风雨已经停息。西边天空最后响了几声闷雷。不过，天上仍布满乌云。10 月是南半球的初春，但并未带来好天气，风向一直在变，天气无法稳定下来。

众人离开达卡洞，返回畜栏。纳布和哈伯边走边小心地把尼摩船长铺设的电报线收起，留作日后需要时用。

沿途，众人彼此间不怎么说话，心里仍萦绕着夜间所发生的事情。尼摩船长已离开了人世，他的潜艇也沉入了海底。林肯岛上的这几个居民现在备感孤单无助。他们已习惯遇上危难有贵人相助，可现在保护神已不复存在，甚至史密斯都同大家一样有着这种悲观的想法。所以，一个个心事重重，一路上几乎是一言不发。

九点左右，他们回到了花岗岩宫。

造船工作本来就是紧赶慢赶的，现在，史密斯更是比往日投入更多的时间和精力。对于未来，大家心中并没有底，为了保险起见，就必须尽快地拥有一条结实坚固的大船，能够经得起海上的大风大浪，能够出海远航。船造好之后，倒不一定马上就得去太平洋上的波利尼西亚群岛或新西兰，但必须立即赶往塔波岛，留下有关艾尔通在林肯岛上的字条。这一点非常重要，不抓紧不行，说不定哪一天苏格兰游船就到了附近海面。

因此，大家毫不懈怠地在抓紧建造大船。全体人员，包括哈伯在内，都投入了这项紧迫的工作，在争分夺秒地干着。秋分时节一到，秋风刮起，就无法再出海了。要想赶在秋分之前前往塔波岛，就必须在五个月内，也就是说在 3 月初之前，把船造好。不过，他们倒也不用再制作帆缆索具，因为"飞快号"上的这些船用物品已经全都抢救出来了。所以他们只需将船体造好即可。

1868 年就这么过去了。因为抢着造船，其他的活计几乎全都停了下来。又过了两个半月，肋材已经安装好了，第一批船壳板也已铺设完毕。不难看出，工程师的设计无可挑剔。此船在海上航行肯定是一帆风顺的。水手在干活儿时，一马当先，干劲十足，谁要是丢下斧头打猎，他是会很生气的。不过，冬季即将到来，必须为花岗岩宫补充储备。尽管如此，只要工地上人手一少，水手总要嘟囔个够，一边生气，一边一个人干几个人的活儿。

整个夏季天公并不作美。有几天，简直热得人透不过气来。暴风雨会突然而至，让人猝不及防。不过，暴雨过后，天倒是凉快了不少，利于干活儿。

甚至在1869年元旦的那一天，也是狂风大作，暴雨倾盆。林肯岛上有好几处遭到雷击，许多大树被劈倒，格兰特湖南岸的许多为家禽饲养场遮阴的朴树中，也有一棵遭雷劈了。史密斯很担心，因为随着暴风雨的加剧，火山复活的征兆也愈加明显了。

1月3日晨，哈伯登上眺望冈高地，准备为一头野驴套上套，突然发现火山顶上冒出一股巨大的浓烟。哈伯急忙跑回来，叫上大家，一起跑到高地来观察。

"啊！"水手惊叫道，"这次冒出来的可不是水汽了！它在冒烟！"

三个月来，火山口总在冒着或浓或淡的水汽，那只是地壳内部矿物质沸腾时所引起的。可这一次，除了水汽，更加严重的是冒出一个灰黑的大烟柱。烟柱底部约有三百英尺宽，升至山顶上方七八百英尺处便扩散开来，形成一朵巨大的蘑菇云。

"火山内部肯定是在燃烧。"斯皮莱说。

"这燃烧的火无法扑灭。"哈伯说。

"我们应该疏通一下火山。"纳布一本正经地说。

"那好啊，纳布，这活儿就交给你了。"水手大声说道，还忍不住哈哈大笑起来。

史密斯在注意观察那股巨大的浓烟，甚至还伸长脖子，竖起耳朵，想仔细听听远处的隆隆声响。

"朋友们，"史密斯随即说道，"火山现在已不是处于沸腾状态，而是开始燃烧了，很快火山便会爆发的。"

"那就让它爆发好了，"水手说，"这并没有什么好害怕的！"

"是呀，彭克罗夫，"史密斯对他说，"火山岩浆至今一直是往北流的，可是……"

史密斯没有往下说，他担心这一自然现象过于突然的变化会带来很大的灾难。火山爆发很可能引发地震，而林肯岛地质结构各异，一边是玄武岩，另一边是花岗岩，北边是凝结了的熔岩，南边是疏松的土壤，因而彼此间的结合就很不紧密，很可能导致小岛分崩离析，后果不堪设想。

艾尔通趴在地上，耳朵紧贴地面，听了一会儿说道：

"我似乎听见了一种隆隆声，很沉闷，好像负荷很重的大车发出的声响。"

大家也跟着屏气敛息仔细地听了片刻，觉得艾尔通所言极是。隆隆声中时而还夹杂着地下的轰鸣声，渐渐增强，又渐渐减弱，好像地底下有一阵狂风刮过似的。不过，谁都没有听见有爆炸声发出。由此看来，一时半会儿，还不会出现地层断裂的危险后果。

"好了！"水手催促道，"让它先这么喷吧，我们还是回去干活儿吧。现在正是关键时刻，一分一秒都不能耽搁！走吧，艾尔通、纳布、哈伯、史密斯先生、斯皮莱先生，今天谁都得动手干造船的活儿！现在得安装船的腰外板了，六个人一起干都不容易完成任务。但是，我一定要在两个月后让我们的新"乘风破浪号"——我们仍旧给它起这个名字吧！——在气球港的水面上漂浮起来！"

于是，他们便返回工地，安装船的腰外板。这是一种很厚实的船壳板，做护舷木用的，并且还承担着牢牢地连接船身肋材的功用。这项工作艰巨而繁重，所以大家都得参加。

1月3日一整天，大家都在辛勤地劳动着，不再担心火山爆发的事。而且，在工地上也看不见富兰克林山。不过，有这么一两回，天上的太阳曾被巨大的阴影遮蔽住，那是火山的浓重烟云飘过来所致。工程师和记者都注意到了天空暂时被遮蔽，二人讨论了多次火山苏醒的加快，但他们并未因此而停下手中的活计。再说，不管怎么说，都必须尽快地把新船造好。有了船，万一发生意外情况，他们就有了对策，有了安全的保障。也许这条船就是他们今后的避难之所！

晚饭后，史密斯、斯皮莱、哈伯三人又上了眺望冈高地。天已漆黑，但他们仍可分辨出火山口里有火焰夹杂在水汽和浓烟中。

"火山口冒火了！"哈伯叫嚷道。他因为年轻，身轻体健，第一个上了高地。

在六英里左右远的地方，富兰克林山犹如一支巨大的火把，顶端有火苗在跳动。烟雾极浓，可能还夹杂有火山灰和岩石渣，所以火头看上去并不十分旺，在漆黑的夜色中，并不显得耀眼吓人。不过，岛上却笼罩着一片黄褐色的光亮，使树影朦胧，若隐若现。烟雾遮蔽了天空，只能看见稀疏的几颗星星在闪烁。

"火山变化得很快。"史密斯说。

"这一点也不奇怪，因为它已经苏醒了有一阵子了，"斯皮莱说，"它冒出第一缕水汽时，我们正在搜寻它的支脉，好像是 10 月 15 日，对吧？"

"没错，"哈伯应道，"都已经两个半月了。"

"也就是说，地火已经在火山体内积存十个星期了，"斯皮莱指出，"所以它现在变化得这么快也是理所当然的了！"

"你觉得地面是否有点微颤？"史密斯问记者道。

"嗯，有点，但离地震尚远……"

"我并不是说我们会受到地震的伤害，上帝会保佑我们逃过这一劫的，"工程师说，"这不是地震！这只是由于地心火焰温度太高所以引起的震颤。地壳犹如锅炉的炉壁，炉壁在受到蒸汽的压力之后，就会颤动起来，如同乐器的声片一样。火山现在就处于这种状态。"

"这些火好壮观啊！"哈伯赞叹道。

这时候，火山口喷出一串火花，光芒四射。无数条火蛇朝着四面八方飞舞开去。与此同时，爆炸声连续不断，嘭嘭啪啪地响着。

三人在高地上观察了有一小时，然后回到住所。史密斯沉默不语，仿佛心里压着什么心事。

"我觉得没什么好担心的，"斯皮莱说，"水汽和岩浆顺着火山管释放出来就没什么事了。"他道。

"可是，我担心有其他因素引发巨大的灾难。"史密斯忧心忡忡地回答。

"什么其他因素？"

"我现在也不太清楚……我得想一想……我想去富兰克林山看看……再过些天，我就能弄明白了。"

斯皮莱没有再往下追问。火山发出的爆炸声越来越响，但居民们仍然睡得很踏实。

1 月 4 日、5 日、6 日过去了。大家仍旧忙于造船。此时，富兰克林山已经被浓浓的烟雾笼罩住，看着十分可怕，它一边冒着火，一边还喷射出炽热的岩石块。有一些喷出来的岩石重又落入火山口。总喜欢拿火山当笑料的彭克罗夫见此状况，不禁大声说道：

"看呀！这家伙在玩杂耍！在要球哪！"

喷发出来的物质确实在往回掉落，可见岩浆在地底的压力作用之下在膨胀，但是，它仍没有膨胀到满溢到火山口的边缘。从他们所处的位置，可以看到火山口东北角的缺口，至少那个缺口尚未见到有熔岩向富兰克林山北坡流出来。

但毕竟情况还是有点不妙，居民们虽然为紧张的造船工作所拖累，但仍不得不抽出人手来照顾一下岛上各处的工作。首先就是畜栏，羊群需要添加草料了。于是，第二天，1月7日，艾尔通到畜栏去照看了一番。其实，那点活儿，他一个人就可以了，但史密斯对他说了一句令众人颇觉惊讶的话：

"明天，我跟您一起去畜栏。"

"嘿，活儿这么紧，您一走，又少了一个人了呀！"水手不满地说。

"我就去一天，完了就回来。我必须去一趟……我得观察清楚火山活动已经到了什么程度。"

"火山，火山，我才不在乎呢，"水手急得什么似的说，"我只想早点把船造好。"

史密斯不理会水手的不满，依然决定第二天到畜栏去。

翌日一大清早，史密斯和艾尔通坐上两头野驴拉的车子，直奔畜栏而去。

火山口不停地涌出大量的烟雾，森林上空不时也飘过大片大片的"乌云"。烟雾中夹带着粉末状的岩渣，纷纷落下，树木、草地像被一层几英寸厚的黑雪给覆盖住了似的。幸而，刮的是东北风，大部分的尘埃都被刮到海上去了。

"情况不妙，史密斯先生。"艾尔通说。

"是很严重呀，"史密斯回答道，"这些矿物质尘埃说明了火山内部在发生着剧烈的变化。"

"那我们就只有听天由命了？"

"现在还真的是无能为力。您先去畜栏忙您的，艾尔通。我去红河源头看一看富兰克林山北坡的情况，然后……"

"然后怎样，史密斯先生？"

"然后我俩一同去达卡洞……我想去看一下……好了，我过两小时来找您。"

艾尔通进了畜栏，照料显得十分惶恐的羊群。史密斯则上了富兰克林山东边的支脉，绕过红河，走到一眼硫黄泉边，这是他与同伴们第一次踏勘林肯岛时发现的。

从这儿看去，烟柱已经从一股变成了十三股，情况十分不妙。空气中弥漫着硫酸气、氢气和碳酸气，还夹杂着水汽。地上满是火山凝灰岩，史密斯感觉到它们在微颤着，但这只是以前的熔岩凝结而成的坚硬石头，未见新的熔岩流。

史密斯仔细地观察了整个北坡，心中更加有数了。火山口仍在继续喷吐着浓烟和火焰；岩渣像冰雹一般纷纷地落了下来；但岩浆尚未通过火山口的瓶颈处向外喷发，这说明火山物质尚未满溢至中央火山管上面的边口。

史密斯暗自思忖：

"但愿它能满溢出来，这样的话，我至少可以确定熔岩仍是顺着以往旧有的轨迹在流。谁知道它会不会从哪一处新的缺口喷射出来啊？不过，这倒也没多大的危险。尼摩船长对此早就预感到了！不！这没什么危险！"

史密斯一直走到宽阔的堤岸上。这条堤岸向前伸展，将狭窄的鲨鱼湾给围了起来。从这儿可以仔细地观察熔岩流的旧有痕迹。他完全可以肯定，上一次的火山爆发距今已有很久很久了。随后，他便一边仔细地听着地下的隆隆声响，一边往回走。九点时，他回到了畜栏。艾尔通已经在等着他了。

"饲料已经全都添满了，史密斯先生，"艾尔通说，"我们现在就走吗？"

"马上就走，把灯和火镰带上。"

野驴已卸了套，在畜栏里走来走去。二人从外面关好门，一前一后地踏上往西海岸去的羊肠小道。

地上满是粉尘，风一刮起，让人睁不开眼，张不开嘴，只好把嘴捂住，眯缝起眼来，慢慢地摸索着往前走。另外，空气沉闷，令人憋气，好像有一部分氧气已经被燃烧掉了，所以空气变得稀薄了。他俩走上个百十步，便不得不停下来喘喘气。因此，二人走到林肯岛西北岸这座由玄武岩和斑岩构成的大山顶上时，已经过了十点。

二人随即开始往陡峭山坡下走去，走的基本上仍是那条暴风雨夜所走的艰难老路。此路通向达卡洞。不过，此刻是白天，所以路没有上次那么难走，危险系数小得多，而且光滑的岩石被厚厚的一层灰尘铺盖着，走起来就没那么滑了。

片刻之后，二人便到了海岸边约四十英尺高的悬崖上。工程师记得这个悬崖是呈缓缓下降趋势的，直通大海。此刻海水处在退潮的低潮阶段，所以沙滩清晰可见，海浪拍击着玄武岩海岸，浪花已被火山灰污染，看着特别脏。最后，二人终于找到了达卡洞的入口，在山洞的平台上停了下来。

小艇就在那儿，二人连忙上了小艇，点亮了灯，一人划船一人掌舵，朝着黑漆漆的山洞里面划去。

潜艇已经沉入海底，不再有强光照亮山洞。借助微弱的灯光，小艇沿着右侧石壁向前行驶着。洞内寂静得瘆人。史密斯没多大一会儿便能清楚地听到源于火山深处的隆隆声。除此之外，二人还闻到一股刺激喉咙的硫黄蒸气味。

"尼摩船长担心的就是这个，"史密斯喃喃道，他脸色有点苍白，"不过，我们还是得进到洞底去看看。"

"好的。"艾尔通一边答应着,一边俯身抓起船桨,向石洞深处划去。

进洞已经有二十五分钟了,小艇已到了洞穴的尽头。

这块石壁将山洞与火山中央管道分隔开来。它有多厚?是十英尺厚还是一百来英尺厚?没人知晓。但从清晰的地心传出的声音来看,这石壁不会太厚。史密斯站起身来,把灯举起,对石壁进行仔细检查,发现石壁上有许多几乎看不出来的缝隙,呛人的气味从中溢出。史密斯喃喃道:

"嗯,尼摩船长说得对!危险就在这儿,而且是非常大的危险!"

艾尔通没有吭声。史密斯示意他拿起桨来划船。半小时后,二人划出了达卡洞。

# 第十九章

❖

史密斯和艾尔通在畜栏待了一天一夜，料理完一切，第二天，1 月 8 日早晨，回到花岗岩宫。

史密斯立即将众人召集到一起，说道：

"朋友们，林肯岛很快就可能毁于一旦，而且我们无法挽救它。"

众人面面相觑，不知他为何口出此言。

"是这样。确切地说，我是在传达尼摩船长临终前与我单独相处的短短几分钟里说的话。他说林肯岛地质结构特殊，海底结构迟早会发生断裂。昨天，我与艾尔通进达卡洞里勘查了一番，证明尼摩船长说得没错。达卡洞在岛下延伸，直达火山，与火山管只隔着薄薄的一层石壁。那石壁上满是裂痕、缝隙，硫黄气体从中溢出。如果海水穿过石壁，通过火山管流到岛上深处沸腾的岩浆里去，海岛就会被炸飞的！"

听史密斯这么一说，大家全都惊呆了，知道危险迫在眉睫，不知如何是好。

史密斯并非言过其实，危言耸听。由于火山几乎都位于海洋和湖泊边缘，所以，只要有一条通道，让海水或湖水流进火山，就能把火山熄灭。但大家也许并不知道，这么一来，可能会造成地球的局部大爆炸，如同锅炉内的水蒸气突然遇到火会发生膨胀一样。水流到一个温度高达数千摄氏度的封闭环境中之后，便会瞬间蒸发，并产生巨大的能量，任何屏障都无法阻挡。地层即将断裂是肯定无疑的，林肯岛能存在多久，完全得看达卡洞石壁能顶得住多久。说实在的，达卡洞的石壁随时都有可能被炸开，居民们为开拓荒岛所付出的艰辛，眼看就要毁于一旦，这比他们自己丧失了性命更加痛苦。

彭克罗夫难受至极，忍不住第一个哭了起来，一颗很大的泪珠在他的脸颊上往下淌，他并不觉得不好意思。

大家又继续讨论了一会儿，一致认为必须立即行动，分秒必争，全力以赴地赶工，完成造船任务，这是他们能够得救的唯一希望。

于是，大家立即行动起来，争分夺秒地要将大船尽快造好，以便逃生。

1 月 23 日，船壳板已经铺好了一半。可是，这天夜里，岩浆沸腾加剧，火山口那帽状火山锥已被掀开，轰然一声，震耳欲聋。此时大约是凌晨两点，众人连忙跑出花岗岩宫观望。只见火光映红了天空。那一千多英尺高、几十亿斤重的火山锥滚落下来，整个岛抖动了起来。与此同时，一股岩浆涌出，直泻而下，呈无数火蛇状，向下爬来。

"畜栏！畜栏！"艾尔通惊叫道。

新火山口的朝向正对着畜栏，岩浆确实是正在向那儿流去，因此红河源头、啄木鸟林等林肯岛上最富饶的地带立刻处于被毁灭的危险境地。

众人听见艾尔通这么一叫，便立即往野驴厩房奔去。此刻已是凌晨三点，他们立即将大门打开，受到惊吓的牲畜立即四散逃命。一小时后，沸腾的岩浆灌满畜栏，小河化作一片蒸汽，棚屋全被点燃，畜栏完全被毁！

1 月 24 日，东方破晓。史密斯等人想了解一下岩浆的最终流向，查看一下火山锥坠落的那片平原，但是岩浆挡住了去路，看来是不可能了。

早晨七点，他们在啄木鸟林边缘的藏身处也保不住了，只好折返畜栏的那条路。

这时候，红河河谷的岩浆主流在逐渐地扩大其危害。河谷里的森林已大火熊熊。大家只好在格兰特湖附近离红河河口有半英里的地方停了下来。这时，只听见史密斯说道：

"如果湖水能挡住岩浆，林肯岛尚有一部分可得以保存，否则，我们就只有死路一条了！"这时，岩浆一路冲来，吞噬着沿途的树木等一切，直达格兰特湖边。工程师心想，必须挡住岩浆，逼它流入湖中。

于是，众人忙向造船工地奔去。抄起工地上的铁锹、镐头、斧子等，在倒下的树木上堆上泥土，筑起一道三英尺高、几百英尺长的堤坝，前后只花了几小时的工夫，真可谓兵贵神速！

几乎在堤坝刚一筑成时，熔岩便好似河流决堤、河水四溢一般，汹涌地冲垮远西森林这道屏障……但却被新筑起的堤坝拦截住了，对峙了一分钟左右，乖乖地泻入格兰特湖，形成一个高约二十英尺的瀑布。

众人吓得木愣愣的，一句话也说不出来，两眼傻瞪着这种水火之间的搏斗。最先泻入湖中的岩浆，一下子便冷却凝固了，越堆越大越高，露出了水面。新的岩浆则流在上面，结成硬块，逐渐地推向湖中心去，形成了一道湖堤，很可能会将整个湖填满。这些冒着热气的岩石好似一座座暗礁似的暴露着。

不过，对于史密斯等人来说，可算是松了口气，他们有几天喘息的时间了。眺望冈高地、花岗岩宫、造船工地等暂时尚无大碍。他们必须尽快把船造好，以便乘船出海，逃过这一劫。

接下来的六天——从 1 月 25 日到 30 日——他们几乎夜以继日地在干活儿。火山喷出的岩流为他们夜间干活儿提供了光源。岩浆仍在继续往外流淌，只是流量似乎小了一些。这总算是不幸中之万幸，因为格兰特湖已经快要被填满了，如果再有岩浆流来，在凝结的岩石表面堆积，那岩浆必将溢到眺望冈高地，转而流入海滩。

是的，林肯岛这个部分总算保住了，但其西部却未能幸免。由于瀑布河谷宽敞，河两岸地势又很低洼，因此第二股岩浆毫无阻拦地便向河谷而来，涌进了远西森林。此时正是天干地燥的季节，树木遇上火热的岩浆，立刻燃烧起来。树枝相连，火势加大。树顶的火势甚至比下面的岩浆流的推进速度还要快。

美洲豹、野猪、水豚、考拉以及各种飞禽走兽惊恐万状，拼命向气球港大道另一侧的慈悲河和冠鸭沼泽逃命。新岛民们已经离开了花岗岩宫，但并未到"壁炉"去歇息，而是在慈悲河口附近搭上一个帐篷栖身。

工程师和记者每天都要去眺望冈，有时哈伯也跟着他们去，但水手却从不愿意去，免得看到他们用血汗浇灌的土地被火山熔岩吞噬的惨状，心中难受。

这确实是让人看着揪心的痛苦场面。岛上原先被森林覆盖着的地方已是光秃的了，只有盘蛇半岛的顶端尚留有一点绿色。地上残留着被烧剩的树桩，黑乎乎的。劫后的森林比冠鸭沼泽还要凄凉。岩浆已经流遍了这儿，郁郁葱葱的森林现在只是一堆火山凝灰岩了。瀑布河和慈悲河河谷已看不到流水。如果格兰特湖也干涸了，那新岛民们就没有水喝了。幸好，湖的南端尚未流入岩浆，只是范围变小，形成了一个小水塘，这就是大家赖以生存的全部活命水了。岛的西北面矗立着怪石嶙峋且陡峭异常的火山支脉，犹如一只大爪子摊在地面上。

"此情此景好不叫人伤心啊！"斯皮莱说。

"是啊，但愿上苍保佑，让我们能有时间造好大船，现在这是我们唯一的指望了！"工程师说。

"史密斯，您觉得火山是否现在平静了一些？它虽然仍在继续喷发，但我觉得喷得没有先前厉害了。"记者说道。

"这并不说明什么，"工程师回答道，"深处的地火仍然很旺，而且海水很可能随时会灌进去。我们目前的处境如同失火的船上的乘客，知道起火，却无法扑灭，而且这火迟早会烧到火药库的。现在，我们只能一心一意地加紧干活儿，尽快将船造好！"

不过，直到 2 月 7 日，岩浆虽仍在不断地往外流淌，但火山的喷发却只是在明确的范围内。到了 2 月 12 日，造船进展很快，但看样子仍然还要一个月的时间。林肯岛能坚持这么久不分崩离析吗？

说话间，已经是 3 月 3 日了。再有十来天，估计船就能下水了。

大家心中重又燃起了希望。一直因岛屿被毁而郁郁寡欢的彭克罗夫似乎也开始走出了阴影。

"我们会把船造好的，"把全部心思放在船上的水手说，"一定会的，史密斯先生。再过几天就是秋分，必要的话，我们去塔波岛过冬……唉，谁会想到会是这么个结果呀！"

"别胡思乱想了，抓紧时间干吧！"工程师对他说。

"主人，"几天后，纳布问道，"如果尼摩船长还活着，会发生这些事吗？"

"当然也会的。"工程师说。

"我可不这么认为。"水手凑近纳布耳边说。

"我也一样。"纳布回答。

在这 3 月的第一个星期里，富兰克林山又在发威了。无数条细细的岩浆从火山口溢出，流遍整个山坡。这一次，岩浆沿着格兰特湖西南岸，越过甘油河，侵入眺望冈高地。磨坊、家禽饲养场、驴厩等全都被毁。家禽、牲畜惊恐万状。托普和于普也惶恐不安，感到大难临头了。

史密斯等人不得不登上新船。尽管它尚未完工，上部缝隙还没填实，但也只好勉为其难地将它推入水中。

他们准备在第二天，3 月 9 日上午推船下水。水手和艾尔通在准备着。

可是，3 月 8 日夜晚，突然有一股大得惊人的蒸汽柱喷出火山口，冲往天空，高达三千英尺，同时，震耳欲聋的爆炸声不绝于耳。很明显，达卡洞的石壁终于承受不住压力，海水流入熊熊燃烧的深渊，化成蒸汽，发生爆炸，山石崩裂，四下散落。几分钟工夫，林肯岛已不复存在，成了一片汪洋。

# 第 二 十 章

　　林肯岛上只有一块岩石孤零零地露出水面。它长约三十英尺，宽约十五英尺，高出水面不足十英尺。这是花岗岩宫留存下来的唯一废墟。高大的石壁崩塌，裂成碎块，原先大厅里的几块岩石堆积起来，形成礁石，高出水面。而富兰克林山下部的火山锥、鲨鱼湾的颚状熔岩峡口、眺望冈高地，安全岛、气球港的花岗岩宫，达卡洞的玄武岩石以及距火山喷发中心很远的长条盘蛇状半岛，全都在爆炸后碎裂，没于周围的深渊之中。

　　岛上的飞禽走兽全都遭到灭顶之灾，连于普也没逃过这一劫，只有史密斯等六人及托普被困于这块狭窄的岩石上，企盼着有生还的希望。他们因为躲在搭起的帐篷里，当爆炸发生时，林肯岛被炸得粉碎，碎石如雨点般散落下来，而他们则被抛到了海里，等他们浮出水面时，便发现半链远处有一堆岩石，便立即游了过去，爬了上去。

　　他们在这个避难所熬了九天了！除了仅存的一点食物及岩石凹处积下的点滴雨水，可以说是一无所有了。他们一直寄予厚望的大船也被砸得四分五裂。逃生的希望十分渺茫，只有等死了。

　　史密斯仍然很镇静。斯皮莱则表现得很焦躁，他与生着闷气的水手在岩石上来回地走动着。哈伯则坐在工程师身旁，看着他，好像在向他求救似的，可后者却没有任何良策可以救他以及众人。而纳布和艾尔通却像是听天由命，不做多想。

　　"唉，真是倒霉，"水手说道，"如果有什么东西可以把我们载送到塔波岛上去就好了！"

　　"尼摩船长真的是死得其时呀！"纳布说。

　　史密斯及其同伴们尽可能地在节省食物。他们已经十分虚弱了。哈伯和纳布都已经有点神志不清。

　　众人躺在岩石上，奄奄一息，听天由命。只有艾尔通还比其他人稍微地好那么一点点，能不时地抬起头来望一望没有人迹帆影的茫茫大海……

　　3月24日上午，艾尔通突然向远方的一个黑点挥手，然后直起身子，继而硬挺着站起身来，用手向远方无力地挥动了几下……

是一条船！它像是在开足马力，直奔礁石驶来。其实，它几小时前便来到附近海面，怎奈这几个人已无力地躺在礁石上，彼此都没有发现对方。

"'邓肯号'！"艾尔通喃喃地说了一句，便瘫倒下去，不省人事了。经过细心照料，史密斯等人终于苏醒过来。他们发现自己躺在一条船的船舱里，觉得困惑不解。

不过，听艾尔通说了那一句后，众人方如梦初醒：

"是'邓肯号'！"

"'邓肯号'！"史密斯惊喜地说。

那的确是"邓肯号"。船长是格兰特船长之子罗伯特·格兰特，他是奉命前来塔波岛，把已赎罪十二年的艾尔通接回去……

"罗伯特船长，"史密斯知道自己及同伴们已经获救，既惊喜又不解地问，"您在塔波岛没有找到艾尔通，怎么会想到往其东北一百多英里的这个孤岛驶来呢？"

"史密斯先生，"罗伯特船长回答道，"我们不仅是要寻找艾尔通，还要找你们。"

"到哪儿找我们呀？"史密斯问道。

"到林肯岛呀！"小格兰特船长回答道。

"林肯岛？"斯皮莱、哈伯、水手也都颇为吃惊地说。

"您怎么知道有林肯岛的？"史密斯问，"它在地图上并未标出来呀？"

"我看到你们留在岛上的信了。"

"信？什么信？"斯皮莱惊讶地问。

"就是这封信。"罗伯特边说边拿出一张纸来，上面标明了林肯岛的经纬度，还注明：艾尔通和五位美国人现在岛上。

史密斯接过字条，立即认出了那笔迹与畜栏里字条的笔迹一模一样，于是便脱口而出道：

"是尼摩船长写的……"

"啊！我知道了，"彭克罗夫惊呼道，"是他驾着'乘风破浪号'只身去了塔波岛……"

"就是为了送这封信去的！"哈伯说。

"我没说错吧，尼摩船长即使死了，也会最后帮我们一次的。"水手说。

"朋友们，愿仁慈的上帝接受我们的救星尼摩船长的灵魂吧！"史密斯激动不已，声音发颤地说。

众人听史密斯这么一说，都摘下帽子，为尼摩船长祈祷。

这时，艾尔通走到史密斯身边问道：

"史密斯先生，箱子放在哪里？"

林肯岛沉没时，艾尔通冒着生命危险，把那只箱子抢救出来了。

"艾尔通！艾尔通！"史密斯激动地喊着艾尔通的名字，然后转而对罗伯特·格兰特船长说道，"你们在塔波岛上留下的是个犯了错的人，可接回去的却是一个已幡然悔悟、痛改前非的诚实的人！"

罗伯特于是便了解了尼摩船长和林肯岛上居民们的传奇故事。随后，他让人测定了这块礁石的位置，并标在太平洋海图上。这项工作完成之后，罗伯特船长便下令返航。

半个月后，史密斯等人回到了祖国。祖国已恢复了和平，正义与法律已经获得了最终的胜利。

史密斯等人用尼摩船长留给他们的那箱财宝中的大部分，在艾奥瓦州购置了一大片土地，并把财宝中独一无二的美丽的珍珠献给了格里那凡夫人。他们在这片土地上，依照林肯岛的地名，命名了慈悲河、富兰克林山、格兰特湖、远西森林等。

他们一直希望能够在林肯岛上盛情款待客人。现在，他们实现了自己的这个愿望，只是不是在大海中的林肯岛上，而是在艾奥瓦州的这个新建的"林肯岛"上。他们在这座新购置的土地上，建起了一个非常大的移民区。史密斯及其同伴们用勤劳的双手使这儿变得生机勃发，一片繁荣。

林肯岛的这几个遇难者曾经发誓要永远厮守在一起，现在这个愿望也得以实现：纳布是主人到哪儿他就去哪儿；艾尔通则随时准备着为大家效力；彭克罗夫改行当起了农夫；哈伯则在史密斯的悉心指导下完成了自己的学业；斯皮莱也遂了心愿，他所创办的《新林肯岛先驱报》成了全世界消息最灵通的报纸。

史密斯与同伴们就生活在这座陆地上的林肯岛上。他们在这儿接待了许多尊贵的客人：格里那凡爵士夫妇、约翰·孟格尔及其夫人（罗伯特·格兰特的姐姐）、麦克纳布斯少校、罗伯特船长以及所有与格兰特船长和尼摩船长的故事相关的人……

史密斯等人在这儿非常幸福，他们仍旧像患难时一样团结一致。不过，他们谁都无法忘记那座海上孤岛。他们刚落在它上面时，什么都没有了，是地地道道的落难者，但是在整整四个年头中，是林肯岛保证了他们的生活所需。可是现在，原先的那座美丽的孤岛已不复存在，只是一块任由风吹浪打的花岗岩礁石，只是一个曾经名为尼摩船长的神秘人物的坟墓了。